गाँव का योगी

गाँव का योगी

श्रीचिन्मय की जीवनगाथा

शंकर

प्रभात प्रकाशन, दिल्ली
ISO 9001:2008 प्रकाशक

प्रकाशक • **प्रभात प्रकाशन**
4/19 आसफ अली रोड,
नई दिल्ली-110002

संस्करण • प्रथम, 2014
मूल्य • तीन सौ रुपए
अनुवाद • सुशील गुप्ता
मुद्रक • भानु प्रिंटर्स, दिल्ली

GAON KA YOGI *by* Sankar Rs. 300.00
Published by Prabhat Prakashan, 4/19 Asaf Ali Road, New Delhi-2
e-mail: prabhatbooks@gmail.com ISBN 978-93-5048-596-5

साधक

श्रीचिन्मय घोष

की पवित्र और विस्मयकारी स्मृति को।

कृतज्ञता ज्ञापन

पूरब देश के साधक श्रीचिन्मय की इस जीवन कथा के उपादान संग्रह में काफी समय लगा। जिन लोगों के प्रति कृतज्ञता ज्ञापित करना जरूरी है, उनमें सर्वप्रमुख हैं—बँगलादेश के पूर्व राजदूत और राष्ट्र संघ के उच्चतम पद पर, पहले बंगाली कर्मी, अनवर-उल-करीम चौधरी और उनकी स्नेहमयी पत्नी मरियम। इन्हीं दोनों के माध्यम और प्रोत्साहन से, अमेरिका प्रवास के दौरान, श्रीचिन्मय से मेरा पहला परिचय हुआ।

पहले ही साक्षात्कार में इस पुस्तक के नायक श्रीचिन्मय से मेरी अव्यक्त प्रीति गढ़ उठी; लेकिन अफसोस यही है कि उनके जीवनकाल में यह पुस्तक पूरी नहीं की जा सकी।

श्रीचिन्मय के शिष्यों ने तीन-चार महादेशों से उदारभाव से उपादान संग्रह में मदद की है, खासकर लेखिका, विदुषी बेनेट और रिसर्चकर्मी महातपा पालित ने। इन दोनों ने असीम धैर्य के साथ मेरी असंख्य खाम-खयाली को प्रश्रय दिया, किसी भी हाल में मेरे उत्साह की आग में पानी नहीं उँड़ेला। न्यूयॉर्क प्रवासी युगल-भाई उन्मेष और रणजीत को भी मैं धन्यवाद देता हूँ, जिनकी आदि पारिवारिक उपाधि सोयनसन है। भारतवर्ष के प्रति विपुल प्यार और श्रद्धा मानो इनके खून की बूँद-बूँद में प्रवाहित है।

मैं बहुराष्ट्रीय गिनेस रिकॉर्ड के स्रष्टा आश्रित फरमन और श्रीचिन्मय की स्नेहधन्या विदेशिनी रंजना घोष के प्रति भी कृतज्ञता ज्ञापित करना चाहता हूँ। ये लोग भी विपुल भाव से उत्साहित थे कि साधक चिन्मय के बारे में अपनी जन्मभूमि के इस खयाली लेखक को सारी जानकारी जुटा सकें।

मेरी कृतज्ञता का कर्ज बढ़ता ही जा रहा है। मैं दिल से धन्यवाद देता हूँ अपने करीबी मित्र श्री अरुण कुमार डे को, जो पेशे से इंजीनियर हैं और स्वभाव से इतिहास-गवेषक।

—शंकर

अनुक्रम

अनुक्रम

श्रीचिन्मय

वर्तमान समय में दुनिया के सबसे श्रद्धेय प्रवासी बंगाली का क्या नाम है? इस बारे में मेरे मन की सारी जिज्ञासा का अवसान हो गया, जब मैं सन् 1986 में अचानक न्यूयॉर्क के यूनाइटेड नेशंस भवन में पहुँचा।

वहीं ये श्रद्धेय व्यक्ति कलकत्ता के नागरिक नहीं थे, हालाँकि कॉलेज स्ट्रीट के चक्रवर्ती-चैटर्जी की दुकान में वे कई-कई बार किताबें खरीदने जरूर आए थे। हमारा 'बई-पाड़ा' उन्हें काफी पसंद आया था। दुनिया की सर्वाधिक ऐश्वर्यपूर्ण नगरी न्यूयॉर्क में जो विभूति परम सम्मान के साथ अपनी प्रिय साधना में निमग्न थे, उसी इनसान के साथ भारतीय उपमहादेश के वृहदतम जनपद से प्रायः किसी भी प्रकार का संपर्क नहीं था, यह बताते हुए कुछ संकोच हो रहा है।

स्वामी विवेकानंद ने खास कलकत्ता शहर में जन्म लिया था। विश्वकायी इस्कॉन कृष्ण आंदोलन के नेता प्रभुपाद ए.सी. भक्ति-वेदांत उर्फ अभ्यचरण डे का जन्म भी कलकत्ता में हुआ था। पश्चिम का सिंह-द्वार खोलकर भारतवर्ष के लिए एक विराट् नगरी रचने-गढ़ने की मानसिकता के साथ उन लोगों ने सागर-पार की यात्रा की और अकल्पनीय सफलता अर्जित की।

इस बार आखिरकार न्यूयॉर्क में मैंने जिस महाविभूति के आमने-सामने खड़े होने का सौभाग्य अर्जित किया, उनका जन्म चटगाँव के वोयालखाली थाने के अंतर्गत एक निपट देहात में हुआ था। प्रथम दर्शन में उनके गाँव की जानकारी नहीं मिली, क्योंकि इस किस्म के साधक अपने अतीत के बारे में खास किसी बात में दिलचस्पी नहीं दिखाते। लेकिन निकटतम नदी का नाम जरूर पता चल गया—कर्णझूली। यह नदी ही सुदीर्घ बारह वर्षों तक एक ऊधमी बंगाली बालक की असंख्य खाम-खयाली की संगिनी थी। उस नदी की प्राणशक्ति ही सन् 1986 में प्राणमयी होकर इस पचपन वर्षीय विनम्र इनसान में विद्यमान थी, जिन्होंने आज भी महीन टेरीकॉट का श्वेत कुरता, श्वेत-शुभ्र धोती और पंप-शू पहने विदेश में भी हमारी पीढ़ी के टिपिकल बंगाली की भावमूर्ति को अक्षत रखा

था। इस प्रवासी इनसान ने लगातार ऐसे-ऐसे असंभव काम किए, जिनकी मुग्ध स्वीकृति जाने-अनजाने विभिन्न देशों के नतमस्तक, लेकिन कीर्तिमान स्त्री-पुरुषों के श्रद्धामय प्रणाम में आज भी मौजूद है।

कितने अचरज की बात है कि हमारे इस बंगाल में श्री चिन्मय कुमार घोष का नाम आज भी प्राय: अनजाना है। सन् 1967 में पहली विदेश-यात्रा के लगभग बीस वर्ष बाद कुल हफ्ते भर के नोटिस पर दुबारा अमेरिका भ्रमण का मौका मिला, मैंने तभी तय कर लिया कि इस बार विदेश की माटी पर ऐसे कई एक भारतीय कीर्तिमान की तलाश करूँगा, जिन लोगों ने अपनी प्रतिभा और साधना से विदेशी लोगों के हृदय में श्रद्धापूर्ण स्थान प्राप्त किया।

विदेश-यात्रा से पहले आनंद बाजार कार्यालय के उद्यमी संपादक अभीक कुमार के कमरे में बैठे-बैठे कई एक नाम-धाम बटोर लिये। संपादकीय कक्ष में किसी-किसी ने बताया—"फलाँ बाबू ने जीव-विज्ञान में विदेश में काफी नाम किया है।" "फलाँ इन दिनों शल्य-चिकित्सा में विश्व-प्रसिद्ध हैं।" "फलाँ आजकल अर्थनीति में नंबर वन हैं।" "फलाँ बाबू सूक्ष्म-इलेक्ट्रॉनिक यंत्र तैयार करके इन दिनों ऐसे एक कारोबार में उतरे हैं, जो दुनिया भर में प्रसिद्ध और बेजोड़ हो उठा है।"—यह सूची इकट्ठा करते हुए मुझे बहुत अच्छा लगा था। इससे भी ज्यादा यह भला लगा था, जब इस सूची में कई एक बोस, चक्रवर्ती, सेन गुप्त वगैरह का सहज संधान मिला। लेकिन इस बात से इनकार करते हुए मुझे कोई संकोच नहीं है कि उस तालिका में नीचे की तरफ भी किसी घोष का उल्लेख नहीं था।

अचानक दूसरी बार विदेश-यात्रा के पीछे की कहानी मैंने अपने पाठकों के लिए अन्यत्र विस्तार से बयान की है। स्वदेश या विदेश कोई भी यात्रा मेरे स्वभाव को नहीं सुहाती, बहुतेरे लोग इससे अनजान नहीं हैं। मैं तो उस किस्म का घर-घुसरा हूँ, जिसे लेटने दिया जाए तो वह उठकर बैठना नहीं चाहता, बैठने दिया जाए तो वह खड़ा होना नहीं चाहता और खड़ा होने दिया जाए तो उसके चलने-घूमने का सवाल ही नहीं उठता। बहुत वर्षों पहले जिस बंगीय मनीषी ने बंगालियों के कानों-कानों में अकृतज्ञ और अप्रवासी रहकर घर का दूध-भात खाकर अपने जाने-पहचाने मुहाल-बरगद-छाँव में जिंदगी गुजारने का महामूल्यवान् परामर्श दिया था, वही मेरे लिए प्रणम्य हैं। वे दूरदर्शी पुरुष भी मेरे श्रद्धाभाजन हैं, जिन्होंने भावानेश में आकर बंगालियों को सावधान किया था—देखो, खाओ घर का आहार, मगर जंगल में भैंस चराना बेकार। सो, घर का खाना, मगर प्लीज जंगल में भैंस मत चराना। खून में अगर सैर-सपाटे का नशा चर्राए तो जितना जी चाहे, भ्रमण-साहित्य पढ़ लो। अगर उससे भी मन न भरे तो नेशनल ज्योग्राफिक पत्रिका के ग्राहक बन जाओ। लेकिन खबरदार, कंधे पर कैमरा झुलाकर, शर्ट की जेब में पासपोर्ट रखकर विदेश

का सफर हरगिज-हरगिज मत करना।

किसी भी ट्रैवल एजेंसी की बड़की मेमसाहब या टूरिज्म कॉर्पोरेशन के डिप्टी चेयरमैन को ताँबा-तुलसी छूकर कबूल करने को कहें, सभी लोग गुपचुप मान लेंगे कि अपने घर के कोने जैसी सुरक्षित और सुखद जगह दुनिया भर में कहीं नहीं है। नथिंग लाइक होम! नथिंग लाइक अपनी चौकी, भले वह कितनी भी डगमग हो!

इन सब अकाट्य तर्कों के बाद भी अगर जंबो जेट की विमान-बालाएँ अपनी मोहिनी हँसी के साथ रंगीन पत्रिकाओं के विज्ञापन पृष्ठ से बाहर निकल आएँ और किसी को नीतिभ्रष्ट होने का आमंत्रण दें, तब अगति की गति रवि ठाकुर की शरण लेनी होगी। महाकवि ने बेहद कमाल की भाषा में फिजूल ही बहुतेरे देश घूम-घूमकर, घर के करीब चमकते ओस कणों की उपेक्षा न करने की जबरदस्त सलाह दे डाली है।

हमारी घर-घुसरी सोसाइटी ने अभी तक रजिस्टर्ड होने का सौभाग्य अर्जित नहीं किया है। लेकिन हम कुछ समभावापन्न बंग-पुंगव अकसर ही जनसाधारण को पुकार-पुकारकर कहने आए हैं कि अगर कुछ देखना ही हो तो घर के करीब कलकत्ता देखें। एक नहीं, एक के बाद एक सात-सात पीढ़ियों तक इस शहर का लीला-खेल देखते रहें तो भी इस महानगरी का चवन्नी हिस्सा भी नहीं देख पाएँगे। असली बंगाली बच्चा होकर जन्म लिया है, आपको किस बात का दुःख, जो अचानक एकदम से संन्यासी सजकर विदेश जाएँ?

विदेश जाने में हजार हंगामे हैं, सुन लीजिए। पासपोर्ट ऑफिस में सिविलियन पोशाक में विदेश के चोरी-छिपे पुलिस नए-नए नाम से बैठे मिलेंगे। वे दबी-दबी आवाज में हुंकार उठेंगे—"तुम कौन हो, हजरत? सुख में रहते-सहते अचानक तुम्हारे दिमाग में विदेश जाने का भूत क्यों किलबिला रहा है? वे लोग चुपके-चुपके भारी-भरकम सरकारी खाता-पत्तर मिलाकर देखेंगे—कब, कहो, किस नाम से आपने कौन सा बुरा काम किया है। किस जुर्म में अपने नाम या बेनाम से आपने जेल की सजा काटी है? आपके विरुद्ध कहीं कोई दीवानी या फौजदारी का मुकदमा झूल रहा है या नहीं? देश-विरोधी या विच्छिन्नतावादी किसी गिरोह के साथ आपका प्रत्यक्ष या गुप्त संबंध-साजिश तो नहीं है? या चंद विदेशी मुद्रा के लोभ में कहीं आप देश के दुश्मनों के साथ गुप्त संपर्क रखकर भारत माता को किसी गहरे खड्डे में फेंकने के चक्कर में तो नहीं हैं? आम इनसान के तौर पर कहीं आपका विख्यात कॉफी-जीवी कानून के शिकंजे में पड़ने का चांस तो नहीं है, वे लोग यह भी ठोंक-बजाकर देखेंगे। यानी विदेशी मुद्रा में, विदेशी वाणिज्य में दो पैसे कमाकर आप कहीं गरीबनी भारत माता को ठेंगा तो नहीं दिखा रहे हैं—इस पर भी अति सावधानी से विचार-विवेचना की जाती है।"

वैसे विदेशी सब-इंस्पेक्टर बाबू के दरबार में इन सभी सवालों का आशानुरूप समाधान

होने के बावजूद आपकी फजीहत खत्म नहीं होती। विदेश की सरकार अगर आपको अपने देश से गरदनिया देकर खदेड़ दे तो आपको जननी-जन्मभूमि के सुरक्षित आश्रय में लौटा आने की खर्च-पाती कैसे मिटाई जाएगी, उसका अग्रिम हिसाब-किताब भी आपको दाखिल करना होगा।

अपने देश में जन्म लेकर एक ही चौहद्दी में जिंदगी भर चरते फिरने में एक महा-सुविधा है। किसी के पिताश्री की यह मजाल नहीं होगी कि आपसे ऐसे सब अजूल-फजूल के सवाल करके आपकी नाक में दम करे।

वैसे स्वदेश की धरती पर देशी बिरादरों के खोंचा-मारू सवाल तो चलो, फिर भी बरदाश्त हो जाते हैं, लेकिन अनजाने-अपरिचित एअरपोर्ट पर अपना पासपोर्ट और वीजा होने के बावजूद पराए देश की इमिग्रेशन लेडी आपकी तरफ बर्फ जैसे सर्द अंदाज में नयनों के ऐसे जहर-बुझे तीर हनेगी, जैसे आप कोई महापाप करने के लिए ही अपनी देश-भुँई छोड़कर भिन्न देश के दरवाजे पर हाजिर हुए हैं।

मीठी-मीठी आवाज में जी जलानेवाले सारे सवाल : क्यों आना हुआ है? कौन-कौन से काम में अभी मन लगाया जाएगा? दूसरों के देश में घुसकर पक्के तौर पर अड्डा जमाकर बैठ जाने की गलत मंशा तो नहीं है? खट्टे-तीते सवाल अगर शुरू कर दिए तो रुकने का नाम नहीं लेगी।

चलो, इमिग्रेशन-दीदीमणि को बमुश्किल आपने शायद संतुष्ट भी कर लिया, लेकिन इस पर भी रिहाई नहीं। वे साहिबा कंप्यूटर पर छुटपुट बातें करके आपको और एक कदम आगे बढ़ने की अनुमति दे देंगी, बस, फ्राइंग पैन टु फायर। यानी आप कस्टम्स के खप्पर में जा पड़ेंगे।

बचपन में अंग्रेजी शब्दकोश में पढ़ा था : कस्टम्स का अर्थ होता है—आचार-व्यवहार। लेकिन उस वक्त लगेगा, एक झुंड वरदीधारी संदेहबाज लोग आपके सामने हैं, जिनकी धारणा है कि आप कोई स्पेशल कायदा-कानून गढ़कर गाँजा-भाँग-चरस या सोने-चाँदी की सिल्ली लेकर आए हैं और किसी निरीह देश का नैतिक चरित्र और अर्थनीति गर्क करने को संकल्पबद्ध हैं। लेकिन सदा सतर्क 'कस्टम दा' किसी हाल में भी ऐसा नहीं होने देंगे।

इसके अलावा इस भ्रमण-हंगामे में आजकल तीसरा एक और नुक्ता आ जुड़ा है। चलो, ठीक है, मान लिया कि आप पराए देश में घर-दामाद बनकर रहने या गाँजा बेचने नहीं आए हैं, अच्छी बात है; लेकिन आप विमान या विमानबंदर को बम मारकर उड़ा देने का दाँव-पेच नहीं कस रहे हैं, इसकी क्या गारंटी है?

आप कहेंगे, मैं ठहरा 'राइस ईटिंग' भतुआ बंगाली। चेहरे का भाव देखकर भी आपको इनसान की पहचान नहीं? इतने दिनों पुलिस लाइन में रहकर भी? तो आपको

सुनने को मिलेगा, तथाकथित निरीह, जो लोग तली हुई मछली या फ्राई फिश उलटकर भी खाना जानते होंगे, ऐसा नहीं लगता, उन्हीं लोगों के मौसेरे भाई लोगों ने महाशून्य में विराट्-विराट् प्लेन हाइजैक किया है। चांस पाकर पाँच रुपल्ली चोर ने ही करोड़ों-करोड़ डॉलर की फिरौती का दावा ठोक दिया है। पहले के दिनों में बंगाली पुत्र के भाग्यवान् पिता ही लड़की के बाप से दहेज की माँग करते थे। अब मौका पाते ही दुनिया का कोई भी बंदा रिहाई के लिए फिरौती माँग बैठता है। वैसे, दहेज प्रथा की कालिख सिर्फ इंडियन जाति पर ही टिकी रह गई।

बहरहाल, इन्हीं सब दुःख से बीस वर्ष पहले प्राप्त अपना पासपोर्ट हमेशा-हमेशा के लिए खारिज करके मन का सुख जीते हुए गंगा-धार पर हवाखोरी कर रहा था। लेकिन किस्मत में दुःख बदा था। बीस बरस पुराना वह जहर दुबारा तन-बदन से फूट निकला। घटनाचक्र में पड़कर, सात दिनों नोटिस पाकर, मरे हुए पासपोर्ट को पुनर्जीवित करके मैं दुबारा अमेरिका में हाजिर हो गया।

कहाँ कोई अनहोनी हुई? किसने आने-जाने का इंतजाम किया? इमिग्रेशन-लेडी ने किस ढंग से मुझे एकाधिक बार अपनी लिखावट की प्रैक्टिस करने को कहा, जॉन ऑफ केनेडी एअरपोर्ट देखकर मेरी दिशाहारा स्थिति की क्या परिणति हुई और बाँह में बँधे ताबीज के कल्याण से कैसे मैं सारी बाधाविपत्ति को 'डोंट केयर' करके ओहायो राज्य के क्लिवलैंड शहर में धोती-चादरधारी प्रवासी बंगीय समाज के खप्पर में जा पड़ा, वे तमाम खबरें मैंने अन्यत्र यथासमय निवेदन की हैं। फिलहाल, यह मान लें कि मैं न्यूयॉर्क आ गया।

□

मैं मैनहट्टन द्वीप-समूह में संयुक्त राष्ट्र बिल्डिंग के करीब था। जिन्होंने मुझे परम खुशी-खुशी सामयिक आश्रय दिया था, उम्र में तरुण होते हुए भी गण्यमान्य प्रतिष्ठित शख्स थे। संयुक्त राष्ट्र दफ्तर के धाँसू-धाँसू स्थायी प्रतिनिधि उन्हें बात-बात में 'हिज एक्सिलेंसी' कहकर सम्मान प्रदर्शित कर रहे थे। नाम—जनाब अनवर-उल-करीम चौधरी। हम सबके 'जय'। संयुक्त राष्ट्र में बँगलादेश सरकार के दो नंबर स्थायी प्रतिनिधि। एक नंबर पद खाली था, इसलिए अस्थायी चार्ज द मिशन।

इतने साहब-सूहब टेलीफोन पर और आमने-सामने मेरे इस स्नेहभाजन बंग संतान को 'योर एक्सिलेंसी' कह रहे थे, सुनकर मेरे कान तृप्त हो गए। मुझे लगा, मेरा बंग-जनम सार्थक हुआ। जिंदा रहो बँगलादेश। मेरा तो 'जय बँगला' कहने का भी मन हो आया। लेकिन हाल ही में फैले आँखों के रोग का पुकार नाम याद आ गया और मुझे खामोश हो जाना ही बेहतर लगा।

मैनहट्टन में अनवर के घर बैठे-बैठे ही विदेशों में विख्यात बंगालियों का जिक्र छिड़ा हुआ था। संपादक अभीक सरकार ने अपने ठंडे कमरे में बिठाकर बार-बार आगाह

कर दिया था कि मैं नई-नई चीजें देख आऊँ।

"याद रखें, सन् 67 में विदेश-भ्रमण के बाद 'इस पार बांग्ला उस पार बांग्ला' लिखकर आपने गोल दागकर मैदान मार लिया था। अब सन् 1986 में अमेरिका सबके लिए अत्यंत जाना-पहचाना देश बन चुका है। उस देश के बारे में लिखने लायक जितने भी विषय थे, इन कुछेक वर्षों में लिखा जा चुका है। इसलिए अब काफी सारा काठ-फूस जलाकर कोई अनाविष्कृत नजरिया खोज निकालना होगा।"

संपादक की उस सावधान-वाणी ने विदेश में मेरा सारा सुख-चैन छीन लिया था। मैं कुछ भी जी भरकर उपयोग नहीं कर पा रहा था। हजारों-हजार शिक्षित बंगाली अब बार-बार अमेरिका आने-जाने लगे हैं। उन सभी लोगों की युगल आँखें भगवानजी ने एक ही जगह आँकी थीं, इसलिए नजरिया नया कैसे हो सकता है? कुल चंद दिन विदेश में घूम-फिरकर अनजाना ऐसा क्या नजर आ जाएगा, जिसके बारे में अभी तक लिखा नहीं गया? घर लौटते ही लिखने-बैठ जाना होगा, यह दुश्चिंता लेकर जो इनसान भ्रमण पर निकलता है, उसके जैसा अभागा इस दुनिया में कौन है!

विख्यात बंगाली कहने को न्यूयॉर्क में बीस वर्ष पहले (1967) रविशंकर को देखा था। उन दिनों समूची दुनिया भर में उनका बेभाव नाम-डाक था। मेरे नाम के साथ भी 'शंकर' लगा होने की वजह से थोड़ी सुविधा हुई थी। गोरी चमड़ीवाली चंद किशोरियों ने मुझसे पूछा भी था कि मैं और रवि आपस में कोई रिश्तेदार हैं? इस बीच रविशंकर स्वदेश लौट गए। इस मुल्क में अगर कोई हर पल नजरों के सामने न हो तो यहाँ के लोग किसी को भी याद रखना नहीं चाहते, एक ईसा मसीह को छोड़कर। एक और शख्स अभी कुछ हफ्तों में अन्य रिकॉर्ड करेंगे। बँगलादेश के हुमायूँ रशीद चौधरी संयुक्त राष्ट्र जनरल एसेंबली के पहले (हमारे जीवन में आखिरी) बंगाली सभापति होंगे। एक सौ पच्चीस वर्षों में यह मौका फिर नहीं आने वाला। लेकिन हुमायूँ चौधरी के जनरल एसेंबली की गद्दी पर बैठने से पहले ही मैं न्यूयॉर्क छोड़कर जाने वाला था।

विदेशों में मौजूद तकनीक, व्यवसाय और पेशे में सफल भारतीयों की सूची इस बीच मेरी नोटबुक में लिपिबद्ध हो चुकी थी। लेकिन अनवर-उल-करीम चौधरी ने अचानक श्री चिन्मय कुमार घोष का जिक्र छेड़ दिया। उनके बारे में मैं कुछ नहीं जानता, उनकी कोई खोज-खबर भी नहीं रखता, यह सुनकर वे कुछ अवाक् हो उठे।

"सच्ची! कलकत्ते में आप लोगों ने श्रीचिन्मय का नाम नहीं सुना?"

अपराधी मुद्रा में नतमस्तक होकर मुझे कबूल करना ही पड़ा।

यूँ अनवर स्वभाव से अति शांत और विनयी था; लेकिन हाव-भाव से उसने जाहिर किया, "गँवई योगी को अपने गाँव भीख नहीं मिलती। लेकिन दूसरे-दूसरे गाँव में पूजा मिलती है तो वह खबर उसके अपने गाँव में भी तत्काल फैल जाती है। बंगालियों का

चरित्र बिलकुल अलग है। किसी भी इनसान का मामूली सा मंगल भी पर स्त्री-कातर लोगों के लिए असहनीय हो उठता है।''

''अच्छा, चलों, आपको संयुक्त राष्ट्र घुमा लाऊँ।'' अनवर ने कहा।

उस विशाल भवन में एक के बाद एक मंजिल में उसके साथ मशीनवत् घूमता रहा। वे सारी जगहें देखता रहा, जो अखबारों की सुर्खियों में अकसर देखने को मिलती हैं। वे तमाम सभाकक्ष भी देखे, जहाँ चर्चा-परिचर्चाओं में दुनिया के करोड़ों-करोड़ों असहाय लोगों का भाग्य निर्धारित होता है।

कई-कई मंजिलों की सैर के बाद कॉफी शॉप में आकर मेरे गाइड ने पूछा, ''स्पेशल कुछ आपकी नजर में पड़ा?''

''नजर में पड़ा तो सही, मगर तुम उम्र में मुझसे छोटे हो, तुम्हें बताने में संकोच हो रहा है। महिलाओं की वेशभूषा देखकर जरा उद्भ्रांत हो उठा हूँ। अटलांटिक पार आकर साड़ी-ब्लाउज की ऐसी बहार देखूँगा, मुझे उम्मीद नहीं थी। साड़ी ही क्या अंत में यू.एस. विजय करेंगी? वैसे मेमसाहब लोग साड़ियों में खासी दिखती हैं।''

''लीजिए, आ गए न पॉइंट पर!'' हमारे एक बँगलादेशी साथी ने कहा, जो यूनिसेफ में नौकरी करते थे।

उन्हीं से पता चला, ''दुनिया के पाँच-पाँच महादेशों की सैकड़ों-सैकड़ों महिलाओं को आप यहाँ साड़ी में देखेंगे। साड़ी की नमनीयता और सहज सौंदर्य ने इन महिलाओं को आकर्षित किया है, इस गलतफहमी में मत रहिएगा। इसके पीछे एक ही व्यक्ति हैं। वे हैं—श्री चिन्मय कुमार घोष।''

मैं और ज्यादा सजग उठा। श्वेतांगिनी, कृष्णांगिनी, चीनी, जापानी—सभी किस्म की साड़ीधारी महिलाओं पर नजर पड़ी। अगर यह नजारा कहीं इंडियन सिल्क प्रचारकों ने अपनी आँखों से देखा होता तो वे बाँहें उठा-उठाकर नाच उठते।

चलते-चलते इस बार और ज्यादा विस्मय। मैंने सुना, ये तमाम महिलाएँ सिर्फ साड़ी ही नहीं पहनतीं, सभी बँगला गीत भी गाती हैं। एकाध महिला ही नहीं, कई-कई सौ महिलाएँ।

अनवर ने कहा, ''कुछ दिनों पहले कार्नेगी हॉल के एक समारोह में इन महिलाओं ने मुझे चकित कर दिया था। श्रीचिन्मय के निर्देश पर कई-कई सौ साहब-मेम ने दर्जन भर बँगला गीत सुनाए। यहाँ तक कि बँगलादेश का राष्ट्रीय गान भी।''

उस समारोह में संयुक्त के असंख्य देशों के सभी जबरदस्त प्रतिनिधि दल बाँधकर गए थे। समूचा हॉल बिलकुल ठसाठस भरा हुआ। संयुक्त राष्ट्र महासचिव तो उनके खास भक्त हैं। श्रीचिन्मय के बुलावे पर वे तुरंत चले आते हैं और यह मामला आज का नहीं, यू-थांट के जमाने से ही शुरू हो गया था। उसके बाद जो भी इस पद पर आसीन होते हैं,

उन सभी लोगों ने श्रीचिन्मय को श्रद्धा के आसन पर बिठाया—कूर्ट वेंडहाइप, द कुएलर तक। कुछ दिनों पहले जनरल एसेंबली के सभापति थे जॉर्ज युएका। यहीं से वे पनामा के राष्ट्रपति निर्वाचित हुए। वे भी श्रीचिन्मय के भक्त थे।

अब मेरा कौतूहल बढ़ता गया। मैंने खोज-खबर लेनी शुरू कर दी। यहाँ सरकारी मामलों में इस संयुक्त राष्ट्र में अपने-अपने देश का सरकारी तमगा पहनकर आते हैं। उनमें अद्‌भुत व्यतिक्रम थे—श्री चिन्मय घोष। महासचिव के आमंत्रण पर यहाँ संयुक्त राष्ट्र मेडिटेशन सेंटर स्थापित किया गया था। हर सप्ताह दो दिन दोपहर के लंच-ब्रेक के समय श्रीचिन्मय वहाँ मौजूद रहते थे। उस समय बेसमेंट के मीटिंग हॉल में प्रबल हलचल नजर आती थी। मुमकिन है कि यह नजर आए कि कनाडा के राजदूत की बगल में ही स्वीडन के स्थायी प्रतिनिधि घुटनों के बल बैठे हुए हैं। उनके पीछे ही बैठे हैं जापान के सहायक राजदूत और कोरिया के प्रवीण प्रधान। थोड़ी ही देर बाद शायद हाजिर हो जाते थे संयुक्त राष्ट्र के एक नंबर, दो नंबर के कर्णधार! उनकी बगल में ही बैठी होती थी कोई साधारण महिला कर्मी।

सप्ताह में दो दिन वे लोग आते ही आते थे। लगता है, पूरे एक सौ पच्चीस देशों में ही श्रीचिन्मय के भक्त-अनुरागी मौजूद थे।

इन दो दिनों के अलावा भी हर महीने संयुक्त राष्ट्र के आमंत्रण पर श्रीचिन्मय डैग हैमरशील्ड स्मृतिमाला के अंतर्गत भाषण देते थे। विविध विच्छिन्नता-बोध के बावजूद डैग हैमरशील्ड यहाँ एक परम श्रद्धेय नाम है। उनकी एक बात श्रीचिन्मय को अतिशय प्रिय है—"जो शांति सभी को शांति नहीं दे पाती, वह शांति नहीं है।" यह स्मृति व्याख्यानमाला वर्षों से चली आ रही है, लेकिन श्रोता और भक्तों की कभी कमी नहीं होती। प्राय: ही बैठने के सारे आसन भर जाते थे।

जहाँ कदम-कदम पर एक देश के प्रतिनिधि से अन्य देश के प्रतिनिधि का मतभेद चलता ही रहता है, वहाँ श्रीचिन्मय के मामले में बहुतेरे लोगों का एकमत होना सचमुच ताज्जुब की बात है। अभी कुछ दिनों पहले संयुक्त राष्ट्र का चालीसवाँ जन्म-वर्ष मनाया गया, लेकिन संस्थान की तरफ से कोई सरकारी बयान देना संभव नहीं हुआ। इस बयान के बारे में दो दलों में प्रबल मतभेद छिड़ गया। लेकिन गैर-सरकारी ढंग से बहुतेरे लोग श्रीचिन्मय के मेडिटेशन सेंटर में हाजिर हुए। उच्चाधिकारियों ने इस शुभ दिन के उपलक्ष्य में उनके प्रति अभिनंदन ज्ञापित किया। सन् 1970 से ही वे यहाँ लगातार असंख्य लोगों में आध्यात्मिक चेतना जाग्रत् कर रहे हैं। धर्म-मत भले भिन्न-भिन्न हों, लेकिन इससे कोई रुकावट नहीं आती थी।

हमारे गाइड्स को जरूरी कामकाज थे। उन लोगों ने साड़ीधारी एक श्वेतांगिनी से मेरा परिचय करवा दिया और कुछ देर के लिए उन लोगों ने विदा ली।

उस औरत ने मुझे ताज्जुब में डालते हुए कहा, "मुझे 'ऋजुता' नाम से बुलाना।"

यह नाम तो निखालिस देशी है, यह समझने में मुझे जरा वक्त लगा।

उस महिला ने मीठी-मीठी मुसकान बिखेरते हुए कहा, "हम सब दुनिया के बहुतेरे देशों से यहाँ आई हैं। हमारे सेतु हैं—श्रीचिन्मय।"

"आप उन्हें 'मिस्टर चिन्मय' क्यों नहीं बुलातीं?"

"अरे वाह! 'श्री' शब्द क्या कम मीठा है? देखो, वे हमें किसी बंधन में नहीं डालते। लेकिन हम सब जब उनके बेहद करीब आने की कोशिश करती हैं, तब हम सोचती हैं कि वे खुश होकर हमें कोई बँगला नाम देंगे। बँगला नाम पाने के लिए कितने ही लोग पागल हैं। यहाँ हमारे बीच आपको 'नयना', 'नीलिमा', 'रंजना' कितने ही नाम मिल जाएँगे।"

"तुम लोग इन नामों का मतलब समझती हो?"

"बँगला तो हम नहीं जानतीं, लेकिन उनसे इन शब्दों का अर्थ समझ लेती हैं। मेरे नाम का अर्थ बिलकुल 'स्ट्रेट', यानी सीधा-सादा है। कभी-कभी श्रीचिन्मय जानबूझकर मजेदार-मजेदार नाम भी रख देते हैं, जैसे—'लोभनीया'। हाउ स्वीट! प्यारा नाम है न!"

"उस महिला को क्या थोड़ा-बहुत खाने-वाने का लोभ वगैरह है?"

"ओह नो! ना, ना! शी इज अट्रैक्टिव है। दुनिया का सभी कुछ आकर्षक है, यह शिक्षा हमें श्रीचिन्मय से ही मिली है।"

सिर्फ महिलाओं में ही नहीं, अंग्रेज साहबों में भी बँगला नाम पाने की होड़ लगी रहती है। दुनिया के सबसे खूबसूरत शहर के सबसे अधिक कुशल दर्जी द्वारा तैयार किया गया सर्वाधुनिक सूटधारी, सुदर्शन श्वेतांग मर्द! लेकिन उसका नाम—कंगाल। वह रहा, कंगाल ही तो इधर आ रहा था। लेकिन अपनी आँखों से संयुक्त राष्ट्र भवन में उसे शाही अंदाज में न देखता तो लगता, सपने में किसी उलटे-पुराण का देश देख रहा हूँ।

'कंगाल' शब्द का अंग्रेजी अर्थ 'बेगर' होता है, यह सुनकर भी मेरी नई परिचिता जरा भी नहीं बौखलाई।

उसने कहा, "कंगाल—उन्होंने खुद ही बताया—डेवाइन बेगर।"

इस बीच एक और साड़ीधारी श्वेतांगी हमारे दल में आ मिली—तरुणी, तन्वी और सुंदरी।

मेरा परिचय पाकर उसने कहा, "तुम कितने भाग्यवान् हो! तुम बंगाल में पैदा हुए, बँगला जानते हो। हम सब बँगला नहीं जानतीं। श्रीचिन्मय बहुत बार बँगला में बात करते हैं, हम अंदाजे से समझ लेती हैं।

"तुम्हारी तरह अगर मुझे भी बँगला आती तो मैं उनके और करीब आ सकती।"

इनमें से प्राय: कोई भी कभी भारतवर्ष या बँगलादेश नहीं आई। लेकिन बँगला संस्कृति

के साथ एकात्म हो जाने के लिए कैसी आंतरिक कोशिश।

"तुम लोगों को साड़ी पहनने को किसने कहा?"

"किसी ने नहीं। श्रीचिन्मय को कहीं खुशी भी हो सकती है, यह सोचकर हम सब साड़ी लपेटकर दफ्तर आती हैं। वे तो हमारी जीवन-शैली के बारे में कोई मंतव्य नहीं करते। याद रखो कि बहुतेरे लोग उनकी सभा में आते हैं, अपनी-अपनी पोशाकों में ही आते हैं। उनमें सिर खपाने का किसी के पास भी वक्त नहीं होता।"

इस बीच हम सब फिर किसी कॉफी केंद्र में दाखिल हुए। साड़ीधारी नवागता, असल में फ्रांसीसी महिला, ने सवाल किया, "तुम लोगों को उनसे ऐसी क्या शिक्षा मिलती है, जिसने तुम सबको इस कदर विस्मित कर दिया है?"

"किसी दिन दोपहर के समय हमारे मेडिटेशन में आओ, तुम अपने कानों से ही सुन लेना। वैसे आजकल ज्यादातर समय खामोशी छाई रहती है। कोई बात ही नहीं होती। लेकिन वहाँ ऐसा एक माहौल बन जाता है कि हमें अपने-अपने सवालों का जवाब खुद ही मिल जाता है। उसके बाद थोड़ा-बहुत गाना होता है। हममें से जिसकी जो क्षमता होती है, हम गाती हैं, खासकर बँगला गाने। वहाँ इतनी भिन्न-भिन्न भाषाओं के इनसान जमा होते हैं, लेकिन कहीं कोई परेशानी नहीं होती। बँगला का सुर उन लोगों के दिल तक पहुँच जाता है।"

मैंने शिक्षा के बारे में जानने का आग्रह व्यक्त किया।

फ्रांसीसी महिला ने कॉफी का घूँट भरते हुए कहा, "उन्होंने हमसे कहा है कि इनसान को देखते ही पहले यह खयाल मन में न लाना कि उसके पास क्या नहीं है। प्रत्येक इनसान में असीम संभावनाएँ होती हैं।"

मैंने कहा, "हमारे देश में यह बात तो युग-युगांत से कही जाती है।"

"हाउ लकी यू आर। कितने तकदीरवाले हो तुम।" फ्रांसीसी सुंदरी को मानो मुझसे ईर्ष्या हो आई हो, "तुम लोगों ने, यानी पूर्वी देशों के लोगों ने इनसान के अनमोल चिंतन के मणि-मानिक हजारों-हजार वर्षों से छिपा रखा है। इस बार हमें श्रीचिन्मय मिल गए हैं, हम सब धीरे-धीरे यह सब बटोर लेंगी। तुम लोगों की तरह सारा कुछ समझ लेने में बस जरा वक्त लगेगा।..."

हमारी मेज पर और एक महिला आ मिलीं।

उन्होंने कहा, "मैं नई-नई आई हूँ, सबको नहीं पहचानती; लेकिन ध्यान-सभा में जाकर मुझे बेहद शक्ति मिलती है। वे दोनों दिन में लंच नहीं करतीं, सीधे वहीं चली जाती हूँ। वहाँ मैं सब समझती भी नहीं, मगर अच्छा लगता है।"

फ्रांसीसी महिला से मुझे और कुछ भी जानना था। मैंने उस महिला से पूछा, "जीवन-शैली के बारे में श्रीचिन्मय का कोई विशेष आदेश-निर्देश भी है?"

"मेरा तो काफी लंबे अरसे से उनसे वास्ता रहा है। वे कभी कोई आदेश-निर्देश नहीं देते। बहुत ज्यादा जोर डालो तो कहते हैं—'दिन भर में एक बार ध्यान पर बैठो। जो लोग और बढ़ना चाहें, वे लोग दिन में दो बार ध्यान करें।' लेकिन हम लोग हरदम यही खोज निकालने की कोशिश करती हैं कि श्रीचिन्मय को किस बात से खुशी होगी। जैसे—मैं स्मोक करती थी, अब छोड़ दिया। मुझे जैसे अपने मन से ही निर्देश मिला। मुझे ड्रग का नशा नहीं था। दो-एक जन ने अपने मन के ही तकाजे पर ड्रग को 'गुडबाय' कह दिया। मांस मैंने खुले तौर पर नहीं छोड़ा है, लेकिन अब मांस मुझे अच्छा नहीं लगता। अब, मैं उनकी तरह शाकाहारी होना चाहती हूँ।"

मेरी निगाहें सुंदरी पर टिकी हुई थीं।

उसने मुसकराते हुए कहा, "एक बार एकांत में मैंने उनसे पूछा था। मासूम बच्चे की तरह उन्होंने हँसकर जवाब दिया—'जो खुद को बेहतर लगे, वही करो।' डूइंग द राइट थिंग। मैं वही कोशिश कर रही हूँ। मन को बड़ी राहत मिली है।"

मैं उलटे पुराण के देश के काफी अंदर घुसता जा रहा था। इन सब योगायोग, तंत्र-मंत्र-तपस्या में मेरी खास आस्था नहीं है, हालाँकि बचपन से ही मठ-मिशन में आने-जाने के मौके की कमी कोई कमी नहीं थी। पश्चिम का वैज्ञानिक मन अभी भी काफी विलक्षण है और तर्क की छन्नी में छानकर जाँच-परख किए बिना वे लोग कुछ भी ग्रहण नहीं करते, इस खबर से मैं अवगत हूँ। लेकिन, जरा मेरी स्थिति समझें। न्यूयॉर्क शहर में संयुक्त राष्ट्र भवन की कॉफी टेबल के सामने बैठकर भारतवर्ष के अतीत के आकर्षण से सम्मोहित युवक-युवतियों से बातचीत कर रहा हूँ। वे लोग अपना विश्वास टिकाकर सुखी होना चाहते हैं।

महिलाएँ मुझमें विश्वास जगाने के लिए अब धीमी-धीमी आवाज में गा रही थीं। मेम साहब लोग बँगला गीत गा रही थीं—

"उतरा है आज आनंद प्लावन
मृदुल पवन करे प्राणों में आनंद वहन
टूट रहे मेरे सकल बंधन
खुल गए सब द्वार
मिट गए सब व्यथा-भार
जितने थे अंधकार।"

अमेरिकी, फ्रांसीसी और ब्रिटिश उच्चारणों का अविश्वसनीय एकतान। बँगला बोल कुछ-कुछ समझ में आ रहा था, कुछ हृदयंगम नहीं हो पाया। लेकिन मन-ही-मन मैं विपुल उत्तेजना महसूस कर रहा था। मुझे लगा, इस बार अगर न्यूयॉर्क न आता तो मेरी 'भारत खोज' अधूरी रह जाती।

वह महिला बेतरह सकुचा गई। उच्चारण की दीनता के लिए वह बार-बार माफी माँगती रही और मेरी झेंप भी उतनी ही बढ़ती गई। वह गाना मैं बँगला में लिख लेना चाहता था, लेकिन लाख कोशिश करने पर भी मुझे विफल होते देखकर एक सुंदरी बोल उठी, ''मैं बँगला अक्षर नहीं जानती। लेकिन, अगर तुम बुरा न मानो तो में रोमन अक्षरों में लिख सकती हूँ।''

गजब कांड। फटाफट अंग्रेजी अक्षरों में लिखी हुई छह पंक्तियाँ मेरे हाथ में आ गईं।

अमेरिकी सुंदरी ने कहा, ''गाना सीखने से पहले मैं इसी ढंग से लिख लेती हूँ। जरूरत होती है तो कंप्यूटर में जमा रखती हूँ।''

''कितने सारे बँगला गाने जानती हो?''

फिर अवाक् होने की बारी—दो-तीन सौ बँगला गीत इनके लिए कुछ भी नहीं है। तब तक वे सभी महिलाएँ, मुझे मेरे नाम से बुलाने लगीं।

''तुम्हें पता है शंकर, उनका जब मूड होता है तब सैकड़ों गाने लिख डालते हैं। उसके बाद खुद ही सुर भी दे लेते हैं। हम लोग भी अभ्यास कर लेती हैं।''

''लेकिन, तुम लोग क्या अंधों की तरह सिर्फ अनुकरण भर करती हो? या कुछ-कुछ समझ भी लेती हो?''

फ्रांसीसी महिला हँस पड़ी, ''आनंद प्लावन हमें समझ में आ जाता है—फ्लड ऑफ डिलाइट। लेकिन, खास कुछ पल्ले नहीं पड़ता। 'मृदुल पवन करे प्राणों में आनंद वहन'—यह पंक्ति···? 'लंबू' से समझ लेने की कोशिश की थी। लेकिन उसने कहा कि—इंडियन जलवायु और मेस्टिओलॉजी के बारे में 'क्लिअर-कट' आइडिया न हो तो टोटल अंडरस्टैंडिंग संभव नहीं है।''

मुझे अच्छा लग रहा था, मगर कहीं डर भी लगा। पूर्वी देश के गुरु वर्ग के बारे में आजकल सभी अमेरिकी देशों के अवाम को यथेष्ट संदेह है। ऐसे लोगों की कीर्ति-कथा काफी विस्तार से अखबारों में प्रकाशित होती रही है। इन सब कहानियों में खून-जख्म, गुंडेबाजी, स्वेच्छाचार कुछ भी नहीं छूटता।

अध्यात्मवादियों के बारे में जन-गण के इस संदेह का जिक्र मैंने जान-बूझकर उठाया। अमेरिकी महिला हँस पड़ी।

यहाँ के एक स्थानीय पत्रकार ने ठीक यही सवाल श्रीचिन्मय से किया था। श्रीचिन्मय ने किसी प्रकार की झुंझलाहट जाहिर किए बिना कमाल का जवाब दिया। उन्होंने कहा, ''एक ही परिवार में एक भाई शायद लायक हो और दूसरा शायद नालायक; मतलब एक भाई अच्छा हो, दूसरा बुरा। लेकिन इस आधार पर उस परिवार के अन्य लोगों के अच्छे-बुरे होने का अंदाज लगाना क्या युक्तिसंगत है? वह अखबार मेरे घर में पड़ा है, तुम्हें दे

सकती हूँ। यहाँ के अखबारवाले किसी की अंध भक्ति नहीं करते, लिखने से पहले काफी कुछ ठोक-बजाकर देखते हैं।''

वे महिलाएँ अति मात्रा में अतिथि-वत्सला थीं। मुझे एक बार भी कॉफी की कीमत नहीं देने दी। श्रीचिन्मय के देश का आदमी पाकर मृदुल पवन कैसे प्राणों में आनंद वहन करता है, वे महिलाएँ पुजारिन जैसी प्रसन्नता के साथ यह जानने के लिए आग्रहशील हो उठीं।

इस बीच मेरा स्थानीय अभिभावक अपना कामकाज निपटाकर मुझे घर ले जाने के लिए कॉफी शॉप में लौट आया।

अनवर ने कहा, ''खुशखबरी है। अगर आप चाहें तो कल दोपहर संयुक्त राष्ट्र मेडिटेशन सेंटर में उपस्थित रह सकते हैं। इससे भी बड़ी खुशखबरी यह है कि श्रीचिन्मय से आपकी अकेले में भेंट और बातचीत की भी संभावना है। कहाँ भेंट होगी, कब भेंट होगी, इसकी जानकारी आज रात को ही मिल जाएगी। आप एक विख्यात बंगाली हस्ती के साथ परिचय के लिए तैयार रहें।''

महिलाओं ने कहा, ''तो फिर कल प्रार्थना-सभा में फिर भेंट होगी।''

मैंने पूछा, ''और भी बँगला गीत गाओगी न?''

उन लोगों ने जवाब दिया, ''यह श्रीचिन्मय के आदेश पर निर्भर करेगा।''

□

सात समंदर, तेरह नदियाँ पार करके विज्ञान और तकनीक के इस तीर्थक्षेत्र तक आकर अंत में गुरु-टुरु के चक्कर में पड़ गए? जब मैं श्रीचिन्मय से साक्षात्कार के लिए तैयार हो रहा था, यह खबर पाकर न्यूयॉर्क के बंगाली शुभाकांक्षी मिस्टर सेन जरा चिंतित हो उठे।

इसी सज्जन ने शाम को कहा, ''ज्ञान को किस ढंग से इनसान के भोग में लगाया जाए, इसके लिए इस नए अमेरिकी महादेश में दुनिया का वृहदतम कर्मयज्ञ चल रहा है। जापान-टापान आप चाहे जिसका भी नाम लें, कोई भी देश अभी भी इसके नाखून के बराबर नहीं है। यहाँ सारा कुछ ध्यान से देख-सुनकर, अपने देश लौटकर कहाँ आप लोगों को यह बताते—''हो रहा है, हो रहा है, हो जाएगा, सबकुछ हो जाएगा—यह मनोभाव त्यागकर विज्ञान और तकनीक की साधना में कूद पड़ो।'' यह न करके विदेश में भी आप साधु-संन्यासियों में मगन हो गए?'' मेरे वैज्ञानिक मित्र श्रीसेन साहब की आवाज में थोड़ा उद्वेग, थोड़ी समालोचना का सुर झलक उठा।

मैंने कहा, ''जितनी जानकारी मुझे मिली है, यह श्रीचिन्मय साधु भी नहीं हैं, संन्यासी भी नहीं हैं। भारत के युग-युगांतरों की चिंतनधारा के विश्लेषक और प्रचारक हैं।''

थोड़ा ठहरकर मैंने फिर कहा, ''माफ कीजिएगा, इन आध्यात्मिक इनसानों के बारे

में भी तो अंग्रेज साहबों की ज्यादा दिलचस्पी है। राजनीति, अर्थनीति, विज्ञान के क्षेत्र में हम लोगों ने जितना सा किया है या कर रहे हैं, पश्चिमी लोगों के मन में उसके प्रति अभी भी श्रद्धा का उद्रेक नहीं हुआ है। सिर्फ जापान की तरह महज स्वीकृति पाने में ही कई युग गुजर जाएँगे; जबकि अध्यात्मवादी भारतवर्ष के बारे में, इस देश में, इन दिनों विपुल कौतूहल है।"

सेन साहब ने कहा, "सुनिए शंकर बाबू, गुरु का वेश धारण करके कितने ही लोग इन लोगों की आँखों में धूल झोंक रहे हैं। एक-एक जन एक-एक 'कल्ट' की सृष्टि कर रहे हैं। उसके बाद? रंग-बिरंगा फानूस एकदम से फुस्स हो जाता है और इस तरह भारत बदनाम हो रहा है। एक बात आप जान लें, यह देश धोखा खाने को राजी नहीं है। अगर कोई ठगता है तो इन लोगों का दिमाग ठिकाने नहीं रहता।"

"भई, स्वामी विवेकानंद, अभेदानंद, प्रभुपाद ए.सी. भक्ति-वेदांत—किसी ने भी तो इन लोगों को नहीं ठगा। बंगाली प्रभुपाद ने सत्तर वर्ष की उम्र में दुर्जय मनोबल के साथ अभी हाल ही में न्यूयॉर्क सेंट्रल पार्क में खोल-करताल बजाकर कीर्तन शुरू कर दिया और जो अविश्वसनीय सफलता अर्जित की, वह भारत के इतिहास में आश्चर्यजनक घटना है। लेकिन अपने घर में विवेकानंद जैसी स्वीकृति उन्हें आज भी नहीं मिली।"

सेन साहब सुर सिक थे। किसी जमाने में बँगला की प्रचुर चर्चा करते थे, इसका आसानी से अंदाजा लगाया जा सकता था।

उन्होंने मीठी-मीठी मुसकान बिखेरते हुए कहा, "एक नजरिए से प्रभुपाद का आखिरी जीवन बेहद नाटकीय था।"

"पृथ्वी में जितने भी हैं नगर आदि ग्राम, सर्वत्र होगा प्रचारित मोरा नाम"—देश में रहते हुए बचपन में गौड़ीय वैष्णव मठ में मैंने भी सुना था। श्रीचैतन्य की यह वाणी कभी इस ढंग से किसी की साधना में सच हो जाएगी, यह कल्पनातीत था। अमेरिका में खोल-करताल बजाकर, कृष्ण नाम का प्रचार करके, भक्ति-वेदांत ने सन् 1965 में जीवन के संध्याकाल में सार्थक कर दिया। लेकिन, उनके प्रयाण के बाद क्या हो रहा है, देखिए।"

एक विख्यात साप्ताहिक पत्रिका में उसी समय इस्कॉन के बारे में चिंता जताते हुए खबर छपी—इन लोगों की भावभूर्ति उज्ज्वल नहीं रही।

सेन साहब ने अब छोटा-मोटा विस्फोट कर डाला, "प्रभुपाद की मैं श्रद्धा करता हूँ। कुल बारह वर्ष की उम्र में कार्तिक बोस लेबोरेटरी के भूतपूर्व कर्मचारी ने विदेश में जो किया, वह अतुलनीय है। लेकिन साहब लोगों को वे शायद ठीक-ठाक पहचान नहीं पाए।"

"आप यह क्या कह रहे हैं, मिस्टर सेन?"

"मैं बिलकुल ठीक कह रहा हूँ। भारतीय गुरु के साहब-भक्त देखकर हम लोग

बेहद खुश होते हैं। मेरा कहना है, भक्त के तौर पर इन लोगों को सम्मान दिखाएँ, लेकिन कभी भूलकर भी साहब लोगों को गुरु के आसन पर न बिठाएँ।''

मिस्टर सेन मेरा मुँह देखते रहे।

उन्होंने कहा, ''अभय चरण डे उर्फ भक्ति-वेदांत की पहली गलती थी—उन्होंने अमेरिकी लोगों को 'ओवर एस्टिमेट' किया। अमेरिकी व्यक्ति कभी भी गुरु नहीं हो सकता। इस दृष्टि से भारतीय सैकड़ों गुना उपयुक्त हैं। आप चाहे जो कहें, ये लोग कौतूहल दिखा सकते हैं, भक्ति कर सकते हैं; लेकिन इस देश में संन्यास लेना असंभव है। नेक्स्ट टु इंपॉसिबल! कड़वी बात यह है कि इस देश में 'डिसिप्लिन ऑफ लाइफ' नहीं है, जो भारत में अथाह है। अगर कोई अंग्रेज साहब प्रतिष्ठान का प्रधान बन जाए तो वह प्रतिष्ठान भी किसी कंपनी जैसी हो जाएगी। अमेरिकी संन्यासी काफी कुछ सोने के पथरौटे जैसा होता है।''

''आप क्या भक्ति-वेदांत में कोई खूबी नहीं देखते?''

मिस्टर सेन ने श्रद्धा जताते हुए जुबान काटी, ''एक बात तो इतिहास में दर्ज रहेगी। इतने कम समय में प्रभुपाद जैसा कोई भी कभी भी धर्म-प्रचार के माध्यम से विश्व-विजय नहीं कर पाया।''

बहरहाल, अब हम अगले दिन के कार्यक्रम पर लौट आए। मैंने उन्हें बताया कि मैं श्रीचिन्मय के ध्यान केंद्र में जा रहा हूँ और मेरी उनसे थोड़ी-बहुत बातचीत भी होगी।

इस बीच मैं क्या कर रहा हूँ, मेरे वैज्ञानिक मित्र ने जानना चाहा।

मैंने कहा, ''उनके बारे में लिखे गए लेख, परिचय वगैरह जरा पढ़ डालूँ। उन सज्जन का जन्म सन् 1931 में चटगाँव में हुआ। बारह वर्ष की उम्र में किसी आश्रम में चले गए।''

''वह आश्रम पांडिचेरी का श्रीअरविंद आश्रम था, मैं जानता हूँ।''

''इक्कीस-बाईस वर्ष उसी आश्रम में रहे। उसके बाद अभय चरण डे की तरह उनके मन में जाने कौन सा खयाल जागा कि सागर पार के सफर पर निकल पड़े। विदेश में प्रतिष्ठित होने की जरूर कोई बहुत बड़ी रोमांच कथा होगी।''

सेन ने कहा, ''यह आविष्कार कथा ही असली कथा है। भारतीय लोगों को यह सब जानना चाहिए। हम लोग यूँ तो काफी नरम हैं, लेकिन बंगाली जब धुन पकड़ लेता है या करने की जिद पर आ जाता है, तब वह दुनिया के लिए प्रणम्य बन जाता है। इन गँवार बंगालियों की संख्या कहीं कम न हो जाए, यह देखने का दायित्व साहित्यकारों का है। गँवार बंगाली नहीं कर सकता, ऐसा कोई काम नहीं है। चटगाँव के अंग्रेजी उच्चारण पर आप कलकत्तेवाले आज भी हँसी-मजाक करते हैं। लेकिन वही चटगाँवी मानस यहाँ हजारों-हजार साहब-सूबों की नाक में नकेल डालकर उठक-बैठक करा रहा है।''

"जिस शक्ति के दम पर यह संभव हुआ है, वह शायद अध्यात्म शक्ति है। इसी अध्यात्म शक्ति के सामने पश्चिम का एक हिस्सा श्रद्धा से सिर झुकाता है, जबकि वैज्ञानिक शक्ति के दम पर हम जिस नए भारत के निर्माण की कोशिश में लगे हैं, इस बारे में अनुकंपा के अलावा और कुछ नहीं है।"

मैं भी बोल उठा, "सुनिए सेन साहब, श्रीचिन्मय जो लिखते हैं या बोलते हैं, भारत के लिए शायद कोई नई बात नहीं है। उन्होंने विदेशियों के लिए सरल रूप में पुरानी बात का विश्लेषण किया है, जहाँ वे कहते हैं—जहाँ आनंद अनुपस्थित हो, वहाँ प्यार भी अनुपस्थित होता है। जहाँ प्यार नहीं है, वहाँ कुछ भी नहीं है। जहाँ सत्य है, वहीं तो पूर्णता है और जहाँ पूर्णता है, वहीं तो ईश्वर निवास करते हैं।"

सेन साहब दुबारा अपने प्रिय विषय एडवेंचर पर लौट आए।

उन्होंने कहा, "सुनने में आया है कि श्रीचिन्मय को इस देश में टिके रहने के लिए काफी काठ-फूस जलाना पड़ा था।" काफी दिनों तक उन्होंने यहाँ के दूतावास में क्लर्क की नौकरी भी की। खैर, मौका निकाल लिया, यही भला हुआ, क्योंकि इस देश के इमिग्रेशन अधिकारी बेहद बे-रसिक हैं। अगर पास में ग्रीन-कार्ड न हो तो स्वयं ईसा मसीह को भी ये लोग देश-निकाला देकर ही मानेंगे। एकमात्र रक्षक ये तमाम दूतावास हैं—डिप्लोमेट लोग, जिसको चाहे अस्थायी नियुक्ति-पत्र दे सकते हैं, निरीह आश्रय प्रार्थी लोगों को नगर कोतवाल के पंजों से बचा सकते हैं। इसलिए आप देखेंगे कि एम.ए., पी-एच.डी. डिग्रीधारी होने के बावजूद बाहर के लोग विदेशी दूतावासों में ड्राइवर की नौकरी करते हैं। इसी तरह कई वर्ष चलाए जाते हैं, अगर असली ग्रीन-कार्ड मिल जाए।

जिन भद्र महिला ने दयावश चिन्मय घोष के लिए भारतीय दूतावास में क्लर्क की नौकरी जुटा दी, मैंने मन-ही-मन उन्हें प्रणाम किया। आज जो महान् हस्ती समूचे विश्व में अध्यात्म-आंदोलन को नेतृत्व दे रही है; जो हार्वर्ड, येल, कैंब्रिज, ऑक्सफोर्ड जैसे सैकड़ों विश्वविद्यालयों में व्याख्यान देते फिर रहे हैं, उन्हें अगर इतनी सी मदद नहीं मिलती तो वे पुनर्मूषक बनकर हमारे देश के किसी गाँव-गंज या शहर में जीवन के आखिरी अध्याय रच रहे होते। जो महान् विभूति एक दिन ग्रीन कार्ड के लिए छोटे-मोटे क्लर्क तक बने, आज समूची दुनिया में उन्हें लेकर रस्साकशी हो रही है। अब इतवार को वे न्यूयॉर्क में हैं तो सोमवार को वाशिंगटन में; अगले दिन लंदन और उसके अगले दिन पेरिस या स्टॉकहोम में। जर्मनी, स्विट्ज़रलैंड, स्वीडन सर्वत्र उनका मेडिटेशन सेंटर मौजूद है। हाल ही में उन्होंने अफ्रीका की तरफ भी कदम बढ़ाया है। जांबिया में एक केंद्र स्थापित होने जा रहा है। जापान में भी उनका केंद्र मौजूद है।

मैंने सेन साहब से कहा, "वे सज्जन जरूर ही कोई ह्युमेन डायनामो विशेष हैं। लोगों की जुबानी सुना है कि चौबीस घंटों में कुल डेढ़ घंटे आराम करते हैं। बाकी समय

अपने को हजारों कामों में व्यस्त रखते हैं। संयुक्त राष्ट्र के किसी जबरजंग अफसर ने बताया कि उन्होंने अंग्रेजी में सैकड़ों किताबें लिखी हैं।''

सेन साहब ने मंतव्य जाहिर किया, ''ये गँवई-गँवार बंगाली अमेरिका आकर अचानक अंग्रेजी में इतने धाँसू कैसे हो जाते हैं, मुझे तो यही समझ में नहीं आता। आप विवेकानंद की असाधारण अंग्रेजी में वाक्पटुता के बारे में सोचें! आजकल के उत्तरी कलकत्ता के सिमुलिया के लड़के तो अंग्रेजी का नाम सुनते ही डर जाते हैं। स्वामी अभेदानंद भी कमाल की अंग्रेजी लिखते थे। भक्ति-वेदांत तो अंग्रेजी भाषा के मास्टर थे। इन कुछ ही वर्षों में उन्होंने भी चालीस से अधिक किताबें लिख डालीं और सुना है कि श्रीचिन्मय ने तो इसी बीच छह-सात सौ किताबें लिखकर प्रकाशित भी करवा डाली हैं।''

''हाँऽऽ, उनकी अंग्रेजी पढ़ी है। उनकी रचनाओं में पूर्वी देश की सरलता साफ नजर आती है। उनके मन में बँगला भाषा की दो-एक विशिष्टता अंग्रेजी में भी चालू करने की इच्छा है। लेकिन आज सुबह ही संयुक्त राष्ट्र के एक अधिकारी से भेंट हुई। उन्होंने खुद भी येल विश्वविद्यालय में अंग्रेजी साहित्य की पढ़ाई की थी। उन्होंने भी उनकी अंग्रेजी कृतियों की काफी तारीफ की।''

''और आपने गद्गद होकर साहब की सारी बातें हजम कर लीं?''

''बिलकुल भी नहीं! बल्कि मैंने तो अमेरिकी पत्रकार की शैली में गंभीर मुद्रा में सुना दिया, 'महाशय, इस दुनिया में सभी इनसानों में कुछ-कुछ कमजोरी होती है। भगवानजी ने अभी भी ऐसा कोई बेदाग, सच्चा मॉडल तैयार ही नहीं किया। इसलिए एकाध दोष तो खोजकर बताएँ।' उन सज्जन ने जोर का ठहाका लगाया और कहा, 'मैंने उनकी लिखावट देखी है। एकाध बार हिज्जे के मामले में वे फिसल गए हैं।' साहब की बातें सुनकर भी मुझे भरोसा हुआ।''

वैज्ञानिक मिस्टर सेन ने पूछा, ''उनकी रचनाओं से आपको क्या मिला?''

''इन कुछ ही घंटों में भला कितना अंदाजा लगा सकता हूँ! मैं जो देख रहा हूँ, इस देश में रहते-सहते अव्यवस्थित बंगाली के सोच-विचार-चिंतन में भी व्यवस्थित भाव आ जाता है, जिसे बहुतेरे लोग 'मानसिक परिच्छन्नता' कहते हैं। उनके लेखन से ही मैंने अपने नोटबुक में कॉपी की है—ईश्वर को एक स्पेशल असिस्टेंट की जरूरत है। सोच रहा हूँ, सिर झुकाकर उस पद के लिए आवेदन करूँ।''

इसके अलावा मैंने उनकी एक और बात भी लिख रखी है—''तुम्हारे जीवन पथ में असंख्य ट्रैफिक लाइट्स की लाल-लाख आँखों की गुर्राहट है। अतः इसी वजह से तुम्हारे दिल ने किसी दिन भी जी भरकर हरी रोशनी का संकेत नहीं चाहा।'' या ''एक बार किसी तरह अपने को विश्वास दिलाओ कि तुम अपरिहार्य नहीं हो। तुम्हारा मन शांति में प्लावित रहेगा।'' या ''मैं सीधे-सीधे ज्ञान का आलोक चाहता हूँ। दूसरों द्वारा दी गई

व्याख्या का मतलब ही है—बाधा।''

एक और पंक्ति भी बेहद अच्छी लगी—''व्यक्ति पार्थिव संपदा में, सुख में और कभी-कभी त्याग में भी शांति चाहता है। इस दुनिया के विभिन्न देश बातचीत, विचार-विमर्श, डिप्लोमेसी या युद्ध के माध्यम से शांति सुनिश्चित करना चाहते हैं। यह सब निजी या सार्वजनिक कौशल बहुत लंबे समय तक स्थायित्व नहीं देता। शांति बाहर की दुनिया से नहीं आती, उसकी उत्पत्ति इनसान के दिल में होती है।''

□

मिस्टर सेन के घर से लौटकर मैंने चुपके-चुपके काफी रात तक पढ़ाई-लिखाई की। मेरा अविश्वासी मन बेहद सजग रहा, क्योंकि विश्वास करते रहने की वजह से ही मेरे देश के अभागे इनसान बार-बार ठगे जाते रहे। लेकिन यह बात भी सच है कि ठोक-बजाकर देखे बिना ही अगर सबकुछ कूड़ेदान में फेंक दिया जाए तो भी इनसान तरक्की नहीं कर पाता। इसलिए पश्चिम का वैज्ञानिक मन समूची दुनिया के प्राचीनतम परंपरा, चिंतन और आस्थाओं का सूक्ष्म विश्लेषण करके इस जाँच-परख में लगे हैं कि सच कहाँ छिपा हुआ है। पिछले कई हजार वर्षों से विभिन्न देशों में, विभिन्न समयों में इनसान क्या सोचता रहा, इसका पुनर्मूल्यांकन किया जा रहा है। इस जिज्ञासु पश्चिमी मानस के लिए भारत निश्चित रूप से सोने की खान है; जबकि हम भारतीय अपनी कोई खोज-खबर लिये बिना ही साहब लोग क्या करते हैं, यह देखने के लिए आँखें बिछाए रहते हैं।

□

दुनिया की सबसे ऊँची इमारत का जिक्र होने पर किसी जमाने में एंपायर स्टेट बिल्डिंग ही समझी जाती थी। पर अब ऐसा नहीं है। सुबह के वक्त न्यूयॉर्क की सबसे ऊँची जगह वर्ल्ड ट्रेड सेंटर देखने जाना तय हुआ था। लेकिन मैं इसके बजाय श्रीचिन्मय घोष से ही मिलना चाहता था।

आखिरकार श्रीचिन्मय से भेंट हुई। तुर्की सेंटर में बँगलादेश मिशन के एक कक्ष में वे खुद ही मुझसे मिलने आ पहुँचे।

खुद साहब-सूबों के मुल्क में संन्यासी नहीं, साधु नहीं, सौ प्रतिशत बंगाली बाबू—श्रीचिन्मय कुमार घोष! उम्र पचपन वर्ष! श्याम रंग, सुगठित बदन! वजन 160 पाउंड। (साहब-भक्तों में यह महान् खूबी है, जिज्ञासुओं के लिए पूरा विवरण रेडी रहता है।) श्रीचिन्मय सफेद कुरता-धोती में थे और पाँवों में पंप-शू। किसी जमाने में ऐसे इनसान हावड़ा के बाजार और सियालदह रेलवे स्टेशन पर सैकड़ों की संख्या में नजर आते थे। वैसे अब सिंथेटिक्स की मेहरबानी से सारे बंगाली मर्द पूरे-पूरे साहब हो गए हैं। विशुद्ध बंगाली वेशभूषा देखने के लिए आपको अब विवाह के लगन का इंतजार करना होगा या पासपोर्ट-वीजा बनवाकर इस न्यूयॉर्क में हाजिर होना होगा।

उस शख्स का सभी कुछ साधारण था, सिर्फ आँखों को छोड़कर। फिलिप्स कंपनी के विज्ञापन की भाषा में—एक जोड़ी अर्जेंटा लैंप, जिसमें शुभ्र रोशनी की स्निग्धता होती है, लेकिन नुकसानदेह उत्ताप नहीं होता। वह रोशनी तो देता है, मगर जलकर खाक नहीं होने देता। यह प्रसन्न रोशनी ही अति मात्रा में 'सॉफिस्टिकेटेड' पश्चिम को चटगाँव के निपट देहात बोयालखाली की ओर खींच रहा है। हडसन नदी ने कर्णफुली नदी से हार मान ली है।

कुछ देर बातचीत हुई। अति साधारण बंगालियाना बातचीत—देश कहाँ है? देश कब छोड़ा? देश क्यों नहीं जाते? श्रीचिन्मय ने अपनी बँगला साहित्य-प्रीति का परिचय दिया। किसी जमाने में वे रवि ठाकुर, नजरुल में डूबे रहते थे। बीस वर्ष श्रीअरविंद आश्रम में विविध अनुभव प्राप्त किया। किसी जमाने में उन्होंने नलिनीकांत गुप्त के निजी सचिव की नौकरी की। सन् 1988 में इन्हीं नलिनीकांत की जन्म शताब्दी मनाई गई। उन्होंने कहा, ''नलिनीकांत की कुछेक रचनाओं का भी अनुवाद किया था, अरविंद की एक जीवनी भी लिखी थी। उसके बाद विधाता के मन में जाने क्या था, सात समंदर पार चला आया।''

उनके साथ लंबे-चौड़े एक साहब-भक्त भी थे—पुकार नाम लंबू। अच्छा नाम अधीरता।

नहीं, ये लोग अपने घर-संसार, कामकाज का विसर्जन देकर गुरु-सेवा के लिए किसी आश्रम में शामिल नहीं हुए थे। लंबू संयुक्त राष्ट्र कार्यालय में किसी भले पद पर काम करते थे। पिछले साल टुप से एक बार इंग्लिश चैनल तैरकर पार कर आए। इस बार भी ऐसा ही कुछ करने वाले हैं। श्रीचिन्मय शरीर-स्वास्थ्य ठीक-ठाक रखने में विश्वास करते हैं। अगर सुबह-सुबह पेट गुड़गुड़ाए, नाभि में मरोड़ें उठें, सिर-दर्द होता रहे, दाँतों में टीस बनी रहे तो इनसान ईश्वर की उपलब्धि की कोशिश कैसे करेगा? शरीर को हमेशा नियंत्रण में रखना होगा। आज सुबह श्रीचिन्मय खुद ही 160 पाउंड की देह लिये पचपन वर्ष की उम्र में 330 पाउंड वेट-लिफ्टिंग कर आए थे।

हमारी बातें खत्म ही नहीं होना चाहती थीं। अब हम संयुक्त राष्ट्र मेडिटेशन सेंटर की ओर चल पड़े। एक विशाल कक्ष। तब तक वह कक्ष विविध वेशभूषा में सज्जित स्त्री-पुरुषों से भर उठा था। डिप्लोमेसी की इस सभा में सभी पुरुष कोट-पैंट सज्जित। इतने त्रुटिहीन सूट-बूट में एक साथ इतने सारे पुरुष अन्यत्र कहीं भी देखने को नहीं मिलेंगे। महिलाओं में अधिकांश ने अपनी ड्रेस पहन रखी थी, कोई-कोई महिला साड़ी में भी थीं।

मैंने चुपके-चुपके पूछा, ''आपने क्या इन महिलाओं को साड़ी पहनने की हिदायत दी है?''

श्रीचिन्मय ने कहा, ''बिलकुल भी नहीं। मैं धोती पहनता हूँ न, इसलिए इन लोगों

को लगा है कि वे लोग अगर साड़ी पहनेंगी तो मुझे प्रसन्नता होगी।''

संयुक्त राष्ट्र संघ का प्रार्थना कक्ष भर उठा। कुरसी खाली न पाकर बहुत से लोग खुशी-खुशी घुटने मोड़कर कालीन पर ही बैठ गए।

महाशक्तिमान राजपुरुष और महिलाओं की उस सभा में मैं कुछ सकुचा उठा। जूते उतारने की मुझे आदत नहीं थी।

हर ओर गजब की शृंखला। अनुशासन। कोई-कोई चुपचाप सभा के छुट-पुट काम में भी हाथ लगा देता था। स्वेदश में हमारी प्रार्थना-सभाओं की जो हालत और अनिश्चयता होती है और जैसा हंगामा मचा होता है, यहाँ ऐसा कुछ भी नहीं था।

स्वामी विवेकानंद ने विश्व धर्म महासभा देखी थी, मैंने विश्व मानव की मिलन सभा देखी। गजब थी यह सभा। कोई व्याख्यान नहीं, कोई शास्त्र पाठ नहीं, कोई मंत्रोच्चार तक नहीं। श्रीचिन्मय उन सबके आमने-सामने बैठे धीरे-धीरे ध्यानमग्न हो गए। 100 से भी अधिक विश्वासी भी एकांत भाव से उनका अनुकरण करने की कोशिश करने लगे। किसी ने धीरे-धीरे आँखें मूँद लीं, कोई नतमस्तक होकर पत्थर की तरह स्तब्ध हो रहे।

काफी देर तक इसी तरह खामोशी छाई रही। मुझे खयाल आया, संयुक्त राष्ट्र संघ के किसी कक्ष में इनसानों के दलबद्ध घृणा का द्वंद्व चल रहा है, कहीं गुप्त राजनीतिक साजिश चल रही है; कहीं अविश्वास की असहनीय पीड़ा रची जा रही है और यहाँ अचानक जाने किस आकर्षण में लोग वोयालखाली के एक कृष्णांग बंग संतान के सामने स्वेच्छा से नतमस्तक थे। उसने ऐसा क्या दे दिया, जो इस विशाल विश्व-सभा में और कहीं भी पाना संभव नहीं है?

लंबी खामोशी के अंत में सुवेशी महिला-पुरुषों का ध्यान भंग हुआ। अब, श्रीचिन्मय ने गाने के लिए इशारा किया और तभी मेरी आँखों व कानों के लिए परम विस्मय शुरू हुआ। श्वेत, श्याम, मंगोल—सभी ने समवेत बँगला गाना शुरू कर दिया। उनमें से कोई भी बँगला नहीं जानता था। लेकिन दिल की गहराई से ऐसा पवित्र निवेदन भरा गीत मैंने बँगला में कभी नहीं सुना था—

मन पंछी आगे बढ़ते चलो
देखो न पीछे मुड़कर
जग देता जो हाथ उठाकर
निरा तुच्छ, वह मिथ्या।

'ओ बर्ड ऑफ माइ हार्ट, फ्लाइ ऑन।' फ्लाइ ऑन। उस वक्त मैं अंग्रेजी में सोचने की व्यर्थ चेष्टा करने लगा। गीत के बाद गीत। दुनिया भर के इनसानों की आवाज में गहरी आकुलता—

भूलने न देना, प्रभु!
यदि मैं भूलूँ कभू!
तीखी पीड़ा दे मुझे जगाना
यदि मैं भूलूँ कभू!
मरण नींद कभी आ जाए
अमर परस दे मुझे जगाना
भूलने न देना कभू!

एक के बाद एक गीत का स्वर गूँजता रहा—

जागे ना, जागे ना, परान जागे ना,
घोर नींद टूटे ना।

आज संयुक्त राष्ट्र संघ की कहीं बहुत बड़ी मीटिंग थी। शक्तिमान राजदूतों में हर कोई नतमस्तक मुद्रा में श्रीचिन्मय के हाथ से वर्क में लिपटे एक-एक 'कुकी' ग्रहण करके बार-बारी से विदा हुए। उस दिन श्रीचिन्मय ने किसी से कोई बात नहीं की।

इसी मौके पर पुरुष-भक्तों का बँगला नाम भी सुनाता चलूँ—स्टीवेन हाइन अब 'ध्रुव' हैं। केविन कीफ का नाम हो गया है—अधिरथ। कीथ फरमैन को नाम मिला है—'आश्रित'। दो पूर्व फुटबॉल खिलाड़ी भाई, मैथ्यू और लैरी, हो गए अब भीस और 'तेजियान' थे। सुना है कि एक जाज गायक माइकेल वाल्डेन 'नगृद' बन गए थे। और एक ओलंपिक ट्रैक चैंपियन कार्ल लुई 'सुधाहोता' थे। कार्लो सानताना को नाम मिला है—'देवदीप'।

श्रीचिन्मय ने मुझे अधीरता और ध्रुव, संयुक्त राष्ट्र संघ के विशिष्ट कर्मियों के साथ दोपहर का खाना खाने के लिए भेज दिया। बेहद स्नेह-प्रवण इनसान थे। किसने खा लिया, किसका खाना बाकी है, वे हर बात पर नजर रखते थे।

मेरे एक सवाल के जवाब में स्टीवेन हाइन ने कहा, ''किसी एक यूरोपियन ने उनसे सवाल किया था—'आप जो प्रचार कर रहे हैं, वह धर्म मत है?' 'नहीं, मैं धर्म-प्रचार नहीं करता, सिर्फ राह का इशारा भर करता हूँ। किसी भी धर्म पर आस्था रखते हुए इस राह पर चला जा सकता है।' उन्होंने जवाब दिया।''

केविन कीफ ने बात आगे बढ़ाई, ''उनकी शिक्षा है—हम समाज में कोई क्रांति लाना नहीं चाहते। समाज को मानते हुए यह समाज में परिवर्तन और विकास लाने को उत्साही हैं। इस काम के लिए सभी का सहयोग जरूरी है।''

स्टीवेन हाइन ने कहा, ''संयुक्त राष्ट्र संघ के अलावा अन्यत्र भी श्रीचिन्मय की ध्यान सभा आयोजित होती है। बहुत से लोग सवाल करते हैं, श्रीचिन्मय उत्तर देते हैं।''

पश्चिमी लोगों के मन में किस तरह के सवाल जागते हैं, यह जानने की जिज्ञासा मैं दबा नहीं पाया। मुझे बताया गया कि कई-कई तरह के सवाल पूछे जाते हैं। कोई पूछता

है—ध्यान किस ढंग से किया जाता है? किसी का सवाल होता है—ध्यान के समय कहीं सो न जाऊँ, इसके लिए क्या करूँ? कोई पूछता है—ध्यान में बैठते ही लगता है, अभी-अभी कुछ होगा। लेकिन अंत तक कुछ नहीं होता, इसका क्या कारण है? कोई यह जानना चाहता है—ध्यान से क्या मिलता है? कोई कहता है—नाभि-चक्र में ध्यान करता हूँ, लेकिन खास कुछ हो नहीं रहा है।

मैं समझ गया, भक्तियोग का सबसे श्रद्धेय प्रचारक कहने से जो अर्थ निकलता है, श्रीचिन्मय उन्हीं में से एक हैं।

वैसे, और-और तरह के भी प्रश्न होते हैं। उनमें से कुछ-कुछ मैंने अपनी नोट बुक में लिख रखा है। दो-एक नमूने दिए बिना मुझसे रहा नहीं जा रहा है।

प्रश्न : चारों तरफ संघात है, चारों तरफ संघर्ष है—यह क्या ईश्वर की इच्छा है?

श्रीचिन्मय : कभी-कभी यह ईश्वर की लीला होती है। अच्छा और बुरा दोनों ही प्रकाशमान होता है। अंत में न्याय की जय होती है। वैसे पृथ्वी का वर्तमान संघात ईश्वर-अभिप्रेत है, ऐसा नहीं लगता। इनसान की कमजोरी से ही इसका जन्म होता है। इनमें से कोई-कोई यह दिखाना चाहता है कि मैं कोई धाँसू, जबरजंग, असाधारण इनसान हूँ। तुम पर अधिकार जमाने, तुम पर राज करने जैसी ताकत मुझमें मौजूद है। तुम्हें मेरे पैरों पर झुकना ही होगा, यानी हम सब अपना-अपना अंधा अधिकार-विस्तार सुनिश्चित करने में डूबे रहते हैं।

ऐसे सब ढेरों प्रश्नों में पश्चिमी मानसिकता के गति-प्रवाह के बारे में थोड़ी-बहुत धारणा बना सकते हैं। विज्ञान के हिमालय-शिखर पर आरोहण करने के बावजूद इनसान अब अपनी तलाश के लिए किस हद तक आकुल-व्याकुल हो उठा है, इसका अंदाजा हो जाता है।

प्रश्न : चिंता और ध्यान क्या एक ही वस्तु है?

श्रीचिन्मय : कहीं से भी एक ही वस्तु नहीं है, बल्कि उत्तर और दक्षिण मेरु जैसे हैं। जब हम ध्यान करते हैं, तब हमारा लक्ष्य होता है—समस्त चिंताओं से मुक्ति। चिंता ब्लैकबोर्ड पर एक बिंदु के समान होती है, ध्यान के समय उसे मिटा डालने की कोशिश करनी पड़ती है। ध्यान के पहले स्तर पर थोड़ी-बहुत चिंताएँ आती रहती हैं, लेकिन गहरे स्तर पर चिंता का कोई स्थान नहीं होता।

प्रश्न : जो इनसान ईश्वर पर विश्वास नहीं करता, वह क्या ध्यान की कोशिश कर सकता है?

श्रीचिन्मय : जो ईश्वर पर विश्वास नहीं करता, वह ध्यान कर सकता है; लेकिन इससे उसे कोई फायदा नहीं होगा। ध्यान की राह हमें ईश्वर तक ले जाती है। अगर आपका ईश्वर पर विश्वास न हो तो आप यह राह न पकड़ें, यही स्वाभाविक होगा। फर्ज कीजिए,

आप कार्यालय में हैं। अगर मैं कहूँ, आपके कार्यालय का कोई अस्तित्व नहीं है या आपका अपना ही कोई अस्तित्व नहीं है, तो आपका कार्यालय कहाँ है, क्या मैं यह जानने की कोशिश करूँगा? बताइए, क्या ऐसा करूँगा?

प्रश्न : जो व्यक्ति कुछ भी नहीं जानता, वह कैसे ध्यान का अभ्यास शुरू कर सकता है?

श्रीचिन्मय : जो लोग अध्यात्म की राह पर प्रवेश करना चाहते हैं, उनके लिए सबसे अधिक जरूरी है—सरलता, निष्ठा और पवित्रता। ध्यान में बैठकर पहले अपने सिर के बारे में सोचें और 'सरलता' शब्द खामोशी से सात बार सोचिए। अब हृदय तक आइए और सात बार 'निष्ठा' शब्द दुहराइए। इसके बाद नाभि में मन को ध्यानस्थ करें और सात बार 'पवित्रता' शब्द पर मनन करें। अब अपनी दोनों भौंहों के संधि-स्थल से जरा ऊपर तृतीय नयन के बारे में सचेतन होइए और सोचिए कि आप दुविधाहीन हैं। अब अपना हाथ माथे पर रखें और खामोशी से तीन बार कहें—मैं सरल हूँ, मैं सरल हूँ, मैं सरल हूँ। अब छाती पर हाथ रखकर तीन बार कहें—मेरे हृदय में निष्ठा है। अब नाभि स्पर्श करके तीन बार दुहराएँ—मैं पवित्र हूँ। उसके बाद तृतीय नेत्र को स्पर्श करके कहें—मैं दुविधाहीन हूँ।

अब, ईश्वर के विभिन्न रूपों के बारे में सजग हों। अगर आपको प्रेममय ईश्वर प्रिय हैं तो मन-ही-मन सात बार कहें—प्रेम, प्रेम! अगर आपको शांति पसंद हो तो इस प्रकार सात बार 'शांति' शब्द दुहराएँ। अगर आपको प्रकाश की इच्छा हो तो कहें—प्रकाश। सिर्फ प्राणहीन आवृत्ति न करें। अपनी समस्त सत्ता से इतनी गहराई में प्रवेश करने की कोशिश करें, मानो आप प्रेम, शांति और प्रकाश की झरना-धारा में अवगाहन कर रहे हैं।

एक और अभ्यास जरूरी है। आप यह महसूस करने की कोशिश करें मानो अपने अंतस के द्वार पर अपने कई एक स्वर्गीय मित्रों का स्वागत करने का इंतजार कर रहे हैं। इनको आपने आमंत्रित किया है—प्रेम, शांति, प्रकाश और आनंद इन सबको आप किसी इनसान के तौर पर अपनी कल्पना में लाने की कोशिश करें, ताकि आप अपने मानस-चक्षुओं से इन सबको देख सकें। अगर आप इन सारे बंधुओं को एक ही दिन में अपने अंतःस्थल में न ला पाएँ तो एक-एक दिन एक-एक जन को आमंत्रित करें।

इसके बाद और एक अभ्यास। साँस खींचकर कुछेक पल रोके रहें और महसूस करें कि आप यह प्राण शक्ति तृतीय नेत्र में थामे हुए हैं। इससे आपका मन-संयोग बढ़ेगा। दूसरी बार साँस लेकर हृदय केंद्र का ध्यान करें। तीसरी बार नाभि-केंद्र पर ध्यान टिकाएँ। इससे भी आपको ही सुविधा होगी।

प्रश्न : ध्यान का श्रेष्ठ समय कौन सा है?

श्रीचिन्मय : श्रेष्ठ समय है सुबह तीन बजे से चार बजे, जिसे हम ब्राह्ममुहूर्त कहते

हैं। हमारे वैदिक ऋषिवृंद को यही समय सर्वाधिक पसंद था। लेकिन, पश्चिम में जो लोग रात बारह-एक बजे तक जगे रहते हैं, उन लोगों के लिए इस समय बिस्तर छोड़ने से फल उलटा भी हो सकता है; क्योंकि जो लोग अध्यात्म-पथ के नए यात्री हैं, उन लोगों के लिए सात-आठ घंटे की नींद जरूरी है। मैं कहूँगा, सुबह साढ़े चार-पाँच बजे ध्यान आरंभ करें। अध्यात्म पथ पर जरा आगे बढ़ने के बाद आप नींद की मात्रा कम कर सकते हैं। मेरी जान-पहचान के बहुत से लोग साढ़े पाँच-छह बजे ध्यान करते हैं।

प्रश्न : मैं शांति की तलाश में हूँ। मेरे लिए क्या कभी ध्यान करना तर्कसंगत होगा?

श्रीचिन्मय : अगर शांति की जरूरत है तो श्रेष्ठ समय शाम 6 बजे और 7 बजे के बीच है। उस समय प्रकृति जीव को सांत्वना देती है।

यदि आप शक्ति के पुजारी हों तो श्रेष्ठ समय दोपहर 12 बजे है। दिन भर में यही सबसे अधिक काम का समय है।

यदि आपको आनंद की जरूरत है तो सुबह 5-6 बजे ध्यान करें। जननी वसुंधरा आपकी सहाय होंगी।

यदि आपको धैर्य की जरूरत है तो मौके के अनुसार किसी एक पेड़ तले बैठकर ढलती शाम के समय ध्यान करें।

यदि प्रेम ही आपका लक्ष्य है तो आधी रात श्रेष्ठ समय है। अपनी तसवीर सामने रखें। आपका अंतस-माँझी ही आपकी मदद करेगा।

यदि आपको पवित्रता की जरूरत है तो भोर के समय बिस्तर छोड़ने से पहले श्वास-प्रश्वास में ध्यान करें। आपकी आत्मा आपकी सहायक होगी।

प्रश्न : अगर मैं उस समय श्रृंखला न मान सकूँ?

श्रीचिन्मय : हर प्रचेष्टा का एक श्रेष्ठ समय होता है। लेकिन इस वजह से अन्य समय ईश्वर का द्वार बंद नहीं होता। फर्ज करें, नाश्ता! सुबह-सुबह ही खाने का रिवाज है। लेकिन वही खाना अगर आप शाम को खाना चाहें तो खा सकते हैं। पुष्टि की कमी नहीं होगी। व्यंजन तो बुरा नहीं होता।

प्रश्न : अध्यात्म-पथ पर आगे बढ़ने के लिए क्या निरामिष खाना चाहिए?

श्रीचिन्मय : निरामिष आहार अध्यात्म जीवन में एक बड़ी भूमिका निभाता है। यह आहार हमें पवित्र होने में मदद करता है। जब हम मांस खाते हैं, तब कुछेक पशु-प्रवृत्तियाँ हमारे अंदर घुसने की कोशिश करती हैं। मछली तो और भी बुरी है। इसके साथ आलस्य, संकीर्णता और विवेकहीनता जुड़ी होती है। साग-सब्जी, फल हमें नम्रता देते हैं, मिठास देते हैं और पवित्रता प्रदान करते हैं। इसलिए निरामिष होना ही भला है। लेकिन दुनिया में ऐसे अनेक ठंडे प्रदेश हैं, जहाँ केवल शाकाहारी रहकर जीवन-धारण करना कठिन है। वहाँ निश्चित रूप से मांस आहार करना होगा, क्योंकि अगर ऐसा नहीं हुआ तो इच्छा होने

के बावजूद शरीर विद्रोह कर देगा। शाकाहारी न हो तो ईश्वर-अनुभूति नहीं होगी, यह बात सही नहीं है। ईसा मसीह, विवेकानंद और अन्यान्य कई महापुरुष भी मांस खाते थे।

अध्यात्म-पथ के अलावा भी सैकड़ों सवाल हैं। ये सभी प्रश्न ऐसे सब लोग करते हैं, जो अपने-अपने कर्मक्षेत्र में सफल हैं। किसी-किसी की तो विभिन्न विषयों में समूची दुनिया भर में ख्याति है।

किसी ने प्रश्न किया : दुनिया में सब पर शक करने की प्रवृत्ति मैं कैसे छोड़ सकता हूँ।

श्रीचिन्मय : पहले अपने से ही सवाल करें कि शक करने की इस प्रवृत्ति से मेरा कोई फायदा हुआ है या नहीं। आप देखेंगे कि कोई फायदा नहीं हुआ। संदेह के वशवर्ती होकर आप और नीचे उतर जाते हैं। इसके बाद स्वयं से ही पूछें—क्या मैं बुद्धू हूँ, या बुद्धिमान? आप जरूर ही बुद्धू नहीं हैं, इसलिए आपको बुद्धिमान की तरह काम करना होगा।

इसके बाद यह तलाश करें कि संदेह कहाँ है? मन में या शरीर में? मन संदेह पर्वत की तरह अटल होता है। मन के उस संदेह से कहें—आपसे मुझे कष्ट-यंत्रणा के अलावा और कुछ नहीं मिला, हालाँकि आप दिखा ऐसे रहे हैं जैसे आप ही मेरे परम मित्र हैं। अब मैं समझ गया हूँ कि आप मेरे परम शत्रु हैं। इसलिए आप तत्काल यहाँ से दफा हों। मेरे इस छोटे से परिसर में आपके लिए कोई जगह नहीं है।

यह भी याद रखें कि चिरकाल कोई शत्रु नहीं बना रहता। आपका अंतर जब असली आलोक से भर उठेगा, तब संदेह आपके मन में प्रवेश भी कर गया हो तो भी वह आपका कुछ भी नहीं बिगाड़ सकता, बल्कि खुद भी आलोकित हो उठेगा।

अंत में, श्रीचिन्मय घोष से अनेक विषयों पर काफी लंबे समय तक बातें करने का मुझे सौभाग्य मिला। साहब-मेम आकर उनके सामने बैठे रहे, लेकिन वे बड़े प्यार के साथ मुझसे बँगला में बातचीत करने में मगन रहे। साहब लोगों को बुरा भी नहीं लगा। उन लोगों ने जाने क्यों तो बँगला और बंगाल को श्रद्धा के इतने ऊँचे आसन पर बिठाया है।

मनुष्य के अंतर की शांति, पूर्व-पश्चिम संबंध, मानव समाज की अनंत जिज्ञासा वगैरह से शुरू करके सुदूर बँगलादेश, रवींद्रनाथ, नजरुल, नलिनीकांत गुप्त तक अनेक विषयों पर हमारी बातचीत हुई। कार्मिक परिवेश में अपना शैशव और बचपन गुजारने के बावजूद मैं पूरी तरह विश्वासी नहीं हो सका, यह बात श्रीचिन्मय ने भाँप ली।

मैंने कहा, ''मेरे अंदर विश्वास-अविश्वास का पेंडुलम हर वक्त झूलता रहता है। मैं अपने इस खयाल को रोकता भी नहीं, क्योंकि पूर्णतः समर्पित कर दूँ तो कहानी-किस्से लेखक में 'अप्रत्याशित' होने की ताकत खत्म हो जाती है।''

श्रीचिन्मय ने मंद-मंद मुसकराते हुए एमर्सन की पंक्तियाँ दुहराईं—''खुद तुम्हारे अलावा कोई और तुम्हारे अंतस में शांति नहीं ला सकता।''

मैंने सोचा कि अपने समस्त विस्मय का अवसान करके एक बार उनसे पूछ ही लूँ, ''आप किस शक्ति के बल पर विदेश में ऐसी विपुल श्रद्धा के आसन पर प्रतिष्ठित हुए? और प्रतिष्ठित होने के बावजूद अन्य अनेक लोगों की तरह किसी संघ की प्रतिष्ठा नहीं की या विपुल वैभव में डूबकर नहीं रह गए, जो इस देश में करना बेहद आसान था।'' (मुझे खबर भी कि उनके पास अपनी एक गाड़ी भी नहीं है। संयुक्त राष्ट्र कार्यालय के कोई-कोई स्वेच्छा-सेवी उन्हें बारी-बारी से जमैका से मेडिटेशन सेंटर तक लाते-ले जाते थे।)

लेकिन ऐसे सब व्यक्तिगत सवाल पूछने का मौका ही नहीं मिला। श्रीचिन्मय उस समय मुझसे कलकत्ता के कॉलेज स्ट्रीट के मुहल्ले में अपने घूमने-फिरने के तजुर्बे बयान कर रहे थे। उन्होंने चक्रवर्ती-चैटर्जी की दुकान में किताबें खरीदने का किस्सा सुनाया। कुछ दिनों पहले ही वे अपनी जन्मभूमि बँगलादेश का चक्कर लगाकर लौटे थे। उस बारे में बातचीत होती रही। शांति निकेतन के अध्यापक शिशिर घोष का भी जिक्र छिड़ा।

मैं समझ गया कि श्रीचिन्मय रवींद्रनाथ में डूब गए हैं। सुदूर प्रवास में उनके रचे हुए गीतों में बार-बार रवि बाबू की छाया झलक उठती थी।

बातचीत करते-करते हम दोनों विशाल राजपथ पर आ खड़े हुए। हमारे पीछे संयुक्त राष्ट्र भवन आसमान छू रहा था। सामने ही परम अमेरिका संयुक्त राष्ट्र से संबद्ध दफ्तर! और उसी की बगल में तुर्की सेंटर, हमारा परवर्ती गंतव्य स्थल।

मुझे बेहद हैरत हुई। धोती-कुरता और पंप-शू पहने हुए, अपनी आजादी पूर्णत: कायम रखे हुए श्रीचिन्मय घोष की तरह विश्व-विजय किया जा सकता है?

श्रीचिन्मय इन सब मामलों के बारे में जरा भी चिंतित नहीं लगे।

''देश की याद नहीं आती?'' मैंने उनसे जानना चाहा।

''जिनके पास रवींद्रनाथ, रामकृष्ण, विवेकानंद मौजूद हों, उन्हें भला क्या चिंता!'' इतना कहकर श्रीचिन्मय घोष न्यूयॉर्क के राजपथ पर अपने ही खयालों में डूबे एकांत भाव से आगे बढ़ने लगे।

□

गाँव का योगी सागर पार

चटगाँव के उजाड़ गाँव-बस्ती में जनमे, नितांत कम उम्र में पितृ-मातृहीन और उसके बाद बेघर, दिशाहारा एक बंग संतान के विश्व-विजय की कहानी बहुत से पाठक-पाठिकाओं को अविश्वसनीय लग सकती है, इस आशंका से मैं पहले ही याद दिला देना चाहता हूँ कि आँखों में सपना, मन में विश्वास और साथ ही विश्व-पथ की समस्त बाधा-व्याधि विजय करने का दुर्जय संकल्प हो तो आज भी अनहोनी में होनी बदल जाती है और असंभव, संभव हो जाता है।

न्यूयॉर्क शहर के आभिजात्य जमैका अंचल में एक प्रसिद्ध रास्ते का नाम श्रीचिन्मय स्ट्रीट देखकर शुरू-शुरू में मैं कुछ विस्मित हुआ।

कौन हैं यह श्रीचिन्मय? इससे भी ज्यादा विस्मय की बात यह थी कि किसी स्वर्गवासी दक्षिण एशियाई की स्मृति-रक्षा के लिए नहीं, किसी एक जीवित बंगाली साधक को सम्मानित करने के लिए ही विश्व की धनाढ्य नगरी का यह विनम्र कार्य है। न्यूयॉर्क के इस अंचल को श्रीचिन्मयपुरम कहा जाए तो अतिशयोक्ति नहीं होगी, इसका सबूत यह है कि जिस किसी चौराहे पर कुछेक पल खड़े होते ही जितनी सारी साड़ीधारी, शुभ्र तनु विदेशिनी नजर आती हैं, वह सलवार-कमीज और जींस में जर्जर कलकत्ते के किसी जनपद में पूरे दिन भर भी नजर नहीं आएँगी। इससे भी ज्यादा विस्मयकारी बात यह है कि बहुतों का एक-एक बंगाली नाम है—आकुति, हासी, कुसुमिता, माधुरी, मृदुला, प्रमोदा, सरमा, शांतिश्री, स्नेहशीला, सुहासिनी, सुलोचना इत्यादि। ये तमाम नाम मेरी कल्पना-प्रसूत नहीं हैं। इसका अगर प्रमाण चाहें तो टेलीफोन निर्देशिका में देख सकते हैं—दीपाली कनिंघम, चेतना हाइन, निद्राहरा रोड्स, प्राणिका बसु, ऋजुता टुकर या सुतुष्टि लैंग। एक अदद बँगला नाम पाने के लिए अमेरिका, यूरोप, ऑस्ट्रेलिया के सैकड़ों-सैकड़ों स्त्री-पुरुष अपने प्रिय शिक्षा गुरु के चेहरे की तरफ आशा भरी नजरों से देखते रहते हैं, इस बात पर आज के बंगाल में कौन विश्वास करेगा?

जिन्होंने बेआवाज इस अनहोनी को होनी कर दिखाया, उसका आदि नाम है—

चिन्मय घोष। जन्म, चटगाँव के शाकपूरा गाँव में 27 अगस्त, 1931 को। पिता शशिकुमार थे, उस जमाने के असम-बंगाल रेलवे में इंस्पेक्टर। जननी, योगमाया घोष, श्रीचिन्मय का पुकार नाम—मादल, जिसने समूचे यूरोप के भक्तों के आग्रह में एक खास अर्थ उपलब्ध किया है। 'मादल बल' एक विशेष किस्म के रिटेल-चेन ने सफलता अर्जित की है। किसी एक स्विस भक्त आंद्रे बेयर के प्रयास से इस किस्म के लगभग 300 विपणन केंद्र या स्टोर स्थापित किए गए हैं, जिसने विशेष तात्पर्य उपलब्ध किया है। ज्यूरिख के इस मनोवैज्ञानिक ग्रेजुएट की अकल्पनीय व्यावसायिक सफलता की कहानी बहुतेरे लोग जानते हैं; लेकिन उन लोगों के लिए परिचित नाम है—'कैलाश'। गुरुदेव द्वारा दिए गए इस नाम के पीछे आंद्रे बेयर कैसे खो गया, यह एक विचित्र कहानी है। वैसे स्वदेश-विदेश में जिन लोगों ने भारतीय अध्यात्मवाद का प्रचार किया है, उन लोगों के लिए यह कोई नई घटना नहीं है। 'मादल बाउल' चेन के कैलाश के साथ इस बार न्यूयॉर्क में ही मेरी भेंट हो जाएगी, तब आप लोग उन्हीं की जुबानी सुन लीजिएगा कि किसी ग्रामीण बंगाली के निर्देश पर 5,000 वर्ष पुराना कोई अभिनव पथ का आजकल नए यूरोप में प्रचार-प्रसार हो रहा है।

फिलहाल, हम सब न्यूयॉर्क के श्रीचिन्मय स्ट्रीट के करीब थे, जहाँ लगभग 1,000 चिन्मय भक्त, चिरकाल की वाणियाँ, नवयुग की जरूरत के मुताबिक हृदयंगम करने के लिए निवास करते हैं। वे सभी लोग अपने प्रिय शिक्षक के करीब रहने के तकाजे पर वहीं बस गए हैं। कुछेक दिनों के लिए ही अमेरिकी देश में आकर न्यूयॉर्क के इस अंचल में मुझ जैसे विश्व-आलसी के लिए कुछ विस्मयकारी तथ्य कुरेदकर निकाल पाना कतई संभव नहीं था। लेकिन जो खाए चीनी, उसे जुटाए चिंतामणि। यह कहावत अटलांटिक पार के कोलंबस आविष्कृत इस भूखंड में भी सच है। यहाँ दो भाई उन्मेष और रणजित मेरे संगी थे। विशालकाय इन दोनों भाइयों में से एक भाई का कार्यस्थल संयुक्त राष्ट्र का पोस्टल विभाग था और दूसरा भाई विक्टरी फैक्टरी नामक एक विचित्र अंतरराष्ट्रीय उद्योग का मार्केटिंग अफसर था। यह प्रतिष्ठान पूरे अमेरिका में सिल्क-स्क्रीन मुद्रण संबंधी सामग्रियाँ सप्लाई करता था, जिसकी थोड़ी सामग्रियाँ सुदूर चीन से आती थीं और बाकी 184-10 जमैका एवेन्यू की मँझोली साइज की फैक्टरी में तैयार की जाती थी।

उन्मेष का आदि नाम था—विलियम सोयेनसन। जन्म सन् 1948 में। न्यूयॉर्क शहर में पला-बढ़ा। स्थानीय विश्वविद्यालय में इतिहास और तुलनात्मक धर्म विषय पर पढ़ाई-लिखाई की। वियतनाम युद्ध में शामिल होने को राजी नहीं हुआ। उन दिनों इन लोगों को 'कंसेंसियस ऑब्जेक्टर' कहा जाता था। युद्ध में शामिल न होने के हर्जाने-स्वरूप काफी दिनों तक एक डे केयर सेंटर में काम करना पड़ा। वहाँ नन्हे-नन्हे बच्चों की देखभाल करनी होती थी, क्योंकि उन बच्चों की माताएँ उस वक्त काम पर गई होती थीं। भाई

रणजित का आदि नाम—रिचर्ड। चिन्मय के बारे में खबर पाकर वही अपने बड़े भाई को उनके पास ले गया था। भाई एक समय हिप्पी हो गया था। उन्हीं दिनों उसने दाढ़ी भी रख ली थी। श्रीचिन्मय से मिलने के बाद दोनों भाइयों का जीवन ही बदल गया। वह सन् 1972 का साल था। जस्टर कॉलेज में श्रीचिन्मय लगातार पाँच घंटों तक वेद पर व्याख्यान देते रहे। दोनों भाई इस कदर मोहित हो गए कि सभा के समापन तक वहीं बने रहे।

खोज-खबर लेकर दोनों भाई दुबारा उनका व्याख्यान सुनने पहुँच गए। इस बार उनका व्याख्यान न्यूयॉर्क विश्वविद्यालय में था। विषय था—कुंडलिनी जागरण। यह भारतीय अध्यात्म के संधान का जटिल अध्याय था। उसके बाद उनके और भी पाँच-पाँच व्याख्यान हुए योग के बारे में। दोनों भाई व्याख्यान सुनकर बिलकुल अभिभूत हो उठे। इस बीच श्रीचिन्मय की शिक्षा और वाणी के बारे में काफी सारी खोज-खबर ली गई।

उन्मेष ने ही बताया, ''सुनकर लगा, राह ज्यादा दुर्गम नहीं है। श्रीचिन्मय के शिष्य अगर विवाहित न हों तो उन्हें कुँवारे रहने की प्रतिज्ञा लेनी होगी। अगर कोई बांधवी हुई तो फटाफट विवाह-बंधन में आबद्ध होना होगा और शिक्षा केंद्र में आना होगा। कठोर भाव से निरामिष होना ही वांछनीय है। श्रीचिन्मय बचपन में मछली खाते थे, लेकिन अध्यात्म-पथ पर यात्रा के समय ही निरामिष होना उन्होंने प्रसन्नतापूर्वक स्वीकार कर लिया।''

उन्मेष ने यह भी बताया, ''हम दोनों भाइयों को असुविधा नहीं होनी चाहिए थी, क्योंकि न्यूयॉर्क में जन्म लेने के बावजूद, अमेरिकी होने के बावजूद हम दोनों भाइयों ने निरामिष की राह बहुत पहले ही चुन ली थी। श्रीचिन्मय की और भी कई एक अपेक्षाओं का पालन करना खास मुश्किल नहीं था—नित्य स्नान, संचय, शृंखला, निजी स्वास्थ्य। छोटे भाई को सिर्फ दाढ़ी कटवानी पड़ी। बात-बात में उपवास की कठोरता नहीं थी, अगर मन चाहे तो हफ्ते में एक दिन खाना न खाना।''

इसमें कोई आध्यात्मिक नफा-नुकसान नहीं था, लेकिन सेहत ठीक रहती है। लेकिन इसकी हमेशा तारीफ भी नहीं की जा सकती। नो बिग मील। यह सब नियम दोनों भाइयों के लिए नितांत अनजाना भी नहीं था, क्योंकि उन दोनों ने परमहंस योगानंद की 'ऑटोबायोग्राफी ऑफ ए योगी' कई-कई बार पढ़ डाली थी। और उन दोनों को काफी आनंद भी प्राप्त हुआ था।

इन दो भाइयों को श्रीचिन्मय ने आधुनिक जीवन-धारण की सलाह दी थी। ईश्वर की खोज में इस वजह से हाथ पर हाथ धरे आश्रम में बैठे रहने या आवारा घुमंतू होकर निरर्थक घूमते-फिरते रहने की सलाह श्रीचिन्मय ने कभी नहीं दी। उनकी शिक्षा में स्वनिर्भर होने की सलाह है; कर्म जीवन और उपार्जन-क्षमता की जरूरत पर गृहस्थी में रहते-सहते हुए मनुष्य आत्मोपलब्धि की कोशिश करें। उन्हीं की सलाह के मुताबिक वे दोनों

किसी संन्यासी संघ में शामिल नहीं हैं।

ब्रह्मचर्य के प्रयोग में उन्मेष ने साफ-साफ कहा, ''जो विवाह-बंधन में आबद्ध होकर घर-गृहस्थी चला रहा है, श्रीचिन्मय उसे अपनी जीवन-यात्रा बदलने को नहीं कहते। हम सब खोजकर्ताओं में काफी सारे दंपती भी हैं; लेकिन जिन लोगों ने विवाह नहीं किया, उन लोगों को कुँवारा रहने की ही सलाह देते हैं। मुमकिन है, दंपती में दोनों प्राणी हमेशा एक ही पथ के पथिक नहीं भी हों, लेकिन इस बारे में वे कहीं कोई दबाव नहीं डालते।''

उन्मेष ने कई वर्षों तक किसी यहूदी सेमिनरी में भी काम किया है। उसके बाद संयुक्त राष्ट्र में नौ बजे से पाँच बजे तक साधारण काम भी जुटा लिया, ताकि आध्यात्मिक अनुसंधानों में पर्याप्त वक्त दिया जा सके। भाई सोएनसन अपने बड़े भाई से तीन वर्ष छोटा है। बड़े भाई की तरह ही दीर्घकाय और कष्ट-सहिष्णु! घर से अनुमति लिये बिना हिप्पी बनकर इधर-उधर घूमते-भटकते फिरे। दोनों जन एक संग हिप्पी कम्यून में ही रहे। उसके बाद भारतवर्ष के अध्यात्म-पथ के प्रति आग्रह जाग उठा। दोनों को ही समझ में आ गया कि इस राह पर आगे बढ़ने के लिए कोई पथ-प्रदर्शक जरूरी है, जिसका इन दिनों जनप्रिय नाम है—गुरु।

सन् 1972 में उन दोनों को किसी सभागृह में श्रीचिन्मय के दर्शन हुए। वहाँ वे ऋग्वेद पर बोलने वाले थे। उस सभा में लगभग 50 श्रोता थे। लेकिन उनका व्याख्यान सुनकर रिचार्ड सोएनसन मुग्ध हो उठे।

''जीवन में पहली बार एक असली आध्यात्मिक गुरु की उपस्थिति में थोड़ा-बहुत आध्यात्मिक अनुभव हुआ।''

''श्रीचिन्मय को खोज निकालने का श्रेय मुझे जाता है।'' मीटिंग से निकलकर उन्होंने अपने बड़े भाई से बात की। बड़े भाई के मन में भी कौतूहल जाग उठा। यह तय हुआ कि इस बार दोनों साथ जाएँगे।

पहले ही दिन सभागृह में जाकर ऐसा क्या मिल गया?

रिचर्ड सोएनसन ने बताया, ''यह मैं कहकर नहीं समझा सकता।''

उस दिन श्रीचिन्मय ने बताया—''ऋग्वेद आमतौर पर हमें जो देता रहा है, उससे भी अधिक मिलेगा, बशर्ते आप लोग इसी पल नीरव, नि:शब्द होकर मेरे साथ कुछ देर ध्यान करें।''

''हैरत है! अद्‍भुत था वह अनुभव! जब मेरी संज्ञा वापस लौटी, तब श्रीचिन्मय कमरे से बाहर जा चुके थे। लेकिन काफी सारे श्रोता उस वक्त भी भाव-विभोर होकर अपने-अपने आसन पर बैठे हुए थे। याद रहे, इससे पहले मैं 'श्री श्रीरामकृष्ण कथामृत' और 'ऑटोबायोग्राफी ऑफ ए योगी' अक्षर-अक्षर पढ़ चुका था। मेरी समझ में आया कि इस राह पर किसी मार्गदर्शक की क्यों जरूरत है। मैं यह भी समझ गया कि अगर तुम

सचमुच आग्रही हो तो तुम्हारे शिक्षक के साथ किसी गहरे स्तर पर संपर्क हो जाएगा।''

मेरी तरफ देखते हुए रणजित ने कहा, ''तुम लोग भाग्यवान् हो। साधक और संधानी लोगों के देश में तुम्हारा जन्म हुआ है, जो पश्चिम के लिए दुर्जेय रहस्य है। तुम लोग नि:श्वास-प्रश्वास में वह वाणी ग्रहण करो और छोटे से बड़े हो उठो। तुम लोग इस बारे में और भी ज्यादा तकदीरवाले हो कि जो लोग हजारों-हजार वर्ष पहले आध्यात्मिक अनुसंधान कर गए हैं, सिर्फ उन्हीं लोगों की स्मृतियों को ही सहेजकर बैठे हुए नहीं हो, नए युग के नए साधक भी उस देश में आज भी जन्म ग्रहण कर रहे हैं, ऐसी अविश्वसनीय घटना अन्य देशों में नहीं घटती।''

श्रीचिन्मय के कई एक व्याख्यान सुनकर ही उन दोनों भाइयों का कौतूहल शांत नहीं हुआ, बल्कि बढ़ता गया। उनकी लिखी हुई कई किताबें इकट्ठी करके कई-कई बार पढ़ डालीं। उन दोनों को लगा कि आध्यात्मिक साधना सहज भले न हो, ज्यादा कठिन भी नहीं है। इस पद्धति में यथेष्ट साधारण ज्ञान मौजूद है। पश्चिम के आम लोगों के लिए प्राय: असंभव, कष्टसाध्य नहीं है, कोई ऐसा रहस्यमय रिचुअल या आचार भी नहीं है, जो समझ में न आए। सर्वाधिक खिंचाव मंत्र-विहीन नि:शब्द ध्यान के प्रति होता है और पश्चिमी परिवेश से मुकाबला करने की शिक्षा मिलती है, जब मन ईश्वर की तलाश करना चाहता है। छोटे भाई रिचर्ड सोएनसन ने किसी चिन्मय अनुरागी से यह सलाह माँगी कि इस राह पर आगे कैसे बढ़ा जाए। उनका प्रेस्क्रिप्शन था—राह बेहद आसान है। सप्ताह में दो बार आने के लिए मन को तैयार कर डालो, दाढ़ी का विसर्जन करो, नित्य-स्नान का अभ्यास करो और कौमार्य को मलिन मत होने दो।

यथासमय हम दोनों भाई बँगला नाम पाने के उपयुक्त हुए। बड़े भैया उन्मेष, मैं रणजित।

''मैं बँगला सीखने को व्याकुल हो उठा। रवींद्र संगीत में प्रवीण होना चाहा। इसके लिए उच्चारण अच्छा होना चाहिए, क्योंकि इसमें सुर के साथ-साथ वाणी का महत्त्व कम नहीं है। लॉन्ग आइलैंड में बंगाली लोग एक हॉल में बँगला सिखाते थे। लेकिन तीसरी पीढ़ी के बंगालियों की बँगला में दिलचस्पी नहीं है। बहरहाल, मैंने बँगला पढ़ना-लिखना तो सीखा, मगर बोलने का अभ्यास नहीं हो सका। लेकिन अब श्रीचिन्मय के गीतों को थोड़ा समझ लेता हूँ, इसलिए गाने में सुविधा होती है।''

दोनों भाइयों का भारत देखने का प्रबल आग्रह है। अपने वेतन में से रुपए जमा कर सन् 1999 के दिसंबर महीने में वे दोनों श्रीचिन्मय की जन्मभूमि चटगाँव का शाकपूरा देख आए। उसके बाद ढाका होकर कलकत्ता आ गए। कलकत्ता में बेलुर, दक्षिणेश्वर, जयरामबाटी, बाग बाजार देखने के बाद ही चैन लिया। रामकृष्ण-विवेकानंद स्मृति-विजड़ित बहुत सारी जगहों का अनगिनत विवरण दोनों भाइयों को कंठस्थ थे। इस देश की ट्राम

बस, ट्रैफिक जाम वगैरह से उन दोनों को जरा भी डर नहीं लगा। प्रतिदिन सदर स्ट्रीट के लिटन होटल से निकलकर कथामृत भवन, सिमुलिया, गौर मोहन मुखर्जी स्ट्रीट, नेताजी भवन, अरविंद भवन वगैरह हर जगह का चप्पा-चप्पा देख डाला। अरसा पहले इसी गौर मोहन मुखर्जी स्ट्रीट में श्रीचिन्मय ने तसवीर उतारते हुए धक्का खाया था। लेकिन रणजित-उन्मेष का अनुभव बिलकुल अलग था। वे दोनों उस टूटे द्वार के मुख्य प्रवेश-द्वार की अच्छी सी तसवीर उतार लाए थे।

रणजित कभी पोस्ट ऑफिस में काम कर चुका था। उसके बाद एक छापेखाने में भी था। और अब पिछले बीस वर्ष से विक्टरी फैक्टरी नामक एक विचित्र प्रतिष्ठान में था।

एक और मजेदार बात भी सुनने में आई।

आखिरकार भारत-भ्रमण पर आकर उन दोनों को सड़क-घाट के लोगों में वेद-वेदांत के बारे में खास सचेतनता नजर नहीं आई। मुझे भी स्वीकार करना पड़ा कि जिन सब ज्ञान के लिए समस्त विश्व आज भी नतमस्तक होकर भारत की श्रेष्ठता को स्वीकार करता है, मेरी अपनी भूमि पर धीरे-धीरे इन सब विषयों में दैनंदिन दिलचस्पी कम होती जा रही है। वेद, उपनिषद्, गीता मूल्यवान् है; लेकिन वह सब अब नितांत धार्मिक और साधु-संन्यासियों के लिए है।

रणजित ज्यादा विचलित नहीं हुआ।

उसने कहा, "हमारे देश के लोगों की हालत और ज्यादा खराब है। 'जितना मत, उतने पथ' इस वाक्यांश का तात्पर्य भारत में जितनी आसानी से समझ लेते हैं, पश्चिम में उतना नहीं। जो लोग नियम से छुट्टी के दिन चर्च जाते हैं, उन लोगों में से बहुत से लोग इस बद्ध धारणा को कसकर थामे बैठे हैं कि ईशु ही एकमात्र समाधान हैं। जो लोग समूची दुनिया के बारे में सोचते हैं, उनके दिमाग को सूझा—मेरे पिता की एकाधिक संतान भी तो हो सकती है। इसके अलावा समय का भी तो एक सहज अंक है। दो हजार साल पहले भी तो यह दुनिया, यह धरती मौजूद थी। वहाँ इनसान भी थे। उन लोगों की क्या मुक्ति नहीं थी?"

सुरसिक श्रीचिन्मय इस मामले को नितांत सहज बनाकर कहते हैं, "मेरे अभिभावक और तुम लोगों के अभिभावक एक ही हैं। वे परमेश्वर हैं। हद से हद मैं उनका बड़ा बेटा हूँ, तुम सब मेरे छोटे भाई-बहन हो।"

'परमेश्वर' शब्द को भी श्रीचिन्मय ने सहज बना लिया है। अमेरिकी देश में जो अंग्रेजी शब्द सभी समझते हैं, वह है—'सुप्रिय'। यह शब्द श्रीचिन्मय की रचनाओं, गीत, प्रार्थना, वाणी में हमेशा आया है।

"आप बड़े बेटे क्यों?"

''नहीं, मैं ज्यादा-ज्यादा समझता या जानता हूँ, इसलिए नहीं; मेरे प्रति उनकी नेक नजर है, इसलिए भी नहीं। तुम लोगों से जरा पहले ही मैंने तलाश शुरू कर दी थी, इसलिए मैं बड़ा भाई हूँ।''

यह विस्मयकारी तलाश शुरू कब हुई थी? इस पथ पर आना कैसे हुआ? कहाँ वह चटगाँव का शाकपूरा गाँव और कहाँ न्यूयॉर्क। आज की दुनिया में सच की तलाश, उपलब्धि और प्रचार कहाँ के इनसान को कहाँ-से-कहाँ खींच ले जाता है। कौन कहता है, तरह-तरह की भावना-चिंता में विभक्त होते-होते विभिन्न संप्रदायों ने अपने-अपने आँगन की चारों तरफ संदेह की दीवार उठाकर अपने को विच्छिन्न रखना चाहते हैं। सच बात तो यह है कि विविध भिन्नमुखी शक्तियाँ विविध दिशाओं में व्याप्त होना चाहती हैं; खरीद-फरोख्त की हाट में कोई तार स्वर में घोषणा करता है—सब सच है; सभी युक्ति ही मेरे सेफ-डिपोजिट बक्से में हैं। मेरे बिना निस्तार नहीं है। इसके अलावा कितने हजार वर्ष पहले जो सब ऋषि-पुत्र सत्य के संधान में निकले और अपने को जाहिर किए बिना ही जिन्होंने हाथ जोड़कर नतमस्तक होकर आवेदन किया था—'असतो मा सद्गमय, तमसो मा ज्योतिर्गमय'। अंधकार के सभी यात्रियों को अंधकार से आलोक-पथ पर ले चलो।

रणजित से बातें करते हुए बेहद आनंद मिलता है! रणजित को काफी कुछ की जानकारी है। इस संसार में अच्छे के साथ-साथ काफी कुछ बुरा भी है। वह समझता है, फिर भी वह अपने मन की कोमलता नष्ट होने देने को राजी नहीं है। वह अपने आँख-कान रखकर इस जमाने और पिछले जमाने के समस्त सत्य के सार संचय करने में आग्रह के साथ जुटा हुआ है।

रणजित ने कहा, ''भारत ने किसी जमाने में 'इनर वर्ल्ड' या अंतर्जगत् को काफी महत्त्व दिया था, अब नहीं देना चाहता। हमारे यहाँ भौतिक विलास के पीछे दौड़ते-दौड़ते बहुत से लोगों का मोहभंग होने लगा है। हम आजकल दिव्य शक्ति देखते हैं तो बहुत आसानी से मुग्ध हो जाते हैं। लेकिन इस वजह से यह मत सोच लेना कि इस देश के कुछ इनसान धोखा खाने को उतावले हो उठे हैं। सार-सत्य इतना है कि अंदर कुछ भी न हो तो भोग-विलास के देश में जगह नहीं मिलती। अंदर कुछ अद्भुत मौजूद है, इसीलिए हम जैसे हजारों-हजार दुनियावी लोग इस इनसान के आगे नतमस्तक होने में शर्म महसूस नहीं करते।''

रणजित के लिए वेद-उपनिषद् कोई अतलांत रहस्य नहीं हैं। हमें अफसोस यह है कि रचनाओं और व्याख्यानों में हम इन ग्रंथों की तरह-तरह से प्रशस्ति सुनते हैं, सुख भी पाते हैं कि वेदांत में विश्व-विजय की संभावना मौजूद है; लेकिन इस युग के आधुनिक व शिक्षित भारतीय लोग ही इन रचनाओं को एक बार उलट-पलटकर भी नहीं देखते। रणजित के लिए यह सब रुकावट नहीं है, क्योंकि श्रीचिन्मय ने अमेरिकी देशों के कई

कॉलेजों में जो व्याख्यान दिए थे, वे सब पढ़ लेने के बाद सारा विषय अज्ञेय रहस्य नहीं रह जाता।

मूल बातें रणजित ने इतने सहज ढंग से समझा दीं कि स्कूल जीवन से इन सबके इतने करीब होने के बावजूद इस ढंग से मैं अपने काबू में नहीं कर पाया था। वेद युग की धर्म-साधना के केंद्र-बिंदु में है—अग्नि को उत्सर्ग करना। सूर्य से लेकर प्रकाश तक सबकुछ में अग्नि मौजूद है। मनुष्य के हृदय में आकुल रूप में जो शक्ति जाग्रत् होना चाहती है, वह भी अग्नि ही है। यज्ञाग्नि को केंद्र में रखकर दिल की गहराइयों में इनसान इसी अग्नि को प्राणवंत करना चाहता है। वैदिक युग का अवसान ईसा के जन्म से 500 वर्ष पहले हुआ था। सभी मनुष्यों के लिए बोधगम्य बनाने के लिए रामायण-महाभारत में नव-वेद की सृष्टि हुई। इन दो ग्रंथों में आलोकपात धर्म पर है—जीवन को अनुसरण करने का श्रेष्ठ पथ है। हम सब जिसे भगवद्गीता कहते हैं, वह महाभारत के एक खंड का अंश मात्र है, इस बात का हमें अकसर ही खयाल नहीं रहता।

मैसाचुसेट्स के वेलेजली कॉलेज से शुरू करके सात भग्नी कॉलेज में वेद-उपनिषद् पर श्रीचिन्मय ने एक के बाद एक सात व्याख्यान दिए थे—बेहद छोटे-छोटे व्याख्यान। अनंत समय तक अजूल-फिजूल बातें सुनने का धीरज पश्चिम में नहीं है; लेकिन इन सात व्याख्यानों में जो बताया गया, वह 7,000 पृष्ठों में डूबकर भी प्राप्त नहीं होता। ऋग्वेद में भी 'सप्त-भग्नी' का उल्लेख है—स्वर्ग-रथ का एक पहिया। लेकिन जो अश्व उसे खींचता है, उसके सात नाम हैं। 'सात भग्नी' मानव-मुक्ति की तलाश में इस रथ के सामने गान कर रहे हैं। सात के प्रति प्राचीन भारत का अतिशय खिंचाव है, इसीलिए वेदों में सप्तऋषि की स्तुति है; अनंतकाल से भारत की सप्त नदियों का जयगान है; संगीत में सप्तसुर की घोषणा है; आकाश में इंद्रधनुष के सात रंग हैं। सप्तस्वर्ग और सप्तपाताल। वैसे ही सप्त संधानियों के लिए—सच्चिदानंद। भारत जननी अगर एक वृक्ष हैं तो वेद ही उस पेड़ की एकमात्र जड़ है। श्रीचिन्मय ने कहा, ''वेद-चर्चा सभी लोग कर सकते हैं, क्योंकि ईश्वर सबके लिए है; वैदिक चर्चा में कोई उत्तम-अधम नहीं है, क्योंकि सभी ईश्वर की संतान हैं। शृण्वंतु विश्वे अमृतस्य पुत्रा—सारे विश्व के सभी के लिए ही वेद का आह्वान है।''

श्रीचिन्मय ने अपने विद्यार्थियों से कहा, ''वेद केवल अन्य जगत् और संन्यास जीवन की बात नहीं करता। संसारी मनुष्य को संसार-पथ में प्रतिष्ठित करने के लिए ही वेद की शिक्षा है। वेदों के ऋषियों में अनेक ही गृहस्थ थे। उन्हीं लोगों से मूल्यवान् शिक्षा लेकर उन लोगों के छात्र संसार में लौटकर कर्म-कुशल और सफल हुए, महान् बने, संसारी बने। इन लोगों ने गुरु-गृह में अनंत जीवन के रहस्य के बारे में ही खोज की। हमेशा मृत्यु और ध्वंस को लेकर सिर खपाने में फिजूल समय नष्ट नहीं किया। वेद का अर्थ निराशा-हताशा नहीं है, अवदमन नहीं, अपने को पापी-तापी मानना नहीं; नरक भय से भयभीत

होकर जीवन-सुख से अपने को अकारण ही वंचित करना नहीं है। हमारे वेदों ने पार्थिव दायित्व-पालन में स्वर्ग-सुख संधान का पता देने का दुःसाहस दिखाया है। वेद-उपनिषद् के पाठक-पाठिकाओं ने मृत्यु से भय न करते हुए अमृत-पथ का संधानी हुआ है।

रणजित ने बताया कि धरती पर नया समय आ पहुँचा है। इन दिनों इनसान का मन रेगिस्तान जैसा सूखा है, तन-बदन में सभी तरह की हताशा का तांडव नर्तन है, इसलिए सर्वत्र ध्वंस के लिए ऐसी बौखलाहट है। इनसान का जीवन सच ही कितना जटिल हो उठा है, यह समझने के लिए तुम्हें पश्चिम आना होगा। आजकल यहाँ के इनसानों के दो नाम हैं—'बेजान मशीन' और 'लाउड न्वाएज' बहुत ज्यादा शब्द-प्रदूषण, ध्वनि-प्रदूषण। प्राच्य के प्राचीन ऋषि-मुनि हमारे लिए रख गए हैं—अनंतकाल की प्रज्ञा और इस युग के चिंतनविद् यह नारा बुलंद कर रहे हैं कि इस युग की प्रज्ञा का मूलमंत्र है—दूसरों पर निरंतर संदेह करना।

श्रीचिन्मय ने पूर्व और पश्चिम की रूपरेखा काफी कम शब्दों में आँकी है, वह भी नितांत सहज भाव से। वैदिक युग के श्रेष्ठ मनुष्यों ने आत्मत्याग और आत्मनिवेदन का स्वर्गीय पथ पा लिया था और इस युग के श्रेष्ठ लोगों ने आत्म-गरिमा और आत्म-निधन का पथ अपनाया है। इसका और भी विस्तारित विश्लेषण संभव है। वैदिक युग के लोगों ने पहले आत्म-उत्कर्ष निश्चित किया, उसके बाद विश्व-उत्कर्ष की कामना की है। उन लोगों का विश्वास था कि आत्मसंचय ही मुक्ति का पथ है। इस युग में हमारा विश्वास है कि संयम हमें सीमित करेगा। उस युग के साधक गण जानते थे कि आत्मसंयम ही हमारा उद्देश्य नहीं है। लक्ष्य तक पहुँचने का सिर्फ एक पथ है। लेकिन, इस युग की दुर्भाग्यजनक परिणति है—आत्मनिधन। वेद-युग के साधक-चिंतकों ने स्वाधीनता की जरूरत महसूस की थी। इस युग में हम सब भी स्वाधीनता चाहते हैं। उस युग में परम पुरुषों के लिए आत्मनिवेदन ही स्वाधीनता का नाम था, हमारे युग में स्वाधीनता का अर्थ है—हमारा इच्छा-खुशी-आशा दूसरों के कंधे पर लाद देना।

अमेरिकी मन हवा में नहीं उड़ता-फिरता। वे लोग वेद-उपनिषद् में भी अंक ढूँढ़ते हैं। श्रीचिन्मय ने रेडक्लिफ कॉलेज की लड़कियों के सामने जो हिसाब दिया था, वह इन्फो युग के इंडियन लोगों को भी पसंद आएगा। चारों वेदों में मंत्रों की कुल संख्या 20,500 है। इनमें ऋग्वेद में 10,552, सामवेद में 1,875, यजुर्वेद में 2,086 और अथर्ववेद में 5,987 है। विश्व-संसार के अनुसंधानी मन का प्राचीनतम काव्य और गद्य ये वेद हैं। श्रीचिन्मय मेम साहबों की दृष्टि, वेदों के जिन सब गुणों की ओर आकर्षित करते हैं, वे हैं—सरलता, आंतरिकता, स्पष्टता, पवित्रता और निश्चित रूप से वैदिक कालों का अतुलनीय आलोक फैलानेवाली दीप्ति, जो पश्चिमी पाठकों को विशेष, रूप से मुग्ध करती है।

वेदों की गवेषणा में श्रीचिन्मय ने जो नया विचार जोड़ा है, वह है—वेद-पाठ कैसे

किया जाए? उनकी राय में दो राहें खुली हुई हैं—एक है मन को सजग रखकर विचार-बुद्धि का विसर्जन दिए बिना वेद-पाठ। दूसरी राह है हृदय से पाठ, जहाँ विवेक-बुद्धि की दीपशिखा निरंतर जल रही है।

इतने विपरीत मत-प्रवाह की उपेक्षा करके वेदांत धीरे-धीरे भिन्न-भिन्न समाज में इतना लोकप्रिय क्यों हो रहा है? श्रीचिन्मय इसका आसान उत्तर जानते हैं। वेद की शिक्षा इनसान को देह-चेतना के ऊर्ध्व तक उठने को प्रेरित करती है—आगे बढ़ों पृथ्वी को उन्नत कर डालो, महत्त्व के पथ पर, पूर्णागत के पथ पर, उत्कर्ष के पथ पर आगे बढ़ते चलो।

और भी कई आसान उपलब्धियाँ हैं। वेदों के ऋषि चाहते थे, जिन लोगों को हम नहीं जानते और जिन लोगों को हम जानते हैं, दोनों के समक्ष हम निर्भय रहें। अंधकार के भय का अर्थ है अनजाने का भय।

आलोक का अर्थ है जान-पहचान के लोगों का भय। अनजानों का भय मूर्खता है और चीन्हे लोगों के भय का अर्थहीन और उद्‌भट है। जो जरूरी है, वह है ईश्वर-बोध से उत्पन्न स्वाधीनता। वेदों का दावा है—हमारे शरीर की स्वाधीनता, हमारे घर की स्वाधीनता और निश्चित रूप से जीने की स्वाधीनता।

लेकिन, तब इतने सारे आचार-अनुष्ठान पर जोर क्यों? वैदिक युग में धार्मिक कर्मकांड आम जीवन का अंग था। फिर भी, ऋग्वेद के युग में बाहरी और आंतरिक दार्शनिक चिंतनधारा को आचार से अधिक महत्त्व दिया गया है। वैदिक संस्कृति में शास्त्राचार और दर्शन का समन्वय हुआ है। शास्त्राचार में भक्ति और उत्सर्ग की प्रधानता और परमेश्वर के लिए व्याकुलता व ध्यानमग्नता दार्शनिक ज्ञान की बुनियाद है। जो लोग आचार-आचरण को संदेह की दृष्टि से देखते हैं, उनके प्रति श्रीचिन्मय का निवेदन है—याद रखें, अनादि काल में भारत में दर्शन के हृदय-कमल पर आलोक का आविष्कार हुआ और धार्मिक आचार-आचरण के जरिए प्रकाश का बहि:प्रकाश हुआ।

लेकिन 200 वर्षों के प्राच्य-पाश्चात्य गवेषकों की साधना में वेदांत अब सिर्फ भारत की एकांत संपत्ति नहीं रहा। पूर्व और पश्चिम के सभी लोग इसमें बराबर के हिस्सेदार हैं। मैसाचुसेट्स के होलिओक कॉलेज में बातचीत के प्रसंग में श्रीचिन्मय ने मैक्समूलर से उद्धरण दिया था—"मेरा कहना है कि जो इनसान अपना और अपने पुरखों के इतिहास में और बुद्धि वृत्ति में गुरुत्व देता है, उसके लिए वैदिक साहित्य-पाठ के अलावा और कोई राह नहीं है।" मानव के मन के लिए वेदों का आह्वान, ईश्वर के एकाग्र ध्यान में हृदय को अर्पित करो। अज्ञानता का समुद्र पार करके हमें ज्ञान सागर तक पहुँचना होगा। एकमात्र सत्य का जहाज ही सत्कर्म करनेवाले इनसान को अज्ञानता का सागर पार करा सकता है।

वेदों की वाणियों को श्रीचिन्मय ने अत्यंत आसान बना दिया है। वेद यानी ईश्वर-ज्ञान का कोई आरंभ भी नहीं है, अंत भी नहीं है। प्राचीन ऋषि-मुनियों ने अपने जीवन के माध्यम से इस मूल्यवान् सत्य का आविष्कार किया है। लेकिन उन लोगों के अलावा कोई भी इतने दु:साहस के साथ नहीं कह पाया कि जो कहा गया वह अपरिहार्य है या अवश्य पालन योग्य नहीं है। यहाँ तक कि इसे कोई गुरुत्व न भी दिया जाए तो भी कोई फर्क नहीं पड़ता। एकमात्र जो अनुभूति जरूरी है, वह है परमेश्वर अद्वितीय है, उसका कोई जोड़ नहीं है।

पश्चिम के जिज्ञासु लोग किसी को करीब पाते हैं तो इतनी आसानी से नहीं छोड़ते। वे जानना चाहते हैं कि जीवन-चर्या के बारे में वेद का क्या वक्तव्य है? यह जटिल मुद्दा भी श्रीचिन्मय ने इतना सरल बना दिया है कि आश्चर्य होता है। उन्होंने वेद द्वारा निर्देशित चार आश्रमों की याद दिलाई है—छात्र जीवन, विवाहित जीवन, अवसर जीवन और वैराग्य जीवन। छात्र जीवन शिक्षा का समय होता है; विवाहित जीवन आत्मसंयम का समय; अवसर जीवन समाहित प्रशांति काल की खोज का समय है और वैराग्य समय अपने को विसर्जन देने का समय।

वेद में एक ही आधार में आकाश और समुद्र का संकेत है—प्रकाश और आनंद का एकत्र वास है, जिसे श्रीचिन्मय ने अंग्रेजी में कहा—लाइट एंड डिलाइट। श्रीचिन्मय ने वेद के मूल्यांकन के लिए मैक्समूलर का जर्रा-जर्रा छान मारा है और जरूरत पड़ने पर उन्होंने और एक मैक्समूलर को अंधकार से खींचकर बाहर निकलने में दुविधा नहीं की है। इस महामानव का संस्कृत-प्रेम बिलकुल निखालिस नहीं था। चुपके-चुपके वे चाहते थे कि भारत के लोग धर्मांतरित हों।

सन् 1868 में भारत सचिव को एक पत्र लिखकर उन्होंने कहा, "भारत के प्राचीन धर्म का अंतिम मुहूर्त सुदूर नहीं है। इस बार क्रिश्चियन धर्म अगर वहाँ पदार्पण न करे तो वह किसकी व्यर्थता होगी?" और भी कुछेक वर्षों बाद उन्होंने पत्नी को लिखा, "वेदों के जिन ग्रंथों का अनुवाद करता रहा, उस पर भारत के भविष्य का भाग्य काफी कुछ निर्भर करेगा। ये सब इस देश की मूल जड़ें हैं। इन लोगों को ये जड़ें दिखाना बेहद जरूरी हैं, तभी पिछले 3,000 वर्षों से जो तमाम शाखा-प्रशाखाएँ निकली हैं, उनका समूल उन्मूलन संभव होगा।"

वेद-उपनिषद् और भगवद्गीता को श्रीचिन्मय ने भारतीय जीवन-वृक्ष की तीन शाखाएँ मानी हैं। इस बारे में अंग्रेजी में लिखी हुई पुस्तक इस देश के लोगों के लिए अवश्य पठनीय है। वेदों का विश्लेषण करते हुए विदेशों में सैकड़ों किताबें प्रकाशित हुई हैं; लेकिन इतना आसान, बोधगम्य विश्लेषण मेरी नजरों में नहीं आया।

रणजित ने मंतव्य दिया कि भारतीय गुरुओं में किसी भी मुश्किल विषय को आसान

बनाकर कहने की सहज शक्ति होती है। इसीलिए इस देश में बहुतेरे लोगों का विश्वास है कि कोई पथ-प्रदर्शक शिक्षक न मिले तो भारत की अध्यात्म अनुभूतियों में गहरे प्रवेश नहीं किया जा सकता। जिन लोगों ने ऐसा करने का दु:साहस दिखाया, वे लोग रात के अँधेरे में, घने अरण्य में राह खो बैठे हैं।

वैसे और एक बात जानने का मन करता है—श्रीचिन्मय जैसे गवेषक में व्यक्ति को ऐसा क्या मिल जाता है, जिस वजह से इतने-इतने लोग इस ढंग से नतमस्तक होकर उन्हें स्वीकार कर लेते हैं? भारतीय योगियों में कोई-कोई अंतरराष्ट्रीय स्तर पर थोड़ा-बहुत बदनाम नहीं हुआ हो, ऐसा भी नहीं है। बहुतेरे लोग उन पर भरोसा करके, निर्भर करके, उनके अनुयायी होकर काफी निर्मम ढंग से ठगे भी गए हैं। लेकिन अध्यात्म जीवन के बारे में पश्चिम के लोगों में कौतूहल इतना प्रबल है कि कहीं ठगे भी गए हों, इस वजह से सभी साधुओं पर जुआचोर होने का इल्जाम लगाकर सभी को डस्टबिन में फेंकने को राजी नहीं हैं। यही तो पश्चिमी लोगों की खूबी है कि किसी भी विषय में आग्रह पैदा हो जाए तो उनकी खोज बंद ही नहीं होती।

लेकिन हम सबकी मानसिकता अभी भी और किस्म की है। हमें तो शुरू पर ही शक होने लगता है, जब कोई बताता है कि खुद न्यूयॉर्क शहर में ऐसे एक चिन्मय घोष हैं, जिनके जीवनकाल में ही उस रास्ते का नाम 'श्रीचिन्मय स्ट्रीट' पड़ गया है। वैसे उन्हें 'शिष्य' शब्द पसंद नहीं है। उन्हें तो 'स्टूडेंट' या 'छात्र' कहने से ही ज्यादा खुशी होती है। जमाइका के जिस अंचल में वे रहते हैं, उनके आस-पास ही रहने के लिए उनके हजारों भक्त वहीं अपार्टमेंट किराए पर लेकर बस गए हैं। विश्व व्यापार और संयुक्त राष्ट्र संघ की मेहरबानी से समस्त विश्व के लोगों ने उसी महानगर में भीड़ जमा रखी है। विभिन्न लोगों का ऐसा महामिलन क्षेम दुनिया में एक भी नहीं है। इस शहर के कई एक अंचलों की सैर से ही यह स्पष्ट हो जाता है कि न्यूयॉर्क सिर्फ कोई अमेरिकी शहर नहीं है, संयुक्त राष्ट्र संघ की उपस्थिति की वजह से दुनिया का नंबर वन शहर है। बहु-धर्म, बहु-विश्वास, बहु-पासपोर्ट के इस शहर में उजाड़ गाँव-बस्ती के इनसान चिन्मय घोष ने ऐसा अमिट प्रभाव कैसे जमा लिया? बंगालियों के इतिहास में ऐसी अनहोनी घटना कभी नहीं हुई। भविष्य में भी ऐसी घटना कब घटेगी, कहना मुश्किल है।

□

कई साल पहले न्यूयॉर्क भ्रमण के दौरान मेरे स्नेहभाजन अनवर-उल-करीम चौधरी (उन दिनों वह बँगलादेश के राजदूत थे) ने मुझे बताया था कि संयुक्त राष्ट्र भवन में हफ्ते में दो दिन लंच के समय वहाँ एक विचित्र प्रार्थना सभा होती है, जहाँ जाति-धर्म निर्विशेष बहुत से राजदूत और उन लोगों के सहकर्मी कुछ देर के लिए नि:शब्द ध्यानमग्न ही रहते हैं। नहीं, कहीं किसी नियम-शर्त की पाबंदी नहीं होती, कोई आडंबर भी नहीं होता, कोई

आमंत्रण नहीं होता, विधि-निषेध भी नहीं, फिर भी सभा में एक विरल शांतिमय परिवेश की सृष्टि होती है। सबसे ज्यादा विस्मय यह होता है कि उसके केंद्रबिंदु में धोती-कुरताधारी एक बंगाली सज्जन चिन्मय घोष हैं, जो पिछले काफी लंबे अरसे से इस सभा का संचालन कर रहे हैं। बहुत वर्षों पहले तत्कालीन महासचिव जनरल यू थांट ने इस चिन्मय घोष को जाने क्या सोचकर यह जिम्मेदारी सौंपी थी। उसके बाद से ही विश्व-प्रार्थना का यह सिलसिला जारी है।

उस सभा को मैं अपनी आँखों से देखने का लोभ संवरण नहीं कर पाया। जब अपनी आँखों से वह नजारा देखा तो मेरा विस्मय की बेसुधी मानो करना ही नहीं चाहती थी। इस दूर देश में किस घटना-प्रवाह के अंतर्गत कोई एक धोतीधारी बंगाली सम्मान के इस स्तर तक पहुँच गया? यह बात मैं पहले ही बता चुका हूँ कि बँगला शैली में साड़ी लपेटे बँगला नाम ओढ़े सैकड़ों देशों की विदेशिनी महिलाएँ वहाँ नजर आती हैं; लेकिन जो बात नहीं बताई, वह यह कि इन लोगों की बँगला भजन-मंडली है, जो बँगला भाषा न जानते हुए भी अनायास ही 300 भजन गा सकती थीं। गानों की कमी नहीं थी, क्योंकि अविश्वसनीय भले लगे, श्रीचिन्मय ने पिछले तीन दशकों से विदेश की मिट्टी में रहते-सहते प्रायः 15 हजार गीतों की रचना कर डाली थी। वैसे गाने लिखने का सूत्रपात पांडिचेरी के श्रीअरविंद आश्रम में ही हो गया था, जहाँ उन्होंने दो दशक तक साधना जीवन का पालन किया था। वैसे उनके पहले गान का उत्स स्वामी विवेकानंद थे। कमउम्री के उत्साह में उन्होंने कलकत्ता के एक सद्यः पितृहीन नौजवान के अंतस का दुःख संगीत के सुरों में लिपिबद्ध किया था—

अपना बनाकर ले लो मुझे
हे दयामय, प्रभु!
तुम्हारा मैं अपना शिशु!
तमस रात में, नयनपात में
हेरा जब मुझे प्रभु!

शोभ-तप्त वह नौजवान नरेंद्रनाथ दत्त थे। स्वर्गीय पिता श्री विश्वनाथ दत्त। गौर मोहन मुखर्जी स्ट्रीट में जिनका आकस्मिक निधन 23 फरवरी, 1884 की रात को हुआ।

इन 15,000 हजार बँगला गीतों के अलावा अंग्रेजी-भाषी भक्तों के लिए आज तक उन्होंने 20 हजार कविताओं और गीतों की रचना की। सृष्टि के इतिहास में यह एक अविश्वसनीय घटना है। इस किस्म की सृष्टि-क्षमता को बहुतेरे लोग संदेह की नजरों से देखते हैं, लेकिन साधना जीवन की गहराई में प्रवेश करे तो कभी-कभी कलम के झरने में इसी तरह की बाढ़ उमड़ आती है। इसके साथ ही अगर एक और तथ्य भी जोड़ दिया जाए तो सारा मामला विश्वास की सीमा भी लाँघ जाता है। श्रीचिन्मय ने अमेरिका प्रवास

के जीवन में और प्रतिवर्ष विश्व-परिक्रमा के समय विभिन्न प्रतिष्ठानों में जो अनगिनत व्याख्यान दिए, उन सबके आधार पर प्रकाशित पुस्तकों की संख्या लगभग 15,00 है। सभी पुस्तकों का आकार नितांत छोटा भी नहीं है। उनकी चर्चा का विषय है—भारत की अध्यात्म-साधना। कहीं किसी को यह शक न होने लगे कि वे घर-बारी इनसान को राह का संन्यासी बनाने का चक्कर चला रहे हैं, अतः ऐसी किसी गलतफहमी को मिटाने के लिए श्रीचिन्मय का सीधा-सीधा वक्तव्य था—"हम लोग घर-संसार त्याग करने के सपने नहीं देखते, इसलिए संन्यास ग्रहण करने का सवाल ही नहीं उठता। हम घर-संसार में ही रहेंगे, लेकिन अपने और जगत् के रूपांतर के लिए हम काम किए जाएँगे।"

सिर्फ विदेशिनी महिलाएँ ही बंगाली साड़ी और बँगला नाम का स्वर्ण-स्पर्श पाकर सौभाग्यशालिनी नहीं हुईं, संयुक्त राष्ट्र भवन में और न्यूयॉर्क शहर में बँगला नामधारी कई सौ अंग्रेज साहब भी मिल जाएँगे—कमलाकांत (नीड्स), पुण्यकर्मा (सैंटियागो), सुखेंदु (मार्टिन), विद्यार्थी (विलर)। काफी सोच-विचार कर, छात्र का स्वभाव देखकर श्रीचिन्मय ने किसी को नाम दिया था—आश्रित, विपिन, सुमधुर, सुंदर, विदग्धा, दुर्दम, गंगाधर, कालातीत, निद्राहरा, पुलक, साक्षात्, वज्र, यहाँ तक कि भैरव।

अनिवासी और स्वदेशवासी बंगीय पिता वर्ग जब धीरे-धीरे साहबी नामों की ओर झुक रहे हैं, जब उन लोगों को बँगला नामों में कोई विविधता नजर नहीं आती, तब श्रीचिन्मय-छात्रों की डायरेक्टरी में पता करें तो काफी काम आएगा।

आखिरी बार अमेरिकी देश में मैंने देखा है कि पिता के द्वारा प्रदान किए गए नाम को नेपथलिन में लपेटकर, उसे स्टोर रूम के नेपथ्य में डंप करके साहबी नाम का विजिटिंग कार्ड छपाना भारतीय महल में फैशन हो उठा है। बहाना यह बनाया जाता है कि पिता का दिया हुआ बंगाली नाम कार्यस्थल में सहयोगियों को उच्चारण करने में कोई दिलचस्पी नहीं होती। लेकिन एक ही समय में असंख्य सकल-विद्वान् विदेशी एक बंगाली नाम पाकर अपने को धन्य क्यों महसूस करते थे, यह जानना दिलचस्प होगा। इनमें कठिन उच्चारणवाले नाम भी शामिल हैं—चरैवेति, चाणक्य, धनंजय, पदामृत, अरण्यानि। महिलाओं के नाम—स्रोतस्विनी, भागीरथी, ज्योतिप्रिया। चार भक्तों के बंगाली नाम ने तो मुझे भी सोच में डाल दिया—दृढ़ता, नैवेद्य, स्फुलिंग और ऊर्ध्वचेता। आखिरी शख्स का आदि नाम था—केविन ओब्रायन। निवास—रॉकिंगस्टोन एवेन्यू में। लेकिन केविन अपने इसी बंगाली नाम पर गर्व महसूस करता है। 'ऊर्ध्वचेता' शब्द का प्राचीन भारत में क्या अर्थ था, उसने किताब पढ़कर जान लिया है। इन सब नए बंगालियों में से बहुतों की यही धारणा है कि प्राचीन भारतीय नामों में जो विचित्रता और साहित्य गुण है, वह समूची दुनिया के लिए विशेष अर्थवान् हो उठेगा।

श्रीचिन्मय के छात्र-छात्रावृंद विभिन्न विषयों में सफल और प्रतिष्ठित होते हुए भी

अपने शिक्षक को कितनी अपरिसीम श्रद्धा करते हैं, भारत में बैठे-बैठे अंदाजा लगाना जरा मुश्किल है। अपने शिक्षक के प्रति इस किस्म का प्रश्नहीन अनुराग और भक्ति किसी जमाने में हमारे देश की शिक्षा-व्यवस्था का अंग था। इस देश के गुरुवृंद कोई पारिश्रमिक तो खैर लेते ही नहीं थे, बल्कि छात्र को गुरुकुल में रखकर और खिला-पिलाकर शिक्षा देनी पड़ती थी।

प्राचीनकाल में शिक्षक के पास जो कुछ भी होता था, उसे धीरे-धीरे ग्रहण करने के लिए कुल तीन ही राहें खुली हुई थीं—'प्राणिपातेन, परिप्रश्नेन एवं सेवया'। चटगाँव के चिन्मय घोष ने न्यूयॉर्क में कोई गुरुकुल या आश्रम नहीं खोला। वे प्रणामी या सेवा कुछ भी नहीं लेते। श्रीरामकृष्ण की अभूतपूर्व सफलता का रहस्य वहाँ छिपा है, इसकी व्याख्या में ठाकुर ने हँसते-हँसते उसका उल्लेख करते हुए कहा था, "हमारे यहाँ प्याला नहीं देना पड़ता।" यह प्याला का मामला चिन्मय घोष को सख्त नापसंद था। लेकिन उसके बजाय उन्हें सीमाहीन अनुराग और भक्ति मिली थी। पश्चिम के लोग पत्थर के बुत बने गुरु-भजन में परेशानी महसूस करते हैं। वे लोग शिक्षा चाहते हैं, ज्ञान चाहते हैं, पथ-प्रदर्शन चाहते हैं। लेकिन साथ ही अतिशय खामोशी से कुछेक दायित्व-पालन भी करना चाहते हैं। उन्हें जो दायित्व दिया जाता है—भले वह मेज लगानी हो, गंदगी साफ करनी हो, सभा-समाप्ति पर चीजें यथास्थान रखने का दायित्व हो, स्वयं-सक्रिय यंत्र की तरह सारा कुछ यथाविधि पूरा हो जाता है। हमारे देश में भक्ति में गद्गद भक्तिगण उत्सव की समाप्ति के बाद विशृंखलता का जो नमूना रख जाते हैं, उसे समेटने में आयोजकों का पसीना छूटने लगता है। भक्ति-मार्ग के व्यक्ति इस देश में बेहद पर-निर्भर होते हैं। इसके व्यतिक्रम पांडिचेरी में हैं, बेलुरमठ में हैं। वहाँ लाखों-लाख नियमानुवर्तिता का चरम दिखाए जाने का अभ्यस्त हो उठे हैं। इन दोनों संघों के साथ ही पाश्चात्य का निविड़ योगसूत्र काफी अरसा पहले ही स्थापित हो चुका था। प्रतिष्ठाता लोग शायद पश्चिम की यह कर्म-प्रीति और दैनंदिन दायित्व-बोध को संघ के प्रांगण में उपस्थित रखने में सफल हो गए थे।

पश्चिम का भक्ति-मार्ग अपनी आँखों से देखे बिना विश्वास नहीं होता। यूरोप, अमेरिका, कनाडा के भक्ति वर्ग अपने शिक्षक की सभी प्रकार की सफलता पर गर्व से भर उठते हैं। अपने गुरु की कहीं भी स्वीकृति देखकर उन लोगों की छाती गर्व से फूल उठती है। जैसे जांबिया के पोस्टेज स्टांप की बात। सन् 2005 में पोप जॉन पॉल द्वितीय के देहावसान के बाद जांबिया सरकार ने वेटिकन को स्वर्गीय पोप के 27 वर्षों में उतारा गया सर्वाधिक स्मरणीय कुछेक तसवीरें भेजने का अनुरोध किया। श्रीचिन्मय से पोप जॉन पॉल की पहली भेंट सन् 1988 में हुई थी। रिकॉर्ड देखकर जांबिया को यही तसवीर मिली और श्रीचिन्मय व पोप की वही युगल तसवीर डाक टिकट के लिए चुनी गई। प्राच्य और पाश्चात्य के सेतुबंधन के इस चित्र को अक्तूबर 2005 में अफ्रीका में स्वीकृति मिली।

हैरत की बात यह है कि यह खबर आज भी बंगालियों तक नहीं पहुँची है।

ऐसी ही ढेरों खबरें हम सब खो चुके हैं। शिकागो विश्व-धर्म सम्मेलन में उत्तर कलकत्ता के तथाकथित 'एक आवारा' छोकरे ने प्रतापचंद्र मजूमदार वगैरह की विश्व-निंदा के बावजूद विश्व विजय की। अमेरिकावासी भाई-बहनों तक सनातन भारत की वाणी पहुँचाकर विवेकानंद विश्व-वंदित हो गए। यह थी सागर-पार वेदांत की पहली सार्थक जयध्वनि। उसके बाद सौ वर्षों तक शिकागो पार्लियामेंट ऑफ रिलिजियंस में संन्यासी विवेकानंद के आह्वान की वह प्रतिध्वनि विश्व के विभिन्न प्रांतों में प्रतिध्वनित होती रही। उस विश्व सभा में एक बंगाली वक्ता के आह्वान ने सोए हुए भारत को जगा दिया। हम लोगों के लिए शिकागो धर्म सभा की वह बात अज्ञात नहीं है, लेकिन जो बात हम सबकी नजरों से ओझल रही, वह यह कि ठीक सौ वर्षों बाद उसी पार्लियामेंट ऑफ रिलिजियंस में विश्व के सभी धर्मों के विशिष्ट प्रतिनिधि द्वारा समवेत हुए थे। उस बार भी एक जन बंगाली शिक्षक को पार्लियामेंट के उद्‌बोधन-प्रार्थना में नेतृत्व के लिए आमंत्रित किया गया था। उनका नाम था—श्री चिन्मय घोष। सन् 1893 के विवेकानंद के व्याख्यान में अग्नि-वर्षण था। स्वामीजी ने दुनिया को पुकार दी थी—उठो! जागो! सौ वर्ष बाद विवेकानंद-भक्त श्रीचिन्मय ने नीले रंग का कुरते व धोती में विश्व-मानव के मंगल के लिए हाथ जोड़कर निःशब्द प्रार्थना की।

और भी कई स्मरणीय घटनाओं की हम सब उपेक्षा कर गए हैं। निःशब्द ढंग से ओस्लो से शांति के लिए नोबेल पुरस्कार का प्रस्ताव भेजा था—स्वयं प्रेसिडेंट गोर्बाचेव ने।

इस बंगाली सज्जन के साथ गोर्बाचेव का संपर्क व्यक्तिगत बंधुत्व के स्तर तक चला आया है। दोनों के बीच अकसर ही फोन पर बातचीत होती है। समूचे विश्व में श्रीचिन्मय को जो अनगिनत सम्मान मिले हैं, उनमें एक है वर्ष 2004 में रूस से दिया गया पेड्रियाट्रिक हेमाटोलॉजी की सम्मानित प्रोफेसरशिप। इस विरल सम्मान का एक इतिहास भी है। प्रेसिडेंट गोर्बाचेव से परिचय होने के बाद श्रीचिन्मय ने 'शांति' शब्द की एक नई व्याख्या दी। बेजान इस्तेमाल की वजह से 'पीस' शब्द आजकल बहुतेरे लोगों के लिए बस, 'बात के लिए बात' बन गया है। इसमें अंतर्निहित अर्थ कोई खोज नहीं पाता। श्रीचिन्मय अकसर ही कहते हैं—"शांति का मतलब युद्ध की अनुपस्थिति नहीं है। शांति का अर्थ है—समन्वय, संगति, सामंजस्य, डाल-पत्ते, संतुष्टि और एकात्म-बोध का एकतान। स्वदेश से प्रेसिडेंट गोर्वाचेव ने एक बार श्रीचिन्मय को संदेशा भेजा कि लिओकिमिया रोगग्रस्त शिशुओं के लिए कुछ दवाओं की जरूरत है। यह खबर मिलते ही देश-विदेश के छात्र-छात्राएँ एकदम से टूट पड़े। यथासमय उन लोगों के शिक्षक को पेड्रियाट्रिक डेमाटोलॉजी का सम्मानित शिक्षक का पद।"

संयुक्त राष्ट्र के साथ दीर्घ संपर्क की वजह से विभिन्न राजदूत और राष्ट्र-प्रधान

वर्ग से उनका जो रिश्ता बन गया था, वह सुनने में परी-कथा जैसा लगता है। साथ ही उसमें वह सब राजकुमारी और विभिन्न साध्वी वर्ग भी शामिल हैं, जिनके बारे में दुनिया के कौतूहल का कोई अंत नहीं है। जिससे डायना की तुलना बीसवीं सदी की परी-कथा नायिकाओं से की जाती है, जिसके संदर्भ में बहुत से लोगों का खयाल है कि उनकी हँसी-आँसू, सुख-दुःख इस इक्कीसवीं सदी के लोगों के मन में गुँथी रहेगी। यह बात बहुत कम लोग जानते हैं कि इंग्लैंड की प्रिंसेस के साथ एक बंगाली साधक के साथ उनके निधन के कुछ ही दिनों पहले कितना स्नेह-मधुर संपर्क गढ़ उठा था। उन दोनों की बातचीत, पत्राचार और भेंट-मुलाकात परम विस्मय की कथा है।

शाही परी-कथा की दुःखिनी नायिका प्रिंसेस ऑफ वेल्स डायना की वियोगांत परिणति पेरिस की एक सुरंग में घटी थी। उस समय एक खोजी फोटोग्राफर उनका पीछा कर रहा था। तारीख 31 अगस्त, 1997। उस दुर्घटना के कुछ ही दिनों पहले श्रीचिन्मय से और उनके माध्यम से मदर टेरेसा से रूपसी प्रिंसेस की हृदयग्राही भेंट हुई थी। सन् 1997 के मई महीने में श्रीचिन्मय को रॉयल एल्बर्ट हॉल में संगीत प्रस्तुत करने का आमंत्रण मिला था। भारत के तत्कालीन उच्चायुक्त डॉ. लक्ष्मी मल्ल सिंघवी ने विशिष्ट आमंत्रित अतिथियों में प्रिंसेस डायना को भी शामिल किया था। लेकिन उसी दिन किसी सेवा-कार्य के सिलसिले में वे विदेश जा रही थीं, फिर भी सिर्फ सौजन्य मूलक क्षमा-प्रार्थना ही नहीं, प्रिंसेस बे स्वयं चटगाँव के श्रीचिन्मय को केनसिंग्टन पैलेस में आमंत्रित किया।

उसके बाद का विवरण भी अप्रासांगिक नहीं होगा। इससे राजकीय सौजन्य कैसा होता था, इसका नमूना मिलेगा। उस वक्त दो बजने में दस मिनट बाकी थे। श्रीचिन्मय अपने शिष्य भवानी टर्पी के साथ उपस्थित हुए। उनके पहुँचते ही डायना के सहकारी उन्हें सादर दूसरी मंजिल पर ले गए, जहाँ भेंट होनी थी। उन्होंने पूछा, "चाय, कॉफी? या संतरे का रस?"

उसके बाद ही सहकारी ने विशिष्ट अतिथि का कोट उतारने में स्वयं मदद करनी चाही। सहकारी ने सरल मंतव्य दिया, "यहाँ बहुत से मेहमानों का कोट-छाता वगैरह पड़े हुए हैं, वापसी में वे लोग ले जाना भूल गए।"

बेहद खूबसूरती से सजा हुआ कमरा। आमने-सामने से सोफे। उनमें से एक सोफे पर श्रीचिन्मय बैठ गए। अब उनकी निगाह लिओनार्दो-दा-विंची द्वारा चित्रित दो चित्र। मेज पर कुछेक किताबें, विशेषतः कला संबंधी। मेज का ही एक और तल नजर आया, जहाँ नीले, हरे, लाल और अन्यान्य रंगों के गाउनों का ढेर रखा हुआ था। बेटे प्रिंस विलियम्स की सलाह पर उनकी नीलामी करके पूरी रकम चैरिटी में दी जानी थी।

ठीक दो बजकर तीन मिनट पर हलके गुलाबी रंग के सूट में प्रिंसेस डायना कमरे में दाखिल हुईं और देरी के लिए माफी माँगी। गुलाबी रंग खासकर सहानुभूति का प्रतीक

है, जो हृदयवती डायना में प्रचुर मात्रा में था। चार गुलाब ग्रहण करके प्रिंसेस ने जानकारी दी कि वे कैंसर-पीड़ित शिशुओं के साथ वक्त गुजारने के लिए आज ही पाकिस्तान जा रही हैं।

मिसेज टर्पी के हाथ में कैमरा देखकर डायना ने उत्साहित होकर कहा, अच्छी लाइट पाने के लिए हम कुछ तसवीरें बाहर जाकर लेंगे। मेरी तरफ से जरा प्रार्थना करें। स्वयं ध्यान करने जैसा धीरज मुझमें नहीं है।

लेकिन श्रीचिन्मय की प्रार्थना के समय नील नयना डायना हाथ जोड़े बैठी रहीं। उसके बाद अपने दोनों बेटे विलियम और हैरी के साथ श्रीचिन्मय रचित बँगला गाने सुनकर डायना मुग्ध हो गईं।

संगीत की चर्चा चल पड़ी। श्रीचिन्मय ने तैंतालीस देशों में 500 पीस कंसर्ट में हिस्सा लिया है, यह सुनकर वे बेहद विस्मित हुईं। भारत के उच्चायुक्त डॉ. सिंघवी के आमंत्रण में वे नहीं जा पा रही हैं, इस बात के लिए उन्होंने खेद भी प्रकट किया।

अपने गाउनों का संग्रह दिखाते हुए प्रिंसेस डायना ने कहा, ''ये सब नीलामी में बेचकर शिशुओं के लिए कुछ रकम जुटाने की कोशिश करूँगी।'' श्रीचिन्मय का प्रिय रंग कौन सा है, बड़ी आसानी से इसका अंदाजा लगाते हुए उन्होंने कहा, ''मैं समझ गई, आपका प्रिय रंग नीला है।''

मदर टेरेसा का प्रसंग छिड़ते ही डायना ने अधीर आग्रह से पूछा, ''मदर अभी कहाँ हैं? मैंने संपर्क करने की कोशिश की, मगर कोई नहीं बता पाया कि इन दिनों वे कहाँ हैं?''

मदर के साथ श्रीचिन्मय का संपर्क था। उन्होंने कहा, ''इन दिनों वे रोम में हैं। वहाँ से वे पोलैंड जाएँगी। 2 जून के करीब न्यूयॉर्क में उनसे भेंट होगी।''

''तब तो वे वापसी में यूरोप होती हुई जाएँगी। ऐसा तो वे हमेशा ही करती हैं।'' डायना ने कहा।

श्रीचिन्मय का खयाल था, इस बार वे सीधे कलकत्ता लौट जाएँगी।

डायना ने सरल भाव से सवाल किया, ''बता सकते हैं, मदर से मेरी भेंट कैसे हो सकती है?''

श्रीचिन्मय ने कहा, ''मदर आपसे काफी स्नेह करती हैं। उनके कलकत्ता लौट जाने से पहले उनसे आपकी भेंट का इंतजाम किया जा सकता है।''

मदर की सेहत कैसी है, यह जानने को डायना व्याकुल हो उठीं, ''मैं उन्हें देखना चाहती हूँ। जब भी वे बीमार हो जाती हैं, ये निर्मम-क्रूर अंग्रेजी अखबारवाले मुझे पहले से ही 'ऑबिच्रअरी' लिखने के लिए कहते हैं। मैं इन सब में नहीं पड़ती हूँ। मदर को कुछ भी होता है तो वे लोग पगलाए कुत्ते की तरह मेरे दरवाजे पर हाजिर हो जाते हैं। मैं मदर

को प्यार करती हूँ। मैं चाहती हूँ, वे ढेर-ढेर दिनों तक जीएँ।''

मदर के कामकाज के साथ डायना के सेवा-कार्य का जिक्र छिड़ते ही डायना ने कहा, ''उनकी तुलना में मैं नितांत अकिंचन हूँ। जिस देश में अच्छे-अच्छे कार्यों की स्वीकृति नहीं, तब हताशा जाग उठती है। भूमि-खदान के क्षतिग्रस्त लोगों के लिए मैं जो करती हूँ, इस देश के लोग उसकी कद्र नहीं करते, इसीलिए मुझे बार-बार बाहर जाना पड़ता है। बाहर के लोग अभी भी इन सबकी कद्र करते हैं। इस धरती पर अच्छे कार्यों की स्वीकृति पाना अजीब हैरानी की बात है।''

श्रीचिन्मय ने कहा, ''देखिए, महापुरुष लोग भी अपने जीवनकाल में खास सम्मान नहीं पाते।''

डायना, ''नहीं, यह समस्या नहीं, चुनौती है।''

श्रीचिन्मय, ''देखिए, विभेद लोभी, शंकालु कुछ लोग आपका विरोध करते हैं। लेकिन किसी-न-किसी दिन ये लोग आपके सामने आत्मसमर्पण करेंगे। आखिर में आपके मन की ही विजय होगी। इन दिनों कुछेक शक्की, कुचक्री प्राणी आपके मन को चुनौती देने की कोशिश में लगे हैं। लेकिन भविष्य में यही दुनियावाले आपके गुणों और गरिमा पर मुग्ध होकर आपकी प्रशंसा में पंचमुख हो उठेंगे।''

यह सुनकर डायना ने अभिभूत लहजे में कहा, ''आपको मैं किन लफ्जों में धन्यवाद दूँ? मैं ऐसी ही किसी परिस्थिति के इंतजार में हूँ।''

भेंट का वक्त खत्म हो आया था।

प्रिंसेस डायना ने पूछा, ''आप कैसे आए हैं?''

''जी, टैक्सी से।''

टैक्सी ले आने की हिदायत देने के लिए डायना खुद ही कमरे से बाहर निकल गईं। जब वे लौटीं तो अतिथि को अवाक् करते हुए उन्होंने श्रीचिन्मय का ब्रीफकेस अपने हाथ में उठा लिया और दूसरी मंजिल से सड़क तक उन्हें छोड़ने आईं। पहली मंजिल पर सजी हुई संगमरमर की प्रिय गणेश-मूर्ति को दिखाकर पूछा, ''ये कौन हैं, तुम जरूर जानते होंगे।''

श्रीचिन्मय ने कहा, ''हस्ति-मस्तक ये देवता ही हमारे विघ्न-विनाशक हैं और हमारी कामनाएँ पूर्ण करते हैं।''

डायना गणेश के सामने श्रीचिन्मय के साथ एक तसवीर उतरवाने को तैयार हो गईं। संगिनी मिसेज टर्पी ने अफसोस जाहिर करते हुए बताया कि उसे अच्छी तसवीरें उतारनी नहीं आतीं।

शायद पत्रकारों की बातें याद करके डायना हँस पड़ीं, ''वे लोग भी कोई अच्छी तसवीर नहीं उतारते। लेकिन इसी से वे लोग अच्छी-खासी कमाई कर लेते हैं।''

श्रीचिन्मय का ब्रीफकेस थामे-थामे डायना और भी तीस-चालीस मीटर आगे बढ़कर प्रतीक्षारत टैक्सी के करीब चली आईं।

उन्होंने पूछा, ''आप टैक्सी में किस तरफ बैठना पसंद करेंगे?''

उन्होंने ब्रीफकेस टैक्सी की सीट पर बीचोबीच रख दिया और कोई एक और तसवीर उतरवाने का आग्रह किया। बंगाली योगी और प्रिंसेस की वह तसवीर इतिहास के पन्नों में स्थान पाने लायक है।

होटल लौटकर अंतिम विस्मय। टैक्सीवाले ने किराया नहीं लिया। उसने बताया कि प्रिंसेस डायना ने किराया पहले ही चुका दिया है। उस महिला को विश्व-हृदय की सम्राज्ञी क्या यूँ ही कहते थे!

बहरहाल, मदर टेरेसा की कहानी अभी भी पूरी नहीं हुई। श्रीचिन्मय ने एक पत्र लिखकर डायना को मदर के फोन नंबर के साथ यह सूचित किया कि मदर पोलैंड नहीं जा रही हैं, रोम से सीधे न्यूयॉर्क आ रही हैं। न्यूयॉर्क में डायना मदर से जरूर मिल सकती हैं या फिर डायना कलकत्ता पहुँच जाएँ, वहीं भेंट हो जाएगी। उन्होंने डायना को मदर की तरफ से और एक हिदायत भेजी—डायना हर दिन मदर मरियम की प्रार्थना जरूर करें।

7 जुलाई, 1997 को न्यूयॉर्क के अखबारों में खबर छपी—न्यूयॉर्क की नीलामी में पुराने कपड़े-लत्ते बेचकर जो 32 लाख रुपए संग्रह किए गए, उसमें 83 प्रतिशत अमेरिकी लोगों ने जुटाया। ये रकम सेवा-व्रत में खर्च की जाएगी। अखबारों ने राय जाहिर की थी कि डायना कभी इंग्लैंड की महारानी नहीं बन सकतीं, लेकिन अपने सेवा-धर्म और सेवा-कार्यों की वजह से वे सभी लोगों के दिल की रानी जरूर होंगी। वे हृदयेश्वरी होंगी। इस पर्व में श्रीचिन्मय के साथ उनका पत्राचार अत्यंत मार्मिक है।

मदर टेरेसा और राज पुत्रवधू डायना की वह बहु-प्रतीक्षित मुलाकात न्यूयॉर्क के मिशनरीज ऑफ चैरिटी के भवन में हुई। 18 जून, 1997 को डायना लंदन से सीधे आ पहुँची थीं। डायना के आकस्मिक जीवनावसान के बाद मदर ने तीन शोक-वार्त्ता भेजी थीं। एक डायना के परिवार को, एक बयान संवाद-माध्यमों के लिए था और तीसरी वार्त्ता टेलीफोन पर श्रीचिन्मय के लिए थी, जो संयुक्त राष्ट्र संघ में पढ़ी गई—''श्रीचिन्मय संयुक्त राष्ट्र संघ में डायना के लिए प्रार्थना-सभा कर रहे हैं। डायना कलकत्ता की मिशनरीज ऑफ चैरिटी में आया करती थीं। उन्होंने कालीघाट और हमारी अन्य जगहों को भी देखा था। डायना के लिए प्रार्थना करो, उनकी आत्मा की शांति के लिए प्रार्थना करो। मैं भी डायना के लिए प्रार्थना कर रही हूँ।''

न्यूयॉर्क में श्रीचिन्मय ने डायना और मदर टेरेसा के मुलाकात की जो व्यवस्था की थी, उस दिन वह काफी देर तक चली। यह एकांत साक्षात्कार बंद कमरे के अंदर चलता रहा। मदर टेरेसा के प्रति उनका यह आकर्षण कई-कई कारणों से था। उनमें से एक

कारण यहाँ बताना समुचित होगा। उन दोनों का ही जन्मदिन 27 अगस्त था। श्रीचिन्मय मदर को ईश्वर का ऑटोग्राफ कहते थे। अपनी लिखी हुई पहली अंग्रेजी कविता में उन्होंने लिखा था—दुनिया भर के भाई और बहनो, तुम सब क्या इतने ही दृष्टिहीन हो कि मदर के माथे पर ईश्वर का ऑटोग्राफ नहीं देख पा रहे हो? न्यूयॉर्क के संयुक्त राष्ट्र के एक आध्यात्मिक शीर्ष सभा में सन् 1975 में श्रीचिन्मय और मदर की पहली भेंट हुई। पत्राचार, साक्षात्कार और टेलीफोन के जरिए यह रिश्ता मदर के देह-त्याग तक स्थायी रहा।

दूसरी भेंट रोम में हुई। कमरे में दाखिल होते ही मदर ने उनके माथे पर हाथ फेरते हुए उन्हें आशीर्वाद दिया। साक्षात्-कक्ष में श्रीचिन्मय जूते उतारकर दाखिल हुए थे।

लेकिन माँ उन्हें छोड़ने वाली नहीं थीं। उस ठंड में वे खुद भी सैंडल पहने हुए थीं। उन्होंने कहा, ''मुझे भी सैंडल पहनना होगा।'' अपनी साड़ी पर उन्हें अतिशय गर्व था, क्योंकि यह साड़ी किसी कुष्ठ रोगियों ने उनके लिए बुनी थी। खैर, साड़ी के बारे में मदर से ढेरों कहानियाँ जुड़ी हुई थीं। कोई महिला उनसे मिलने आई। मदर ने उससे सवाल किया और उन्हें जवाब मिला कि उसकी हर साड़ी की कीमत 800 रुपए है। मदर ने कहा—500 रुपए की साड़ी पहनो और बाकी रुपए मुझे दो।'' कुछ दिनों बाद साड़ी की कीमत 300 रुपए पर उतर आई, उसके बाद 100 रुपए पर। इस बार मदर ने कहा, ''अब इससे नीचे तुम मत उतरना।''

एक और मजेदार घटना घटी थी। बातों-ही-बातों में प्रेसिडेंट गोर्वाचेव का जिक्र छिड़ गया। श्रीचिन्मय ने बताया कि गोर्वाचेव भी मदर के भक्तों में हैं।

मदर ने कहा, ''उनका नाम मिखाइल है, मगर मैं उन्हें माइकेल बुलाती हूँ। उनसे कभी भेंट नहीं हुई। लेकिन, हर साल सेंट माइकेल फीस्ट डे को मैं उन्हें कार्ड और पत्र भेजती हूँ। उन्होंने कभी जवाब नहीं दिया।''

यह खबर यथासमय गोर्वाचेव के पास पहुँच गई। उन्होंने तत्काल अपनी भूल का संशोधन किया। उसी वर्ष मदर ने श्रीचिन्मय को खबर दी, ''पता है, इस वर्ष पहली बार मुझे क्रिसमस कार्ड किसने भेजा है? प्रेसिडेंट गोर्वाचेव ने।''

इसी तरह और एक बार मदर ने बताया था कि कलकत्ता में सेवा-कार्य शुरू करने के बाद से 50 हजार मृत्यु-पथ यात्रियों को उन्होंने स्पर्श किया है।

''उन लोगों की सेवा कर पाई, इस वजह से मैं धन्य हुई हूँ।''

हलकी-फुलकी गपशप करने में भी मदर की कोई तुलना नहीं थी। एक बार कलकत्ते के ट्राम में मदर के तजुरबे का प्रसंग छिड़ गया। मदर को विदेशिनी समझकर कई महिलाएँ बँगला में मदर की निंदा करने लगीं। महिलाओं ने आपस में कहा, ''मदर टेरेसा हिंदुओं को क्रिस्तान बनाती हैं।''

मदर उन लोगों की बँगला बातें समझ गईं। सुनने में आता है कि माँ उस समय

बँगला में बोल उठीं, ''मैं भारत की हूँ, भारत मेरा है।'' यह घटना कोई कल्पना नहीं है, मदर ने स्वयं स्वीकार किया। यह घटना उनके सेवा कार्य शुरू करने से पहले हुई थी।

''मुझसे पहले किसी विदेशिनी ने शायद इस ढंग से बँगला में उन लोगों से बात नहीं की थी।''

अंत में मदर ने चीन जाने की इच्छा प्रकट की थी। उन्होंने कहा, ''मैं चाहती हूँ, तुम भी मेरे साथ चलो।''

श्रीचिन्मय चीन गए, लेकिन सन् 2005 से पहले नहीं। वहाँ भी श्रीचिन्मय की अभ्यर्थना में कोई कमी नहीं हुई थी। शियासेन के मेयर ने उस सम्मानित अतिथि को महानगर की तरफ से एक घोषणा-पत्र भी अर्पित किया था। उसी समय एक संगीत कार्यक्रम भी आयोजित किया गया था। धोती-कुरताधारी घोष महाशय के संगीत का मूल मंत्र था—विश्व समन्वय। इसमें भी अचरज की बात यह थी कि शियामेन के स्कूल के हजार-हजार छात्र-छात्राओं ने श्रीचिन्मय का लिखा हुआ गीत गाया था—'आई एम ग्रेट चाइनीज ब्वाय; आई एम ए गुड चाइनीज गर्ल!' जिस शिष्य ने चीन के सेवा अभियान का नेतृत्व किया था, उसका खासा नाम था—कृतज्ञता निकिलस। बँगला नामों में किस हद तक विविधता और वैचित्र्य मौजूद है, कलकत्ते में बैठे-बैठे यह बात हम हर बार नहीं समझ पाते; मगर सागर पार अब इन नामों का इस्तेमाल बखूबी हो रहा है। बँगला नामों का प्रचलन इसी तरह अगर और बढ़ता रहा तो इसके लिए भी हम श्रीचिन्मय के प्रति कृतज्ञ रहेंगे।

चीन का प्रसंग छिड़ते ही जिन लोगों के मन में डेमोक्रेसी के भाव तैरने लगते हैं, उन लोगों को एक छोटे से देश आइसलैंड की कहानी सुनाई जाए। वहाँ वर्ष 900 से ही दुनिया की अन्यतम प्राचीन डेमोक्रेसी लगातार बहाल तबीयत से मौजूद है। वर्ष 2000 में श्रीचिन्मय अपने अंतरराष्ट्रीय छात्र-छात्राओं को लेकर आइसलैंड भाषण देने और ऑर्गन बजाने पहुँचे। राजधानी रेकविक में छोटी-मोटी हलचल मच गई, क्योंकि अभ्यर्थना समिति में पार्लियामेंट के दो दीर्घवय सदस्यों को देखकर उनके दिमाग में यह सोच सवार हो गई कि इन लोगों को शारीरिक व्यायाम दिखाना होगा। अरविंद आश्रम के दिनों से ही भारोत्तोलन के प्रति उनका गहरा लगाव था। उन दोनों पार्लियामेंट सदस्यों का वजन 352 और 347 पाउंड था। अनायास ही इन लोगों का भारोत्तोलन किया गया, वह भी 71 वर्ष की उम्र में। आध्यात्मिक साधना के साथ शारीरिक स्वास्थ्य का कोई विरोध तो नहीं ही है, बल्कि योगसूत्र है। स्वयं स्वामी विवेकानंद ने अपने मठ के संन्यासियों के लिए नियमित व्यायाम की व्यवस्था की थी। पांडिचेरी के अरविंद आश्रम में भी खेल-कूद, आश्रयकालीन जीवन-यात्रा का अंग था। विदेश पहुँचकर श्रीचिन्मय ने इस भावना को और एक कदम आगे बढ़ा ले जाने की कोशिश की। टेनिस, मैराथन, भारोत्तोलन—वे किसी में भी पीछे नहीं

रहे, बल्कि आध्यात्मिक साधना में शरीर-साधना और उन्नत हो सकती है। इस भावना ने पश्चिम में स्वीकृति प्राप्त की। उनके गुणमुग्ध भक्तों में एक थे ओलंपिक के अनगिनत पदक विजेता—कार्ल लुइस। कार्ल लुइस ने अपनी आत्मकथा में श्रीचिन्मय के बारे में लंबा परिच्छेद लिखा है।

व्यायाम का जयगान समूचे पश्चिम में गूँज उठा है। एक जन बंगाली योगी, 70 वर्ष की उम्र में पहुँचकर अभी भी हाथी को उठा सकते हैं, अपनी पेशियों के बल पर पूरा-का-पूरा हवाई जहाज रोक सकते हैं, यह अमेरिकी देश के लिए विराट् विस्मय था। मैं जरा पुराने जमाने का दकियानूसी प्राणी हूँ। शारीरिक दक्षता के साथ आध्यात्मिक खोज का संबंध खोजने में वक्त बरबाद करने का मन नहीं होता। लेकिन पश्चिमी लोगों के लिए इसका सार्थक तात्पर्य है। आइसलैंड के दो दीर्घकाय को बारी-बारी से बाँहों में उठाकर श्रीचिन्मय ने अपने प्रिय शिष्यों की इच्छा पूरी की। मैराथन दौड़ भी किसी समय उनके लिए दाल-भात थी। उनके छात्र-छात्राओं को यह अफसोस था कि घुटनों में दर्द की वजह से उनके गुरु के लिए संभव नहीं रहा। दुनिया में व्यायाम की बड़ी-बड़ी अहम पत्रिकाओं में इस बंगाली साधक की शारीरिक शक्ति के पीछे ध्यान और योग का कितना अवदान है, इस बारे में तरह-तरह की चर्चाएँ होती रहीं, विशेषज्ञों के मंतव्य प्रकाशित होते रहे। केवल मात्र शारीरिक अनुशीलन से शरीर की ऐसी अविश्वसनीय सफलता संभव नहीं थी।

व्यायाम और शरीर-चर्या के मामले में मेरा उत्साह और ज्ञान नितांत ही सीमाबद्ध है। ईश्वर की तलाश में जुटे लोग जब इस बात को अत्यधिक अहमियत देते हैं तो मैं थोड़ा-बहुत संकोच में पड़ जाता हूँ। लेकिन सन् 1984 और 1988 के ओलंपिक में छह-छह स्वर्ण-पदक विजेता कार्ल लुइस की आत्मकथा पढ़कर मैं घोर संकोच से गड़ गया। हैवेन विल बी नियरर टु यू थ्रू फुटबॉल दैन गीता—विवेकानंद की यह वाणी क्या अतिशयोक्ति नहीं है? '80 और '90 के दशक में कार्ल लुइस किसकी तलाश में श्रीचिन्मय के भक्त हो गए? बहुतेरे लोग यह नहीं जानते कि कार्ल लुइस का एक बँगला नाम भी है—सुधाहोता।

इस नाम के तात्पर्य की कार्ल लुइस ने विस्तार से व्याख्या की है। उसी ने बताया कि कैसे लोकप्रिय संगीतज्ञ माइकेल वाल्डेन और उनकी पत्नी ने उन्हें श्रीचिन्मय की खबर दी थी। 'ग्रैमी' और 'एमी' विजेता माइकेल का बंगाली नाम 'नारद' है और उनकी पत्नी का नाम 'अनुकंपा'। कार्ल उन दिनों स्पोर्ट्स में उत्कर्ष-वृद्धि का अनाविष्कृत शह की तलाश में थे, जो उनके लिए नए-नए विश्व रिकॉर्ड बनाने की राह खोल दे। कार्ल लुइस ईसाई थे। श्रीचिन्मय ने कभी उन्हें अपने धर्म से हट जाने को नहीं कहा। लेकिन उन्होंने यह जरूर कहा कि दीर्घ साधना के बाद चिन्मय की उपलब्धि होती है। स्पोर्ट्स निश्चित रूप से आध्यात्मिक है; दैहिक स्वास्थ्य भी निश्चित रूप से आध्यात्मिक स्वास्थ्य का

आनुषंगिक हो सकता है। ध्यान निश्चित रूप से अंतर की शांति सुनिश्चित कर सकता है। आधुनिक युग के सभी प्रकार के दबाव और तनाव से अपने को स्वस्थ रखने का यही आसान मार्ग है। कार्ल को लगा, श्रीचिन्मय उसे नई राह का निर्देश दे रहे हैं। अपनी दैहिक सीमाबद्धता को उत्तरोत्तर विस्तारित करके हम अध्यात्म की राह पर भी उन्नत हो सकते हैं।

अपनी शारीरिक सीमाबद्धता को बार-बार लाँघकर अध्यात्म की राह पर अग्रसर होने की एक और नजीर चिन्मय-शिष्या आश्रित फरमान ने भी स्थापित की है। उन्होंने देह और मन दोनों के युगल-पथ पर विश्व रिकॉर्ड तोड़कर कई-कई बार गिनीज बुक ऑफ रिकॉर्ड्स में अपना नाम दर्ज कराया है। उनमें से एक है—लगातार दस घंटों तक, बारह मील तक, बिना एक बार भी रुके या थमे, अनवरत गुलाटी खाना। गुलाटी की कुल संख्या 7,500। टेलीविजन पर ये सब दृश्य देखकर पूरा अमेरिका विमुग्ध रह गया। श्रीचिन्मय ने कार्ल लुइस से जो-जो कहा था, वह उनकी आत्मकथा में दर्ज है। धर्म का प्रधान अंग है—अनुप्रेरणा। यह अनुप्रेरणा किस क्षेत्र में किस ढंग से आती है, कहा नहीं जा सकता।

सुधाहोता या कार्ल लुइस ओलंपिक्स (1988) में 100 मीटर दौड़ में अपना ही रिकॉर्ड तोड़ने के बावजूद दूसरे स्थान पर ही रह गए। उस बार असंभव को संभव किया था एक कनाडियन—बेन जॉनसन ने। उनका रिकॉर्ड था 8.79 सेकंड और कार्ल का 9.92 सेकंड। इस दौड़ का दर्शक बनने के लिए कार्ल ने अपने शिक्षक श्रीचिन्मय को सिओल आमंत्रित किया था। हताशा से भरकर पराजित कार्ल बाद में श्रीचिन्मय से मिलने गए।

आवाक् कांड

श्रीचिन्मय कनाडा के विजेता बेन जॉनसन को अभिनंदन ज्ञापित करते हुए भी ठिठक गए और कनाडा के राष्ट्रीय संगीत के साथ ताल न मिलाकर वे अमेरिका की एक छोटी सी झंडी लहराते रहे। यह देखकर उनकी बगल में खड़ा एक कनाडियन समर्थक एकदम से झुँझला उठा और उसने कसकर डाँट पिलाई—"यह क्या कर रहे हैं? अमेरिकी झंडा नीचा करें।"

इस बीच क्या कहीं कोई अप्रिय-अशोभन घटना घटी है? कार्ल लुइस ने अपनी आत्मकथा में इसका विस्तार से विवरण दिया है। भर दुपहरिया किसी पत्रकार ने खबर दी कि दुर्घटना घट चुकी है। बेन जॉनसन ड्रग टेस्ट में पकड़े गए हैं। दौड़ जीतने के लिए उन्होंने निषिद्ध स्टेरॉएड का सेवन किया था। फलस्वरूप प्रथम होने की उनकी साध पूरी नहीं हुई। ओलंपिक के अधिकारियों ने आखिरकार अमेरिकी नागरिक कार्ल लुइस को ही स्वर्ण-पदक का विजेता घोषित किया है।

इसमें कोई अलौकिक घटना न खोजना ही बेहतर है। इसमें न मेरा भरोसा है, न

आग्रह। लेकिन अनुप्राणित इनसान की अदम्य प्राण शक्ति इस दुनिया में विस्मय भी प्रस्तुत कर सकती है, वरना शाकपूरा गाँव के एक रेलवे इंस्पेक्टर का बेटा, जिसने कुल पाँचवीं क्लास तक पढ़ाई की हो, जो बेघर हो गया हो, इस तरह प्रकाशित और विकसित कैसे हो पाया?

वह पुरानी कहानी भी इसी मौके पर बयान कर दी जाए।

असमय ही पितृ-मातृहीन होकर, जड़ों से टूटकर देश-देश बहते-उतराते ऐसी स्थिति में पहुँचे कैसे? जिनमें साधना-केंद्र दुनिया के कोने-कोने में फैल चुके हैं, जिन्हें सम्मानित करके राष्ट्र-नायक वृंद स्वयं को सम्मानित महसूस करते हैं और इससे भी बड़े आश्चर्य की बात यह है कि सागर पार के अनगिनत लोग उनसे अनादि काल के भारत के ऋषि-मुनियों की उपलब्धि के विवरण जानने को आतुर रहते हैं। वे लोग जानना चाहते हैं कि इस सब सत्य को इस जमाने की जीवन-यात्रा में कैसे प्रयोग किया जाए और अँधेरे से प्रकाश की ओर कैसे आगे बढ़ा जाए? जो लोग इन सब सच्चाइयों के खोजकर्ता थे, वे सभी लोग कोई धनी कुबेर नहीं थे। पश्चिम के आम इनसानों में यह आध्यात्मिक जिज्ञासा याद दिला देती है कि इन सब देशों में अभी भी प्राण-शक्ति की कमी नहीं है। पश्चिम के आम इनसान अनेक विषयों में हम लोगों से आगे हैं। पश्चिम के आकाश में ही सूरज डूबता है, यह बात इस जमाने के वेदांत-अनुयायी लोगों के लिए बिलकुल भी सच नहीं है।

पश्चिम के आम लोगों का मन भी कौतूहल से भरपूर है। वे लोग जिस सत्य का अता-पता खोज रहे हैं, वह सहज लक्ष्य नहीं है, यह बात भी उन लोगों के लिए अनजानी नहीं है। वे लोग यह भी जानते हैं कि इस सत्य की उपलब्धि के लिए विश्वविद्यालय के रबर स्टांप की कोई जरूरत नहीं है। चिन्मय कुमार घोष, जो आठवीं क्लास तक ही पढ़े-लिखे थे, यही काफी था। भुवनविदित विश्वविद्यालय के धाकड़-धाकड़ गवेषक उन्हीं के कदमों में नतमस्तक होने में कोई दुविधा महसूस नहीं करते।

हमारा यह देश बिलकुल अलग है। सनातन भारत की कोई-कोई चिंतनधारा इस युग के भारतवासियों के मन में अतुलनीय शक्ति भर सकती है, यह सोच देखने की मानसिकता विवेकानंद, रवींद्रनाथ, श्रीअरविंद भी तैयार करने में समर्थ नहीं हुए। उन लोगों की सीमाहीन दृष्टि सिर्फ यही कह पाई—तुम लोग दीन नहीं हो, हीन नहीं हो। तुम लोगों के पुरखे इस देश की माटी पर बैठे-बैठे जो चिंतन-मनन कर गए, वह किसी दिन समूचे विश्व को आलोकित कर देगा और अगर कोशिश में कमी नहीं हुई तो इस देश के लोग भी अपने को आलोकित करने में सक्षम होंगे।

देश-देश में यह जो श्रद्धेय स्वीकृति है, कई-कई हजार छात्र-छात्राओं का यह जो नीरव आत्मोत्सर्ग है, इसकी शुरुआत कहाँ से है और कैसे है, इसकी खोज करना बेहतर

रहेगा। इस मामले में मुझे एक अमेरिकी भक्त से मदद मिली है, जिसका वर्तमान नाम है—आग्रह। डॉ. आग्रह श्रीचिन्मय के यानी अपने शिक्षक के जीवन की अनेक खबरों के भंडारी हैं। वे रहते तो सिएटल में हैं, लेकिन फुरसत मिलते ही वे न्यूयॉर्क चले आते हैं। उनके पास दो-दो टेलीफोन हैं। उसमें से एक टेलीफोन उन्होंने सिर्फ अपने शिक्षक से बातचीत करने के लिए रखा हुआ है।

मैंने डॉ. आग्रह से ही सवाल किया था, ''श्रीचिन्मय की मूल शिक्षा क्या है?''

आग्रह ने जवाब दिया, ''इनसान की शांति से शुरू होती है विश्व-शांति। हम सब व्यक्ति के तौर पर अपने दिल पर निर्भर करते हैं, तभी समझने में कोई असुविधा नहीं होती—आज मोरा कैसे तो खुला हिया, जगत् आ-आकर देता है गलबँहिया।

□

सुदूर अमेरिका से ही श्रीचिन्मय के छात्र-छात्राओं ने चटगाँव के शाकपूरा गाँव की ढेरों खोज-खबर इकट्ठी कर ली है। मसलन घोष परिवार की आर्थिक स्थिति कमजोर नहीं थी। शहर और गाँव में दो-दो मकान थे।

पिता श्री शशिकुमार पक्के साहब थे। सूट-बूट-टाई पहनकर कार्यस्थल जाते थे। रेलवे से वक्त से पहले ही अवकाश लेकर उन्होंने एक बैंक की प्रतिष्ठा की थी। नाम था—गृहलक्ष्मी बैंक। इस बैंक के काफी सारे साहब ग्राहक भी थे। मादल छुटपन में बैंक कर्मचारियों की साइकिल के पीछे सवार होकर सारे शहर के चप्पे-चप्पे का चक्कर लगाता फिरता था और पूछता रहता था, ''किसके पास रुपए ज्यादा हैं? गृहलक्ष्मी के पास या प्रतिद्वंद्वी बैंक महालक्ष्मी के पास?'' पूछे जाने वाले सज्जन उस दिन के मूड के मुताबिक जवाब देते थे—कभी गृहलक्ष्मी के पक्ष में, कभी महालक्ष्मी के पक्ष में।

चटगाँव के घोष परिवार में पांडिचेरी की हवा अद्भुत ढंग से बहने लगी थी। श्रीअरविंद कलकत्ता छोड़कर पांडिचेरी चले आए थे सन् 1910 में। उसी समय मशहूर फ्रेंच दार्शनिक पॉल रिशर भी पांडिचेरी आ गए। दोनों में दो बार भेंट-मुलाकात हुई, कई-कई घंटों तक बातचीत हुई। पॉल रिशर जगन्नाथ रथ की खोज-खबर लेने आए थे।

जब वे आ रहे थे तो उनकी पत्नी ने कहा, ''जब तुम वहाँ जा ही रहे हो तो भारतीय योगियों के बारे में भी अता-पता करते आना।'' योगी के लक्षण कौन-कौन से होते हैं, विदेशिनी मीरा ने यह भी बता दिया था। सुनने में आया है कि इन्हीं मीरा को रवींद्रनाथ ने शांति निकेतन का दायित्व सँभालने को कहा था। लेकिन यह संभव नहीं हुआ। वैसे कवि-गुरु ने उन्हें जो टाइपराइटर उपहार में दिया था, वह अभी भी शायद अरविंद आश्रम में ही मौजूद है। भविष्य में मदर के साथ 29 मार्च, 1914 को श्रीअरविंद की पहली बार भेंट हुई। उसके बाद तो अविश्वस्य आश्रम जीवन का सूत्रपात।

पांडिचेरी से जो अध्यात्म आंदोलन समूचे विश्व के जिज्ञासु-महल में फैल चुका

था, उसकी जड़ में थे फ्रांस के रिशर दंपती। सन् 1918 में रेडियो जापान से की गई एक घोषणा में पॉल रिशर ने समूची दुनिया को स्तंभित कर दिया—

''बहुत बड़ी खबर। बहुत बड़ी-बड़ी घटनाओं और महामानव के आविर्भाव का समय आ पहुँचा है। मैं एशिया के ईश्वर-संधानी पुरुषों की बात कर रहा हूँ। उनकी तलाश में मैं सारी दुनिया खोजता फिरा। अंत में एशिया में ही मुझे श्रेष्ठतम मानव का पता मिला। वे इनसानों के नेता हैं, आनेवाले कल के हीरो। वे एक हिंदू हैं। उनका नाम है—अरविंद घोष। मेरी अपनी आँखों ने उन्हें देखा है। उनका जन्म 15 अगस्त, 1872 को कलकत्ता में हुआ।''

श्रीअरविंद ने ही हलके अंदाज में भक्त दिलीप कुमार राय से कहा था, ''मैं कभी भी दार्शनिक नहीं था। लेकिन हाँ, दर्शन के बारे में काफी कुछ सीखना जरूर पड़ा है। पॉल रिशर ने ही प्रस्ताव दिया था कि दार्शनिक विश्लेषण में उन्हें सहयोग दूँ। 4 पन्नों की मासिक दार्शनिक रचनाओं की जिम्मेदारी उन पर थोपकर रिशर युद्ध में शामिल हो गया। पॉल रिशर ने फ्रांस पहुँचकर श्री मीरा को अरविंद के बारे में बताया। उन दोनों प्राणियों ने 29 मार्च, 1914 को पहली बार उनसे भेंट की। अरविंद लंबे अरसे तक विलायत में रहे थे। मगर वे फ्रांस कभी नहीं गए थे। सुना जाता है कि मदर के साथ उनकी बातचीत अंग्रेजी में ही होती थी।

शुरू में श्रीअरविंद के पांडिचेरी आश्रम में कोई नाई नहीं था। बाल कटवाने के लिए आश्रम के लोगों को आश्रम से बाहर जाना पड़ता था। यह सुनकर खोज मची कि आश्रमवासियों में कोई नाई का काम जानता है या नहीं। किसी जमाने में कुमिल्ला निवासी मनोधर मल्लिक की जानकारी मिली। उन्होंने आश्रम प्रांगण में पहला हेयर कटिंग सैलून खोला।

मनोधर बाबू की जुबानी ही शाकपूरा के घोष परिवार को पहली बार पांडिचेरी आश्रम की जानकारी मिली और यथा समय शशि कुमार के बड़े और मँझले बेटे आश्रमवासी बन गए।

पिता बेतरह बीमार होकर जब स्वर्गवासी हो गए, तब मादल पाँचवीं कक्षा के छात्र थे। उम्र 11 वर्ष। माँ भी काफी बीमार थीं। अपनी मृत्यु से पहले उस असहाय बच्चे को एक लड़के के हाथ सौंप गईं। उस समय वे लोग आश्रम निवासी थे और अंत में शशि कुमार की सभी संतानें पांडिचेरी की आश्रमवासी हुईं।

उन्ही दिनों मदर ने छोटे बच्चों के लिए हाल ही में स्कूल खोला था। चटगाँव के चिन्मय घोष उसी स्कूल में भरती हो गए। अरविंद आश्रम में अंग्रेजी, फ्रेंच, बँगला और संस्कृत एक साथ पढ़ाई जाती थी; साथ ही उन्नत किस्म के खेल-कूद और व्यायाम की भी व्यवस्था थी। साथ ही चित्र अंकन और संगीत-साधना। मादल के पड़ोसी का नाम था

संसार-प्रसिद्ध—दिलीप कुमार राय। इसी बीच चिन्मय ने प्राय: 200 गाने लिख डाले थे। उन्होंने वे 200 गीत, स्वर-लिपि समेत दिलीप कुमार को भेज दिए। दिलीप कुमार ने उन गानों पर सिर्फ नजर ही नहीं डाली, उनमें संशोधन भी कर दिया। इससे भी बड़ा अचरज यह था कि दिलीप कुमार ने कई एक चिन्मय-संगीत आश्रम की विशिष्ट हस्तियों के सामने गाकर भी सुनाया।

आश्रम के बहुतेरे लोगों में परीक्षा पास करने और डिग्री पाने में दिलचस्पी नहीं थी। मदर वहाँ लोगों को इनसान बनाने की अन्यान्य परीक्षाएँ लेती थीं। उस स्कूल में चिन्मय ने सिर्फ आठवीं कक्षा तक पढ़ाई की। उसी समय एक दुर्घटना घटी। उस वक्त रात के लगभग दो बजे थे। अचानक जैसे किसी ने मादल को आवाज देकर पूछा, ''सो रहे हो क्या? ध्यान शुरू करने का यही तो श्रेष्ठ समय है।'' बस, शुरू हो गया चटगाँव से आए हुए एक बालक का साधक जीवन।

पांडिचेरी व्यक्ति को पर-निर्भर होना नहीं सिखाती। फ्रांसीसी मदर यथासंभव स्वनिर्भर इनसान सृष्टि करने को प्रोत्साहित करती थीं। वे चाहती थीं कि एक ही शरीर में कर्म, अध्ययन, व्यायाम, शिल्प, संगीत, साधना वगैरह सब मिल-जुलकर हो जाएँ। यह कोई असंभव काम नहीं है, यह बात मादल जैसे आश्रम-बालक के लिए भी समझना कठिन नहीं था। लेकिन मादल का ध्यान परीक्षा पास करने में नहीं था। उनका उत्साह स्पोर्ट्स के सारे विषयों में प्रथम आने और साथ ही आधी रात को ध्यान लगाने में अधिक था।

सन् 1944-64—पूरे दो दशक तक आश्रम जीवन। प्राच्य और पश्चिम के त्रिवेणी संगम में शाकपूरा के पितृहीन-मातृहीन ग्रामीण बालक की उपस्थिति। अपूर्व था वह अनुभव। गहरी-घनी रातों में दिव्य जीवन की तलाश में नि:शब्द ध्यान और सूरज उगते ही संघबद्ध सुश्रृंखल कर्म-जीवन। लेकिन उनकी पढ़ाई-लिखाई खास आगे नहीं बढ़ सकी, सिर्फ कक्षा आठ तक ही रह गई। एक ही बात गनीमत थी, कोई और जगह होती तो कक्षा आठ तक पढ़कर रुक गए बेटे के भविष्य के बारे में सोच-सोचकर अभिभावकों की नींद हराम हो जाती। यहाँ खास उत्तेजना नहीं जागी। इसके अलावा माँ-बाप थे नहीं, बच्चे के लिए निश्चित नक्शे में बँधे-बँधाए जीवन के बारे में भला कौन परेशान होता!

आश्रम में हर दिन ही कुछ-कुछ काम होता था। पांडिचेरी में पूरब और पश्चिम का जीवन-बोध मिल-जुलकर एकाकार हो गया था। बैठे-बैठे खाना नहीं चलेगा। आत्मा के साथ-साथ देह को भी सुचर्चित रखना होगा। पर-निर्भरता के माध्यम से परम ब्रह्म की तलाश कभी भी वांछनीय नहीं है। आश्रम में मादल के लिए भी कामकाज जुट गया। सबसे पहले बिजली मिस्त्री का काम। स्वामी विवेकानंद का भी प्रिय विषय था। उन्होंने भी अपने भाई को बैरिस्टरी पढ़ाने के बाद इलेक्ट्रिशियन ही बनाना चाहा था। विवेकानंद सफल नहीं हुए। मन के दु:ख से दु:खी उनके भाई लंबे अरसे तक पदातिक रहकर बिना

टिकट स्थल-मार्ग से भारत लौट आए।

यह नई वृत्ति मादल को नापसंद नहीं थी। वैसे वृत्ति तो महज आवरण मात्र थी, ताकि साधक जीवन में व्याघात न पड़े, लेकिन इसके बाद जल्दी-जल्दी वृत्ति परिवर्तन। मदर की हिदायत पर कुछ दिन उन्होंने कागज तैयार करने का काम किया। इस काम में पांडिचेरी का सुनाम आज भी विश्व-विदित है। इसके बाद कुछ दिनों पेंसिल तैयार करने का काम, उसके बाद दफ्तरी का काम। उस समय तक लेखक-वृत्ति दिमाग को नहीं सूझी थी। मन में जैसे कोई बेचैन लहरें लेती रहीं। जो काम उन्हें सबसे अधिक प्रिय था, वह था भोजन के बाद आश्रमवासियों की प्लेटें धोना। इस काम में चिन्मय को विशेष दक्षता प्राप्त थी। फलस्वरूप उनके हिस्से में और एक मौसमी काम जुट गया। श्रीअरविंद और माँ वर्ष में चार बार अपने भक्तों को दर्शन देते थे। असंख्य लोगों की भीड़ होती थी। वे लोग जूते उतारकर एक दरवाजे से अंदर जाते थे और दूसरे दरवाजे से निकलते थे। यहाँ भी अंतरराष्ट्रीय 'परफेक्शन' की तलाश। अंदर जाने और बाहर निकलने के अल्प समय में भक्तों के जूते एक दरवाजे से हटाकर उन लोगों के निकलने के दरवाजे के सामने हाजिर करना। इस काम में भी चिन्मय ने अतुलनीय दक्षता का परिचय दिया।

परवर्ती समय में अध्यात्म-पथ के और भी अवसर जुट गए। श्रीअरविंद के देहावसान के बाद उनके कमरे में ही ध्यानमग्न होने की अनुमति। काफी कम लोगों को खामोशी का यह मौका दिया गया था।

इसके अलावा अनर्गल लेखन का भी काम था। बँगला अभ्यास में भी विराम नहीं था। फलस्वरूप प्लेटें धोने के अलावा लाइब्रेरी में स्वेच्छा कार्यों का मौका। एक समय किंवदंती सचिव नलिनीकांत गुप्त ने चिन्मय को अपने एकांत सहायक के तौर पर अपने पास बुला लिया। नलिनीकांत बेहिसाब लिखते थे। उन सब लेखनों की सार-सँभाल कुछ-कुछ अन्यान्य भाषाओं में अनुवाद करना और निश्चित रूप से चिट्ठी-पत्री टाइप करना।

उन दिनों दो घटनाएँ घटीं।

आश्रम के परम भक्त एक अध्यापक अमेरिका घूमकर वापस लौटे। जाने क्या सोचकर वे अचानक कह उठे—चिन्मय किसी-न-किसी दिन अमेरिका जरूर जाएगा। देखने लायक देश है। पहली बार दायरे से बाहर जाने की अप्रत्याशित खोज भरी पुकार।

सन् 1962 में और एक घटना घटी। सैम स्पैनियर नामक एक अमेरिकी दार्शनिक माँ के बारे में एक लंबा लेख लिखने के लिए पांडिचेरी आए। स्पैनियर जब नलिनी कांत गुप्त के दफ्तर में दाखिल हुए, उस वक्त चिन्मय अपने टाइपराइटर पर श्रीरामकृष्ण के बारे में एक लेख लिखने में डूबे हुए थे। उन दिनों इनसान-इनसान में आपसी संपर्क सहज था। कौतूहली स्पैनियर ने वह लेख पढ़ डाला और एकदम से मुग्ध हो उठे। उन्होंने अचानक कहा कि अगर कभी अमेरिका जाने की इच्छा हो तो बताना, मैं तुम्हारा स्पॉन्सर बन जाऊँगा।

बाद में स्पैनियर ने न्यूयॉर्क में एक योग केंद्र खोला था।

उसके बाद चिन्मय को अंतरतम से आदेश मिला—पश्चिम जाओ। पश्चिम जाओ। जो लोग अलौकिकी में विश्वास नहीं करते, वे लोग अंतर के निर्देश पर विश्वासी नहीं हो पाते। लेकिन चिन्मय जानते थे कि हर इनसान का मन बीच-बीच में बोल उठता है—नई राहों के राही बनो। '60 के दशक में विदेशी मुद्रा के संकट में फँसे भारत से विदेश-यात्रा करना मुश्किल मामला था। पासपोर्ट, वीजा के अलावा पी फॉर्म की बहुत बड़ी बाधा थी। इस बीच आश्रम के ही एक दादा बाबूराम मेहरा चिन्मय को एक तरफ का हवाई जहाज का किराया देने को राजी हो गए। लेकिन, चारों तरफ से अनेक बाधा-विघ्न थे। पूरे बीस वर्ष आश्रम की सुरक्षा से निकलकर कोई कहीं जाए, इस खयाल को कोई प्रोत्साहन नहीं देता था।

अंत में चिन्मय पी फॉर्म की तलाश करते हुए मद्रास के सरकारी दफ्तर पहुँच गए। कहीं आशा की कोई किरण नजर नहीं आ रही थी। अगति की गति, रामकृष्ण मिशन जाकर उन्होंने अपने मन को कुछ शांत किया। घोष परिवार काफी लंबे अरसे से रामकृष्ण-सारदा-विवेकानंद भक्त रहा था। दक्षिण में रामकृष्ण प्रचारक, ठाकुर के साक्षात् शिष्य शशि महाराज की जीवन कथा का मादल पाठ कर चुका था। माइलापुर मिशन में माँ सारदा के चित्र के सामने आँखें मूँदकर प्रार्थना करते हुए फिर अलौकिक उपलब्धि!

सारदा माँ ने कहा, "कल तेरी बाधा खत्म हो जाएगी।"

असंभव! क्योंकि कल शनिवार था। सरकारी पासपोर्ट कार्यालय बंद रहता था। लेकिन उन्हें श्रीसारदा पर प्रबल विश्वास था। अगले दिन ग्यारह बजे वे पासपोर्ट के बंद कार्यालय के सामने जा खड़े हुए।

अचानक दफ्तर का दरवाजा खोलकर एक तमिल महिला बाहर आईं। उन्होंने पूछा, "आपका नाम क्या चिन्मय घोष है?"

दरवाजा दुबारा बंद हो गया।

कुछ देर बाद ही वही महिला दरवाजा खोलकर फिर बाहर आई और उसने कहा, "यह लीजिए अपना पासपोर्ट और पी. फॉर्म।"

यानी उनके जाने में रुकावट नहीं रही। हाँ, उनके एक काका परेशान हो उठे। वे संन्यासी थे। उनका खयाल था कि बेहद प्रलोभन का देश है यह अमेरिका। पद-स्खलन होते देर नहीं लगती। वहाँ के लोग मदिरा के नशे में होते हैं। वहाँ नैतिकता नाम की कोई चीज नहीं होती। कैसी मूल धारणा थी। अमेरिका उस उन्नीसवीं सदी के मध्य से ही भारत की खोज में लगा है, फिर भी ऐसी मूल धारणा।

13 अप्रैल, 1964 को चिन्मय घोष न्यूयॉर्क आ पहुँचे। पहले आश्रयदाता थे सैम स्पैनियर। वे अपने मित्र एरिक ह्युजेस के साथ 43 ग्रीनविच एवेन्यू में रहते थे। उनकी एक

और स्पॉन्सर थीं—मिसेज ऐन हैरिमन। बाल्टिमोर में उनकी बहन का एक घर था।

उस दयालु महिला ने कहा, ''ध्यान करने की इच्छा हो तो कभी-कभी बाल्टिमोर आ जाया करो। इस विषय में जो महिलाएँ आग्रही हैं, मैं उन लोगों को भी खबर कर दूँगी। बाल्टिमोर जाना जब लगभग तय हो गया, तब आश्रमवासिनी बहन कैलासबेन ने कहा, ''चाहे कैसे भी हो, तुम्हें इंडियन कॉन्सुलेट में घुसना होगा, वरना इस देश में रहना तुम्हारे लिए मुश्किल होगा। ग्रेजुएट हुए बिना सरकारी दफ्तर में नौकरी नहीं मिलती।'' लेकिन कैलासबेन खुद ही फॉर्म भरकर वहाँ जमा कर आईं। कई दिनों बाद ही टाइपिंग परीक्षा हुई। आश्रम में उनकी स्पीड थी 65/70, यहाँ कुल 33 पर ठहर गई। कई दिनों बाद दुबारा परीक्षा। बंधु कोलि प्रैक्टिस के लिए एक हर्मिस पोर्टेबल टाइप मशीन ले आया। कई दिनों बाद ही कनसल, मिस्टर मेहरोत्रा के सेक्रेटरी ईवन का फोन आया—''अभी चले आओ, इसी समय'' आश्चर्य। परीक्षा के बिना ही तीन महीने की अस्थायी नौकरी हो गई। मिस्टर मेहरोत्रा चिन्मय का एक अंग्रेजी लेख पढ़कर खुश हो गए थे। इसके अलावा वे यह भी जानते थे कि इंडियन मिशन में नौकरी के बिना इस देश में टिकना संभव नहीं पाएगा।

पहली पोस्टिंग पासपोर्ट-वीजा विभाग में। राजकीय वेतन 230 डॉलर। प्रतिदिन दस घंटे ड्यूटी। घर का किराया और अन्यान्य खर्च चुकाकर महीने का खर्च चलाना बेहद मुश्किल था। खर्च बचाने के लिए दोपहर के लंच में सिर्फ एक चॉकलेट बार खा लेना। कोई देख न ले, इस कारण वे दफ्तर के बेसमेंट में एक टेलीफोन बूथ में घुसकर तथाकथित लंच फटाफट निपटा लेते थे।

सूचना विभाग में आनंद मोहन नामक एक मित्र भी जुट गया। उसकी भी आध्यात्मिक खोज में दिलचस्पी थी। उन दोनों में कभी-कभी भारत की प्राचीन भावधारा और चिंतन पर बातचीत होती थी। एक स्थानीय सिनेगॉग में एक बार पाँच-पाँच धर्मों पर आयोजित चर्चा-सभा में हिंदू धर्म के संबंध में बोलने के लिए इंडियन मिशन से अनुरोध किया गया। यह व्याख्यान देने के लिए काउंसिल जनरल एस.के. राय आमंत्रित किए गए।

यह एस.के. राय असल में ईसाई थे और उनकी पत्नी मुसलमान।

उन्होंने कहा, ''चिन्मय घोष सिनेगॉन में व्याख्यान दे आए। मन में भयंकर उत्तेजना जाग उठी। व्याख्यान का विषय था—'हिंदू धर्म और भारत की आत्मा की तीर्थयात्रा'। विदेश में यही चिन्मय का पहला व्याख्यान था। दिल में बस जाने लायक इस व्याख्यान के लिए सिनेगॉग ने उन्हें 100 डॉलर का एक चेक दिया था। क्लाइव वेनमैन नामक एक यहूदी से स्पैनियर के घर में ही परिचय हुआ था। वह ड्राइवर ही चिन्मय को सिनेगॉग ले गया था। व्याख्यान देकर वापसी के समय वेनमैन ने बताया कि रैबी ने उससे पूछा कि क्या तुम इनके शिष्य हो? वेनमैन ने बताया कि ''बिलकुल भी नहीं, मैं तो उनका ड्राइवर

हूँ।'' वह वेनमैन ही विदेश में चिन्मय का पहला शिष्य या छात्र बना। बाद में उसे नाम दिया गया—भोलेनाथ। जप-तप में उसकी बेभाव दिलचस्पी थी, मगर छिप-छिपकर। वह अपनी माता से बेहद डरता था। पिता को अगर पता चल जाता तो उसकी खैर नहीं रहती।

अब दफ्तर में भी उनका भाग्य प्रसन्न हुआ। मिस्टर मेहरोत्रा ने हिंदू व बौद्ध धर्म के बारे में एक निबंध लिखा और उसे चिन्मय को पढ़ने के लिए दे दिया। चिन्मय ने दो-एक सुझाव दिए। इसके बाद ही मिस्टर मेहरोत्रा ने अपने सेक्रेटरी इवन को निर्देश दिया, ''अब से मेरा सारा लेख और व्याख्यान टाइप हो जाने के बाद एक बार चिन्मय को दिखा लिया जाए।''

दफ्तर में अनिल कुमार मुखर्जी नामक एक काउंसिलर जनरल के एक असिस्टेंट थे। उन्होंने एक दिन कहा, ''चिन्मय, लगता है, इस ऑफिस में तुम्हारे योग्य जगह नहीं है। वैसे मुझमें खास विश्वास-आस्था नहीं है, भक्ति भी नहीं है; लेकिन मैं समझ सकता हूँ कि आप में कुछ खास है।''

इन सबके अलावा और भी एक दयालु सज्जन थे—लाइब्रेरियन। मिस्टर मास्टर। एक दिन उन्होंने गुपचुप बताया, ''मैं नौकरी छोड़कर जा रहा हूँ। तुम चुपचाप लाइब्रेरियन के पद के लिए दरख्वास्त कर दो।'' लेकिन, ऐसा हुआ कि चिन्मय को दरख्वास्त नहीं करनी पड़ी, क्योंकि जिस वजह से वे इंडियन मिशन में रह रहे थे, वह अब पूरा होने जा रहा था।

230 डॉलर की तनख्वाह बढ़कर 240 डॉलर हो गई, लेकिन सन् '60 के दशक में उतने कम रुपयों में न्यूयॉर्क में रहना प्राय: असंभव था। इधर एक नया प्रलोभन चिन्मय को कभी-कभी ब्रूमिंगडेल डाकघर से दफ्तर की डाक लानी पड़ती थी। डाकघर क्लर्क ने कहा, ''तुम इनसान बहुत भले हो, मेरे पुरोहितजी से तुम्हारी भेंट होनी चाहिए।'' वैसे सारा मामला बाद में समझ में आ गया। बहुत से लोगों की इच्छा थी कि उन्हें धर्मांतरित करके ईसाई बना लिया जाए। इधर आर्थिक तौर पर अतिशय कड़की। तनख्वाह के उन मामूली रुपयों में से थोड़ी सी राशि से खाने के कुछेक गिफ्ट पैकेट्स मदर को भेजने होते थे। अतिरिक्त आय के लिए दफ्तर के बाद पोस्ट ऑफिस में कुली के काम का मौका मिला। लेकिन, आखिरकार वह काम हाथ से फिसल गया। उन लोगों ने कहा, ''सोशल सिक्योरिटी नंबर न हो तो परिकल्पना-पेमेंट नहीं किया जा सकता। ग्रीन कार्ड कहाँ है?''

टेलीफोन बूथ में गुपचुप कैंडी बार लंच के लिए कई एक सेंट का खर्च था। कभी-कभी पार्क में एक बूढ़े आइसक्रीमवाले से कोकोनट फ्लेवर आइसक्रीम! दाम 10 सेंट।

तो 230 डॉलर का होता क्या है? प्रत्येक के लिए 70 डॉलर घर-किराया। तीन लोगों ने मिलकर एक अपार्टमेंट ले लिया था। कमरा इतना छोटा था कि लेटने के बाद

एक फीट भी जगह नहीं बचती थी, जबकि कोई भी व्यक्ति लंबा नहीं था। कुल 5 फीट 7 इंच।

अब और मुसीबत। काउंसिलर जनरल ने एक दिन चिन्मय को बुला लिया।

उन्होंने गंभीर मुद्रा में कहा, ''तुम्हारी उस पुरानी जगह पांडिचेरी से एक बुरी सी चिट्ठी आई है। उनका कहना है कि तुम निरे नाकारा हो। तुम जैसा कर्मचारी रहा तो इंडियन मिशन के चेहरे पर कालिख पुत जाएगी। तुम्हारे बारे में बहुत सारी बुरी-बुरी बातें लिखी हैं और कहा है कि पत्र मिलते ही तुम्हें बरखास्त कर देना चाहिए।''

अब काउंसिल जनरल क्या करें, उन्हें समझ में नहीं आ रहा था।

''अच्छा, तुम क्या दिलीप दा को पहचानते थे?''

''दिलीप राय? हाँ, बेशक! उन्हें पहचानने का मुझे सौभाग्य मिला था। वे मुझे बेहद प्यार करते थे। जब मैं तेरह वर्ष का था, उन्होंने मेरे लिखे हुए 200 गीत सुधार दिए थे। उनके बारे में एक बार मैंने एक लेख भी लिखा था—हमारे दिलीप दा! यहाँ आकर भी मैंने उनके पिता ख्याति द्विजेंद्रलाल राय पर अंग्रेजी में एक निबंध लिखकर उन्हें भेजा था। उन्होंने बेहद खूबसूरत सा जवाब भी भेजा था। उसमें कुछेक कीमती सलाह भी है—चाहे कितनी भी तकलीफ उठानी पड़े, तुम किसी भी परिस्थिति में, किसी भी हाल में आश्रम लौटकर मत आना।'' भले लोग यह कहें कि तुम्हारा अध:पतन हो गया है, फिर भी तुम आश्रम लौटकर मत आना

काउंसिल जनरल राय ने कहा, ''मैं दिलीप दा का व्यक्तिगत मित्र हूँ। मैं जानता हूँ कि उन्होंने पुणे में आश्रम क्यों बनवाया। अगर दिलीप दा तुम्हें पसंद करते हैं, यही यथेष्ट है।''

इसके बाद ही मिस्टर राय ने वह पत्र फाड़कर टुकड़े-टुकड़े कर डाले। बहरहाल, दिलीप राय की मेहरबानी से कर्महीन होने का ग्रह कट गया।

न्यूयॉर्क में कष्ट के दिनों में उनकी जिससे गहरी दोस्ती हो गई थी, वह थे इंडिया हाउस के दरबान—शेर सिंह। सरकारी ऑफिस में उन्होंने ही श्रीचिन्मय का आवेदन-पत्र जमा लिया था। उन्हें भी गाने का काफी शौक था। लेकिन चिन्मय की गाने में दिलचस्पी देखकर उन्होंने अपना हारमोनियम उन्हें देना चाहा। इसके लिए कीमत माँगी कुल 6 डॉलर। श्रीचिन्मय ने उन्हें 25 डॉलर देना चाहा। वह लेने को तैयार नहीं हुए। अंत में चिन्मय ने कहा, ''कम-से-कम 7 डॉलर तो ले लीजिए। यह मेरे लिए शुभ संख्या है।'' तब जाकर उन्होंने 7 डॉलर ले लिये। लेकिन थोड़ी देर बाद ही उन्होंने 1 डॉलर लौटा दिया।

उसी हारमोनियम पर चिन्मय ने 20 मार्च, 1966 को इंडियन कल्चरल सेंटर, न्यूयॉर्क में पूरे आठ गाने गाए थे। गाना वेद से शुरू हुआ था, उसके बाद उपनिषद्, भगवद्गीता, चंडीदास, रवींद्रनाथ, काजी नजरुल। वह कार्यक्रम खत्म हुआ था बंकिमचंद्र के वंदे मातरम

से। उसके पिछले वर्ष 'द एशिया सोसाइटी' ने न्यूयॉर्क के इंडियन मिशन से अनुरोध किया था कि वे लोग ऐसे किसी व्यक्ति को भेज दें, जो यहाँ पुराने तीन गाने गाए। गुगेनहाइम म्यूजियम के इस कार्यक्रम में चिन्मय को ख्याति के अलावा 30 डॉलर की प्राप्ति भी हुई थी।

अपने सहकर्मियों के पल्ले पड़कर चिन्मय एक बार घुड़दौड़ के मैदान भी गए थे। उन्हें वहाँ अच्छा नहीं लगा। वापसी में टायर पंक्चर हो गया, यह एक और मुसीबत आन पड़ी। उस दिन घर लौटते-लौटते रात के दो बज गए। बस, वही शेष। उसके बाद उन्होंने उस तरफ कभी रुख नहीं किया।

जिस घर में उन्होंने पहली बार रहना-सहना शुरू किया, वह निरा पुराना-धुराना और छोटा था। अतिरिक्त समस्या यह भी थी कि वहाँ बेभाव कॉक्रोच थे। रात का डिनर दो टिफिन केक और ढेर सारा पानी। सुबह सिर्फ कॉर्नफ्लेक्स। दूध खरीदने के लिए पैसे नहीं थे। उन दिनों के उनके साथी हर्षद आचार्य ने बाद में अपने संस्मरण में लिखा—"हमने चिन्मय को कभी किसी दिन भी रसोई में नहीं देखा। सस्ते-पस्ते फल खाकर दिन गुजार देता था। लेकिन काफी रात-रात तक उसके कमरे की बत्ती जलती रहती थी। वह शायद पढ़ता रहता था या साधना करता रहता था।"

इसके बाद 108 स्ट्रीट। जरा उन्नत अपार्टमेंट। जर्मन लैंडलेडी ने कहा, "बेटे, तुम्हें अमेरिका अच्छा नहीं लगेगा। यहाँ के लोग आधुनिक हैं। तुम मॉडर्न नहीं हो।" भक्त भोलानाथ ने बाद में बताया कि चिन्मय की किताबें रखने की जगह कमाल की है। पैसे के अभाव में दोनों ओर ईंटों की कतार, बीच में काठ। सन् 1954 में बाद का ठिकाना, ब्रुकलिन का यूट्रेक्ट एवेन्यू। किराया 70 डॉलर। वेभाव आवाजें, शोर। कई मिनट बाद-बाद घर के नजदीक से ट्रेनें आती-जाती रहती थीं।

न्यूयॉर्क में पहला साधना केंद्र स्थापित हुआ था ब्रुकलिन के हैमिल्टन पार्क में। घर के बाहर बड़े-बड़े अक्षरों में लिखा हुआ था—'कार बॉडी रिपेयर'। जो लोग ध्यान करने आते थे, वे लोग मजाक करते थे—नीचे के तल्ले में बॉडी रिपेयर, ऊपर के तल्ले में आत्मा का रिपेयर।

न्यूयॉर्क के जीवन-संग्राम के प्रथम पर्व में हालत इतनी शोचनीय थी कि एक सूट तक खरीदने की सामर्थ्य नहीं थी। मैकमिलन नामक प्रकाशन संस्था के सीनियर एडीटर आर्थर ग्रेगर ने दयावश अपना पुराना सूट चिन्मय को दे दिया। समस्या यह थी कि ग्रेगर छोटे कद का था, लेकिन खासा मोटा-मुटल्ला था। वह सूट पहनकर कहीं आते-जाते तो लोगों की नजरों में आने की पूरी संभावना थी। आर्थर ग्रेगर को भारत के अध्यात्म जीवन के प्रति प्रबल दिलचस्पी थी। किसी एक दक्षिण भारतीय साधक को उन्होंने अपने गुरु के तौर पर अपनाया था।

पहले पर्व के शुभाकांक्षी जॉन केली ने कहा, ''कोई एक डिग्री हासिल नहीं की तो जिंदगी भर भुगतना पड़ेगा। सुनो, सारा खर्च मैं दूँगा, तुम न्यू स्कूल में भरती हो जाओ।'' इस न्यू स्कूल में ऐसा कोई विषय नहीं था, जो नहीं सिखाया जाता हो, यहाँ तक कि व्याख्यान देना भी। न्यू स्कूल तक जाकर चिन्मय ने देखा कि भरती के फॉर्म के लिए बेहद लंबी लाइन लगी है। उनका मन ही नहीं हुआ।

उन्होंने केली से कहा, ''सुनो, भगवान् की दी हुई डिग्री के अलावा और कोई डिग्री मेरे काम नहीं आएगी।''

□

प्रथम पर्व के न्यूयॉर्क में विचित्र-विचित्र तजुरबे हुए।

एक बार किसी एक रूसी सज्जन ने कॉन्सुलेट में आकर कहा कि वे किसी के साथ साहित्य विषय पर चर्चा करना चाहते हैं। चूँकि मैंने बताया कि साहित्य-प्रेमियों के इस शहर में रेस्तराँओं में भी कविता-पाठ होता है, उन्होंने मुझे भी मैनहटन के एक रेस्तराँ में आमंत्रित किया।

कैवान्टी रेस्तराँ में कविता-पाठ करने में कवि चिन्मय की बुरी हालत। बेभाव ड्रिंक्स का जबरदस्त जमघट। ग्राहक जब ड्रिंक्स पीकर मस्त हो जाएँ, तभी कवि को कविता-पाठ करना होगा। मिस्टर ग्रुवर ने बहुत सारी कविताएँ पढ़ीं। उसके बाद चिन्मय उठे। वे दो से अधिक कविताएँ नहीं पढ़ पाए। उसके बाद तीन जन समवेत तार स्वर में स्वरचित कविता-पाठ करने लगे। रेस्तराँ में श्रीचिन्मय के कविता-पाठ का वह पहला और अंतिम अवसर था।

इसके बाद और एक महिला ने ग्रुवर को कविता-पाठ का आमंत्रण दिया था। लेकिन उस महिला ने पहले ही बता दिया कि उनके कविता-पाठ के कार्यक्रम में शराब और धूम्रपान निषिद्ध है। चिन्मय भी वहाँ गए थे। मगर उन्होंने अपने साथ कविताएँ ले जाने का जोखिम मोल नहीं लिया।

अमेरिकी ग्रीन कार्ड हासिल करने में श्रीचिन्मय को पूरे तीन वर्ष लग गए। इसके लिए उनके तीन छात्र-छात्राओं ने काफी कोशिश की थी। लेकिन मामला इतना आसान नहीं था। अगर उनके पास कॉन्सुलिट की नौकरी न होती तो उन्हें उस देश से जाने कब का खदेड़ दिया जाता। पोर्टेरिकी सेंटर की एक छात्रा—रोज़। नया बँगला नाम—मुक्ति।

एक दिन योगाभ्यास के बाद मुक्ति ने कहा, ''मेरा भाई सॉल मार्क न्यूयॉर्क एमिग्रेशन ऑफिस में नौकरी करता है।'' मुक्ति ने अपने भाई को फोन किया। इससे पहले कई बार कहा जा चुका था कि अरविंद आश्रम से सर्टिफिकेट मँगाना होगा कि लोगों को योग शिक्षा देने की क्वालिफिकेशन चिन्मय में मौजूद है। वह सर्टिफिकेट पाना संभव नहीं था। सॉल मार्क ने यह पूरा मामला आसान कर दिया। उन्होंने सिर्फ इतना ही पूछा कि वे रूस

और चीन जाने की तो इच्छा नहीं रखते। ऐसी कोई परिकल्पना न होने की वजह से सुविधा ही हुई, क्योंकि उन दिनों ग्रीन कार्डधारकों को रूस और चीन नहीं जाने दिया जाता था।

सॉल मार्क ने कहा, ''देखिए, जोखिम मत मोल लीजिए। कॉन्सुलेट की नौकरी अभी और कुछेक महीने कीजिए।''

कई दिनों बाद वह बहु-आकांक्षित ग्रीन कार्ड आखिर आ ही गया। इसके लिए इतने वर्षों बाद भी श्रीचिन्मय की कृतज्ञता की सीमा नहीं थी। रोज और उसके भाई सॉल ने अगर मदद न की होती तो उनके लिए अमेरिका में टिक पाना संभव नहीं होता।

जून 1967 से इंडियन कॉन्सुलेट से नौकरी का रिश्ता तोड़कर चटगाँव के चिन्मय घोष ने नया जीवन शुरू कर दिया। इसी साल अप्रैल के महीने में नितांत अप्रत्याशित ढंग से न्यूयॉर्क में एक बार पॉल रिशर से उनकी भेंट हो गई।

अस्वस्थ रिशर अपने सोने के कमरे में हमेशा अरविंद की एक तसवीर रखे रहते थे। मृत्युपथ-यात्री रिशर अपने अंतिम पलों तक अरविंद के भक्त बने रहे। अरविंद को वे 'ब्रदर' बुलाते थे। उनकी धारणा थी कि देह-त्याग के बाद अरविंद की आत्मा उनसे मिलने आई थी।

□

सन् 1967 से पीछे मुड़कर देखने का अब समय नहीं रहा। समस्त विश्व से छात्र-छात्राएँ श्रीचिन्मय के पास आ जुटे थे।

उन्होंने कहा, ''मैं संन्यासी नहीं हूँ, लेकिन मैं तुम लोगों की तरह ही अध्यात्म-पथ का तीर्थयात्री हूँ। मैं तुम लोगों के साथ अपने समस्त जीवन के अनुभव बाँटना चाहता हूँ। जन्म से मैं हिंदू हूँ। मैं तुम लोगों को कभी अपना धर्म छोड़ने को नहीं कहता; लेकिन सभी अध्यात्म अनुभूतियों के लिए एक निर्धारित नक्शा जरूर चाहता हूँ। यह संयम, यह निष्ठा और साधना तुम लोगों को काफी कुछ दे सकती है। नई शक्ति से बलवान् होकर तुम लोग उन्नत जीवन तक पहुँच सकते हो। मैं फिर कहता हूँ, तुम लोग मेरे शिष्य नहीं, मेरे छात्र हो।''

अविश्वसनीय स्वीकृति मिली है। दुनिया के विभिन्न प्रांतों में 100 से अधिक चिन्मय केंद्र बन चुके हैं। धनपति से लेकर साधारण गृहस्थ तक अध्यात्म के आलोक में आलोकित होने के लिए उनके पास दौड़ते चले आए। चूँकि शिक्षक को पसंद था, वे लोग आमिष भोजन छूते भी नहीं थे। शिक्षक को प्रिय था, इसलिए उन लोगों ने सैकड़ों बाधा-विघ्न के बावजूद बँगला गीत सीखा। शिक्षक ने कहा, इसलिए वे लोग अपना शरीर स्वस्थ-सबल रखते थे। महिलाएँ साड़ी पहनती थीं और सभी लोग उस शुभ दिन की प्रतीक्षा में होते थे, जब शिक्षक उन लोगों को कोई नया बँगला गीत देंगे। एक नहीं, दो नहीं, हजार-हजार पुरुष-स्त्री आखिर किस खिंचाव में बँगला नाम अपना रहे थे? इस मामले को छोटा करके

देखना, किसी-किसी का नाक चढ़ाना भले संभव हो, मगर मामला इतना आसान नहीं था। इक्कीसवीं सदी के आरंभ में यह भी किसी बंगाली की नई विश्व-विजय थी।

कई युगों पहले पश्चिम की दृष्टि आकर्षण करने और विदेशियों का मन जय करने का अविश्वसनीय काम किया था स्वामी विवेकानंद ने और तब निंदकों व संदेहबाजों की कमी नहीं हुई। आज भी हममें से किसी-किसी के मन में इसी तरह का शक-सुबहा झाँक सकता है। लेकिन, राष्ट्र संघ के अंडर सेक्रेटरी जनरल बँगलादेश के पूर्व राजदूत अनवर-उल करीम चौधरी (अनवर ने ही मुझे पहली बार श्रीचिन्मय की खबर दी थी) ने कहा था, ''हम बंगाली बेहद शक्की होते हैं। अपनी बिरादरी का कोई व्यक्ति स्वीकृति और सम्मान के हिमालय शिखर पर फटाफट चढ़ जाए, यह बरदाश्त करने में हमें भयंकर तकलीफ होती है। लेकिन यह याद रखना बेहतर है कि पश्चिम में इनसान को पुरस्कार-सम्मान इतनी आसानी से नहीं मिलता। कोई हैरतअंगेज आकर्षण न हो तो चटगाँव के किसी इनसान के सामने 10 हजार लोग नतमस्तक नहीं होते। इस स्वीकृति का क्या रहस्य है, हम आज भी नहीं जानते। लेकिन किसी-न-किसी दिन तो हमें खोजते फिरना ही होगा।''

बीसवीं सदी के द्वितीयार्ध में जिन दो भारतीय धार्मिक पुरुषों ने अमेरिकी देशों का दिल जीता, वे दोनों ही बंगाली थे—इस्कॉन के प्रभुपाद श्री भक्तिवेदांत तीर्थ और श्रीचिन्मय, जिनके नामांकित विविध चिन्मय केंद्र किसी की भी नजरों से ओझल नहीं हैं। इस ज्वार की शुरुआत उन्नीसवीं सदी के अंतिम दशक में स्वामी विवेकानंद से हुई थी। उसके बाद आए रामकृष्ण मिशन के अभेदानंद, त्रिगुणातीतानंद, अशोकानंद। इनके अलावा और भी अनेक। पश्चिमी जगत् में आध्यात्मिक और दार्शनिक भारत की विजय-पताका फहराने का कार्य बंगालियों ने ही किया, अगर यह कहा जाए तो अतिशयोक्ति नहीं होगी।

इन सभी प्रवक्ताओं के बारे में हम कुछ-कुछ जानते हैं। लेकिन बंगाल की माटी पर बैठे-बैठे इस इनसान के बारे में खास कुछ नहीं जानते, जिन्होंने 27 अगस्त, 2006 को अपना पचहत्तरवाँ वर्ष पूरा किया था। श्रीचिन्मय ने जिन वाणियों का प्रचार करने की कोशिश की, वह सनातन भारतवर्ष की वेदांत वाणी है। लेकिन उन्होंने प्राचीन भारतीय समृद्ध परंपरा के साथ कई-कई नई भावनाओं को भी जोड़ा।

जड़वादी पाश्चात्य को श्रीचिन्मय ने जो उपहार ग्रहण करने का आह्वान किया, उसमें तीन धारणाओं का मिश्रण नजर आता है। पारिवारिक धारा में रामकृष्ण-सारदा-विवेकानंद के आदर्शों में अवगाहन करके चटगाँव का यह बालक बीस वर्षों से जिस अरविंद धारा में डूबा रहा, वह भी अनन्य है। लेकिन उनका अशांत मन और कुछ भी करने के लिए पश्चिम-यात्री बनकर, भाग्य के मजाकवश, दुनिया की सभी जातियों के सदर दफ्तर न्यूयॉर्क राष्ट्र संघ के कूटनीतिक जगत् की हवा जी भरकर अपनी साँसों में भर ली। इन तीनों के

समन्वय में अपने चिंतक को उन्होंने नतमस्तक होकर पेश करने की कोशिश की। वह आम लोगों को दुःख की राह पर नहीं धकेलती। संसार के कर्म-बंधन से भी आत्मनियंत्रण के इसी पथ को चिन्मय-पथ कहा जा सकता है।

श्रीचिन्मय की शिक्षा में और भी एक नया चिंतन जोड़ दिया गया है। पश्चिम का कर्म-बंधन बेहद जटिल है। सभी अनुसंधानी दैनंदिन जीवन-युद्ध से निकलकर संघ-जीवन निर्वाह करें, यह अभिप्रेत नहीं है। इन्हीं लोगों के लिए श्रीचिन्मय के अभिनव चिंतन को 'डिवाइन इंटरप्राइजेज' कहा गया। छोटे-छोटे उद्योग शुरू किए गए—रेस्तराँ, हेल्थफूड शॉप, कपड़े की दुकान, प्रेस, कारखाना, रिटेल चेन। यहाँ तक कि हेयर ड्रेसिंग सैलून तक शुरू हो गए, जहाँ उनका आशीर्वाद जरूर रहा, किसी किस्म का कृतित्व नहीं।

इन सब प्रतिष्ठानों की मिल्कियत एक-एक छात्र या छात्रा के हाथ में होती है। नफे-नुकसान की जिम्मेदारी भी उन्हीं के हाथ में है। लेकिन वहाँ वे सम चिंतक छात्र-छात्राओं को ही कर्मचारी के तौर पर नियुक्त करते हैं।

इन लोगों को कई एक मूल्य-बोध मानकर चलना पड़ता है। अन्य सभी लोगों के साथ प्रतियोगिता में विजेता होना होगा, लेकिन देश-विदेश से आगत चिन्मय-भक्तों के लिए यहाँ आहार की सुविधा दी जाए। इसमें झुकाव विकेंद्रीकरण की तरफ है। प्रतिष्ठान स्वयं किसी व्यावसायिक उद्योग में नहीं उतरा। इस प्रयास में देश-विदेश के अनेक संघ व्यर्थ हुए हैं। तमाम उद्योग बोझ-स्वरूप हो गए।

विभिन्न डिवाइन इंटरप्राइजेज सिर्फ न्यूयॉर्क में ही नहीं, धीरे-धीरे अनेक देशों में, खासकर यूरोप भर में फैल चुका है। कई-कई प्रतिष्ठानों ने यथेष्ट ख्याति भी अर्जित की है। यूरोप में जो रिटेल चेन है, उसका नाम मादल-बल है और उसकी शाखाओं की संख्या 200 से भी अधिक है। इन सबका मालिक एक स्विस छात्र है, यह बात पहले ही बताई जा चुकी है। कैलास ने हिम्मत करके ऐसी सब जगहों में शाखाएँ खोली हैं, जहाँ चिन्मय-अनुरागियों की संख्या उँगली पर गिनी जा सकती है, वहाँ नया कोई आता है तो उसके लिए आहार की सुविधा मुश्किल हो आती है। इन सब दुकानों के बाहर एक अलिखित नियम है। व्यावसायिक भाषा में जिसे कॉरपोरेट आइडेंटिटी कहा जाता है। यहाँ काम के समय काम होता है और जप के समय जप। किसी किस्म का अतिरिक्त प्रश्रय नहीं दिया जाता, क्योंकि यहाँ का संविधान सख्त और प्रबल है। ये सब प्रतिष्ठान सफल होते हैं और शाखा-प्रशाखाओं में विस्तार होता है तो श्रीचिन्मय को खुशी होती है। लेकिन वे व्यावसायिक मामलों में बिलकुल नहीं जुड़ते। वे बस, प्रोत्साहित करते हैं।

डिवाइन इंटरप्राइजेज की विश्वव्यापी सूची दीर्घ से दीर्घतर होती जा रही है। उनमें से कई एक प्रतिष्ठान खुद अपनी आँखों से देखकर मैं चकित रह गया हूँ। बहुत से प्रतिष्ठानों का बँगला नाम है, जैसे—'अन्नम् ब्रह्म'—न्यूयॉर्क के जमाइका अंचल में स्थित विशुद्ध

वेजिटेरियन रेस्तराँ। और भी कई-एक भोजनालय के नाम—'आनंद फव्वारा', 'ज्योति बिहंग', 'अन्नपूर्णा', 'पीस गार्डेन कैफे', 'परफेक्शन-सैटिस्फेक्शन-प्रॉमिस'।

इन लोगों की लॉण्ड्री के नाम हैं—'न्यूनेस-ब्राइटनेस-हैपिनेस', फ्लावर-शॉप का नाम 'फूलेर दोला' (फूलों का झूला), बोनजाइ स्टोर का नाम 'शांति वीथि', रिकॉर्डिंग स्टूडियो का नाम 'तर्पण' होमियोपैथी दवाओं की दुकान, 'ईस्ट-वेस्ट हेल्थ सर्विस'। 'अरोरा पेंटिंग' घरों का रंग-रोगन करता है; पिआनो मरम्मत करता है—'क्लेवियर हाउस'; किताबें प्रकाशित करता है—'अग्नि प्रेस'; चॉकलेट तैयार करता है—'लक्ष्मी भंडार'; स्क्रीन प्रिंटिंग के सरंजाम तैयार करता है—'विक्टरी फैक्टरी'। नाई की दुकान का नाम भी आप लोगों को अच्छा लगेगा—'परफेक्शन इन द हेड-वर्ल्ड'। अंग्रेजी की भूलें पकड़ने की कोशिश न करें। इस दुकान का नाई ट्रिनिटी कॉलेज से एम.ए. है।

बहरहाल सूची बड़ी करने से कोई फायदा नहीं। इन सभी प्रतिष्ठानों में जाकर निःशब्द दक्षता के अलावा महिला-पुरुष कर्मियों में आप प्रशांति और आनंद देखेंगे। घर-गृहस्थी में रहते हुए भी इन लोगों ने मानो कुछ अतिरिक्त पा लिया है।

इन सब असाधारण कृतित्वों के केंद्रबिंदु में जो व्यक्ति मौजूद है, वह अति मात्रा में शरमीले, धोती-कुरता में बंगाली वेशधारी। मौका मिलते ही बँगला गीत लिखते हैं। बँगला में बातचीत का मौका पाते ही उनकी खुशी की सीमा नहीं रहती। लेकिन वे ज्यादा बातें नहीं करते थे। जीवन में जितना अपमान, अवहेलना, अवज्ञा उन्हें मिली है, उसका वे हिसाब भी नहीं रखना चाहते।

श्रीचिन्मय की एक शिष्या रंजना (आदि नाम कैरल गिल्चेर), भजन-मंडली की प्रधान गायिका, ने मुझे बताया कि उस बार श्रीचिन्मय के एक आयोजन में 19,500 लोग जमा हुए थे। विश्व धर्म सभा में उनकी प्रार्थना के समय 3,000 लोग मौजूद थे। श्रीचिन्मय नामक व्यक्ति के अंतर से किस्सागो रसिक इनसान कहीं अदृश्य नहीं हुआ। उन्होंने हँसकर कहा, "और एक घटना वे लोग दबा गए। आइडा पैटरसन नामक एक दयालु महिला ने सन् 1964 में मिनियापॉलिस में मुझे परिचित कराने के लिए काफी प्रयासों से एक सभा आयोजित की। मेरे व्याख्यान का विषय था—पुनर्जन्म। उन लोगों को उम्मीद थी कि काफी भीड़ होगी। सभा में उपस्थित होने पर यह नजर आया कि आइडा पैटरसन के अलावा वहाँ और कोई भी नहीं था। लेकिन आइडा ने कार्यक्रम रद्द नहीं किया। मैंने दीवारों को ही संबोधित करके पुनर्जन्म के बारे में अपना व्याख्यान शुरू कर दिया और वे बड़े ध्यान से सुनती रहीं।"

"उस समय आपकी मनःस्थिति कैसी थी?"

"मुझे तो हिम्मत ही छोड़ देनी चाहिए थी, हथियार डाल देना चाहिए था; लेकिन ऐसा नहीं हुआ। पता है, क्यों? किस्मत से मुझे रामकृष्ण-विवेकानंद के बारे में अक्षर-

अक्षर पढ़ने का अभ्यास था। रामकृष्ण मठ और मिशन के पहले सभापति, रामकृष्ण के प्रिय शिष्य और विवेकानंद के मित्र स्वामी ब्रह्मानंद (राजा महाराज) भी कहीं व्याख्यान देने गए तो उन्होंने देखा कि वहाँ एक भी श्रोता नहीं आया है। राजा महाराज जरा भी निरुत्साहित नहीं हुए। उन्होंने व्याख्यान शुरू कर दिया और कहा, ''इन दीवारों ने तो किसी तरह की बहस नहीं की, आलतू-फालतू सवाल भी नहीं उठाया, सबकुछ सुना। और-और जगहों पर जब मैं व्याख्यान देता हूँ, तब श्रोता लोग बहुत सारे अप्रासंगिक सवाल करते हैं।''

''श्रोताहीन सभा में जब मैं व्याख्यान दे रहा था, आइडा ने उस वक्त भी उम्मीद नहीं छोड़ी थी। उसे लगा, अभी भी समय है, कम-से-कम कई एक आमंत्रित मेहमान तो अभी भी आ जाएँगे। लेकिन अंत तक कोई भी नहीं आया।'' इतना कहकर अमेरिकी प्रवासी बंगाली साधक श्रीचिन्मय घोष मन की खुशी से एकदम से हँस पड़े।

□

बंगाली साधक की विश्व-विजय

सन् 2007 में साठ वर्षीय आजादी के मौके पर भारतीय लोगों की हाल ही में अर्जित सफलताओं के बारे में अनेकानेक खबरों का हिसाब-किताब विभिन्न पुस्तकों और अखबारों में छपे लेखों में व्यक्त किया गया है। लंबे समय के अंतराल के बाद अब समूची दुनिया में नए सिरे से चीन और भारत की जयगाथा गूँज उठी है।

चीन बहुत जल्दी ही विश्व सभा में कोई महत्त्वपूर्ण देश बनेगा, यह बात हमारे एक संन्यासी उन्नीसवीं सदी के अंत से ही देश-विदेशों में कहते फिरे। स्वामी विवेकानंद की यह उक्ति समकालीन विश्व को उस समय विश्वसनीय नहीं लगी थी। लोगों ने सोचा, भावुक संन्यासी पिछड़ गए लोगों को प्रोत्साहित कर रहे हैं।

लेकिन आज चीन के बारे में किसी के मन में कोई संदेह नहीं रहा। यह जाति कैसे जाग उठी है और समूचे विश्व के लिए परम विस्मय बन गई है, यह खोज निकालने के लिए पश्चिम के धाकड़-धाकड़ विद्वान् दिन-रात लगे हुए हैं। पश्चिम में यही विराट् गुण है। सफलता की चाबी अगर किसी नए के हाथ पड़ जाए तो साहब-विद्वान् उनके कारणों को खोज निकालने और अपने कामों में लगाने को बेहतर बेचैन हो उठते हैं। अभी कुछ दिनों पहले ही जापान की आर्थिक सफलता के आगे नतमस्तक होकर जापानी जीवन-यात्रा की बिलकुल अंदर की खबरें येन-केन-प्रकारेण इकट्ठी कर डालीं और अमेरिकी लोगों ने अत्यंत आश्चर्यजनक तेजी से अपने कामकाज में प्रतिफलित करके दुबारा उठ खड़े हुए। शायद इसे ही गुरु मारक विद्या कहते हैं। इसी तरह दूरदर्शी लोगों के देश में चीन का भी जिक्र शुरू हो गया है।

चीन के प्रति आजकल मध्य वित्त भारतीयों के भी कान खड़े हो गए हैं। लेकिन पश्चिम के लोगों की तरह मार्जित और माधुर्यहीन चिंताधारा आज भी हमारे दिमाग में नहीं आई। हमारी मूर्धन्य हस्तियाँ खुलेआम यह कहती फिर रही हैं कि वाणिज्य और शिल्प प्रतियोगिता में चीन जरूर हमें शोचनीय मात देगा। जैसे कहीं थोड़ी निराशा और ईर्ष्या का स्वर है। हम सब आज भी आत्मविस्मृत होकर जिससे जितना सा सीखना चाहिए,

उसे फटाफट ग्रहण करना हमने नहीं सीखा।

हम जैसे लोगों के जीवनकाल में हमेशा ही तरह-तरह की आशंकाओं की धुकपुकी मची रहती है। हम में आत्मविश्वास की कुछ कमी है। स्वामी विवेकानंद ने भी भारत के भविष्य के बारे में कहा है। अंग्रेज शासन जब मध्य-गगन में था, उन्होंने कह डाला, ''आजादी के बाद भारत का गौरव अध्याय शुरू होगा।'' आजादी के साठ वर्ष बाद आत्मविश्वास वापस पाकर भारत कैसे पश्चिमवालों की दृष्टि आकर्षित कर रहा है, इसका संकेत अब तो अंग्रेजी के विख्यात लेखक और पत्रकार भी देने लगे हैं। उन लोगों ने कहा है, ''नींद से जागकर भारतीय लोग विदेशों की माटी पर भी अपना करिश्मा दिखाने लगे हैं।'' ये लोग कोई-कोई खुद अंग्रेजों के देश में सर्वाधिक धनवान् पुरुष हैं। किसी-किसी ने निर्विवाद समूचे विश्व के वृहद्-वृहद् उत्पादन कंपनियाँ खरीदकर, इंडिया जो अब सच ही उन्नति के शिखर पर है, यह साबित कर दिया है। किसी जमाने के श्वेतांग भाग्य-विधाताओं की उत्तर-पीढ़ी इतनी ही डरी हुई है कि विद्या-बुद्धि, श्रम-साधना, वैश्वीकरण में, परवर्ती कल-कारखानों में ब्राउन इंडियन लोगों से होड़ नहीं ले पाएगी। यह उन लोगों के लिए धीरे-धीरे मुश्किल हो उठा है।

सिर्फ बिजनेस ही नहीं, अब तो आई.आई.टी. नामक भारतीय शिक्षालयों की भी जयध्वनि गूँज रही है। सुना है, यह नाम सुनकर जबरजंग श्वेतांग लोग भी कहीं-कहीं सिहर उठते हैं। यह मामला 'भारतीय मधुर रिवेंज' का है। पराधीन भारत में स्वाधीनता का भी असंख्य तरुण-तरुणी को बिना सोचे-समझे बंदी बना रखने के लिए मेदिनीपुर के निर्जन अंचल में जो 'डिटेंशन कैंप' तैयार किया गया था, वह फ्रांसीसियों के बास्तिल जेल जैसा था। फ्रांसीसी क्रांतिकारियों के एजेंडे में सबसे पहला काम था इस बास्तिल को तोड़-फोड़कर चकनाचूर कर देना। लेकिन भारत के हिजली को और एक में रूपांतरित न करके आजादी के बाद वहाँ जो आई.आई.टी. तैयार किया गया, उसके छात्र देश-देशांतरों में फैल गए और उन लोगों ने नींद से जागे हुए एक नए भारत की घोषणा की। आई.आई.टी. के छात्रों ने आज बहुराष्ट्रीय कॉरपोरेशनों के उच्चतम पद पर आसीन होकर जो ब्रांड आई.आई.टी. की सृष्टि की है, सुना है, उसकी कोई तुलना किसी भी देश के इतिहास से नहीं की जा सकती।

विदेशों में सफल भारतीय लोगों का एक बहुत बड़ा हिस्सा विदेशी शिक्षालयों के सबसे सफल छात्र-छात्राएँ हैं। देश से मामूली सा एक-एक तकमा जुटाकर जो लोग अमेरिका के विश्व-विख्यात विश्वविद्यालयों के कैंपस में आ जुटे थे, वहाँ एक अदद पी-एच.डी. या डी.एस-सी. जुटाना बोस, घोष, सिंह, पुदालियर, मेमन वगैरह विभिन्न भारतीयों के लिए मानो कुछ भी नहीं था। ये सब सफल भारतीय और उन लोगों की उच्च शिक्षिता अर्धांगिनियाँ नए देश में अपने देश के लिए सम्मान-अर्जन के बावजूद अधिकांश इस देश

में लौटकर नहीं आईं। लेकिन स्वाधीनता उत्तर भारतवासी लोग सच ही जाग उठे हैं, इसका प्रमाण विदेश के विभिन्न प्रांतों तक यथा समय पहुँच गया था। जिन लोगों के नाम के आगे 'डॉक्टरेट' नहीं है, फिर भी उन लोगों ने विदेशों में दृष्टि आकर्षित की है। ऐसे लोग दो तरह के हैं। एक दल आई.टी. विशेषज्ञ, जिन लोगों ने बँगला भाषा को एक नया शब्द उपहार दिया है—तथ्य-तकनीक।

स्वदेश और विदेशों के एयरपोर्ट पर एक अजब सी मशीन, साल भर के शिशु की तरह गोद में बिठाकर वे लोग उसका कितना प्यार-दुलार करते हैं और उसके साथ प्रेमालाप में इस कदर विभोर रहते हैं कि एक फुट की दूरी पर बैठे रहकर भी कुछ समझ में नहीं आता। लेकिन उन लोगों ने दुनिया की स्वीकृति प्राप्त कर ली है। समूची दुनिया जान चुकी है कि लैपटॉप या कंप्यूटर का भले इन लोगों ने आविष्कार न किया हो, इस मशीन का मर्मार्थ भारतीयों से अधिक कोई नहीं समझता। विदेशों के बहुतेरे लोगों ने पहली बार सुना कि गणित-शास्त्र में भारतीयों की सहज व्युत्पत्ति का कारण यह है कि भारत ने ही दुनिया को 'शून्य' या 'जीरो' का प्रयोग करना सिखाया है।

उसी आविष्कार की कई-कई सदियों बाद तकनीक के एक छोटे से हिस्से में भारत प्रतिभा का विकास हुआ है। कमउम्र तकनीकी विशेषज्ञ गरदन में लैपटॉप का झोला झुलाकर समूची दुनिया में डेली पैसेंजरी कर रहे हैं। इससे पहले अंग्रेज-राज डेढ़ सौ वर्षों से यह देश दूसरों से विज्ञान-साधना के प्रमाद की भीख माँगता रहा, खास कुछ दे नहीं पाया।

लैपटॉपवाले यंग इंडियन के अलावा भी इंग्लैंड-अमेरिका में और एक दल है, जो नजरों के सामने होते हुए भी नजर में नहीं पड़ा। वे लोग गुजरात और पंजाब के कम पढ़े-लिखे छुटपुट कारोबारी हैं। जो लोग वहाँ छोटी-मोटी परचून की दुकान या अखबारों का छोटा सा स्टॉल खोलकर ऐसे सब काम अपने जिम्मे ले लिये हैं, जो स्थानीय लोगों ने नहीं करना चाहा।

लेकिन धीरे-धीरे यही दूसरी पीढ़ी बड़ी खामोशी से क्रांति ले आई। इन लोगों ने पकौड़ों की दुकान के बजाय करोड़ों-करोड़ों पाउंड की 'पाटक' कंपनी गढ़ ली है; अनगिनत होटल और मोटल के महेश्वर बन गए हैं। साथ ही बड़ी खामोशी से यह नई पीढ़ी ऑक्सफोर्ड, कैंब्रिज, हार्वर्ड, एम.आई.टी. और आइमी लीग में भीड़ जमा दी है। श्वेतांग महल में तहलका मचा है—परीक्षा में और पढ़ाई में सर्वोत्तम होने की अकल्पनीय मनोवांछा लेकर ये लोग विदेशों के विश्वविद्यालय प्रांगण में आत्मोन्नयन के लिए आए हैं और साथ ही ये लोग सुदूर भारतवर्ष की कालिमा पोंछ देने का इरादा भी साथ लेकर आए हैं।

इन साठ वर्षों के नि:शब्द विप्लव का नतीजा अब खोजने की जरूरत नहीं पड़ती। अखबार खोलते ही आपको नजर आएगा कि इस वर्ष इंग्लैंड के जिस बैरिस्टर ने सबसे ज्यादा उपार्जन किया है, वे एक भारतीय हैं। ये साहब लोग बेहद चालाक हैं। अपने सबका

सम्मान अटूट रखने के लिए उन लोगों ने एक शब्द चालू किया है, जो न इंडियन है, न भारतीय; बल्कि भारतीय वंशोद्भूत है—इंडियन ऑरिजिन। हम इसी में संतुष्ट हैं। भारतवर्ष जिस कुंभकर्णी नींद से जाग उठा है, कम-से-कम यह खबर तो महासमुद्र के उस पार पहुँच गई है तो बुरा क्या है?

जाग्रत् भारत का यह एक नया महोत्सव है। इन लोगों का नाम कहाँ नहीं है? विश्व-प्रसिद्ध वैज्ञानिक, प्रयुक्तिविद्, चिकित्सक, गवेषक, नोबेल विजेता, अर्थनीतिविद्, विश्व-वंदित प्रोफेसर—किसका नाम चर्चित नहीं है! भारत की बेटी देश से विदेश पहुँचकर बहुराष्ट्रीय कंपनी की कर्णधार बनती हैं, दुनिया की अन्यतम शक्तिमती महिला के रूप में स्वीकृति प्राप्त कर रही हैं; दर्जनों-दर्जन भारतीय नामधारी, बिलियन डॉलर कंपनियों की सी.ई.ओ. या सी.एफ.ओ. या रिसर्चर कर्णधार बनकर विश्व-विजय कर रहे हैं। सिर्फ उपार्जन ही नहीं, संगीत, शिल्प, साहित्य में भी प्रवासी भारतीयों की जय-ध्वनि गूँजने लगी है। उन लोगों में से ही किसी को ग्रेमी पुरस्कार मिल रहा है, कोई पेरिस का दिल जीत रहे हैं, कोई अंग्रेजों को अंग्रेजी की शिक्षा दे रहे हैं। इसके अलावा कोई-कोई विस्मित विश्ववासी की आँखों के सामने खुद नोबेल पुरस्कार भी नतमस्तक होकर ग्रहण कर रहे हैं।

यानी देश-विदेशों के विश्व-निंदक पत्रकार भी आजकल कबूल करते हैं कि दुनिया के बृहत्तम डेमोक्रेसी दूर से दुनिया का सर्वाधिक 'केओटिक' (उपद्रवी और अस्त-व्यस्त) गणतंत्र भले ही लगे, मगर दुर्मुख लोगों के चेहरे पर कालिख पोतकर उसकी सोलह कला पूरी तरह खिलने वाली है। वे जो बंगाल के कवि ने दुःसाहस करके गाने को कहा था, "बोलो! बोलो! बोलो! बोलो! सब, शत वीणा, वेणु रव में, भारत फिर विश्व-सभा में, श्रेष्ठ आसन लेगा अब।" श्रेष्ठ है या नहीं, इस बात को लेकर बुद्धिमान लोग आजकल फिजूल की बहस में वक्त बरबाद नहीं करते। लेकिन निश्चित रूप से सोने का आसन नहीं होगा, ऐसा दंभ भारतीय लोगों को कभी किसी जमाने में नहीं था।

आजादी के 60 वर्षों में भारत की नव-अर्जित विदेशी मुद्रा के ऐश्वर्य की चर्चा चली है। आजादी के बाद अभी उस दिन भी दुनिया के साथ वाणिज्य का द्वार बंद करके, स्वनिर्भर होने की एकांत चेष्टा में व्यर्थ होकर भारत इस हद तक दिवालिया हो उठा था कि मामूली से उधार के लिए कर्जदारों ने लंबे अरसे से संचित सोना विदेश को रेहन के तौर पर भेजने को कहा था।

हालाँकि बीसवीं सदी के अंतिम दशक में भारत ने पलटकर दुबारा खड़े होने की कोशिश करते हुए विश्व भर के लोगों को विस्मित कर दिया। इसीलिए विभिन्न देशों में आजकल भारत के विश्वमुखी श्रमजीवी लोगों और भारतीय कारोबारियों की जयध्वनि गूँज उठी है। विदेशी इतिहासकार ही विस्मृत भारतीयों को मंद-मंद स्वर में याद दिलाते

रहे हैं कि भारत की यह नव-उपलब्ध सफलता कुछ नई नहीं है। अतीत की ओर नजर डालकर देखें, कई-कई शताब्दियों से भारतीय लोग विश्व-वाणिज्य के सिंह भाग पर अधिकार करके दुनिया की स्वर्ण संपदा स्वदेश ले आए हैं। सुदूर यूरोप में बंगाली कारोबारियों का नियमित आना-जाना था और नितांत बंगीय 'सुवर्ण बणिक' शब्द के पीछे जो अनगिनत इतिहास छिपा हुआ है, जो कभी सागरगामी वणिकों को विपुल उत्साह जुटाता था।

वर्तमान युग में विदेशों के व्यापार केंद्रों में किसी जमाने के प्रवासी इंडियन व्यवसायी लोगों में अब पहले जैसी शक्ति नहीं है; लेकिन धैर्य, सेवा, प्रतियोगिता में, अंग्रेज साहबों के मुहाल में छुटपुट भारतीय दुकानदार भी अतुलनीय हैं, इसकी स्वीकृति सर्वत्र है। अंग्रेजों के जातीय जीवन में भारत की उपस्थिति विभिन्न रूपों में है—विलायती फिश ऐंड चिप्स की जगह अब भारतीय मसाला टिक्का ने ले लिया है; सुना है, यही उस देश का जातीय आहार है। मुहल्ले-मुहल्ले में इंडियन रेस्तराँ और हर वक्त का साथी 'मॉम-ऐंड-पॉप' स्टोर, जिसका दूसरा नाम है—'फ्रेंडली नेबर हुड स्टोर'। नेपोलियन भी अंग्रेज दुकानदारों को अस्वीकार नहीं कर पाए। लेकिन वही नेशन ऑफ शॉपकीपर्स अब प्रवासी भारतीय परचून परिवारों के आगे नतमस्तक है।

इन दिनों उस देश में जातीय मजाक चल पड़ा है—जीवन-संग्राम के सभी क्षेत्रों में इंडियन लोग इतना अच्छा कर रहे हैं, इसके बावजूद विलायती फुटबॉल में उन लोगों का नाम क्यों नहीं सुना जाता? जो जवाब है, खासा मजेदार है। कैसे सुना जा सकता है? कॉर्नर मिलते ही इंडियन तत्काल वहाँ एक दुकान खोलकर बैठ जाता है। भारतीय बनियों का साहबी संस्करण इन दिनों आम श्वेतांग के आतंक का कारण है। आतंक इसलिए कि वंश-परंपरा में प्रचुर धन-ऐश्वर्य में पलने-बढ़ने, बड़े होने की वजह से क्लाइव के उत्तराधिकारी काफी बेसब्र और विलासी हो उठे हैं। छोटे-मोटे कामों में उनकी रुचि नहीं है। साथ ही कुछ-कुछ दूरदर्शिता की भी कमी है। छोटे-मोटे काम करनेवाले इनसानों की परवर्ती पीढ़ी धनवान्, ख्यातिमान और वीर्यवान् होकर भूतपूर्व शासकों के प्रभुसम हो सकती है, यह खयाल नहीं रहता।

60 वर्षों में आजाद भारत की वह कुंभकर्णी नींद आखिर टूटी कैसे? इस बार उसकी गति-प्रकृति कैसी होगी? इस बात को लेकर दुनिया की विद्वत-सभा में हिसाब कसना शुरू हो गया है। जिन लोगों ने भारतीय अर्थनीति की कछुआ चाल को 'हिंदू रेट ऑफ ग्रोथ' नाम दिया था, वे लोग अतीत का प्रसंग अब खास नहीं उठा रहे हैं। जो लोग पराधीन भारत में पैदा हुए थे, वे लोग नए भारत की सफलता का मुँह देखकर आशंका और आनंद दोनों से आप्लूत हैं।

आशंका : कई हजार वर्षों से बार-बार विपर्यय आता रहा और इसने भारत की अग्रगति को स्तब्ध कर दिया। कहीं अनागत यह भविष्य पुनरावृत्ति के नशे में तो नहीं डूब

गया है? आनंद : भारत और चीन का महिमान्वित सूर्योदय निश्चित है, इस बात की स्वामी विवेकानंद जैसे दूरदर्शी लोग पहले ही भविष्यवाणी कर चुके हैं।

उन्नीसवीं सदी के आखिरी दौर में स्वामी विवेकानंद और एक भविष्यवाणी या प्रत्याशा कर गए हैं। भारतवर्ष की श्रेष्ठता सिर्फ पार्थिव सफलता पर निर्भर नहीं करेगी; सोना-रूपा, रुपए-पैसे के भोग की कसौटी पर नवयुग के भारत को नहीं नापा जाएगा; खून-मांस के भोग-सर्वस्व नेतृत्व नहीं, इस बार भारत विचार और अनुभूतियों का अति उच्च, संस्कृति-संपन्न नेतृत्व देगा। यानी लंबे अरसे से बेजान, निस्तेज, निर्जीव भारत सक्रिय भूमि का ग्रहण करेगा और सतेज, सजीव एवं सहिष्णु विश्व मानव समाज की सृष्टि में भागीदार बनेगा; क्योंकि भोग की अतिशयता, अर्थ के आधिपत्य से यह वसुंधरा क्लांत हो चुकी है। भोग-बंधन में सिर्फ भोग सामग्री का वैश्वीकरण नहीं, भावों का वैश्वीकरण निश्चित रूप से होगा। उसे प्राचीन जमाने में ही हमारे देश में उसका इशारा मिल गया था; दूरद्रष्टा लोग अपनी उपलब्धि के बारे में इतने निश्चिंत थे कि भूगोल और काल की सीमा अतिक्रम करके ही उन लोगों ने साधना-क्षेत्र से आवाज दी थी—हे विश्व! सुनो, हे अमृत-पुत्र! श्रवण करो, मुझे कुछेक सत्य का संधान मिला है।

□

आजादी के 60 वर्षों में प्रवास के कृतित्व के लिए हमने लक्ष्मी और सरस्वती के वरदपुत्र और पुत्रियों को तो बखूबी उपलब्ध किया है, लेकिन इस तालिका में भारत के अध्यात्म प्रतिनिधि वर्ग पूर्णत: अनुपस्थित हैं, हालाँकि भारत के अंधकारतम अध्यायों में भी आध्यात्मिक प्रतिनिधि ही इस देश की वाणियाँ विदेश में प्रस्तुत करने में सक्षम हुए थे। इस धारा की शुरुआत कई शताब्दियों पहले हो चुकी थी। भगवान् बुद्ध की वाणियाँ वहन करके बौद्ध संन्यासी और विद्वान्-पुरोहित वर्ग सुदूर यूरोप में आध्यात्मिक प्रचार के अलावा सेवा-धर्म में नई राहों के पथ-प्रदर्शक बने हैं। उन्नीसवीं सदी में वेद-वेदांतों के अंग्रेजी अनुवादकों ने भी विस्मय का द्वार उन्मुक्त किया है। उसके बाद आध्यात्मिक भारत के व्याख्याता वर्ग उपस्थित हुए हैं। इस सिलसिले में अनगिनत उज्ज्वल रत्नों की उपस्थिति हुई, जिसके केंद्र में निश्चित रूप से स्वामी विवेकानंद रहे हैं।

विदेशों में भारतीय संस्कृति के प्रचारक पहले-पहल संदेह के पात्र जरूर हुए, लेकिन यूरोप-अमेरिका की उदार मानसिकता ने सिर्फ उन सबको ग्रहण ही नहीं किया, बल्कि दुविधा-मुक्त होकर जय-जयकार भी की। प्रचारकों का अविश्वस्य दिग्विजय का प्रभाव आज भी पूरी तरह खो नहीं गया, बल्कि परवर्ती पीढ़ी के नए साधकों ने अपने अगुआ गुरुजनों के पदचिह्नों का अनुसरण करके जो विपुल श्रद्धा और स्वीकृति अर्जित की है, वह नवयुग की समूल सफलता का अग्रदूत बना।

भारत के साधकों की यह विदेश जय उन्नीसवीं और बीसवीं सदी के भारतीय इतिहास

की विराट् घटना है। इसके बाद गुरु नामक एक शब्द तैयार हुआ। उसके पीछे जितनी सफलता है, उतना ही संदेह भी। लेकिन प्रचारकों में बहुतों ने अपने व्याख्यान, रचना और शिक्षा-धारा के प्रति पश्चिम के लोगों का आकुंठ प्यार अर्जित किया है। इस साधना-धारा में इन दिनों विशाल सफलता है—इस्कॉन। प्रभुपाद भक्तिवेदांत तीर्थ अमेरिका में जो कीर्ति स्थापित कर गए, वह अतुलनीय है, यह कहना अतिशयोक्ति नहीं होगी।

लेकिन सिर्फ भक्तिवेदांत ही नहीं, आजादी के बाद और भी कई बंगालियों ने विराट् स्वीकृति अर्जित की है। उन लोगों में से आज कोई भी जीवित नहीं है। लेकिन जिन लोगों ने सशरीर उपस्थित रहकर विस्मयकारी श्रद्धा अर्जित की, उन लोगों में से बहुतों के नाम इस देश के हिसाब-रजिस्टर में नहीं है। हम सब भूल गए कि व्यवसाय-वाणिज्य, बड़ी नौकरी, बड़ी-बड़ी वैज्ञानिक गवेषणाओं के अलावा भारत का ऐसा एक दार्शनिक व अध्यात्मिक पक्ष भी है, जो अन्य किसी के पास नहीं है।

ऐसे ही एक बंगाली—श्री चिन्मय कुमार घोष। न्यूयॉर्क में अपनी साधना के बलबूते जिन्होंने विदेशियों की श्रद्धा-भक्ति अर्जित की और आत्म-प्रचार के हाई पावर लैंप को नजरअंदाज करके खुद न्यूयॉर्क से दुनिया के अनगिनत देशों तक अपनी वाणी पहुँचाई।

श्रीचिन्मय के बारे में पहले भी थोड़ा-बहुत लिख चुका हूँ और यह सोच-सोचकर अवाक् हुआ हूँ कि जो व्यक्ति विदेश में इस ढंग से वंदित हुआ, उसके बारे में कोई भी बात बंगालियों तक कोई खास नहीं पहुँची। चटगाँव के वन-देहात में पैदा हुए, असमय पितृहीन हुए, किस्मत के स्रोत में चटगाँव से बहते-बहते दक्षिण भारत के अरविंद आश्रम में उपस्थित हुए। इस देश में प्रचलित डिग्री-अर्जन की राह पर न जाकर जीवन को बिलकुल और ढंग से गढ़ लिया, जवानी की दहलीज पर आकर मन के आदेश पर किसी अनजाने देश की अनजानी परिस्थितियों से मुकाबला किया जा सकता है और प्राय: असंभव जीवन-संग्राम की चुनौतियों का बिलकुल फकीर हालत में मुकाबला करते हुए विपुल संख्यक विदेशियों के दिल पर राज किया जा सकता है तथा उन लोगों को राह दिखाई जा सकती है, यह बात श्रीचिन्मय की विचित्र जीवन-कथा जाने बिना ठीक तरह से समझना संभव नहीं है।

भारत के 60 वर्षों की आजादी के उपलक्ष्य में जो सब अविश्वस्य भारतीय सफलता का इतिवृत्त जहाँ कृतज्ञ देशवासी परम विस्मय से याद करते हैं, वहाँ श्रीचिन्मय जैसे सत्यान्वेषी लोगों को जगह न पाने का सवाल ही नहीं उठता।

उस व्यक्ति से मेरी पहली भेंट सन् 1986 में न्यूयॉर्क शहर में हुई थी। उस बार मुझे संयुक्त राष्ट्र के विश्वप्रसिद्ध भवन के काफी करीब बँगलादेश सरकार के तत्कालीन स्थायी प्रतिनिधि तरुण राजदूत अनवर-उल-करीम चौधरी के यहाँ आश्रय मिला था, यह भी मैं पहले लिख चुका हूँ। जय से मेरा पहला परिचय कलकत्ता में तत्कालीन पाकिस्तानी हाई

कमिश्नर के माध्यम से हुआ था। उन दिनों मैं पहली बार अमेरिका का सफर पूरा करके 'देश' पत्रिका के लिए 'ए पार बंगाल, उस पार बंगाल' उपन्यास का पहला अध्याय लिख रहा था। उसके बाद गंगा से होकर ढेर-ढेर पानी बह चुका था। जिन सब दु:साहसी नौजवानों ने अपने भविष्य के बारे में न सोचकर पाकिस्तानी दूतावास में आजाद देश की पताका फहरा दी थी, उनकी जय अन्यतम है। मेरे साथ उनका रिश्ता इस कदर निविड़ हो उठा कि मैंने उन्हें अपनी एक किताब भी उत्सर्ग कर डाली।

न्यूयॉर्क में हिज एक्सिलेंसी ए.के. चौधरी का आतिथ्य ग्रहण करने का मुझे दो कारणों से लोभ था—अपनी आँखों से कार्यालय देखना और बाकी समय वन की साध मिटाकर, जी भरकर सुरसिक और बँगला साहित्य-प्रेमी जय से गपशप करना। समय नितांत ही सीमित था, इसलिए गपशप का समय प्रसार आठों प्रहर था। लेकिन यह दीर्घ अड्डा मुझे या माननीय राजदूत महोदय को थकाता नहीं था।

एक दिन गपशप की विषय-वस्तु थी—बंगाली मन की संकीर्णता। गाँव के योगी को अपने गाँव में भिक्षा देने का रिवाज है या नहीं? मेरा वक्तव्य था कि योग्य व्यक्ति को उसके जीते-जी कुछ देने में हम जितने ही कंजूस हैं, उसके देहांत के बाद अपना यथासर्वस्व उजाड़कर देने और उस इनसान में बसे महामानव को खोज निकालने में हम उतने ही अतुलनीय हैं। जय के अंदर एक अस्वाभाविक स्निग्धता मुझे हमेशा ही आकर्षित करती रही है। हजार दोष खोज निकालने के बावजूद वह कभी भी अपनी जाति को आलोचना की मार से क्षत-विक्षत नहीं करना चाहता। उसका वक्तव्य था कि शुरू-शुरू में गाँव के व्यक्ति को हेय करने का इतिहास साहब लोगों में भी है। वैसे इसका उलटा भी हम लोगों में विद्यमान है—अपने विदेशी प्रभुओं को लाँघकर हम कितने ही रूपों में देशी ठाकुर-देवताओं से मोह करते हैं।

जय के घर से निकलकर हम दोनों संयुक्त राष्ट्र भवन की ओर चल पड़े।

जय ने कहा, "पाश्चात्य के साहब लोग आजकल उच्चमना होते हैं। गाँव का योगी अगर सागर पार करके उनके सामने उपस्थित होता है तो इन पाश्चात्यवासियों के उत्साह की सीमा नहीं होती।"

मैंने सोचा कि जय अब इतिहास से उद्धरण देकर अमेरिका में स्वामी विवेकानंद के सम्मान लाभ और हाल ही में इस्कॉन प्रतिष्ठाता प्रभुपाद ए.सी. भक्तिवेदांत तीर्थ के अकल्पनीय स्वीकृति-लाभ का जिक्र करेगा। बहुतेरे लोगों का कहना है कि साहब लोगों के पास जो नहीं है और जिसकी उन्हें तलाश है, दूसरों में उसका पता पाते ही वे लोग तत्काल स्वेच्छा स्वीकृति देने में कोई कंजूसी नहीं करते। दूसरों से जो ग्रहणीय है, वह आसानी से ले लेने की सहज क्षमता की वजह से ही पश्चिमी सभ्यता अभी भी अकाल वार्धक्य के लक्षण नजर नहीं आते।

लिफ्ट के पास खड़े होकर जय ने मुझे जो बताया, वह विस्मित होने जैसी बात थी। उसने विवेकानंद, योगानंद या भक्ति वेदांत का जिक्र नहीं किया। उसके दिमाग में चटगाँव के निपट देहात का एक अद्‌भुत इनसान घूम रहा था, आत्मप्रचार में जिसकी बूँद भर भी दिलचस्पी नहीं थी, जो ईश्वर को हाथोंहाथ प्राप्त कराने का वादा नहीं करता, फिर भी इस संयुक्त राष्ट्र भवन में कार्यरत बहुतेरे स्त्री-पुरुष स्वेच्छा से, लेकिन खामोशी से उनकी संगति की कामना करते हैं, उनसे अध्यात्मिक राह का पता पाना चाहते हैं।

जय के साथ लिफ्ट में सवार होकर मैंने उसकी आँखों में संयुक्त राष्ट्र भवन की असंख्य कार्य-व्यस्तता पर गौर किया और विस्मित होता रहा। लेकिन उस भवन की हर मंजिल पर साड़ी में लिपटी भक्तिमती महिलाओं का आना-जाना भी मुझ जैसे व्यक्ति के लिए कम कौतूहल का विषय नहीं था।

मैंने कहा, "जय, इन साड़ीधारी महिलाओं के चेहरे पर एक किस्म की प्रशांति नजर आ रही है। अन्य बहुतेरी महिलाओं से इनमें कहीं जरा फर्क नजर आता है।"

अब जय ने एक अतिरिक्त खबर दी—"ये सब चिन्मय-भक्तिनें पूर्णतः निरामिष हैं। इन लोगों ने स्वेच्छा से मांस-मछली त्याग दी है। ये महिलाएँ शराब नहीं पीतीं। इन लोगों को सिगरेट का भी नशा नहीं है। इस ढंग की जीवन-यात्रा संघ के निर्देश पर नहीं, इन लोगों ने अपने प्रिय शिक्षक को खुश करने के लिए ही छुटपुट आकर्षणों से अपने को युक्त कर लिया है। मैं सुनता आया हूँ कि स्वेच्छा संयम और साथ ही मामूली सी साधना शरीर को एक किस्म की स्निग्ध दीप्ति देती है, जो नामी-गिरामी कंपनियों की सबसे दामी प्रसाधन सामग्री भी नहीं दे पाती। यह स्निग्धता बाहर से आरोपित नहीं है। यह स्निग्धता स्वाभाविक ढंग से भीतर से उठती है।"

जय ने सवाल किया कि मैं यूँ अवाक् होकर इन साड़ीधारी महिलाओं में क्या ढूँढ़ता फिर रहा हूँ?

मैंने उन लोगों की आँखें देखी हैं। मन स्निग्ध और देह शांत हो तो आँखों की भाषा बदल सकती है, यह बात मैंने मठ तथा मिशन में सुनी है। लेकिन विदेश की माटी पर इस ढंग से इसका प्रमाण मिल जाएगा, यह मेरे हिसाब में नहीं था। शरीर और मन पर ब्रह्मचर्य के प्रभाव के बारे में भारतीय साधकों ने ढेरों चर्चा और खोज की है। स्वदेश में रहते हुए इन लोगों के वक्तव्यों पर निर्भर होने का खास मौका नहीं मिला, लेकिन सात समंदर पार करके न्यूयॉर्क में कदम रखते ही क्या मेरी तीसरी आँख खुलने वाली है? ये श्रीचिन्मय आखिर कौन हैं, जिन्होंने भिन्न देश के इनसानों की निगाहों को यह गहराई दी? इसके बाद मन में जो खयाल आया, मुमकिन है, उसमें जरा संकीर्णता है। अपने देश के लोगों की आँखों में आजकल यह प्रशांत गहराई मुझे क्यों नहीं नजर आती? हम लोग क्या आजकल अपने श्रेष्ठ आध्यात्मिक शिक्षकों को अपने करीब न रखकर मामूली सी स्वीकृति

और सार्थकता के लिए भिन्न देशों में भेज देते हैं?

अनवर को इन सब खयालों में ईंधन जुटाने में दिलचस्पी नहीं है। उसने सिर्फ चिंता जाहिर की थी, जब देश के प्रमुख गायक स्वीकृति की खोज में अपना-अपना घर छोड़कर विदेशमुखी होने लगे। भारतीय संगीत-गुरुओं की विश्व-जय के प्रति उसको आनंद कम नहीं है, लेकिन उसे भी एक ही फिक्र है कि दीर्घ अविराम साधना में संगीत-श्रेष्ठ लोगों का उदय होकर विदेश की माटी में उसके विकास में कहीं बाधा तो नहीं आएगी? भारत की जो भी श्रेष्ठ मानस-संपदा है, उसके वैश्वीकरण से मैं कतई चिंतित नहीं हुआ; बल्कि मुझे अकसर यही लगा है कि पश्चिमी देशों की स्वीकृति पाए बिना हम लोग अपने हजारों-हजार वर्षों की मानस-संपदा का मोल नहीं समझेंगे। इसी ढंग से हम अपनी अनेक विद्या को अवलुप्ति की राह पर धकेल रहे हैं।

अनवर मेरे मनोभाव का विरोधी नहीं है, बल्कि उसका खयाल है कि कई-कई भारत-विद्या अगर विश्वमुखी हो जाएँ तो उन सब में जो प्राण-शक्ति आएगी, वह स्वदेश के लिए मंगलजनक होगी। भारत माता के भंडार में जो विपुल विभिन्नताएँ युग-युगों से संचित हैं, उनमें से कुछेक अगर विश्वमुखी हो उठें तो इससे मूल भंडार निःशेष नहीं होगा।

उस बार संयुक्त राष्ट्र भवन घूमते-घूमते अनवर ने मुझे विस्मित करते हुए एक मेमसाहब की ओर इशारा करके बताया, "इसका नाम ऋजुता है। वैसे इसकी पदवी जरूर अमेरिकी है—टुकर!"

संयुक्त राष्ट्र भवन में श्रीचिन्मय नियमित प्रार्थना-सभा का आयोजन करते थे। वह एक आश्चर्यजनक अनुभूति होती थी। जब तक अपनी आँखों से न देखो, भरोसा नहीं होता। चटगाँव की उजाड़ गाँव-बस्ती का इनसान समूचे विश्व की धुरंधर हस्तियों को लंच के समय इस तरह नतमस्तक करने में समर्थ था। संयुक्त राष्ट्र का वह प्रार्थना-कक्ष कोई छोटा नहीं था। दोपहर के लंच में अधिक समय खर्च न करके महाशक्तिमान देशों के शक्तिमान राजदूत तेज-तेज चाल में प्रार्थना-कक्ष में चले आते थे। वहाँ श्री चिन्मय घोष अधखुली आँखें कर स्थिर बैठे होते हैं। साफ जाहिर था कि वे गेरुआ वस्त्रधारी और दंडधारी भारतीय संन्यासी नहीं हैं। उनके बदन पर धोती-कुरता है। धोती ताँत की नहीं, विदेश में सिंथेटिक कपड़े को धोती की तरह इस्तेमाल किया है। विदेशों में भ्रमणरत संन्यासी संप्रदाय भी इस किस्म के इंतजाम से अनजान नहीं थे। स्वयं स्वामी विवेकानंद को भी अमेरिका में गेरुए रंग के कपड़े का इंतजाम करने में काफी परेशानी उठानी पड़ी थी। बहुत बार गेरुए रंग के आस-पास के रंग के कपड़े से संतोष करना पड़ा था।

संयुक्त राष्ट्र प्रार्थना-कक्ष का वह तजुरबा अविस्मरणीय है। समस्त विश्व के कूटनीतिक जगत् के उच्चतम पदाधिकारी नतमस्तक होकर खामोशी से आँखें बंद किए प्रार्थनारत होते थे। बहुत से लोग हाथ भी जोड़े रहते थे। इस प्रार्थना में कोई मंत्र नहीं, कोई

आचार नहीं। स्तब्धता ही सबका मंत्र बन जाती है। यह उपलब्धि श्रीचिन्मय की सभा में आने से पहले मुझे कभी नहीं मिली थी। वह एक आश्चर्यजनक तजुरबा था। विभिन्न वर्ण, विभिन्न धर्म, विभिन्न उम्र के औरत-मर्द मानो किसी अनजाने के आह्वान पर यहाँ पल भर में उपस्थित हो गए हों। वहाँ एक पथ-प्रदर्शक भी मौजूद हैं। वे निर्वाक, निस्तब्ध हैं, फिर भी वे ही सर्वधर्म के त्रिवेणी संगम पर खड़े होकर खोजकर्ताओं की राह आलोकित करना चाहते हों, इस बारे में कोई संदेह नहीं है।

अतीत में मैंने हिंदू, ईसाई, सिक्खों की प्रार्थना सभा में हिस्सा लिया है; इसलाम के मजहबी मजलिस में मोमिन मुसलमानों के सजदे का भी गवाह रहा हूँ; लेकिन मंत्रोच्चार और आचरण के बिना भी साधन-पथ की खोज की जा सकती है, इस उपलब्धि का संयोग कभी नहीं मिला। साधना की यह राह श्रीचिन्मय ने कहाँ से खोज निकाली, कैसे उस प्रार्थना की अमोघ शक्ति तत्कालीन संयुक्त राष्ट्र महासचिव यू थांट की नजरों में पड़ी, क्यों उन्होंने इस अपरिचित बंगाली को खुद संयुक्त राष्ट्र भवन में शांति की प्रार्थना करने के लिए आह्वान किया और कैसे अनगिनत लोगों का समर्थन मिला, यह सब जानकारी जरूरी है। विश्व-सभा में ऐसा एक बंगाली मौजूद है, जो सभी लोगों के श्रद्धा और प्यार का हो उठा है, यह बात संयुक्त राष्ट्र भवन में आए बिना मुझे पता ही नहीं चलती।

इस प्रार्थना में शामिल होकर विभिन्न धर्मों में विश्वासी लोगों को जरूर कुछ-न-कुछ मिलता होगा। यहाँ शामिल होने के लिए किसी पर कोई जोर-दबाव नहीं है, फिर भी समूचा कक्ष भर जाता है। निस्तब्धता के शांति-जल में अवगाहन करके इनसान मानो दो पल के लिए राहत पा लेता है। यह राहत या शांति राष्ट्र प्रतिनिधियों की विलासिता नहीं है। रोजमर्रा की जीवन-यात्रा में ऐसा कोई विशेष मूल्य मौजूद है, यह अपने आप ही स्पष्ट हो उठता है। दूर से ही मेरी निगाहें चटगाँव के उस साधक पर टिकी रहीं।

मुझे प्रार्थना-कक्ष में पहुँचाकर अनवर किसी जरूरी काम से चला गया। लेकिन साड़ी में लिपटी एक भक्त महिला परम स्नेह से मुझे श्रीचिन्मय के पास ले गई। उस वक्त वे सबको एक-एक टॉफी बाँट रहे थे।

उसी भीड़-भाड़ में उन्होंने बँगला में कहा, "आपकी कृतियाँ मैंने पढ़ी हैं। हमारी भेंट होती रहेगी।"

श्रीचिन्मय की आवाज में प्यार का सुर था, मानो हमारी कितनी पुरानी जान-पहचान हो। मेरे चेहरे-मोहरे पर परम विस्मय। मुझे पूछने का लोभ हो आया, "यह असंभव आपने कैसे संभव किया? किसी बंगाली बच्चे का विश्व-विजय अपनी आँखों से न देखता तो मुझे तो भरोसा ही नहीं होता।"

कुछ-कुछ मंत्रमुग्ध की तरह मैं अनवर उल करीम के बँगलादेश मिशन में वापस लौट आया। मेरे मन में सैकड़ों सवाल। कौन हैं ये इनसान? किस भाग्यस्रोत में बहते-

उतराते अटलांटिक महासागर के पार इस अमेरिका में वे हाजिर हो गए? स्वेदश में गाँव के योगी को भले सम्मान न जुटा हो, लेकिन इतने दिनों में मुझे उनकी खबर क्यों नहीं मिली? ऐसी जाने और कितनी ही विभूतियाँ इस तरह प्रवास में स्वीकृति और सम्मान अर्जित करके हमें धन्य कर रही हैं।

सिर्फ इतना ही पता चला कि साधक होने के बावजूद यह इनसान संन्सासी नहीं है। जो लोग उनसे योग की शिक्षा लेते हैं, वे उन लोगों को अपना 'शिष्य' कहने को आग्रही नहीं हैं। जिस शब्द का प्रयोग करके वे चैन महसूस करते हैं, वह है—स्टूडेंट या छात्र। गुरुदेव या आचार्य—इन दो शब्दों के प्रति उनकी विरक्ति अकारण नहीं है; लेकिन अपनी पैतृक पदवी त्यागकर चिन्मय घोष के बजाय सिर्फ चिन्मय होकर ही यथेष्ट संतुष्ट हैं। पश्चिमी देश में और एक श्रीचिन्मय मौजूद हैं, उनके द्वारा प्रतिष्ठित चिन्मय मिशन का काफी नाम-डाक था। लेकिन उससे इनका कोई वास्ता नहीं था। श्रीचिन्मय नाम उनके दादा यानी बड़े भाई का दिया हुआ था।

स्वदेश लौटकर अमेरिका के दूसरे सफर के बारे में मेरी जो रचना धारावाहिक रूप से इतवार की 'आनंद बाजार पत्रिका' में कई महीनों तक लिखता रहा उसकी शुरुआत हुई थी, श्रीचिन्मय की खबर बंगाली पाठकों तक पहुँचाने के लिए। प्रारंभिक रचना मेरी नई पुस्तक 'जाना देश, अजानी बात' के माध्यम से श्रीचिन्मय के बारे में आम बंगालियों तक पहुँचनेवाली पहली खबर। अमेरिका जैसे जाने-पहचाने देश में कोई आगंतुक कई दिनों के अंदर ही ऐसे कौन से अजाने तथ्य जुटा सकता है, जिसकी जुबान पर यह सवाल आए। उससे लेखक का विनम्र निवेदन है कि विदेश की सड़कों पर घूमते-फिरते अचानक ही अपने देश को खोज पाने का आनंद भी किसी बंगाली लेखक के लिए कुछ कम नहीं होता। उस लेख ने थोड़ा-बहुत मधुर विस्मय जरूर जगाया, मगर खास फैले नहीं, हालाँकि दूर-दूरांतरों से कुछेक सवाल जरूर आए कि ऐसे एक गजब चरित्र का पता पाकर भी लेखक के तौर पर श्रीचिन्मय के जीवन व साधना के बारे में मैं और गहरी दृष्टि डालने में इतना दुविधा-ग्रस्त क्यों हूँ?

इस सवाल का सीधा-सादा जवाब देने का मुझे मौका नहीं मिला। इस धरती की राह पर चलते-चलते कौतूहलवश जाने कितने ही इनसानों की कीर्ति के सामने ठिठक गया हूँ। कितने ही विस्तारित विवरण इकट्ठा करने गया, मगर संभव नहीं हुआ। मेरी बेचैनी अकारण ही अनेक जीवन के बारे में एक साथ जिज्ञासु हो उठना, साथ ही लक्ष्य तक पहुँचने के लिए जरूरी अक्खड़ एकाग्रता की कमी ने मुझे ज्ञान के प्रशस्त राजपथ से लता-गुल्मों से भरे पैदल चलनेवाली कच्ची पगडंडी पर धकेल दिया। बहुत सारे विषयों में खोज-खबर लेकर पूरे धीरज के साथ अच्छी तरह लिख डालने की साध अधूरी ही रह गई। 'जितनी थी साध, उतना नहीं था साध्य'—यह बात कवियों ने जितने खूबसूरत और

सूक्ष्म ढंग से कहकर अपने को दायित्व-मुक्त कर लिया है, किसी जीवन-संधानी गद्य लेखक के लिए अपने को उतनी आसानी से दायित्व-मुक्त कर पाना संभव नहीं हो पाता।

कई वर्षों से कभी-कभी मैं सोचता रहा हूँ कि किसी लेखक के लिए हर आकस्मिक परिचय ही दुर्लभ होता है—एक ईश्वरी दान। यह दान हाथ में पाकर भी जो लोग इसका उपयोग नहीं करते, वे लोग भले और कुछ भी हों, दायित्वशील नहीं होते। विभिन्न समय में विभिन्न देशों में कौतूहली लेखक लोग अपनी-अपनी सुविशाल सृष्टि-साधना के बाहर भी ढेरों आपात महत्त्वहीन जीवन के बारे में आग्रही हो उठते हैं और साहित्य के इतिहास में अपनी अक्षय कीर्ति रख गए हैं। इस संदर्भ में मुझे सबसे ज्यादा याद आती है—रोमाँ रोलाँ की दो अनन्य जीवनी-रचना। श्री रामकृष्ण और स्वामी विवेकानंद के बारे में वे अगर कलम न थामते तो प्राच्य-पाश्चात्य में भावों का आदान-प्रदान इस ढंग से नहीं होता। इन दोनों महा-जीवन के बारे में परवर्ती काल में जो सुविशाल शोध-कार्य संभव हुआ है, उसकी तुलना में रोमाँ रोलाँ का प्रयास हालाँकि सीमित है, लेकिन अगर वह प्रयास नहीं हुआ होता तो श्रीरामकृष्ण-विवेकानंद इतने कम समय में इस प्रकार विश्व-साफल्य के सिंह द्वार पर उपस्थित हो पाते या नहीं, इसमें शक है।

कलकत्ता से न्यूयॉर्क की दूरी बहुत ज्यादा है। यह जो श्रीचिन्मय नामक व्यक्ति हैं, वे काफी कम बोलते हैं; अपने को समेटे रखते हैं। अपने पर केंद्रित उन्होंने कोई प्रतिष्ठान या संघ गढ़ने की भी कोशिश नहीं की, अस्तु मेरे साथ उनका संपर्क शिथिल हो आया। कभी किसी समय पांडिचेरी के अरविंद आश्रम से उनकी कुछ खोज-खबर मिल जाती थी। मैंने सुना कि उनके बड़े भाई मंटू घोष वहाँ स्थायी रूप से बस गए हैं।

भारत से खास संपर्क न होने के बावजूद श्रीचिन्मय में भ्रातृ-प्रेम प्रबल था। यह खबर पांडिचेरी के मारफत मुझे कलकत्ते में मिल चुकी की और मुझे यह खबर भी मिली थी कि अमेरिका से वापस लौटकर मैंने श्रीचिन्मय पर जो लेख लिखा था, वह मंटू दादा को काफी पसंद आया था। पांडिचेरी से वापस लौटे दो-एक परिचितों से यह भी सुना कि छोटे भाई मादल के दु:साहसी जीवन के बारे में संक्षिप्त खबर ही सही, बंगालियों तक पहुँचने की जानकारी पाकर उनकी खुशी का अंत नहीं था।

इन्हीं मंटू दा के पत्र से पता चला कि बीमार दादा को देखने के लिए श्रीचिन्मय चुपचाप पांडिचेरी आ पहुँचे थे। गृहस्थ बंधन में न फँसने के बावजूद साधना में अपने को पूर्णत: उत्सर्ग कर देने के बावजूद उच्च स्तर के अनेक व्यक्ति अपने जनक-जननी, भाई-बहन के बंधन को अस्वीकार नहीं करते। अकसर ही देखा गया है कि इन लोगों का नितांत प्यार का शरीर, जन्मसूत्र के नाते-रिश्ते उन लोगों को मूल्यहीन नहीं लगते। दादा मंटू ने एक बार पांडिचेरी से फोन किया था। ऐसा लगा, वे कानों से कुछ कम सुनते थे। इसलिए किसी तीसरे व्यक्ति के माध्यम से बातचीत हुई। लेकिन मैंने गौर किया, मंटू बाबू

अपने छोटे भाई के स्वास्थ्य और खेल-चर्चा की सफलता से भी खासतौर पर गर्वित थे।

"डाक से दो-एक अखबारों की क्लिपिंग बड़े भइया के मारफत मिली है।" वरिष्ठ नागरिक इस प्रवासी भाई ने आध्यात्मिक साधना के साथ ताल रखकर अविश्वास ढंग से भारोत्तोलन, मैराथन, टेनिस वगैरह में अंश ग्रहण करके अमेरिका को चौंका दिया।

शरीर-चर्या और अध्यात्म-चर्या के बीच कोई योगसूत्र हो सकता है, यह बात इस देश के किसी साधक के जीवन में खास नजर नहीं आया था। यह मामला जरा मुश्किल नजर आया। बाकी बहुतेरे लोगों की तरह मेरा भी यही खयाल था कि वैरागी साधक देह की यथासंभव अवज्ञा और अवहेलना करके ही राहत महसूस करते हैं। अध्यात्म शक्ति के विकास के साथ ताल रखकर, शरीर को भी नव उत्कर्ष का दायरा लाँघकर प्रोत्साहित करने में कोई द्वंद्व नहीं है, यह समझने की जहमत मैंने भी नहीं उठाई, बल्कि कुछ गलतफहमी की आशंका ने सिर उठाया है; क्योंकि वस्तुतांत्रिक पाश्चात्य ने देह सर्वस्व को ही सही समझकर वह अपने शरीर को ही पूजा की वेदी पर स्थापित करने में मगन हो उठा है और प्राचीनतर प्राच्य इस देह को प्राधान्य न देकर देहातीत की पूजा में अपने को निवेदन करता रहा है।

श्रीचिन्मय ने नितांत बचपन में अरविंद आश्रम में यहाँ के चिंतन को अपनी साँस-साँस में ग्रहण किया, इसका विस्तारित विश्लेषण और व्याख्या जरूरी है।

श्रीचिन्मय के बड़े भाई-बहन सभी किसी समय पांडिचेरी के विस्मयकारी आश्रम जीवन के भागीदार रहे हैं। श्रीअरविंद के इस अतुलनीय सम्मान और साधना के बारे में इस युग के बंगालियों के मन में यथेष्ट श्रद्धा होने के बावजूद आज भी सारा मामला बहुतों के लिए स्पष्ट नहीं है।

□

जिस पांडिचेरी में चिन्मय घोष बड़े हुए, वहाँ की छुटपुट कई एक बातें जान ली जाएँ तो श्रीचिन्मय को समझना जरा सहज हो सकेगा।

स्वयं श्रीअरविंद ने अगर कोई व्याख्या दी है तो इससे बढ़कर कोई बात नहीं है—"मेरा कार्य इस पार्थिव जगत् को ही लेकर है। अन्य किसी जगत् की जरूरत नहीं है। यह आश्रम अन्यान्य किसी आश्रम जैसा नहीं है। यहाँ का कोई अधिवासी संन्यासी नहीं है। यहाँ के योग का लक्ष्य केवल मोक्ष-लाभ नहीं है। यहाँ की साधना है ऐसे एक कार्य के लिए तैयारी, जो कार्य सिर्फ योग-चेतना और योग-शक्ति की बुनियाद पर ही प्रतिष्ठित होगी। उसकी अन्य कोई बुनियाद नहीं होगी।"

इसके अलावा अन्य उद्धरण भी हैं—"संन्यासी और ऋषियों के प्रभेद के बारे में एक भ्रांत धारणा भी है।···श्रीअरविंद ऋषि हैं। संन्यासी के आदर्श में जिसे त्याग कहते हैं, उसे पूर्ण रूप से संपन्न कर पाना उस व्यक्ति के लिए संभव नहीं है, जिसमें करुणा स्थान

है। जिस संन्यासी ने जगत् को और अपने परिधेय तक को वर्जित कर दिया है, वह वैदिक ऋषियों की रीति का अनुगामी नहीं है। उस जमाने के ऋषि संन्यासी नहीं थे, बिलकुल भी नहीं। वे लोग द्रष्टा थे, जो परम सत्य का साक्षात्कार करते थे और जिसकी अनुभूति करते थे। जो सत्य शाश्वत और चिरंतन है, जो किन्हीं देवताओं द्वारा सृष्ट या नष्ट नहीं होता। उसे ही वे लोग व्यक्त करते थे।''

अरविंद आश्रम का लक्ष्य—मुझे संख्या में वृद्धि नहीं चाहिए। हम निर्वाचित लोगों को चाहते हैं। तीक्ष्ण बुद्धि छात्र नहीं, बल्कि प्राणवंत आत्मा होते हैं।

मदर ने कहा है, ''अन्य लोगों ने अन्यत्र जो किया है, हम यहाँ वही करने नहीं आए हैं। हम यहाँ वह कार्य करने आए हैं, जो अन्य लोग करने में अक्षम रहे, क्योंकि वह करने की धारणा ही उन लोगों में नहीं है।''

इस परिवेश और चिंतनधारा में पल-बढ़कर बड़े होनेवाले साधक श्रीचिन्मय के लिए यह विराट् मौका था। लेकिन जो लोग इस धरा धाम पर नया कुछ करने आते हैं, वे लोग सुख-नीड़ त्याग करने में कोई दुविधा नहीं करते। वे लोग अपनी सुरक्षा के बारे में न सोचकर अनजाने की ओर चल पड़ते हैं। समय होते ही उन लोगों के मन में तकाजे दस्तक देने लगते हैं। ये तकाजे बाहर से नहीं आते। इसका ठिकाना अंदर का उत्स है। कोई इसे ईश्वर-निर्देश कहता है, कोई इसे अंतर का निर्देश कहता है।

अंतर के इस निर्देश को मानते हुए ध्रुव के संधान में अविचल रहना कोई आसान काम नहीं है। चिन्मय घोष के जीवन का यह परिव्राजक पर्व जितना नाटकीय है उतना ही दु:साहसिक। वहाँ एक मौका अन्य एक मौके की उत्पत्ति है, एक जीवनधारा से दूसरी जीवनधारा में पहुँचे हैं और अपनी प्रतिभा के आलोक में दूसरों की स्वीकृति प्राप्त की है।

इस पृष्ठभूमि में अटलांटिक महासागर के दूसरे पार रुपए-पैसे हीन, फकीर स्थिति में पहुँचकर कठिन जीवन-संग्राम के आगे आत्मसमर्पण न करके धीरे-धीरे अपने लक्ष्य के निकटवर्ती होना अमेरिका में भी नितांत आसान बात नहीं थी। श्रीचिन्मय ने स्वयं ही अत्यंत धीरज के साथ इस संग्राम का कुछ-कुछ विवरण लिपिबद्ध करने में संकोच नहीं किया है।

प्रवास के कठिन जीवन में संगीहीन, अर्थहीन, आश्रयहीन और ठिकानाहीन भारतीय साधकों के भाग्य में क्या-क्या घटता है, उसका कुछ-कुछ विवरण हम विवेकानंद के विस्तारित जीवन से अब हासिल कर सकते हैं। उन्होंने आश्रय के अभाव में ट्रेन-वैगन में रात गुजारी; पैसे देने के बावजूद अज्ञात कारणों से होटल से विताड़ित हुए; बाल छाँटनेवाले सैलून के नाइयों ने उनके बाल काटने से इतनी बार इनकार किया कि उन्होंने आईने के बिना ही रेजर की मदद से फटाफट हजामत बनाने का अभ्यास कर डाला। सन् 1964 के

चैत महीने के अंतिम दिन (13 अप्रैल) जिस हालत में चिन्मय घोष न्यूयॉर्क में उपस्थित हुए थे, उसे एक वाक्य में असहाय की संज्ञा दी जा सकती है।

न्यूयॉर्क में वर्क परमिट प्राप्त करना इतना आसान नहीं है। कैलासबेन नामक पांडिचेरी की मित्र काम आ गईं। उन्होंने कहा, ''इस देश में कुछ दिन टिके रहने का सहजतम उपाय है किसी कॉन्सुलेट में नौकरी कर लेना। डिप्लोमेट जय के यहाँ मैंने एक फिलिपाइन के उच्च शिक्षित चीनी ड्राइवर को इस वर्क परमिट की विडंबना से बचने के लिए जूझते हुए देखा है।''

नवागत चिन्मय घोष के लिए अनेक असुविधाएँ थीं। इंडियन कॉन्सुलेट में आमतौर पर ग्रेजुएट के अलावा नौकरी में नहीं लिया जाता। उस पर से टाइपिंग परीक्षा में वे फेल हो गए थे। पांडिचेरी आश्रम में जिस व्यक्ति की स्पीड 65/70 थी, उसका स्कोर 33 पर थम गया। दस-बारह दिनों बाद और एक टाइपिंग टेस्ट लिया जाएगा। लेकिन इस बार भाग्य प्रसन्न था। इस बीच कैलासबेन ने चिन्मय के पांडिचेरी में लिखे हुए कई एक अंग्रेजी लेख काउंसिल मेहरोत्रा को दिखाए। उन्होंने संतुष्ट होकर उन्हें पासपोर्ट विभाग में नितांत अस्थायी नौकरी दे दी। काम था—लिफाफे पर डाक टिकट लगाना, पासपोर्ट से भरे हुए लिफाफे एकाउंट्स विभाग में ले जाना, वहाँ से निकालकर ब्लूमिंग्डेल पोस्ट ऑफिस में जाकर लिफाफे डाक में डालना। प्रति दिन 10 घंटे ड्यूटी देकर महीने की राजकीय तनख्वाह 230 डॉलर।

अस्थायी क्लर्क के लिए एक अवसर अप्रत्याशित ढंग से आया। श्रीचिन्मय टिफिन के समय अपने मित्र आनंदमोहन के साथ धर्म और दर्शन विषय पर चर्चा किया करते थे। स्थानीय यहूदी सिनेगॉग में हिंदू धर्म के बारे में वक्तव्य देने के लिए काउंसिल दफ्तर में अनुरोध किया गया। तत्कालीन काउंसिल जनरल एस. के. राय ईसाई थे। उन्होंने एक मुसलिम महिला से विवाह किया था। किसी और को न पाकर उन्होंने वीक ऐंड में व्याख्यान देने के लिए पासपोर्ट विभाग के अस्थायी क्लर्क चिन्मय घोष को ही भेज दिया। उस व्याख्यान की काफी प्रशंसा हुई और 100 डॉलर की प्राप्ति भी हुई। साथ ही उन्हें दफ्तर में भी एक प्रशंसा-पत्र मिला।

भाग्य शायद इसी तरह खुलता है, मौका शायद इसी तरह आता है। सिनेगॉग का वह व्याख्यान एक और वजह से भी स्मरणीय बन गया। जो ड्राइवर उन्हें ले गया था, वह यहूदी था। नाम—क्लाइव विनमैन। उसके पिता वकील थे। कट्टर धार्मिक। लोगों के दोस्त! न्यूयॉर्क पहुँचने के पहले हफ्ते में ही चिन्मय की क्लाइव से जान-पहचान हुई। उसने हिंदू धर्म के बारे में कुछेक बातें सुनीं। लेकिन उसे भयंकर डर यह था कि ये तमाम खबरें अगर उसके पिता के कानों में पहुँच गईं तो उसकी खैर नहीं। चिन्मय का व्याख्यान सुनने का उसका मन था, लेकिन पिता के दोस्त रैबी को अगर इस बात का

पता चल जाता तो उसकी खैर नहीं थी, इसलिए क्लाइव ने उनसे कहा कि वह दफ्तर के ड्राइवर के तौर पर आया है।

वही क्लाइव विदेश में चिन्मय घोष का पहला छात्र था। 'शिष्य' शब्द वे इस्तेमाल नहीं करना चाहते थे। बाद में क्लाइव को नाम दिया गया—भोलानाथ। वे काफी लंबे अरसे तक गुरु या शिक्षक श्रीचिन्मय के आस-पास रहे।

कॉन्सुलेट जीवन के सहकर्मियों में बहुत से लोग उत्तर काल में श्रीचिन्मय के शिष्य या भक्त बन गए। कार्यक्षेत्र में आमतौर पर सहकर्मी में कोई विशेष शक्ति या प्रतिभा मौजूद हो तो कोई गौर नहीं करता या गौर किया भी हो तो स्वीकार नहीं करता। इस मामले में श्रीचिन्मय भाग्यवान् थे। नितांत शरमीले और मुँहचोर होने के बावजूद उन्हें बहुतेरे सहकर्मियों का प्यार मिला। वे भी स्वीकृति और सम्मान के शिखर पर पहुँचकर अपने सहकर्मियों और दुर्दिन के मित्रों को कभी नहीं भूले। एक सहकर्मी का नाम था—शिवराम। उनसे चर्चा का प्रिय विषय था—श्रीरामकृष्ण और विवेकानंद। रामकृष्ण-विवेकानंद के बारे में एक लेख टाइप करते-करते ही एक अरविंद-भक्त से पांडिचेरी में उनका परिचय हुआ। उन्होंने ही स्वत: प्रेरित होकर चिन्मय से कहा था—अगर कभी विदेश-यात्रा की इच्छा हो तो वे सहर्ष मदद करेंगे। और उन्होंने अपना वह वादा निभाया भी था। श्रीचिन्मय के वे सारे विवरण मैं पहले ही निवेदन कर चुका हूँ।

एक और शुभाकांक्षी थे लाइब्रेरियन मिस्टर मास्टर। उन अंग्रेज साहब ने अपनी नौकरी से पद-त्याग करने से पहले चुपके-चुपके चिन्मय को सलाह दी थी—इस नौकरी के लिए तुम आवेदन जमा कर दो। लेकिन उस समय परिस्थितियाँ बदलने वाली थीं। अमेरिका में कामकाज करने के लिए जो चीज नितांत जरूरी थी, वही सपने का ग्रीन-कार्ड उन दिनों श्रीचिन्मय के हाथों में आ चुका था और श्रीचिन्मय ने नौकरी छोड़कर यह फैसला कर डाला कि मन के जिस तकाजे पर वे अपना देश छोड़कर अमेरिका आए थे, उस काम से पूरी तरह जुड़ जाएँगे।

इस बीच तनख्वाह 10 डॉलर बढ़कर 240 डॉलर हो गई। अतिरिक्त काम भी आ जुटा—हर दिन ब्लूमिंग्डेन पोस्ट ऑफिस की चिट्ठियाँ पोस्ट करके पास की डबलरोटी-केक की दुकान से दस सहकर्मियों के लिए कुछेक पेस्ट्री-पैटीज खरीद लाना।

इसी में थोड़ा-बहुत विलास था। कॉन्सुलेट गेटमैन शेर सिंह ने गौर किया कि चिन्मय घोष संगीत प्रेमी हैं। उसने अपना हारमोनियम बेचना चाहा।

चिन्मय ने कहा, "मेरे पास 25 डॉलर हैं, आप ले लें।"

शेर सिंह 6 डॉलर से ज्यादा लेने को राजी नहीं हुआ। अंत में 7 नंबर मेरा शुभ नंबर है, यह कहकर बड़ी मुश्किल से 1 डॉलर कीमत ज्यादा दी जा सकी।

इंडियन कॉन्सुलेट का अस्थायी क्लर्क कैसे ख्यातिमान वक्ता हो उठा, कैसे उसे

घेरकर सुविशाल भक्त गोष्ठी गढ़ उठी, कैसे ग्रीन कार्ड जुट गया, कैसे कॉन्सुलेट की नौकरी को अलविदा कहकर न्यूयॉर्क के नामी अंचल के साधक श्रीचिन्मय के रूप में विकसित हो उठे, कैसे वे भक्त जनों के परम हो उठे, उनके साधक जीवन का सुनाम कैसे संयुक्त राष्ट्र के महासचिव यू थांट तक पहुँच गया, कैसे खुद संयुक्त राष्ट्र भवन में ही प्रार्थना-सभा चलाने का विरल सम्मान संगृहीत हुआ, क्यों हार्वर्ड, कोलंबिया, स्टैनफोर्ड में भारतीय चिंतनधारा के बारे में भाषण देने का निमंत्रण आने लगा—यह सब एक अलिखित लंबी-चौड़ी कहानी है।

पूर्व में साधकों के लिए पश्चिम द्वार आसानी से नहीं खुलता। इसके लिए अनेक अग्नि-परीक्षाएँ देनी पड़ती हैं। श्रीचिन्मय के छात्र-छात्राएँ सीमाहीन भले न हों, मगर विपुल हैं। ये लोग अन्यान्य गुरु के भक्तों की तरह सबकुछ छोड़-छाड़कर मठवासी नहीं होते। ये लोग अपने-अपने कामकाज और जीवन-यात्रा अटूट कायम रखकर सुबह-शाम शिक्षा के लिए न्यूयॉर्क में उनके निवास के आस-पास इकट्ठे हो जाते हैं। न्यूयॉर्क के एक अंचल में ये छात्र-छात्राएँ अपना-अपना फ्लैट किराए पर ले लेते हैं।

यूरोप और अमेरिका में जिन सब विशिष्ट छात्र-छात्राओं को श्रीचिन्मय ने आकर्षित किया, उनमें से 'कोई अमीर, कोई निःस्व' था। लेकिन विपुल संपदा लेने के बावजूद वे लोग भारतीय गुरु के चरणों में बैठे-बैठे जिंदगी नहीं गुजारते। श्रीचिन्मय के आकर्षण में विभिन्न देशों से न्यूयॉर्क दौड़ आना कोई बड़ी बात नहीं है। इन लोगों के लिए श्रीचिन्मय का अभिनव आइडिया—'डिवाइन इंटरप्राइजेज'।

यानी भक्तों में से बहुतेरे भक्त छोटी-छोटी दुकनिया या उद्योग खोलकर बैठ गए हैं—रेस्तराँ, हेल्थ फुड, साड़ी की दुकान, रिटेल चेन, फूलों की दुकान, छोटे-छोटे कारखाने, छापाखाना—यहाँ तक कि बाल काटने की दुकान। यह सब अद्‌भुत है। दुकान के मालिक से श्रीचिन्मय का कोई आर्थिक वास्ता नहीं है। भक्त मालिक को ही बाजार की प्रतियोगिता सँभालकर अपना प्रतिष्ठान चलाना होता है।

डिवाइन इंटरप्राइजेज की निजी 'कॉरपोरेट आइडेंटिटी' है। साइनबोर्ड के रंग ऐसे कि बाकायदा दृष्टिनंदन! खरीद-फरोख्त की सेवा काफी ऊँचे स्तर की है। इन लोगों के हर व्यावसायिक प्रयास में विशेष मूल्य-बोध की स्वीकृति है। फलस्वरूप अधिकांश उद्योग ही विपुल लाभजनक भले न हों, कमोबेश सफल हैं। जिसने उद्योग शुरू किया है, सारा दाय-दायित्व उसी का होता है। लेकिन समय-समय पर वे लोग श्रीचिन्मय को अपने बिजनेस की खोज-खबर जरूर दे जाते हैं। न्यूयॉर्क की दो-एक दुकानों में गुरु के लिए एक खास कुरसी होती है। अगर कहीं वह अचानक आ पड़ते हैं तो कर्मचारी-मालिकों में खुशी की लहर दौड़ जाती है।

डिवाइन इंटरप्राइजेज की यह सफलता किसी-न-किसी दिन जरूर मैनेजमेंट स्कूल

के लिए केस-स्टडी बनेगी, आदर्शगत कारणों से जो लोग गुरु या शिक्षक के आस-पास रहना चाहते हैं, हालाँकि आर्थिक अभाव में पर-निर्भर नहीं होना चाहते, उनके लिए यह आदर्श उद्योग है। सबसे ज्यादा अचरज की बात यह है कि स्थानीय खरीदार भी इन सब प्रतिष्ठानों में आकर निश्चिंत रहते हैं—दाम, क्वालिटी, परिवेश, खरीदारों के साथ बरताव में ये लोग बेजोड़ हैं। केंद्रीय दाय-दायित्व कहीं नहीं है, इसलिए प्रतियोगिता में पराजित होकर पर-निर्भर होने की मानसिकता भी नहीं है।

श्रीचिन्मय का यह एक्सपेरिमेंट जरूर अभिनव है। लेकिन इसका सूत्र खोजने के लिए शायद अरविंद आश्रम के जाँच-परीक्षण में जाना होगा। अरविंद के अभिनवत्व के साथ वहाँ आ मिला था मदर का अनन्य संगठन और संचालन प्रतिभा। स्मृति कथा में हमें आश्रम जीवन के कई-कई अंतरंग चित्र प्राप्त होते हैं। श्रीअरविंद खाली बदन रहते थे, टूथपेस्ट इस्तेमाल करते थे, लेकिन ब्रश नहीं। घर में नंगे पाँव रहते थे। एक भक्त ने चप्पल भेजी तो उन्होंने कहा, "मैं तो पहनता नहीं, यह किसी और को दे दो।"

आश्रम में फल-सब्जियों के संरक्षण के लिए कोल्ड स्टोरेज तैयार किया गया था। पांडिचेरी में एक बार संक्रामक रोग फैला।

मदर ने भक्त गणपतराय को निर्देश दिया, "एक रेस्तराँ खोलो।"

आश्रम में एक छापाखाना भी खोला गया।

प्रेस के मैनेजर से मदर ने कहा, "दुनिया में कहीं भी अगर कोई अच्छे मुद्रण का काम चाहे तो उसे सबसे पहले हमारी याद आए।"

आश्रम के विविध कार्यों के उद्यम के बारे में किसी आश्रमवासी ने मंतव्य दिया, "बहुतेरे लोगों में कार्य-कुशलता देखी गई। शुरू-शुरू में सारे कपड़े धोबी ही धोता था। लेकिन जब धोबी का बिल काफी बढ़ गया तो आश्रम के ही एक नौजवान ने कपड़े धोने का जिम्मा अपने ऊपर ले लिया। साबुन की कमी थी, इसलिए चूल्हे की राख से कपड़ों पर पड़े मैल का दाग छुड़ाया जाने लगा। बाद में वह नौजवान साबुन भी तैयार करने लगा। जब वह चला गया तो रोटी घर के आदमी पर यह जिम्मा थोप दिया गया। रोटीघर के बगल में ही साबुन तैयार करने का कारखाना था। पहले-पहले भोर 4 बजे से मैदा ठासने का काम शुरू हो जाता। अब बेकरी में करीब 2,000 लोगों के लिए रोटियाँ तैयार होने लगी हैं। सुराही खरीदने की जरूरत नहीं पड़ती। फूलों के गमले भी खरीदे नहीं जाते हैं। इसके अलावा हैंडमेड पेपर विभाग, वस्त्र-बुनावट विभाग वगैरह।"

श्रीचिन्मय के डिवाइन इंटरप्राइजेज का प्रयास और भी उन्नत किस्म का है। इससे हमें काफी कुछ लेना चाहिए। सिर्फ धर्म या आध्यात्मिक चिंतन करते-करते कहीं-कहीं मठवासी आलसी और पर-निर्भर हो जाते हैं तथा संघ को ही उन लोगों के संपूर्ण भरण-पोषण का जिम्मा लेना पड़ता है, यह धारणा ठीक नहीं है। यह बात सुदूर विदेश में सुंदर

और संयत तरीके से प्रमाणित हुई।

श्रीचिन्मय के छात्र-छात्राएँ एक अदद बँगला नाम के लिए साल-दर-साल बेचैन रहते हैं। इस नामकरण के बारे में अन्य किसी मौके पर कुछ विस्तारित चर्चा की जाएगी। काफी सोच-विचार के बाद इनसान के स्वभाव को याद रखकर नए नाम का चुनाव किया जाता है। छात्र-छात्राओं को जानकारी रहती है कि उनके नाम की एक आध्यात्मिक व्याख्या है। शिक्षक द्वारा दिए हुए नाम का काफी मूल्य होता है। अच्छा, विलायती नाम क्यों नहीं? क्योंकि संस्कृत नाम मंत्र की तरह होते हैं। बहुतेरे लोग साधना के दौरान मन-ही-मन अपने नए नाम भी दोहराते रहते हैं। इस देश में जो लोग इस नए नाम में कुछ पाना नहीं चाहते, उन लोगों को यह याद रखना चाहिए कि इस देश में संन्यासी संघ में भी पितृदत्त नाम दो-दो बार बदले जाते हैं—पहली बार ब्रह्मचर्य दीक्षा के समय, दूसरी बार संन्यास दीक्षा के समय। जो लोग साहबी ढंग से बहस पसंद करते हैं, वे लोग जानते हैं कि विलायत का कोई जब 'लॉर्ड' बनता है, उस वक्त भी उसका नाम बदल जाता है। अभी बिलकुल हाल ही में लाइफ-पियरों के मामले में भी नाम बदले जाने का मौका मौजूद है।

बहरहाल नाम-माहात्म्य के प्रचार के लिए इस लेख की अवतारणा नहीं हुई है। स्वाधीनता के 60 वर्षों के बाद आयोजनकर्ताओं से आवेदन है कि विदेशों में आर्थिक स्वीकृति और सफलता का विस्तार देखकर खुश होने के साथ-साथ जो लोग प्रवास में रहकर अनंतकाल की भारतवाणी प्रचार कर रहे हैं, उन लोगों को याद रखना भी उन लोगों का परम कर्तव्य है। इस भारत की जो विश्व-स्वीकृति है; वेद-वेदांत, उपनिषद, जप-तप-योग के बारे में समूची दुनिया में यह जो सीमाहीन कौतूहल है, वह विवेकानंद से लेकर वर्तमान समय के भारत-प्रचारकों की प्रचेष्टा से ही सफल हुआ है। इनमें से अनेक लोग हमारे बीच नहीं हैं। अब श्रीचिन्मय जैसे जो लोग बिना किसी प्रत्याशा के स्वेच्छा से भारत-आत्मा की वाणियाँ समूचे विश्व भर में प्रचारित कर रहे हैं, वे लोग इस देश के दूत हैं और हमारे लिए प्रणम्य हैं—यह याद रखना अतिशय जरूरी है।

सुदूर विश्व के मानव-मानवी वर्ग जिन लोगों को सम्मानित कर रहे हैं, हम सब भी उन लोगों को सम्मानित क्यों न करें? उन लोगों की सफलता से प्रेरित होकर हम सब भी उन महामूल्यवान् वाणियों का अपने जीवन और कार्यों में क्यों न उपयोग करें?

□

श्री चिन्मय कुमार घोष।
चटगाँव के शाकपूरा गाँव में माँ ने नाम दिया था—मादल। पांडिचेरी में दादा ने नाम दिया—चिन्मय कुमार घोष। न्यूयॉर्क आने के बाद उनके कर्मक्षेत्र भारतीय कॉन्सुलेट में सभी लोग उन्हें बुलाते थे—सी.के.जी.। उसके बाद आध्यात्मिक आचार्य के रूप में उन्हें 'चिन्मय' बुलाते थे और अंत में वे विश्व-विजय पर निकल पड़े। यह तसवीर उनके जन्मदिन पर सन् 1993 में ली गई थी।

आजन्म ब्रह्मचर्य व्रत का पालन करते हुए ही इनसान ऐसी आँखों का अधीश्वर होता है। न्यूयॉर्क में प्रार्थनारत श्री चिन्मय।

विश्वास नहीं होता, मगर यह सच है। स्वयं सेक्रेटरी जनरल के आमंत्रण पर प्रति सप्ताह संयुक्त राष्ट्र कार्यालय में सर्वधर्म प्रार्थना-सभा का संचालन किया श्री चिन्मय घोष ने। इसी संयुक्त राष्ट्र भवन में लेखक शंकर से उनका पहला परिचय हुआ। संपर्क कराया था संयुक्त राष्ट्र संघ में बँगलादेश के स्थायी प्रतिनिधि अनवर-उल करीम चौधरी ने।

और एक अविश्वसनीय कार्य! साधक श्री चिन्मय 1,600 पुस्तकों के रचयिता। अपनी पुस्तक पर हस्ताक्षर करते हुए।

आनंदमय परमेश्वर की खोज में जीवन अर्पित करने पर ही ऐसी दृष्टि मिलती है। श्री चिन्मय की यह तसवीर सन् 1979 में अमेरिका में ली गई।

ध्यानमग्न श्री चिन्मय ने बँगला में हस्ताक्षरित यह तसवीर लेखक को प्रदान की थी। तारीख 4 अगस्त, 2006। समस्त विश्व में फैले हुए उनके छात्र-छात्राएँ इस तसवीर को विशेष महत्त्व देते हैं। इसी तसवीर को सामने रखकर वे लोग भी ध्यानमग्न होने की कोशिश करते हैं।

चटगाँव की उजाड़ गाँव-बस्ती के पूर्व शाकपूरा के उस घर का कमरा, जहाँ श्री चिन्मय का जन्म हुआ। घर पक्का न होने पर भी कमोबेश संपन्न परिवार। पिता शशिकुमार रेलवे अधिकारी, बाद में बैंकिंग कारोबार शुरू किया। वर्षों बाद एक अमेरिकी शिष्य (रणजित) ने शाकपूरा के गुरु-गृह की यह तसवीर ली।

पिता शशिकुमार घोष। उनके साथ ही मादल पहली बार पांडिचेरी आश्रम पहुँचे। बाद में उनके सभी बेटे-बेटी अरविंद आश्रम के वासी बने।

लगभग समस्त जीवन जन्मभूमि से काफी दूर गुजारने के बावजूद मादल यानी श्री चिन्मय का अपने देश और परिवार के प्रति प्रबल आकर्षण था। यह परिवार चित्रमाला हमेशा के लिए खो न जाए, इस आशंका से पिता, माँ, तीन भाई, तीन बहनें तथा कमउम्र की उनकी तसवीर—यहाँ दी गई, ताकि पाठक-पाठिकाओं का कौतूहल शांत किया जा सके।

सबसे ऊपर की पंक्ति में—पिता शशिकुमार, माँ योगमाया, बड़े भाई हृदय।

बीच की पंक्ति में—दीदी अर्पिता, कमउम्र चिन्मय, भाई चित्त।

नीचे की पंक्ति में—बहन लिली, भाई मंटू और बहन आहना।

अरविंद आश्रम में आध्यात्मिक विकास के साथ–साथ शारीरिक उत्कर्ष पर भी मदर की नजर। बचपन से ही चैंपियन एथलीट के तौर पर चिन्मय कुमार घोष ने सुनाम किया। आश्रम में एक दशक का अनुभव परवर्ती चार दशक में विदेश में काफी काम आया। क्षमता से अधिक भी कुछ किया जाना सभी के लिए संभव है, यह उन्होंने बार–बार साबित किया है।

इस देश में स्वामी विवेकानंद से लेकर अनगिनत साधकों ने खेल–कूद में पारदर्शिता को विशेष महत्त्व दिया है। पांडिचेरी में भी आश्रम–जननी की वही चिंताधारा–हर्डल्स रेस की यह तसवीर सन् 1947 या उसके अगले वर्ष ली गई। दाहिनी तरफ चिन्मय समस्त बाधा पार करके बुलेट गति से लक्ष्य की ओर बढ़ते हुए।

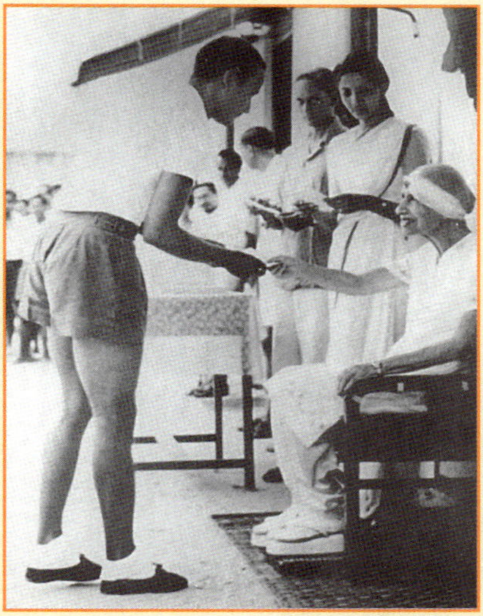

पांडिचेरी में काफी वर्ष गुजारने के बावजूद वहाँ की तसवीरें काफी कम हैं। इस दुष्प्राप्य तसवीर में चौकस एथलीट चिन्मय सर्वप्रिय मदर से पुरस्कार लेते हुए।

सुदूर के आह्वान पर सात समंदर पार अनजानी दुनिया की तलाश में प्राय: फकीर हालत में चिन्मय घोष एक दिन न्यूयॉर्क नगर में उपस्थित हुए। तारीख 13 अप्रैल, 1964। जून के महीने में सौभाग्यवश इंडियन कॉन्सुलेट में टाइपिस्ट की नौकरी प्राप्त की। पूरे तीन वर्ष तक पासपोर्ट-वीजा विभाग में कार्यरत। सागर पार इस दौर का जीवन काफी मुश्किल था—अनाहार, अर्धाहार और स्वल्पाहार के साथ साधक चिन्मय का परिचय हो चुका था।

कॉन्सुलेट दफ्तर में अनेक विचित्र-विचित्र तजुर्बों के साथ श्री चिन्मय ने परवर्ती काल में एक जबरदस्त पुस्तक लिखी—*My Consulate years!* किताब के मुखपृष्ठ पर सन् 1964 में श्री चिन्मय न्यूयॉर्क कॉन्सुलेट दफ्तर के प्रवेश द्वार पर।

बाबूराम मेहरा और उनकी माँ के साथ श्री चिन्मय। कृतज्ञ श्री चिन्मय ने जीवन भर यह याद रखा कि अमेरिका आने का टिकट उन्हें बाबूराम ने ही दिलाया था।

साधक अरविंद से दुनिया को पहली बार परिचित कराने का श्रेय फ्रेंच दार्शनिक, साधक और लेखक पॉल रिशर को जाता है। जीवन के अंतिम दौर में वे भी अमेरिका में थे। उनसे ब्रुकलिन में श्री चिन्मय की भेंट—29 अप्रैल, 1967 को। इस तसवीर का ऐतिहासिक मूल्य महत्त्वपूर्ण।

जिनकी उदारता के बिना श्री चिन्मय का कभी अमेरिका जाना नहीं होता, उनका नाम था—सैम स्पेनियर। कागजात पर यही सज्जन श्री चिन्मय के स्पॉन्सर थे। इन्हीं के न्यूयॉर्क अपार्टमेंट (43, ग्रीनविच एवेन्यू) में उन्होंने आश्रय लिया। यह तसवीर भारत में ली गई। धोती-कुरता में सैम (बीच में)।

न्यूयॉर्क के ग्रीनविच विलेज में भी श्री चिन्मय का साधक जीवन जारी। उन दिनों स्थितियाँ ठीक नहीं थीं। पांडिचेरी की परिचिता ईडा पैटरसन ने इस नए साधक के लिए मिनिया पॉलिस में पूर्वजन्म के बारे में एक व्याख्यान आयोजित किया था। वह व्याख्यान सुनने के लिए कोई नहीं आया। फिर भी व्याख्यान हुआ था। एकमात्र श्रोता थीं—ईडा पैटरसन।

श्रीरामकृष्ण के प्रिय शिष्य, मठ-मिशन के पहले सभापति स्वामी ब्रह्मानंद के जीवन में भी एक बार यही घटना घटी थी। दीवार को संबोधित करके व्याख्यान देने के बाद हर किसी परिस्थिति में शांत रहनेवाले महाराजा ने कहा, ''दीवारें फिजूल के सवाल नहीं करतीं।''

गाना लिखने और गाने के प्रति श्री चिन्मय का जीवनपर्यंत प्रबल आकर्षण था। सुदूर प्रवास में 20,000 हजार से अधिक गाने लिख डाले थे। उनमें कम-से-कम 15,000 बँगला गाने थे, जो उनकी छात्र-छात्राएँ 100 से भी अधिक देशों में, खासकर अमेरिका में गाते रहे हैं।

न्यूयॉर्क कॉन्सुलेट में नौकरी के दौरान सहकर्मी शेर सिंह ने उन्हें कुल 7 डॉलर में एक हारमोनियम का जुगाड़ कर दिया था और उन्हें कृतज्ञता के बंधन में बाँध लिया था।

गायक चिन्मय का यह दुर्लभ चित्र इंडियन कल्चरल सेंटर में लिया गया था 20 मार्च, 1966 को।

सन् 1893 में शिकागो विश्व धर्म सम्मेलन की हम सबको जानकारी है। भारतीय संन्यासी स्वामी विवेकानंद ने यहीं दुनिया भर की दृष्टि आकर्षित की थी। ठीक सौ साल बाद (1993) में उसी जगह शिकागो में जो पार्लियामेंट ऑफ वर्ल्ड रिलीजन का आयोजन हुआ, वहाँ प्रारंभिक ध्यान और प्रार्थना का विरल सम्मान बंगाली मानस श्री चिन्मय को दिया गया।

शिकागो में प्रार्थनारत श्री चिन्मय। तारीख 28 अगस्त, 1993।

विश्व-प्रसिद्ध हार्वर्ड यूनिवर्सिटी में व्याख्यान देने के लिए सन् 1975 के वसंत के मौसम में श्री चिन्मय आमंत्रित हुए थे। अपने भाषण में उन्होंने विवेकानंद के द्वारा हार्वर्ड में दिए गए भाषण का उल्लेख किया था।

न्यूयॉर्क के राजपथ पर दौड़ का अभ्यास करते हुए श्री चिन्मय। दिसंबर 1992।

श्री चिन्मय के सफल शिष्य-वृंद विविध विषयों में हिमालयशृंग पर पहुँच गए थे। यथा—ओलंपिक में 9 स्वर्णपदक प्राप्तकर्ता कार्ल लुइस। उस विश्व-प्रसिद्ध प्रतिभा का भारतीय नाम और जिस नाम से श्री चिन्मय अपने प्रिय छात्र को बुलाते थे—सुधाहोता। कार्ल की आत्मकथा में गुरु चिन्मय के बारे में कई बातें दर्ज हैं। शिष्य के साथ बराबरी के स्तर पर दौड़ की यह तसवीर ली गई थी 17 अक्तूबर, 1992 को।

स्वस्थ, सेहतमंद पुरोहित श्री चिन्मय हाथी उठाते हुए। श्री ऐरावत।
वजन कुल 8,180 पाउंड। आरोही विश्वविख्यात कार्ल लुइस। तारीख 17 नवंबर, 1999।

पेशियों की शक्ति के बल पर 31,000 पाउंड का बोइंग विमान शून्य में उठाते हुए
श्री चिन्मय। तारीख 26 नवंबर, 1998।

साधक श्री चिन्मय का विविध प्रकार
के खेलों में अंतहीन उत्साह था।
जीवन के सभी क्षेत्रों में क्षमता
की सीमा लाँघना संभव है।

कामकुरा, जापान में विश्वविख्यात
बुद्ध मूर्ति के सामने प्रार्थनारत श्री चिन्मय।

समय सन् 1972। संयुक्त राष्ट्र संघ के महासचिव यू थांट ने इस अख्यात बंगाली को प्रति सप्ताह 'शांति के लिए प्रार्थना' संचालन के लिए आमंत्रित किया। एक अद्वितीय अध्यात्म यात्रा शुरू हुई, जिसमें हर दोपहर दुनिया के राष्ट्र-प्रधान और राजदूत खामोशी से शामिल होते थे। जीवन के अंतिम समय तक इस प्रार्थना सभा में श्री चिन्मय ने आध्यात्मिक भारत उपमहादेश की वाणियों का प्रचार किया। 1972 में ली गई इस तसवीर में संयुक्त राष्ट्र संघ भवन में—महासचिव और श्री चिन्मय।

मदर टेरेसा के प्रीतिधन्य श्री चिन्मय। यह आनंदमय चित्र रोम के मिशनरीज ऑफ चैरिटी की संन्यासिनों के साथ। वर्ष 1994।

पाश्चात्य के सूफी चिंता नायक पीर विलायत इनायत खान नितांत अपने थे। एक साधक दूसरे साधक को भाई और बंधु मानता था। पीर विलायत इनायत खान संयुक्त राष्ट्र भवन में श्री चिन्मय से पहली बार भेंट करने आए सन् 1991 में।

बंगाली साधक की और एक प्रबल भक्त—
प्रिंसेस डायना। अकाल मौत से कुछ ही दिनों पहले इंग्लैंड भ्रमणरत श्री चिन्मय (1997) को आमंत्रित किया था लंदन के केनसिंग्टन पैलेस में। लेडी डायना ने मदर टेरेसा से एकांत साक्षात्कार की इच्छा जाहिर की थी। श्री चिन्मय के माध्यम से वह भेंट आखिर हुई, लेकिन इसके लिए प्रिंसेस डायना को विमान यात्री के तौर पर उड़कर अमेरिका जाना पड़ा था।
केनसिंग्टन पैलेस में प्रिंसेस डायना ने टैक्सी बुलाकर चुपचाप अग्रिम किराया चुका दिया था और गुरु का बैग स्वयं ले जाकर टैक्सी में रख दिया था।

''ईश्वर आपको और आपकी साधना को आशीर्वाद दें।'' पोप जॉन पॉल (द्वितीय) ने कहा। यह साक्षात्कार हुआ था वेटिकन में, सन् 1988 में।

सुरों के गुरु रविशंकर से विशेष मित्रता थी। न्यूयॉर्क में एक गुरु दूसरे गुरु से गले मिलते हुए। (2002)

सिर्फ व्याख्यान देने के लिए ही नहीं, दुनिया के विविध प्रतिष्ठानों से कंसर्ट का भी निमंत्रण आता था, जैसे—कैंब्रिज किंग्स कॉलेज। यह संगीत कार्यक्रम श्री चिन्मय ने ऋषि अरविंद को निवेदित किया था।

और एक भक्त और प्रिय मित्र, कभी रूस के राष्ट्रपति रहे मिखाइल गोर्वाचोव। साथ में पत्नी राइसा मैक्सिमोना। गोर्वाचोव चाहते थे कि श्री चिन्मय को नोबेल पुरस्कार दिया जाए। कई बार नामांकन भी भेजा था। यह चित्र 16 अक्तूबर, 1994 को लिया गया।

श्री चिन्मय रचित बँगला गीतों के सुर से आज भी दुनिया के विविध नगर-स्थान मुखर हैं। एक विख्यात मंडली में 70 विदेशिनी शामिल हैं। इनकी नेत्री हैं परी ऐरकिन। ये सभी न्यूयॉर्क के जमाइका में गाती हुईं।

विदेशिनी महिलाओं की भजन-मंडली। श्री चिन्मय के सैकड़ों बँगला गीत इन्हें कंठस्थ हैं। इनकी प्रधान हैं श्री चिन्मय की प्रिय शिष्या—रंजना घोष।

शांति के लिए चिन्मय संगीत। मॉण्ट्रियल, कनाडा में अभूतपूर्व महफिल—10 जनवरी, 1964।

कवि और उनका काव्य, समय-सीमा के पार भी जिंदा रहने और विस्तार पाने की स्पर्धा दिखाता है—श्री चिन्मय बोलते हुए। स्थान : अमेरिका का वाशिंगटन विश्वविद्यालय। 2 अप्रैल, 1998।

स्वामी विवेकानंद की तसवीर हाथ में लिये शिकागो की जनसभा में प्रार्थनारत श्री चिन्मय। 3 अगस्त, 2002।

श्री चिन्मय का अविस्मरणीय चित्र जो उनके भक्त-शिष्य रणजित ने लिया। भाई उन्मेष के साथ मौका पाते ही वे भारत की खोज में आ पहुँचते हैं।

संयुक्त राष्ट्र में विश्व मानव के उद्देश्य में निवेदित संगीतांजलि। आध्यात्मिक जगत् के गुरु इस पल सुरों के गुरु! शिष्यगण बजाने में विभोर।

छवि! छवि! छवि! बात-बात में पंछी आँकते रहते थे। जिंदगी भर बेहिसाब पाखियों को जीवंत करते हुए। खयालवश और अंतस के तकाजे पर कभी एक करोड़ पाखी बना डाले। अविश्वसनीय, मगर सच।

कृतविद्या इस यूरोपीय भक्त का नाम 'कैलाश'। समूचे यूरोप में डिवाइन इंटरप्राइजेज, 'मादल बल' की चेन ही खोल डाली। अपने प्रिय शिक्षक को सम्मान और श्रद्धा अर्पित करते हुए। पश्चिम के स्त्री-पुरुष पर-निर्भर होकर आध्यात्मिक अनुसंधान पसंद नहीं करते।

श्री चिन्मय के भक्तगण देश-विदेश में अनेक व्यावसायिक प्रतिष्ठान चलाते हैं, जो 'डिवाइन इंटरप्राइजेज' के नाम से प्रसिद्ध है। न्यूयॉर्क के इस वेजिटेरियन रेस्तराँ का नाम है— 'अन्नं ब्रह्म।' देश-देश में इस किस्म के प्रतिष्ठानों की संख्या 300 से अधिक है। उनके गुरु अपने भक्तों की पर-निर्भरता पसंद नहीं करते थे।

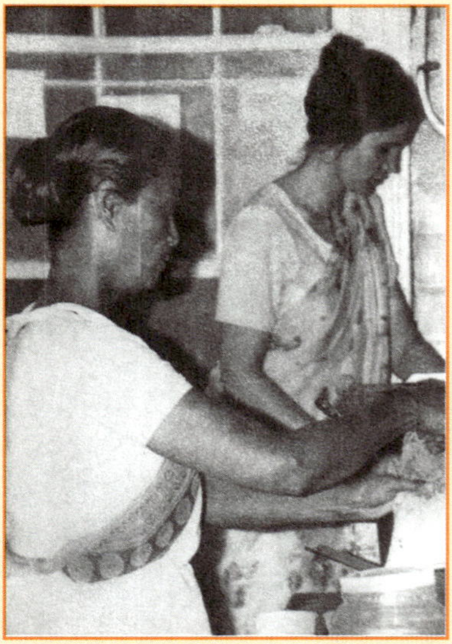

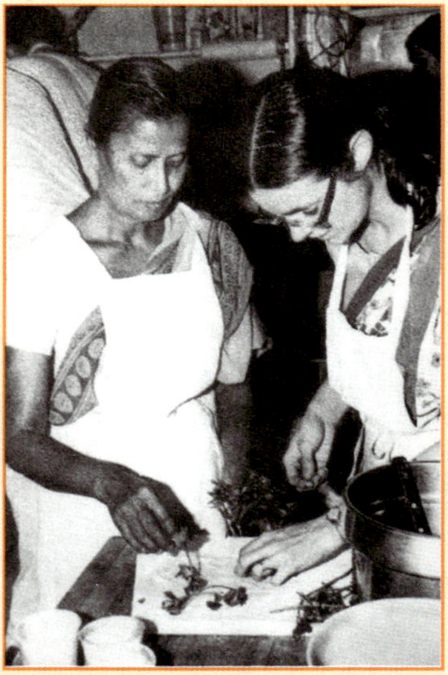

भारत और बँगलादेश के व्यंजनों के समूची दुनिया में प्रचार-प्रसार में डिवाइन इंटरप्राइजेज के कई निरामिष रेस्तराँ। श्री चिन्मय की बहन 1970 में न्यूयॉर्क आईं और विदेशी महिलाओं की विविध बँगलादेशी व्यंजन सिखा गईं। चित्र में 'अन्नं ब्रह्म' रेस्तराँ की दो मालकिनें— प्राणिका और निष्ठा दत्तचित्त होकर व्यंजन सीखती हुईं।

श्री चिन्मय के शिष्य-शिष्याओं में कोई विख्यात, कोई अख्यात। उनका शिष्य आश्रित फरमान सैकड़ों गिनीज वर्ल्ड रिकॉर्ड का अविस्मरणीय स्रष्टा। न्यूयॉर्क फ्लैशिंग मेडोज में हुल्लाहुप घुमाकर नया रिकॉर्ड बनाया। यह तसवीर विश्व भर में प्रकाशित। आश्रित आजकल श्री चिन्मय आंदोलन के कर्णधार हैं। जीवन-धारण के लिए न्यूयॉर्क के एक हेल्थ फूड के साथ संबद्ध।

श्री चिन्मय को अपने शिष्यों को खिलाना बेहद प्रिय था। यह धारा श्री रामकृष्ण-विवेकानंद से आई थी। विवेकानंद द्वारा प्रदर्शित पथ पर चलते हुए खाना पकाने में भी उनकी विशेष दिलचस्पी थी। न्यूयॉर्क में उसी काम में व्यस्त श्री चिन्मय।

यूरोप के श्रेष्ठ विश्वविद्यालय के छात्र श्री चिन्मय का व्याख्यान सुनकर गुरु-सान्निध्य के लिए न्यूयॉर्क चले आए। पर-निर्भरता इन लोगों के स्वभाव में ही नहीं है। जीविका के लिए नाई का लाइसेंस लेकर न्यूयॉर्क के जमाइका में सैलून खोल लिया। भारत-तत्त्व में सुपंडित, बँगला का जानकार, सुरसिक इस सुदर्शन नौजवान का नाम अब सुंदर है। काफी तकलीफ से पैसे जमा कर ये एक बार भारत-दर्शन के लिए आए थे। प्रस्तुत चित्र में सुंदर की खूबसूरत, सुव्यवस्थित दुकान।

ग्रामीण योगी को अकसर अपने गाँव में भीख नहीं मिलती, मगर नॉर्वे में इस बंगाली साधक को स्वीकृति मिली। बाईं तरफ श्री चिन्मय की आदमकद मूर्ति। स्थान : ऑस्लो हार्बर, नॉर्वे। यहीं से नोबेल पुरस्कार के लिए उनका नाम प्रस्तावित किया गया था। दाहिनी तरफ श्री चिन्मय ने वर्ष 2001 में शांति-अग्नि प्रज्वलित की थी।

महामानवों की मृत्यु नहीं होती। वे लोग सिर्फ देह-रक्षा करते हैं। श्री चिन्मय के आकस्मिक प्रयाण के बाद 30 अक्तूबर को संयुक्त राष्ट्र संघ में जिस श्रद्धांजलि सभा का आयोजन किया गया था, वहाँ तिल भर भी जगह नहीं थी। इस सभा में प्रधान वक्ता श्री चिन्मय अनुरागी बँगलादेश के पूर्व राजदूत अनवर-उल करीम चौधरी।

श्रद्धांजलि सभा में अनुरागी श्रद्धालुओं की नतमस्तक उपस्थिति।

न्यूयॉर्क के जमाइका में श्रीचिन्मय आवास। यहीं उनका महाप्रयाण हुआ।

शाकपूरा का घोष परिवार

कहाँ चटगाँव का शाकपूरा गाँव, कहाँ अरविंद की स्मृतिधन्य पांडिचेरी और कहाँ अटलांटिक महासागर के उस पार न्यूयॉर्क। यह अविश्वसनीय दूरी पार करके परिवयहीन रेलकर्मी, शशिकुमार घोष के परिचित बेटे चिन्मय ने कैसे अजाने अमेरिका का दिल जीत लिया, यह एक अविश्वस्य कहानी है आसानी से भरोसा नहीं होता। मानो सुविशाल इस भौगोलिक और सांस्कृतिक दूरी को सहज एवं सहनीय कर देने के लिए ही पहले पर्व में दक्षिण भारत की पांडिचेरी में ब्रेक जर्नी। उसके बाद विपुल बाधा-विघ्न लाँघकर, रुपए-पैसेहीन हालत में एक दिन किसी दूसरे की दया पर खरीदी हुई टिकट और 7 डॉलर के बल-बूते पर हाजिर हुए इस जमाने के लोगों के महातीर्थ अमेरिका के न्यूयॉर्क शहर में।

इस देश के बहुतेरे लोग श्रीरामकृष्ण के आशीर्वादधन्य स्वामी विवेकानंद के बंबई से वैंकूवर और निश्चित रूप से शिकागो गमन के दु:साहसिक इतिहास की खबर रखते हैं। अपने प्रति विश्वास और भक्त-अनुरागियों का आशीर्वाद एवं प्रार्थना न हो तो इस किस्म की विश्व-परिक्रमा सफल होना संभव नहीं है। संख्या में कम होने के बावजूद स्वामी विवेकानंद के पीछे था रामकृष्ण एवं सारदामणि का आशीर्वाद और कई गुणमुग्ध भक्तों का अनंत विश्वास। चिन्मय घोष के पीछे एक विदेशी पर्यटक के स्नेह-प्रश्रय के अलावा कुछ भी नहीं था। किसी प्रतिष्ठान का उत्साह या सहायता नहीं मिली थी, यह बात अपनी जुबान से कहने में उन्हें संकोच होता था और विश्व-विजय के बाद भी वे सिर्फ अंतर के निर्देश की बात ही कबूल करते थे। सागर-पार की यह सफलता-कथा हमारे लिए जानना जरूरी है। स्वामी विवेकानंद की विश्व-विजय को जो लोग अविश्वसनीय सपना मानते हैं, उनके लिए यह जान लेना बेहतर है कि स्वामीजी के शिकागो एडवेंचर के बहुत सालों बाद और एक दु:साहसी बंगाली ने असंभव को संभव कर दिखाया। उनके स्वप्न और संग्राम के बारे में हम आज भी प्राय: कुछ भी नहीं जानते।

संक्षेप में अगर श्रीचिन्मय का विवरण दिया जाए तो यह कहा जा सकता है कि जन्म, बृहस्पतिवार, 27 अगस्त, 1931। भोर-भोर गणेश चतुर्थी के दिन। स्थान : वर्तमान बँगलादेश

के चटगाँव के शाकपूरा गाँव में। पिता : शशिकुमार घोष, माता : योगमाया। इनके सात बेटे-बेटी थे। बेटों के नाम—हृदयरंजन, चित्तरंजन, मनोरंजन और चिन्मय। बेटियों के नाम—अर्पिता, लिली और अहना।

शशि बाबू स्थानीय रेल-पथ के पदस्थ अधिकारी थे। उनके छोटे बेटे को पोशाकी नाम अरसे तक नहीं दिया गया। गणेश चतुर्थी के दिन उनका जन्म हुआ था, इसलिए घरवाले शुरू-शुरू में उन्हें 'गणपति' बुलाते थे।

उनकी एक दादी कहा करती थीं—"यह बच्चा बड़ा होकर सिद्धिदाता गणेश की तरह कोई बड़ा लेखक होगा।" उनकी अन्य कोई दादी कहती थीं, "यह लड़का क्लर्क बनेगा।" वैसे विदेशी भक्तों में कई-कई विशेष खूबियाँ होती हैं। वे लोग परम धीरज के साथ अपने शुभ गुरु के जीवन के विविध खोज-खबर हासिल करते हैं। ऐसे ही भक्तों में एक थीं ऑस्ट्रेलियन गवेषिका—डॉ. विदग्धा बेनेट। 'विदग्धा' नाम उन्हें श्रीचिन्मय से मिला था। सन् 2011 में न्यूयॉर्क में उनसे मेरी भेंट हो गई। विदग्धा ने बताया, "गणपति छद्म नाम श्रीचिन्मय ने विदेश में अपनी किसी अंग्रेजी रचना में उपयोग किया है।"

विदग्धा ने गहरे धीरज के साथ कई-कई वर्षों तक श्रीचिन्मय के बारे में जो सब खबरें संचित की हैं, उसका उन्होंने अपनी हाल की दो किताबों में उपयोग किया है। श्रद्धेय लोगों की जीवन-पत्रिका का कैसे उद्धार किया जाता है, इस देश के लोग अगर उनसे सीख लें तो बुरा नहीं रहेगा। विदग्धा की जुबानी और उनकी किताबों से जो सब मजेदार-मजेदार बातें कानों तक आ पहुँची हैं, उनमें से यहाँ कुछेक का जिक्र हम सबको भला लगेगा।

गणपति का 'मादल' पुकार नाम ही सर्वाधिक परिचित था। विदग्धा ने खोज-बीन के बाद लिखा है कि यह वाद्य यंत्र शहंशाह अकबर को खास प्रिय था। सुना है, वे जी भरकर मादल बजाते थे।

विदग्धा ने कहा, "भाई-बहन बहुतेरे अन्य लोग गणपति को दुलार से 'मादुलिया' भी बुलाते थे।" यह नाम उनके 47वें जन्मदिन पर लिखी गई एक कविता में भी आया है—

सुमधुर सुर में, अंतरपुर में
मोहे बुलाए प्रेम वीथिका
मादल, बादल, आकाश, पागल
हँसी-आनंद-गीतिका।

किताब का नाम है—'बेला बीती जाए'

विदग्धा बेनेट ने रिसर्च करके बताया है कि पाँच वर्ष तक मादल का और कोई दूसरा नाम नहीं था। सन् 1936 में घोष परिवार जब पांडिचेरी घूमने गया, तब मँझले भाई चित्तरंजन अरविंद आश्रमवासी थे। अपने छोटे भाई को साथ लेकर वे आश्रम के सेक्रेटरी विख्यात लेखक नलिनीकांत गुप्त से मिलने गए।

उस समय गुप्त मोशाय पूछ बैठे, "मादल का भला नाम क्या है?"

चित्त दा बुरे फँसे। उन्होंने उसी पल मन-ही-मन एक नाम तय कर डाला। यह बात उनकी डायरी में दर्ज है : दादा का नाम हृदयरंजन, मेरा नाम चित्तरंजन, बादवाले भाई मनोरंजन। अचानक 'चिन्मय' नाम का उन्हें खयाल आ गया। चित्+मय=चिन्मय! उन दिनों पांडिचेरी में एक जन आश्रमवासिनी थीं—नाम चिन्मयी।

कई वर्षों बाद पिता का देहावसान हो चुका था। समस्त घोष परिवार पांडिचेरी आ बसा, तब आश्रम माता 'मदर' ने श्रीअरविंद के साथ उनका परिचय करा दिया—"यह हृदय का छोटा भाई चिन्मय है।"

यह नाम कैसा लगता है? अरविंद आश्रम स्कूल के सहपाठी उससे सवाल करते थे। इस प्रश्न के उत्तर में श्रीचिन्मय ने प्रवास में लिखी गई कविता में भी सरल भाव से व्याख्या की है—

मैं काला मृण्मय
यह मोरा परिचय
मैं तव वरामय
यह मोरा परिचय
मैं दूँगा चिन्मय
यह मोरा परिचय।

विदग्धा और गहरे उतरी हैं और अपने प्रिय गुरु के पूरे नाम के बारे में खोज-खबर ली है। अन्यान्य भाइयों के नाम के पहले हिस्से के बाद 'रंजन' शब्द जुड़ा है। चिन्मय के मामले में व्यतिक्रम है। पिता शशि कुमार द्वारा प्रदर्शित राह के अनुसार वे चिन्मय कुमार हुए।

अस्तु, अरविंद आश्रम के रजिस्टर में उनका नाम है—चिन्मय घोष। शुरू में उनकी पदवी का हिज्जे था—Ghosh, लेकिन अरविंद द्वारा प्रदर्शित राह के अनुसार, वह Ghose बन गया। बाद में कभी-कभी छोटे आकार में 'Ckg' का भी प्रयोग करते थे।

अब सवाल यह उठता है कि चिन्मय कुमार घोष सागर पार 'चिन्मय' कैसे हो गए? विदग्धा ने इस पर भी आलोकयात किया है। सन् 1965 तक अरविंद अपने नाम के बाद 'घोष' लिखा करते थे। शुरू में वे अरविंद ऐकरायड घोष और अंत में श्रीअरविंद! भारत में पैतृक नाम में कुछ परिवर्तन की धारा पर गौर करते हुए विदग्धा ने लिखा है—"परमहंस रामकृष्ण हो गए श्रीरामकृष्ण, मुकुंदलाल घोष हो गए स्वामी योगानंद, चैतन्य बने श्री चैतन्य, एम.के. गांधी महात्मा गांधी बन गए।"

सुना है, 'गुरु' नाम चिन्मय को खास पसंद नहीं था। उनके लेख या परिचय में 'गुरु' शब्द अनुपस्थित है। फिर भी विदग्धा की खोज है—अमेरिका में आने के बाद पहले ही

पर्व में उनके भक्त अपने अंदर 'गुरु' शब्द ही इस्तेमाल करते थे।

हमारा नाम-अनुसंधान अभी खत्म नहीं हुआ। विदेशी छात्र-छात्राओं के सवाल के जवाब में एक बार चिन्मय ने कहा था कि अरविंद आश्रम में कोई-कोई उन्हें 'चीनी' कहकर बुलाते थे। किसी-किसी ने उनकी युगल आँखें देखकर नाम दिया था—'अग्नि'। प्रवास के दौर में और जो सब नाम विदग्धा संगृहीत कर पाई हैं, उनमें शामिल हैं—योगीराज, योगी सम्राट्, चिन्मय सरस्वती। चिन्मय की एक अंग्रेजी कविता नाम-रहस्य पर हलका सा आलोकपात करती है—

Madal the Child
Sleeplessly Wild,
Chinmoy the teenager
An uncertain waqer,
shri Chinmoy the man
A sad of ailure plan,
Guru Chinmoy, Guru Chimoy.
God and man's broken toy.

साधक का बचपन और नितांत अपनों के बारे में विस्तारित विवरण जानने के लिए आजकल बहुतेरे लोग खास तौर पर आग्रही हो उठे हैं। दुर्भाग्यवश आजकल जिन सब भारतीय सत्यान्वेषियों ने विश्व जन की निगाहें आकर्षित की हैं, उन लोगों के शुरुआती जीवन के बारे में हम कुछ खास नहीं जानते। ऐसी विभूतियों में—केशवचंद्र सेन, विवेकानंद, श्रीअरविंद से लेकर स्वामी योगानंद, स्वामी अभेदानंद, स्वामी प्रणवानंद, इस्कॉन प्रतिष्ठाता प्रभुपाद। इनके अलावा और भी बहुत सी हस्तियाँ हैं। किसी-किसी के मामले में प्राक् संन्यास या साधक जीवन की तसवीरें तक नहीं हैं।

सौभाग्यवश श्रीचिन्मय के मामले में भक्त और अनुरागियों ने काफी तकलीफ उठाकर और गुरु के जीवनकाल में ही उनके और उनके भाई-बहनों से सवाल करके काफी निर्भर योग्य तथ्य परवर्तीकाल के लिए संग्रह करने में समर्थ हुए हैं। इसी बीच विदग्धा बेनेट ने श्रीचिन्मय के चटगाँव-पर्व पर दो अंग्रेजी किताबें भी लिख डालीं और कई अमेरिकी भक्तों ने सुदूर चटगाँव तक जाकर गुरु की जन्म-स्थली के चित्र उतार लाए। इसके साथ ही मौजूद है बड़े भाई और बहनों के संग भक्तों की विस्तृत बातचीत। हम जानते हैं, शशिकुमार घोष के सात-सात बेटे-बेटियों में कोई भी संन्यासी नहीं हुआ, न विवाह किया। विशाल परिवार के सभी लोग स्वेच्छा से ईश्वरमुखी होकर आश्रमवासी हो गए। ऐसा अकसर नजर नहीं आता।

भोर-भोर यह संकेत मिल जाता है कि आज का दिन कैसा गुजरेगा—इस वाक्य में

विदग्धा विश्वास करती थीं। मादल की नौ वर्ष की उम्र तक का विविध विवरण उन्होंने हमें उपहार में दिया है। यथा—शशि बाबू की संतान भादों के महीने में भूमिष्ठ होगी, यह सुनकर परिवार में हलचल मच गया। उस जमाने में ग्रामीण धारणा यह थी कि भादों में जनमी संतान दुनिया उलट-पलट देती है। दादी 'घड़ा' सुनाती थीं—

भदुआ में जन्मा
उत्पाती महा।

जननी योगमाया भी छोड़ने वाली नहीं थीं। उन्होंने भी एक 'घड़ा' दे मारा—

एक भदुआ जिसका
सोने का मादल उसका।

शायद यहीं से मादल की उत्पत्ति हुई। लेकिन श्रीचिन्मय ने स्वयं ही जानकारी दी है—27 अगस्त, 1931 को गाँव के घर में उनके जन्म के दिन ही चटगाँव शहर में स्थित उनके मकान में आग लग गई थी। मकान जलकर खाक हो गया। शाकपूरा से वह घर 13 कि.मी. की दूरी पर था।

बहुतेरे लोगों के मन में यह कौतूहल जागता है कि उन दिनों घर की स्थिति कैसी थी? पिता स्थानीय असम-बंगाल रेलवे के चीफ इंस्पेक्टर थे। मौसी के पक्ष से क्रांतिकारी सूर्यसेन से उनका कोई रिश्ता भी था। सुना गया है कि चटगाँव अस्त्रागार लूट के बाद छिपने के प्रयास में एक बार उन्होंने इसी मौसी के यहाँ आश्रय लिया था। सन् 1933 में जब वे पुलिस के हाथों पकड़े गए थे, उस वक्त मादल की उम्र कुल दो वर्ष थी। अगले वर्ष 1934 में उन्हें फाँसी हो गई।

रेल से बहुत पहले ही अवकाश लेकर शशिभूषण घोष हाथ-पर-हाथ धरे बैठे रहने के बजाय उन्होंने खुद ही एक बैंक खोल लिया और विपुल सफलता भी अर्जित की। अंग्रेज साहब भी इस बैंक में रुपए रखते थे। बैंक का नाम गृहलक्ष्मी था।

अपने मँझले बेटे चित्त को लेकर शशिभूषण शाकपूरा से फेरी स्टीयर में सवार होकर शहरवाले मकान में चले आते थे और शुक्रवार शाम को घर लौटते थे। गाँववाले घर में मादल और मंटू के लिए एक प्राइवेट ट्यूटर रख दिया गया था। लेकिन लिखाई-पढ़ाई के बजाय उन दोनों की दिलचस्पी खेल-कूद में ज्यादा थी। खेल-कूद के अलावा पेड़ों पर चढ़ना, आम तोड़ना, कुत्ते-बंदरों से खेलना उनका शौक था। मादल की तीखी इच्छा थी वह पिता के साथ शहर जाए। वह चुपके-चुपके फेरी घाट पर हाजिर हो जाता था। छोटे बेटे के जन्म के समय शशिभूषण की उम्र 49 साल थी। बेटा उन्हें बड़ा दुलारा था। वह इनकार नहीं कर पाते थे। वह उसे लिये-दिए स्टीमर में सवार हो जाते थे। शहर पहुँचकर, किसी बैंक कर्मचारी को उसका जिम्मा देकर वे स्वयं और चित्त दोनों अपने काम पर निकल जाते थे। मादल बैंक के बेटे की साइकिल के पीछे बैठकर जगह-जगह घूमता रहता था।

बीच-बीच में किसी मिठाई की दुकान पर ठिठककर पिता की जेब से मारे हुए पैसों से मिठाई खरीद लेता था और वह मिठाई बैंक के सभी कर्मचारियों में बाँट दिया जाता था। उन दिनों मादल को यही अफसोस था कि उसे साइकिल पर अकेले चढ़ने नहीं दिया जाता था। पैदल-पैदल तो सिर्फ निकटवर्ती चिटागॉन्ग कचहरी तक ही जा सकते थे।

मादल के बचपन में एक अप्रत्याशित घटना घटी। बड़े भइया अचानक घर त्यागकर घरवालों की असहमति के बावजूद पांडिचेरी आश्रम चले गए। उस समय छोटे भाई की उम्र डेढ़ वर्ष भी नहीं हुई थी। हृदयरंजन ने बिना किसी से कुछ बताए घर छोड़ दिया। बड़े भाई पढ़ाई-लिखाई में काफी तेज थे।

पत्नी के रोने-धोने पर वे बड़े बेटे को घर लौटा लाने की कोशिश के लिए एक दिन सपरिवार पांडिचेरी की ओर रवाना हो गए।

कहाँ शाकपूरा और कहाँ पांडिचेरी। विदग्धा बेनेट ने उस समय की समय-तालिका से खोज-खबर लेकर काफी सारे विवरण इकट्ठे कर लिये हैं। चटगाँव से दूरी 3,000 मील से अधिक—4,915 किलोमीटर। रेल-यात्रा के लिए यहाँ दो और तरह की सवारियाँ भी थीं—स्टीमर और फेरी। विदग्धा ने मुझसे कहा, "इसकी तुलना में बंबई से मॉस्को करीब है।"

इंडियन ब्राड्स सन् 1933 से विदग्धा ने हिसाब लगाकर देखा है, पांडिचेरी पहुँचने में पाँच दिन लगते थे। पहली बार शाकपूरा के घोष परिवार को और ज्यादा वक्त लगा था, क्योंकि वे लोग राह में और भी कई-कई तीर्थों में रुके थे। और भी खबरें मिली हैं कि इस ढंग से पांडिचेरी के पाँच बार चक्कर लगे थे—1933, 1936, 1939, 1941 और 1944। आखिरी बार तक माँ-पिता कोई भी जिंदा नहीं रहा। आश्रम से अनुमति लेकर हृदयरंजन भाई-बहनों को लेकर खुद ही हमेशा-हमेशा के लिए पांडिचेरी चले आए थे।

परवर्तीकाल में श्रीचिन्मय ने इन सब मैराथन-यात्राओं के थोड़े-बहुत सरल विवरण दिए हैं। पिता की रेलवे की नौकरी थी, इसलिए मिलनेवाले फ्री पास का भी गुणगान किया है। फ्री पास की मेहरबानी से रेल के ग्यारह जन अतिथि यात्री, उसमें भी दो नौकर और एक महाराजिन भी शामिल थी।

उस जमाने की रेल-यात्रा के बारे में विदग्धा ने काफी खोज-खबर ली है। मसलन यात्रा का प्रथम पर्व—शाकपूरा से फेरी में 13 कि.मी. चटगाँव। उसके बाद चिटागॉन्ग मेल ट्रेन से लैसम जंक्शन होते हुए 312 कि.मी. चाँदपुर तक तेईस घंटे की ट्रेन यात्रा। वहाँ से मेघना-पद्मा जल-पथ (335 कि.मी.) से गोयालंद घाट। अब, मीटरगेज छोटी रेल छोड़कर ब्रॉडगेज मेल ट्रेन से 363 कि.मी. दूर, सियालदह रेल स्टेशन या कलकत्ता। टाइम-टेबल के मुताबिक उस समय रात के 8 बजे थे। रात गुजारकर अगले दिन सुबह 7 बजे हावड़ा स्टेशन से बंगाल नागपुर रेलवे का मद्रास मेल! गंतव्य वाल्टर रेलवे-स्टेशन। अभी भी

पांडिचेरी काफी दूर। अगला गंतव्य बेजवाड़ा स्टेशन (1,229 कि.मी.)। वहाँ से मद्रास सेंट्रल स्टेशन की दूरी 1,032 कि.मी.। मद्रास सेंट्रल से अब रिक्शे से 1 मील दूर एगमोर स्टेशन। 7 नवंबर धनुषकोडि एक्सप्रेस दिन के 11:15 मिनट पर यहीं से छूटती थी। इस बार इस मीटर गेज ट्रेन से 167 कि.मी. दूर बिल्लूपुरम जंक्शन। 247 नंबर पैसेंजर ट्रेन से पांडिचेरी में (198 कि.मी.) पदार्पण।

इस अंतहीन राह से शशिकुमार घोष सपरिवार एक बार नहीं, पाँच-पाँच बार हँसते-हँसते आते-जाते रहे, यह सोचकर चिन्मय भक्त अवाक् होते हैं।

मादल के पांडिचेरी आश्रम जीवन की सूचना बारह वर्ष की उम्र में हुई। चटगाँव के आदि पर्व के बाद अरविंद आश्रम को ही चिन्मय-जीवन का द्वितीय पर्व कहा जा सकता है, जिसकी दीर्घता दो दशक थी। लेकिन इससे पहले आदि पर्व की और भी कुछेक घटनाएँ लिपिबद्ध की जा सकती हैं। पिता की जेब से पैसे लेकर मिठाई खरीदने से लेकर तरह-तरह की शरारतों से भरा बचपन। इस पर्व में शामिल है विविध प्रकार के पंछी-परवेस से अजीबोगरीब दोस्ती, जिसकी तुलना नरेंद्रनाथ दत्त के बचपन से की जा सकती है। हम सबको यह जानकारी है कि अंतिम पर्व में विश्व-विजेता विवेकानंद भी बेलुर मठ में बच्चों की तरह अपना ज्यादा वक्त हिरन, बकरी, राजहंस, कुत्तों के साथ बिताया करते थे। न्यूयॉर्क में भी लंबे अरसे तक रहने-सहने के दौरान श्रीचिन्मय के जीवन में पशु-पक्षियों की भूमिका के बारे में विदग्धा ने मुझे बताया है। यथा, दुनिया के विभिन्न प्रांतों में वे भारोत्तोलन करते थे। कहीं हाथी, कहीं गाय, भेड़, कहीं घोड़ा, कहीं पोड़ा। अपने घर में भी छोटा-मोटा चिड़ियाखाना, जिसमें काफी सारे कुत्ते, बंदर, खरगोश, तोते आदि उनके विशिष्ट अतिथि हुआ करते थे।

शाकपूरा में उनके शैशव के प्रिय संगी दो बंदर थे। नाम जइ और मधु। बंदरों के साथ उनकी खास दोस्ती थी। इन बंदरों के रहने के लिए उन्हें एक निवास-स्थान का इंतजाम करना पड़ा था। वहाँ उनके बंदरपने और उछल-कूद के लिए एक लंबे बाँस पर लंबी सी चेन बाँधी गई, ताकि वे सब हर वक्त चढ़ने-उतरने के खेल में मगन रहें। बंदर अगर टूट पड़ें तो भागने की कोई राह नहीं होती। वे काटेंगे-ही-काटेंगे। मादल ने उन सबको शांत करने का एक आसान उपाय खोज निकाला था—लंबे होकर लेट जाओ और साँस रोककर मुरदे की तरह पड़े रहो। शाकपूरा के बंदरों की सभ्यता के बारे में श्रीचिन्मय जिंदगी भर उनकी तारीफ में पंचमुख रहे। वे बंदर दो-एक वर्ष के बच्चों और बूढ़ों को कुछ नहीं कहते थे, लेकिन अन्य उम्र के लड़के-लड़कियों को जरूर काटते थे। घर में चौदह-पंद्रह वर्ष का एक नौकर था। ऐसा कोई दिन नहीं जाता था, जब बंदर झुंझलाकर उस पर टूट नहीं पड़ते थे और उसे काटते नहीं थे। मादल की माँ भी उन बंदरों से स्नेह करती थीं और हैरत की बात यह थी कि बंदरों ने उन्हें कभी नहीं काटा।

बेलुर में विवेकानंद के 'बाघा' के बारे में अकसर कहानियाँ सुनने को मिलती हैं। उसे खदेड़ देने के बाद भी वह लौट आया था और उसे मठ में आश्रय मिला था। शाकपूरा में चिन्मय के प्रिय कुत्तों के नाम थे—बाघा और तेगा (तलवारबाज)। सचमुच बाघा रूप-आकार में बाघ जैसा था। वह पाँच-छह घरों में पहरा देता था। जब घोष परिवार के सभी लोग शाकपूरा छोड़कर फेरी से चटगाँव की तरफ जा रहे थे, तब अजीब बात यह देखी गई कि बाघा भी तैरकर उनके साथ हो लिया। पांडिचेरी की राह पर चटगाँव में और तीन दिनों तक बाघा घोष परिवार के साथ-साथ रहा। उसके बाद घरवालों को उससे चोरी-छिपे चल देना पड़ा था। बहरहाल, इसका नतीजा अच्छा नहीं हुआ। विछोह के सात दिनों के अंदर यानी बाघा की अकाल मौत हो गई।

तेगा बेहद बुद्धिमान था। 3 मील दूर मादल की मौसी के घर तक वह अकेले पहुँच जाता था और चिट्ठी दे आता था। चिट्ठी देने के बाद वहाँ मिनट भर भी रुककर दम नहीं लेता था, शाकपूरा लौट आने के लिए वह व्याकुल हो उठता था। विदेश में भी कभी-कभी श्रीचिन्मय तेगा का जिक्र छेड़कर काफी खुश होते थे।

वैसे बात सिर्फ कुत्ते-बंदर तक ही खत्म नहीं होती। गिलहरी और खरगोश का किस्सा सुनाना जरूरी है। लेखक बन जाने के बाद एक बार प्रसिद्ध शरदींदु बंद्योपाध्याय के पुणे भवन में उनका मेहमान बना था। गृह स्वामी ने मौका पाते ही उस घर के अन्यतम बाशिंदों से मेरा परिचय कराया था।

'इसका नाम—चिड़िकादास है।' शरदींदु ने बताया। तभी से अकारण ही चंचल-चपल गिलहरी के बारे में मेरी विशेष रुचि जाग उठी है। उसके बाद न्यूयॉर्क आकर मुझे श्रीचिन्मय की बाल-सखी गिलहरी की खबर मिली। जो पता चला, वह काफी पुरानी बात थी। '30 के दशक में चटगाँव अस्त्रागार लूट की आग में जल रहा था। सैकड़ों क्रांतिकारी सिर्फ शक के आधार पर जेलों में सड़ रहे थे और असहनीय अत्याचार सह रहे थे। मादल के दूर के रिश्ते का एक भाई उन दिनों अंग्रेजों की जेल में सजा काट रहा था। वहाँ एक गिलहरी ने उस देश-प्रेमी का दिल छीन लिया था। सबूतों के अभाव में कई दिनों बाद उसे रिहाई मिलने वाली थी। लाई को खयाल आया कि जेल से लौटकर मादल को एकाध उपहार देना चाहिए। उसे तत्काल उस गिलहरी की याद हो आई। लेकिन अंग्रेजों के जेल के नियम-कानून काफी सख्त थे। बिना अनुमति के वहाँ की कोई चीज बाहर ले जाने की पूरी मनाही थी। काफी सोच-विचार के बाद उसने पहरेदारों की आँखों में धूल झोंकने की योजना बना डाली। खादी के कपड़ों के बजाय उसने बाकायदा हैट-कोट-पैंट-टाई पहनकर पूरी तरह साहब का रूप धर लिया और जेल से बाहर निकल आया। एक मिनट भी नष्ट किए बिना वह झटपट मादल की तलाश में चल पड़ा। चार वर्षीय बच्चे से भेंट होते ही उसने अपना हैट उतारा झट उस हैट से कैदी की सौगात वह गिलहरी निकल आई। जेल के सतर्क प्रहरी

कुछ भी नहीं समझ पाए।

बाद में मादल के संग्रह में एक श्वेत खरगोश आ जुटा। साथ ही एक शंख-चील भी हाथ लगी, जो मछली के अलावा और कुछ नहीं खाती थी। खैर, उसे पालने में कोई असुविधा नहीं हुई, क्योंकि घोष लोगों की अपार संपत्ति में अनेक पोखर भी शामिल थे, फलस्वरूप मछलियों की कमी नहीं हुई।

इसके अलावा एक गाय थी। जीवन के आखिरी छोर पर आकर भी श्रीचिन्मय नंदिनी और सुरभि को भूल नहीं पाए। इसके अलावा वे अपने कुत्ते बाघा को भी भुला नहीं पाए, जो विछोह का दु:ख सह नहीं पाया और उसने मृत्यु वरण कर लिया। बारह वर्षीय चिन्मय उस समय बहुत दूर अरविंद आश्रम की राह चले जा रहे थे। उस समय भी वे नहीं जानते थे कि कोई विस्मय भरी साधना का जीवन उनके लिए पांडिचेरी में इंतजार कर रहा है।

बाघा की स्मृति अविस्मरणीय थी। बहुत वर्षों बाद अमेरिका में उन्होंने तीन-तीन कुत्ते अपने पास रख छोड़े थे। बड़े प्यार से उन्होंने नाम दिया था—सोना, कानू और चेला। उन्होंने दो बंदर भी जुटा लिये थे—जदु और मधु। अपने एक प्रिय शिष्य के कुत्ते को उन्होंने नाम दिया था—बाघा। अकसर यह देखा गया है कि इस देश के साधकों को 'बाघा' नाम विशेष प्रिय था। बेलुर, शाकपूरा और न्यूयॉर्क—सर्वत्र वे जानवर विश्व-विजेता साधकों के जीवन के साथ जुड़े रहे हैं।

सिर्फ बचपन के बंदर, कुत्ते, भैंसा, पंछियों के संस्मरण ही नहीं हैं। साधक श्रीचिन्मय के अपनों के बारे में भी थोड़ी-बहुत जानकारी बेहतर होगी, वरना सुदूर चटगाँव का पितृ-मातृहीन बालक कैसे पांडिचेरी के साधक जीवन का अंग बन गया।

बहरहाल दूरी तो काफी है, लेकिन जब संपर्क होना होता है, तब शायद भविष्य ही रास्ता बना देता है। शायद इसी तरह रवींद्रनाथ ने शांति निकेतन आश्रम में और सिलहट से विवेकानंद ने अपने रामकृष्ण आंदोलन में अनुगामी भक्तों को आकर्षित किया था। ऐसी अनेक विभूतियों ने त्याग, साधना और सेवा में ऐसी-ऐसी कीर्ति स्थापित की है, जिसकी कहीं कोई तुलना नहीं।

पांडिचेरी से चटगाँव का संपर्क ऐसी ही अस्वाभाविक घटना थी—विलायत में इनसान बने, बड़ौदा में साधना की राह पाई, बंगाल में आंदोलन से जुड़ गए—यह किस्मत का मजाक ही तो है कि वही अरविंद घोष अलीपुर बम कांड मामले में लंबे अरसे तक फँसे रहे, समस्त भारत के स्वाधीनता-प्रेमियों की आँखों की मणि होने के बावजूद बिना किसी फैसले के महीनों जेल में बंदी जीवन गुजारते रहे। प्रतिहिंसा-परायण अंग्रेज यथासंभव कोशिशों के बावजूद उन्हें सजा देने में कामयाब नहीं हो सके; लेकिन इसी दौरान एक और अनहोनी हो गई। कैदखाने में ही रामकृष्ण-विवेकानंद के भक्त क्रांतिकारी अरविंद घोष दैव अनुभूति के आलोक में एक और रोमांचक अध्याय की तलाश में पुलिस की आँखों में धूल झोंककर

कलकत्ता से पहले चंद्रनगर और यथासमय फ्रांसीसियों के पांडिचेरी में हाजिर होकर उन्होंने विश्ववासियों को विमुग्ध कर दिया। किसी एक दूरदर्शी फ्रेंच दार्शनिक ने एक नए दार्शनिक के आविर्भाव की खबर दुनियावालों को सुनाई और एक प्रतिभामयी विदेशिनी ने अपने अकल्पनीय त्याग के जरिए दुनिया में सर्वथा नवीनतम आश्रम जीवन के स्वप्न को वास्तविक रूप दिया। विश्व भर के भावुक और खोजकर्ता इनसान के नवीनतम आध्यात्मिक अनुसंधान में भागीदार बनने के लिए दौड़ते हुए पांडिचेरी आ पहुँचे। फ्रांसीसी पांडिचेरी में अरविंद घोष के निःशब्द आगमन से इन तमाम कार्यों की शुरुआत हुई। सन् 1931 को जब कर्णफूली नदी-तटवर्ती शाकपूरा गाँव में मादल नामक ऊधमी शिशु का जन्म हुआ, तब से ही एक विस्मयकारी विकास की शुरुआत हुई।

लेकिन पांडिचेरी-चटगाँव में आखिर संपर्क कैसे हुआ? शुरुआत नितांत ही आकस्मिक कार्य-कारण कहा जा सकता है। गृहलक्ष्मी बैंक के संस्थापक, रेलवे के अवकाश प्राप्त अधिकारी शशिकुमार घोष मोशाय ने अपने बड़े और मँझले बेटे हृदय और चित्त के लिए एक ट्यूटर मनोधर बाबू को नियुक्त किया। इन मनोधर बाबू का आदि निवास कुमिल्ला था। वे गायक थे, चित्र आँकते थे और श्रीअरविंद-अनुरागी थे। बाद में पांडिचेरी में ही आश्रमवासी हो गए थे। दोनों भाइयों को श्रीअरविंद और उनकी साधना के बारे में पहली बार जानकारी मिली। बाद में मनोधर बाबू ने आत्मनिर्भरता के निदर्शन-स्वरूप पांडिचेरी में आश्रमवासियों के लिए बाल काटने का सैलून खोल लिया। साधना के अलावा वे कविताएँ भी लिखते थे। उनके गानों से खुश होकर प्रसिद्ध गायक श्री दिलीप कुमार राय ने उन्हें एक हारमोनियम उपहार में दिया था।

हृदय का जन्म सन् 1911 में हुआ था। छोटे भाई मादल से वे बीस साल बड़े थे। मादल के ये बड़े भाई असाधारण प्रतिभा-संपन्न थे। भारतीय दर्शन, संस्कृत साहित्य और वेद-वेदांत में उनका असाधारण दखल था। अरविंद आश्रम में वे तरुण उम्र में आए और वहीं 7 अप्रैल, 1976 को उनका देहावसान हुआ।

स्कूल की पढ़ाई पूरी करके हृदयरंजन ने चटगाँव के ही जिस कॉलेज में बी.ए. की पढ़ाई के लिए दाखिला लिया, वहाँ के दर्शन विभाग में कभी सुरेंद्रनाथ दासगुप्ता पढ़ाया करते थे, जिनका विशेष नाम था और वे प्रसिद्ध दार्शनिक भी थे। हृदयरंजन काफी कमउम्र से देर-देर तक हर रोज नियमित रूप से शास्त्र-पाठ किया करते थे।

हृदयरंजन की ज्योतिष-शास्त्र में भी काफी दिलचस्पी थी। छोटे भाई के जन्म के बाद वे मादल की जन्म-कुंडली एक भृगु ज्योतिषी के पास ले गए। कई एक प्राचीन ग्रंथ और भृगु मत से विचार करके उन्होंने कहा, ''अतिशय आश्चर्य का विषय है। बारह वर्षों के बाद जातक की वर्तमान जन्मपत्री बेअसर हो जाएगी।'' यह भविष्यवाणी झूठ भी नहीं हुई, क्योंकि तेरह वर्ष की उम्र में अरविंद आश्रम में मादल के साधक जीवन की शुरुआत हुई

और गंभीर तपस्या के जरिए उन्होंने पहली बार ईश्वर की अनुभूति का स्वाद-लाभ किया। भृगु लिपि पाठ करके ज्योतिषी ने उनके भाई को बताया था कि बारहवें वर्ष में जातक का सद्गुरु से साक्षात्कार होगा और उनकी जीवनधारा पूरी तरह पलट जाएगी।

विदग्धा बेनेट ने अपने गुरु के बड़े भाई के जीवन के बारे में भी काफी खोज-खबर ली थी। उनकी धारणा है कि छोटे भाई के जन्म के पहले ही सन् 1930 से हृदयरंजन ने पांडिचेरी में श्रीमाँ से पत्राचार शुरू कर दिया था और उन्होंने आश्रम में शामिल होने की इच्छा व्यक्त की थी। उन दिनों आश्रम में इस प्रकार के अनुरोध अकसर आते रहते थे और श्रीमाँ अपनी तीसरी आँख से देखकर जिन लोगों को योग्य समझती थीं, उन लोगों में से किसी-किसी को आश्रम में आने के लिए लिख देती थीं। विदग्धा ने राय जाहिर की है कि बड़े भइया ने उसी समय से ट्रेन की टिकट के लिए रुपए जुटाना शुरू कर दिया और दिसंबर 1932 में किसी को कुछ बताए बिना ही वे चटगाँव छोड़कर चले गए। माता-पिता के लिए अगले दो सप्ताह बेहद चिंता और परेशानी में गुजरे। अभिभावकों से अनुमति नहीं माँगी गई, इस बात पर भी उन लोगों ने खेद प्रकट किया।

अपने भाई की रामकृष्ण-विवेकानंद के प्रति भक्ति श्रीचिन्मय खुद ही लिपिबद्ध कर गए हैं। मजाक-मजाक में और उनकी भक्ति की गहराई देखकर श्रीचिन्मय कहा करते थे कि पूर्व-जन्म में वे निश्चित रूप से श्रीरामकृष्ण के साक्षात् शिष्य थे।

बड़े बेटे के गृह-त्याग से घोष परिवार में काफी तहलका मच गया। कई हफ्तों तक माँ रोती-धोती रहीं। वे बार-बार अपने पति से गुहार लगाती रहीं कि मुझे पांडिचेरी ले चलो। मैं बेटे का मन बदलकर उसे घर लौटा लाऊँगी। पिता राजी नहीं हुए। उनके मन में बेटे के प्रति प्रचंड अभिमान भर गया था, "वह अगर हमें यूँ छोड़कर जा सकता है तो मुझे भी उसकी जरूरत नहीं है।"

माँ की रुलाई खत्म नहीं हुई। वे अन्न-जल त्यागकर पूरे डेढ़ दिनों तक पड़ी रहीं। लाचार होकर शशिकुमार ने रेलवे के फ्री पास का आवेदन किया।

कई-कई दिन सड़कों पर गुजारते हुए चटगाँव का घोष परिवार पांडिचेरी में उपस्थित हुआ और उन लोगों ने सुना कि सात वर्ष तक के बच्चों का मूल आश्रम-भवन में प्रवेश निषेध है। फलस्वरूप उन लोगों को किराए के मकान में ठहरना पड़ा। माँ जब श्रीमाँ के दर्शनों के लिए जाती थीं, तब मादल भी उनके साथ जाने के लिए रोना-धोना मचाता था। उस समय उसकी चचेरी दीदी उसे कहीं दूर घुमा लाती थीं।

उन दिनों की कुछेक बातें श्रीचिन्मय ने खुद ही बाद में अमेरिकी देश में बैठे-बैठे लिपिबद्ध की हैं। अपने भगोड़े बड़े बेटे को देखकर माँ योगमाया की खुशी की सीमा नहीं रही, लेकिन बड़े भाई की परेशानी का भी कोई अंत नहीं था। आखिकार, श्रीमाँ से मिलने की अनुमति मिल गई। बातचीत में कई-कई अड़चनें आईं। योगमाया अंग्रेजी नहीं जानती

थीं, लेकिन चाहे जैसे भी हो, वे श्रीमाँ को समझा-बुझाकर अपने बेटे को घर ले जाने को आमादा थीं। साक्षात्कार के समय योगमाया की एक बेटी भी उनके साथ थी, जो कमोबेश अंग्रेजी जानती थी। दूसरी तरफ श्रीमाँ के साथ भी आश्रम के जनरल सेक्रेटरी नलिनीकांत गुप्त मौजूद थे।

विशुद्ध बँगला में योगमाया ने निवेदन किया कि उन्हें उनका बड़ा बेटा वापस लौटा दिया जाए। अंत में उन्होंने कहा, "श्रीमाँ, आपने मेरे बड़े बेटे की जिम्मेदारी ली है, उसके लिए मैं हृदय से कृतज्ञ हूँ। अब मेरी आपसे विनती है कि आप मेरे सभी बाल-बच्चों की जिम्मेदारी ग्रहण करें। लेकिन पहले उन बच्चों को बड़ा होने दें। अभी वे सब काफी छोटे हैं। लेकिन आप वचन दें कि जब वे लोग सयाने हो जाएँगे, तब आप उन सबका दायित्व अपने ऊपर ले लेंगी। उन सबकी आप रक्षा करेंगी और उनका मार्गदर्शन करेंगी।"

आश्रम-जननी ने छूटते ही जवाब दिया, "हाँ, वे सब मेरे हैं।"

श्रीचिन्मय कहा करते थे, "जाने कब, क्या हो जाता है। मेरी माँ अपने बड़े बेटे को आश्रम से लौटा लाने के लिए गई थीं, लेकिन ऐन वक्त पर बात न कहकर उन्होंने श्रीमाँ से अनुरोध किया कि जब उनके बच्चे बड़े हो जाएँ तो उन सबकी जिम्मेदारी श्रीमाँ अपने ऊपर ले लें।"

इस प्रसंग में श्रीचिन्मय ने लिखा था—"हैरत है। दिल है कि एक किस्म की बातें करता है और मन कुछ और चाहता है। मैं तो हमेशा ही कहता हूँ कि अंत में दिल ही जीतता है।"

श्रीचिन्मय ने गहरी कृतज्ञता से भरकर लिखा है—"श्रीमाँ ने अपना वचन निभाया। अगले ग्यारह वर्षों में हमारे परिवार के सभी लोग आखिरकार पांडिचेरी में स्थायी तौर पर आश्रमवासी हो गए।"

□

वर्षों बाद श्रीचिन्मय ने अरविंद आश्रम में अपनी पहली उपस्थिति की तारीख खोज निकाली—8 अगस्त, 1933। उस समय यह लेखक अपनी माँ की कोख में था। वनग्राम में उसके भूमिष्ठ होने की तारीख है—7 दिसंबर, 1933।

उस जमाने में अरविंद आश्रम बहुत ज्यादा बड़ा नहीं था, इसका वर्णन इतिहासकारों ने किया है। सन् 1933 में साधक-साधिकाओं की संख्या करीब 150 थी। अगले कई वर्षों में भी यह संख्या खास नहीं बढ़ी।

उस जमाने में आश्रम के दैनंदिन जीवन की तसवीर कैसी थी? मूल निवास के काफी करीब ही हृदय किराए के एक घर में रहते थे। उनकी कोई निजी कमाई नहीं थी, इसलिए यह मान लेना चाहिए कि आश्रम के अधिकारियों ने ही उनकी सारी जिम्मेदारी सँभाल ली थी। उनका खाना-पीना डाइनिंग हॉल में जुटता था और हर महीने की पहली तारीख को

श्रीमाँ आश्रमवासियों को एक-एक कार्ड बोर्ड का पैकेट देती थीं। उसमें तेल, साबुन, तौलिया, चाय, चीनी वगैरह होता था। इसके साथ मासिक खर्च के लिए दो रुपए नकद इस दार्शनिक युवक को बिठाकर नहीं खिलाया जाता था। उसे आश्रम के रोटी कारखाने में काम करना पड़ता था। इसमें आटा-मैदा की चक्की चलाना भी शामिल था।

इसके बाद हृदयरंजन मूल रसोई में स्थानांतरित हो गए। वहाँ उन्हें भारी-भारी हाँड़ी-कड़ाह भी हटाना पड़ता था। सन् 1937 तक हृदयरंजन इसी तरह मुँह बंद किए कामकाज करते रहे। उन दिनों सुबह-शाम 2,000 अतिथियों के लिए खाना पकाया जाता था। सुनने में आया है कि ध्यान के बारे में स्वयं अरविंद उन्हें निर्देश देते थे। उन्हें वे कहते थे—मेरा दार्शनिक शिष्य! शारीरिक कामकाज का दायित्व-पालन करते हुए बाकी समय हृदयरंजन ध्यान में गुजारते थे। साथ ही जारी रहता था कविता और लेख लिखने का सिलसिला। अरविंद की रचनावली का पाठ और चिट्ठी-पत्री लिखना। एक समय उनके संग्रह में शामिल था हाथ से लिखे हुए 200 से अधिक पत्र।

अरविंद आश्रम में संपूर्ण गुम हो जाने का समय कभी भी नहीं आया। श्रीचिन्मय के अनुरागियों ने खोज-खबर लेकर मुझे बताया है कि घोष परिवार अपनी ज्येष्ठ संतान को सिर्फ खर्च के खाते में लिखने को कतई राजी नहीं थे। इसीलिए 5,000 किलोमीटर के फासले से डरे बिना वे लोग सन् 1939 और 1941 में पांडिचेरी लौट-लौटकर आते रहे और उन लोगों ने स्थानीय गेस्ट हाउस में सपरिवार रहते हुए हृदयरंजन से संपर्क बनाए रखा। योगमाया देवी के साथ श्रीमाँ की दुबारा कभी मुलाकात हुई थी या नहीं, यह बात घोष परिवार के पत्रों से स्पष्ट नहीं होता।

उस समय तक शशिकुमार की सेहत टूट चुकी थी। सन् 1941 में एक तसवीर से यह स्पष्ट है कि उन दिनों योगमाया देवी भी काफी बीमार थीं। उन्हें गले का रोग हो गया था। वे उस जख्म को हमेशा अपनी साड़ी के आँचल से ढके रहती थीं।

उस वर्ष हृदयरंजन को अंदाजा हो गया कि माता-पिता से उनकी आखिरी भेंट है। इस बार माँ के आखिरी अनुरोध और बेटे द्वारा दिए गए वचन के मुताबिक यह तय हुआ कि पिता या माँ को अगर कुछ हो गया तो ज्येष्ठ पुत्र का दायित्व निभाने के लिए वे चटगाँव वापस लौट आएँगे, विषय-संपत्ति सँभालने की कोशिश करेंगे। हृदयरंजन ने अपनी माँ को यह वचन दिया।

सन् 1942, दूसरे महायुद्ध की भयंकरता से समस्त विश्व उत्ताल हो उठा। पांडिचेरी तक पिता शशिकुमार का मृत्यु संवाद आ पहुँचा। हृदय श्रीअरविंद और श्रीमाँ के पास पहुँचे और उन्होंने छुट्टी का आवेदन किया। अनुमति मिल गई और पैतृक दायित्व-पालन के लिए हृदय अपने जन्मस्थान की ओर चल पड़े।

वापसी का वह हृदयग्राही विवरण श्रीचिन्मय स्वयं दे गए हैं। उनकी गवेषिका शिष्याओं

ने कुछेक विवरण मुझे भी थमा दिया।

"हृदय जब घर लौट आए, उस समय माँ बेहद बीमार थीं। किसी को भी यह आभास होने में कोई असुविधा नहीं हुई कि बहुत जल्दी ही वे भी अपने पति की अनुगामिनी होंगी।"

हृदय ने कहा, "माँ, तुम जितने दिनों चाहोगी उतने दिन मैं यहाँ रुका रहूँगा।"

"तो फिर तुम साल भर तक रुक जाओ।" माँ ने कहा।

उन्होंने कुल साल भर इंतजार करने को कहा, यह सोचकर बेटा जरा आश्वस्त हुआ।

"उसी समय चित्त दा ने अपनी जन्मभूमि छोड़कर आश्रम जाने की इच्छा जाहिर की।" चित्त दा ने अपनी माँ से सीधे-सीधे कहा, "भइया जब लौट आए हैं, तब मुझे अब आश्रम जाना होगा।"

माँ ने दुःख प्रकट करते हुए कहा, "मैं इतनी बीमार हूँ, तू देख नहीं रहा है? मेरे दिन अब करीब आ गए हैं। जाते समय तू अगर मुझे नहीं दिखेगा तो मुझे बेहद तकलीफ होगी।"

चित्त दा ने छूटते ही जवाब दिया, "ठीक है, मैं नहीं जाऊँगा। ट्रेन की टिकट भी खरीद ली है, मैं खारिज कर दूँगा।"

माँ बेतरह खुश हो गईं। लेकिन यह भी वे समझ गईं कि उनके आँखें मूँदते ही सारे बच्चे आश्रम चले जाएँगे।

जिस तारीख के लिए चित्त दा ने टिकट खरीदी थी, माँ को याद थी, हालाँकि तब तक टिकट वापस कर दी गई थी और पैसे भी लौट आए थे।

उस दिन उनकी बीमारी काफी बढ़ी हुई थी। उन्होंने बेटे को बुलाकर पूछा, "आज तो तुम्हारे जाने का दिन है न?"

चित्त ने कहा, "टिकट तो वापस कर दिया। मैं तुम्हारी आखिरी इच्छा पूरी करूँगा।"

माँ ने तत्काल कहा, "तुम एक और टिकट मँगा लो। मैं चाहती हूँ कि तुम्हारी इच्छा ही पूरी हो। मैंने तो तुम्हें सिर्फ जन्म दिया है और श्रीमाँ तो सबकी माँ हैं। वहाँ तुम्हें जाना ही होगा।"

इसके बाद लगभग जोर-जबरदस्ती चित्त को भेज दिया। चित्त के जाने के कुछ दिन बाद ही माँ का निधन हो गया।

भाई-बहन सभी एक-एक करके आश्रम में शामिल हो गए। पहले चित्त, अर्पिता और लिली आ पहुँचे, उसके बाद एक-एक करके अहना, मंटू और मादल।

योगमाया की मृत्यु के समय हृदय ने आश्रम के किंवदंती डॉक्टर नीरोदवरण को कई पत्र लिखे थे। नीरोदवरण अरविंद के करीबी व्यक्ति थे। उन्होंने एक दिन अरविंद से सवाल किया, "हृदय की माँ इतने दिनों से भुगत रही हैं। आप उन्हें अच्छा नहीं कर सकते?"

अरविंद ने जवाब दिया, "मैं भला क्या कर सकता हूँ! उनका वक्त हो गया है। ईश्वर की इच्छा है कि उनके बाल-बच्चे यहाँ आ जाएँ।"

इधर मनोधर दा एक टेलीग्राम लिये-लिये पांडिचेरी में चित्त के पास आए। लिफाफा खोले बिना ही उन्होंने कहा, "इसमें कौन सी खबर है, मैं जानता हूँ।"

माँ के स्वर्गवास के दिन मादल पहले वहाँ नहीं थे। साढ़े पाँच मील दूर मामा के घर खबर पहुँची कि तत्काल लौट आओ। मादल दौड़ पड़े। उन्हें आशंका हुई कि माँ से शायद भेंट न हो। उस वक्त माँ की आवाज बंद हो चुकी थी। माँ ने मादल का हाथ बड़े बेटे के हाथ में थमा दिया। जाहिर था कि छोटे बेटे के जीवन का दायित्व वे बड़े बेटे को सौंपना चाहती थीं।

दादा ने कहा, "तुम चिंता न करो, मैंने इसका जिम्मा ले लिया।"

इसके बाद ही माँ परलोक सिधार गईं।

उस समय दादा के एक प्रिय मित्र ने सद्यः स्थापित लड़कियों के स्कूल में हेडमास्टर का दायित्व दादा से लेने का अनुरोध किया। हृदयरंजन राजी हो गए। कामकाज की सुविधा के लिए उन्होंने छोटे भाई को भी लड़कियों के उस स्कूल में दाखिला दिला दिया। पांडिचेरी यात्रा से पहले तक मादल लड़कियों के इसी स्कूल में पढ़ाई-लिखाई करते रहे।

हृदय ने उन्हीं दिनों पांडिचेरी से पत्राचार शुरू कर दिया। उनकी प्रार्थना के मुताबिक आखिरकार अनुमति-पत्र आ पहुँचा। हृदय को अपने सभी भाई-बहनों को साथ लेकर पांडिचेरी में स्थायी तौर पर रहने-सहने की अनुमति मिल गई थी।

मदर की इस उदार अनुमति की पृष्ठभूमि थी—युद्ध-पीड़ित सुदूर प्राच्य। युद्ध के दौर में बहुतेरे लोग उन दिनों किसी दूर प्रांत में सपरिवार आश्रम लेना चाहते थे। सन् 1943 के आखिरी दौर में आश्रम अधिकारियों ने कम उम्र बच्चों के लिए आश्रम के द्वार खोल देने का फैसला किया। नए स्कूल में भरती के लिए भी हृदय ने मादल की तरफ से आवेदन भेज दिया। और इसके लिए आवश्यक अनुमति भी मिल गई।

सन् 1944 के जुलाई महीने में चटगाँव का घोष परिवार शगण-प्रशाखा समेत जड़ से उखड़कर पांडिचेरी की ओर रवाना हो गया। इस दल में मादल के भाई-बहनों के अलावा शामिल थीं—विधवा मौसी चारुबाला, उनकी बेटी पुष्पिता, मामा नाराचरण विश्वास और उनकी पत्नी चपला! इसके अलावा चचेरी बहन निर्मला और सोमा! शाकपूरा की संपत्ति बेची नहीं गई। उन सब संपत्तियों की देखरेख का जिम्मा गाँव के स्थानीय रिश्तेदारों को सौंप दिया गया। 23 जुलाई, 1944 एक स्मरणीय दिन बन गया। इस दिन भवितव्य के खयालों के साथ भविष्य के श्रीचिन्मय ने जीवन का पहला पर्व पूरा करके पांडिचेरी स्टेशन पर कदम रखा।

श्रीमाँ ने अपना वचन निभाया। कुछ दिनों में ही उन्होंने उन सबको स्थायी तौर पर आश्रमवासी होने की अनुमति प्रदान की। वैसे आमतौर पर यह अनुमति पाने में दो-तीन महीने लग जाते थे।

□

श्रीअरविंद की तलाश में

अरविंद आश्रम, जहाँ श्रीचिन्मय ने बचपन से लेकर दो दशकों तक समय गुजारा और बाद में किसी समय अंतर के आदेश पर निःशब्द सागर पार के सफर पर निकल पड़े, वह स्थान उनके चिंतन और आचरण पर गहरी छाप छोड़ गया है। अटलांटिक महासागर के उस पार उन्होंने अपने पूर्व जीवन के बारे में प्रायः कभी भी अपनी जुबान नहीं खोली। वहाँ उन्होंने खुद ही अपने लिए अध्यात्म की राह खोज ली और उसी में अपने मन-प्राण उँड़ेल दिए। उनके देहावसान के बाद शायद अब जाकर उस साधक के जीवन के पहले तीन दशकों के बारे में खोज-खबर लेने की जरूरत आ पड़ी है। विदेशी भक्तों ने उनके जीवन को तीन हिस्सों में बाँट दिया है—चटगाँव में पहले तेरह वर्ष, पांडिचेरी के अरविंद आश्रम में अगले बाईस वर्ष और प्रवास में अंतिम चार दशक।

आश्रम जीवन के बारे में श्रीअरविंद की कुछेक स्पष्ट उक्तियाँ शायद अप्रासंगिक नहीं होंगी। आश्रम जीवन-कथा के बारे में कहा गया है—''श्रीअरविंद को केंद्र में रखकर उनके इर्द-गिर्द यह 'श्रीअरविंद आश्रम' काफी कुछ अपने आप निर्मित होता गया।'' ···श्रीअरविंद ने अपनी साधना के सर्वोच्च शिखर तक पहुँचकर भी इस दुःखाच्छन्न पृथ्वी का कतई वर्जन नहीं किया है। उनकी एक चिर-स्मरणीय वाणी है—''मेरा कामकाज इस अपूर्ण पार्थिव जगत् को ही लेकर है, अन्य किसी जगत् की जरूरत नहीं है। मैं चाहता हूँ कि इस पार्थिव जगत् में दिव्य उपलब्धि लाने के लिए अन्य किसी सुदूर शिखर पर उत्तीर्ण नहीं होना पड़ता।''

श्रीअरविंद की पत्रावली से और भी व्याख्या बटोरी जा सकती है—''यह आश्रम अन्यान्य किसी आश्रम जैसा नहीं है। यहाँ का कोई भी अधिवासी संन्यासी नहीं है। यहाँ के योग का लक्ष्य केवल मोक्ष-लाभ ही नहीं है।''

अरविंद ने यह भी कहा है, ''हमारे योग का उद्‌देश्य है अहं को विसर्जित करके उसकी जगह प्रकृति के संचालक रूप में ईश्वर को संस्थापित करना। योग के द्वारा हम मिथ्या से सत्य में, निस्तेज से सतेज में, दुःख-वेदना से आनंद में, बंधन से मुक्ति में, मृत्यु

से अमरत्व में, अंधकार से आलोक में, मालिन्य से निर्मलता में, अपूर्ण से पूर्णता में, आत्म-विच्छिन्नता से ऐक्य में और माया से भगवद्-सत्य में उत्तीर्ण होते हैं।''

श्रीचिन्मय के डिवाइन इंटरप्राइजेज के विचार के उत्स की तलाश करनी हो तो पांडिचेरी पर नजर डालना जरूरी है। सबसे पहले धन और व्यवसाय को ही अच्छी तरह परख लिया जाए। श्रीअरविंद ने स्पष्ट राय दी है, ''व्यवसाय करने को मैं बुरा नहीं मानता और प्राचीन आध्यात्मिक भारत में भी इसे बुरा नहीं कहा जाता था। अगर मैं भी ऐसा सोचता तो अपने भक्तों से रुपए नहीं लेता। जो बंबई में पूर्वी अफ्रीका से व्यवसाय-वाणिज्य करते हैं, उन लोगों से मैं कहता कि व्यवसाय छोड़ो और सिर्फ अध्यात्म को लेकर रहो।...मैं कहता, कारोबार छोड़ो और किसी आश्रम में जाकर रहो। यहाँ तक कि खुद मुझे भी अगर राजनीति करने जैसा व्यवसाय करने का आदेश मिलता तो मैं भी वही करता।''

आश्रम में शिष्यों को आकर्षित करने के बारे में श्रीअरविंद की चिंतनधारा भी लिपिबद्ध कर ली जाए। उन्होंने स्पष्ट कहा है, ''मैं किसी को पकड़कर या बुलाकर यहाँ नहीं लाना चाहता। जो लोग आते हैं, वे लोग अपने चैतन्य प्रेरणा से अपने आप आते हैं। खासकर बड़े-बड़े प्रसिद्ध लोगों को मैं यहाँ नहीं चाहता।...लोगों के मन में एक धारणा यह भी है कि श्रीमाँ या मैं शिष्यों को दबोचे रखने की कोशिश करते हैं। उन लोगों में से अगर कोई चला जाता है तो हमें चोट लगती है। वह हमारी पराजय जैसा है—एक भयंकर दुर्घटना है। बहुतेरे लोग यह सोचते हैं कि वे लोग यहाँ रहकर हम पर अनुग्रह करते हैं, जिसके लिए हम बेहद कृतज्ञ हैं। ये सब निहायत फिजूल की बातें हैं।''

पांडिचेरी आश्रम में श्रीचिन्मय सन् 1964 तक मौजूद थे। इस आश्रम के विस्तार और गुरुत्व-वृद्धि के बारे में भी एक धारणा हो सके तो बेहतर है। यह आश्रम चार-पाँच लोगों के मिले-जुले प्रयास से शुरू हुआ था और सन् 1922 तक इसी तरह चलता रहा। अगले साल यह संख्या बढ़कर 15 लोगों तक पहुँच गई। सन् 1926 में 25 लोग, 1928 में 80 लोग हो गए। इसके बाद की बढ़ती हुई संख्या यूँ हुई—1942 में 350, 1952 में 800, 1962 में 1,200 और जब श्री चिन्मय अमेरिका की ओर निकल पड़े, तब यह संख्या बढ़कर 1,400 हो चुकी थी।

अध्यात्म साधना पर भी अर्थनीति की छाया पड़ी। पहले, कपड़े धोबी से धुलवाए जाते थे। वह खर्च जब उत्तरोत्तर बढ़ता गया, तब आश्रमवासियों में से किसी एक जन ने यह जिम्मेदारी अपने ऊपर ले ली। महीने में 30,000 कपड़ों की धुलाई कुछ आसान बात नहीं थी। बाद में साबुन भी बनाया जाने लगा। अब रोटी तैयार करने का उद्योग शुरू हो गया। शुरू-शुरू में प्रातः 4 बजे से आटा गूँधना शुरू हो जाता था, बाद में आधुनिक बेकरी। इसके बाद वस्त्र-बुनाई विभाग। एक साधिका यह विभाग चलाती थीं। यहीं तक नहीं, धीरे-धीरे वस्त्र-सिलाई के लिए दरजी विभाग। यहाँ तक कि जूता विभाग।

यानी आध्यात्मिक आश्रम को भी सचल रखने के लिए कई एक व्यावसायिक उद्योग की जरूरत आ पड़ती है।

'श्रीअरविंद आश्रम जीवन-कथा' पुस्तक में व्यवसाय-वाणिज्य, शिल्प के बारे में कुछेक तथ्य दर्ज हैं, जिनसे श्रीचिन्मय के परवर्तीकाल की चिंता को समझने में सहायता होगी।

इस विषय में श्रीमाँ की भूमिका उल्लेखनीय है। सभी लोगों की धारणा है कि साधुता में पार्थिव सफलता नहीं मिलती; न्यायपरायणता से संपदा-सौभाग्य नहीं आती। सभी देशों में साधु-संतों की धारणा है कि पार्थिव संपदा की राह से बचकर चलना ही युक्तिसंगत है। श्रीमाँ ने किसी और राह की तलाश करनी चाही।

इस प्रचेष्टा की शुरुआत सन् 1954 में हुई। आश्रम के कामों में नियुक्त श्रमिक वर्ग को वाजिब दामों में बढ़िया चावल उपलब्ध हो, इस बारे में आश्रम की श्रीमाँ विशेष इच्छुक थीं। जो व्यक्ति यह चावल आपूर्ति करता था, उसने व्यवसाय बंद कर देना चाहा। यह खबर मिलते ही श्रीमाँ ने एक आश्रमवासी को भेजकर वह व्यवसाय खरीद लिया। उसे नाम दिया—'ऑनेस्टी सोसाइटी'। ऑनेस्टी सोसाइटी की व्यावसायिक नीति भी स्पष्ट है—'विश्वस्तता कायम रखना सफलता-अर्जन की सुनिश्चित बुनियाद है।' बाद के समय में 'ऑनेस्टी सोसाइटी' की श्रीवृद्धि हुई।

इसके बाद अफ्रीका का एक धनी कारोबारी श्रीमाँ के पास आया और उसने थोड़े से निवेश की इच्छा प्रकट की। मदर ने कहा, "चीनी का कारखाना लगाओ।" इस तरह शुरू हुई—न्यू हॉराइजन शुगर मिल्स लिमिटेड। इस उद्योग को दक्षिण भारत के श्रेष्ठ चीनी कारखाने की स्वीकृति मिली। कंपनी के मालिक ने अपने ऑफिस में श्रीमाँ के लिए एक विशेष कमरा सुनिश्चित कर दिया था। उन्होंने कहा, "यह शिल्प-प्रतिष्ठान एक दिव्य प्रयोग-स्वरूप है, यह बात कही जा सकती है।" श्रीमाँ ने सुनिश्चित मंतव्य दिया, "अर्थ के जरिए और ज्यादा अर्थ की आमदनी हो, यह फिक्र बिलकुल ही नहीं रहेगी।···अर्थ समाज में, देश में और दुनिया में संपदा-सौभाग्य, कल्याण तथा अधिकाधिक उत्पादन-क्षमता ले आए।"

श्रीचिन्मय पांडिचेरी के जिस परिवेश में इनसान बने थे, उसे जरा समझ लिया जाए तो अमेरिका में जो चिन्मय विकसित हुए, उसका अध्ययन आसान हो जाएगा। आश्रमवासी जानते हैं, "जो लोग जीवन के प्रति और जगत् के प्रति वीतराग होकर उससे हट जाना चाहते हैं, यह योग उनके लिए नहीं है।" और ध्यान? अरविंद ने व्याख्या दी है—"तुम ध्यान किसे कहते हो? आँखें मूँदकर बैठ जाना और मन में एकाग्रता लाना? सत्य की चेतना-लाभ करने के लिए यह एक उपाय मात्र है।" आश्रम जीवन में बड़े काम और छोटे काम में कोई फर्क नहीं होता। कॉलेज के प्रिंसिपल आश्रम के प्रांगण में झाड़ू लगा

रहे हैं, डॉक्टर डाइनिंग रूम में बरतन माँज रहे हैं, ग्रेजुएट भी लॉण्ड्री में कपड़े धो रहे हैं। किसी एक विशिष्ट संन्यासी को पहले दिन ही बरतन माँजने का काम दिया गया। यहाँ योग की मूल बात है—आत्मसमर्पण। यहाँ साधना की कोई बँधी-बँधाई रीति नहीं है; कोई प्रतिज्ञा-पालन भी नहीं है; कोई दीक्षा-ग्रहण नहीं है; कोई जबरदस्ती नहीं है; कोई बँधा-बँधाया नियम-सूत्र नहीं है। स्वयं श्रीअरविंद की घोषणा है, ''हम लोग कोई दल, संघ या धर्म नहीं गढ़ रहे हैं, शिष्य भी संग्रह नहीं कर रहे हैं।''

□

अमेरिका में

अंतस के निर्देश पर अरविंद आश्रम में दो दशकों का आश्रय त्यागकर सन् 1964 के 13 अप्रैल को बत्तीस वर्षीय चिन्मय कुमार घोष ने जब सुदूर भारत से अमेरिका के जॉन एफ. केनेडी इंटरनेशनल एयरपोर्ट में कदम रखा, तब सागर-पार के कर्मकांड के बारे में उनके मन में कोई सुनिर्दिष्ट परिकल्पना रही होगी। कलम-कॉपी में वे स्कूल ड्रॉप-आउट थे। बीस वर्षों तक साधन-भजन करते हुए, आश्रम की छाया में गुजारते हुए किसी एक समय बेचैन हो उठे थे। क्या इसी बेचैनी से ही उन्हें अंतस में अजाने का आह्वान सुनाई दिया? पैसे-पैसे को मोहताज फकीर हालत में अमेरिका में पदार्पण। उन दिनों भी वे असहाय थे। अमेरिकी वीजा के लिए उनके स्पॉन्सर बने थे उदारमना सैम स्पैनियर, जिन्होंने पांडिचेरी में सी.के.जी. उर्फ चिन्मय कुमार घोष को देखकर दयावश कहा था, ''अगर किसी दिन अमेरिका जाने की इच्छा हो तो बताना, मैं तुम्हारी मदद करूँगा।'' चिन्मय वीजा लेकर अमेरिका तो पहुँच गए, मगर उनके पास ग्रीन कार्ड नहीं था। इस हरे यानी ग्रीन कार्ड का महत्त्व आजकल सभी जानते हैं। यह कार्ड पाए बिना अमेरिका में कामकाज करना अतिशय जटिल और कठिन होता है।

सौभाग्यवश, कानून का बचाव करते हुए जीवन-धारण की एक राह निकल आई। सैम स्पैनियर के अलावा भी चिन्मय की एक और स्पॉन्सर भी थीं। उनका नाम था—मिसेज ऐम हैरिसन। बाल्टिमोर में उनकी एक बहन रहती थीं। नाम—कैलास बेन! वे श्री अरविंद और श्रीमाँ की शिष्या थीं। उन्होंने कहा, ''ना! पहले तुम्हें इंडियन कॉन्सुलेट में नौकरी की व्यवस्था करनी होगी।'' चिन्मय खास उत्साहित नहीं हुए, क्योंकि वे ग्रेजुएट नहीं थे। बी.ए. पास न हो तो वे लोग उन्हें नहीं लेंगे।

लेकिन कैलास बेन इतनी आसानी से हार माननेवाली प्राणी नहीं थीं। भारतीय कॉन्सुलेट से नौकरी का फॉर्म ले आ खुद ही वह फॉर्म भर डाला और चिन्मय से हस्ताक्षर करवा लिये। कुछ दिनों बाद ही इंटरव्यू और टाइपराइटिंग की परीक्षा। पांडिचेरी में चिन्मय टाइपिंग स्पीड 65/70 के अभ्यस्त थे। यहाँ 33 से अधिक स्पीड न कर पाने की वजह से वे

नाकाम रहे। लेकिन उन्हें हताश नहीं होना पड़ा। कैलास बेन खबर लाईं कि 10-12 दिनों बाद फिर एक परीक्षा ली जाएगी। जॉन केली नामक एक सज्जन को उन पर तरस आ गया। वे उनके लिए हर मिस पोर्टेबल टाइपराइटर ले आए, ताकि वे दिन-रात प्रैक्टिस कर सकें।

लेकिन दूसरी बार टाइपिंग-परीक्षा के दिन बिना परीक्षा दिए ही उन्हें नौकरी मिल गई, क्योंकि काउंसिल मिस्टर मेहरोत्रा उत्तर-पत्र में चिन्मय की अंग्रेजी देखकर मुग्ध हो गए थे। 230 डॉलर तनख्वाह पर पासपोर्ट और वीजा विभाग में उन्हें नौकरी मिल गई। तीन वर्षों तक यहीं नौकरी जीवन। जून 1964 से 13 जून, 1967 तक! जैसे अभी उसी दिन का मामला हो, क्योंकि इसी जून 1967 में ही मैं अमेरिका के आमंत्रण पर पहली बार विदेश-यात्रा की तैयारी कर रहा था। इसी पहली यात्रा के फलस्वरूप विदेश-भ्रमण पर मेरी पहली पुस्तक—'इस पार बँगला, उस पार बँगला', जो आज भी दोनों बंगाल के बहुतेरे लोगों को आनंद दे रही है।

जुलाई 1964 से कई-कई बार डेरा बदलने के बाद जुलाई 1968 में श्री चिन्मय न्यूयॉर्क के जमाइका में आ बसे। इन चार वर्षों के दौरान श्रीचिन्मय ने निवास किया था, हाल ही में भक्त-गवेषकों ने उसका एक सचित्र गाइड बुक प्रकाशित कराई है। पहला पता मैनहिटन में ग्रीनविच विलेज में 43 ग्रीनविच एमिन्यू। इसी घर में उनके आश्रयदाता अरविंद शिष्य सैम स्पैनियर और एरिक ह्युजेस भी रहते थे। इंडियन कॉन्सुलेट में उनके ऑफिस का ठिकाना था—3, ईस्ट 64 स्ट्रीट।

दूसरे जिस घर में रात्रि-वास करते थे, उसका ठिकाना—214 वेस्ट, 108 स्ट्रीट। दूसरी मंजिल पर उनके कमरे का आकार कुल 8 × 7 फीट। चैन की साँस लेने के लिए वे अधिकतर अपना वक्त पार्क में गुजारते थे। इस कमरे का मासिक किराया 45 डॉलर था। श्रीचिन्मय ने बताया, "अगर मैं जरा सा और लंबा होता तो लेटना-सोना भी मुश्किल था। पैर दीवार से टकराते थे।"

चार महीने बाद फिर घर-परिवर्तन। इस बार का पूरा ठिकाना उपलब्ध नहीं हो पाया। लेकिन वेस्ट 76 स्ट्रीट में जून 1967 को इसी सड़क पर ही नया घर। खर्च बचाने के लिए उन दिनों वे डिब्बाबंद सूप, आलू चिप्स और आइसक्रीम पर गुजारा करते थे। इस घर से उनका दफ्तर कुल 5 मिनट का पैदल रास्ता। घर की मालकिन कोई जर्मन महिला थीं। उनकी भविष्यवाणी थी—"अमेरिका तुमसे झेला नहीं जाएगा। तुम मॉडर्न नहीं हो, जबकि इस देश में सभी मॉडर्न हैं।"

इस बीच उनका आध्यात्मिक प्रचार शुरू हो चुका था। बुकलिन के एक घर में चिन्मय की अंग्रेजी पत्रिका 'ओम्' के पहले अंक का प्रकाशन।

अगला ठिकाना—यूट्रेक्ट एमिन्यू। कमरे का किराया 70 डॉलर। ऑफिस ड्यूटी के

बाद यहीं 'ओम्' पत्रिका का संपादन और थोड़ा-बहुत अध्यात्म की क्लासें लेना।

मई 1966 में श्रीचिन्मय ब्रुकलिन चले आए। कहना चाहिए, यहीं से न्यूयॉर्क चिन्मय मेडिटेशन सेंटर की शुरुआत। दुनिया में यही दूसरा सेंटर था। पहला सेंटर पूर्टोरिका में शुरू हुआ था। अगला सेंटर मैनहटन में शुरू हुआ। दिसंबर 1966 में श्रीचिन्मय ने फिर घर बदल दिया। 84 स्ट्रीट के मकान में पाँचवीं मंजिल पर।

अमेरिका में प्रारंभिक दौर के छात्र-छात्राओं में एक छात्रा थी—माधुरी। इसी विदेशिनी ने बाद में विस्तृत वितरण के साथ श्रीचिन्मय की जीवनी लिखी। उसने ही जानकारी दी है कि शुरू-शुरू में श्रीचिन्मय सिर्फ इतवार को ही क्लास लेते थे, बाद में बृहस्पतिवार को भी लेने लगे।

जमाइका के क्वींस के मकान में श्रीचिन्मय 11 जुलाई, 1968 को आ पहुँचे। न्यूयॉर्क शहर का यह इलाका बेहद खूबसूरत है। यहाँ का परिवेश अतिशय शांत। यहाँ बिलकुल लगता ही नहीं कि हम दुनिया के अन्यतम जन-बहुल और समृद्ध शहर में हैं। देश-विदेशों के भक्तगण बिलकुल शुरू से ही इस घर के दर्शनों के लिए आते रहते हैं। यहीं श्रीचिन्मय का देहावसान हुआ। अनेक अनुरागी अपने गुरु के जीवन की छोटी-से-छोटी बातें जानने को खासे उत्सुक रहते हैं। उनके भक्तगण देश-विदेशों से न्यूयॉर्क आते हैं और पैदल-पैदल चलाए या गाड़ी में अथवा सब-वे के रास्ते से न्यूयॉर्क में सन् 1964 से श्रीचिन्मय जहाँ-जहाँ रहे थे, तीर्थयात्री जैसे भक्ति-भाव से घूम-घूमकर दर्शन करते हैं। पश्चिम के भक्तगण सारा काम दिल से करते हैं, इसलिए उन लोगों ने रिसर्च करके बड़े धीरज के साथ निर्भर योग्य गाइड-बुक प्रकाशित की है। उस गाइड-बुक में असंख्य नक्शे और तसवीरें दी गई हैं, ताकि उन्हें तमाम घर खोजने में कोई तकलीफ न हो। किस रास्ते से कहाँ मुड़ना होगा, किस वक्त कहाँ गाड़ी पार्क करना मुश्किल है; कहाँ गाड़ी छोड़कर सब-वे या बस पकड़ने में सहूलियत होगी, उस पुस्तक में सबकुछ लिखा है। उस पुस्तक के अंग्रेजी नाम का अगर अनुवाद करके बताएँ तो नाम होगा—'प्रभु के चरण-चिह्नों के सहारे'। सबसे ज्यादा हैरानी की बात यह है कि बड़े जतन से स्टॉप-वाच के सहारे इंच-इंच समय नापा गया है। फलस्वरूप अगर एक दिन में असुविधा हो तो इस तीर्थ-परिक्रमा को कई-कई दिनों में भी बाँटा जा सकता है। इस परिक्रमा के बारे में जानकारी लेते हुए मुझे बार-बार यह खयाल आता रहा कि हमारे कलकत्ता में श्रीरामकृष्ण, स्वामी विवेकानंद, रवींद्रनाथ, शरतचंद्र, सुभाषचंद्र, नजरुल की स्मृति जड़ित जगहों के दर्शनों के लिए कोई एक भी गाइड-बुक नहीं है। रही कंडक्टेड टूर की बात, उसका जिक्र न ही करें तो बेहतर। हमें कभी यह खयाल ही नहीं आता कि भारत के विभिन्न प्रांतों से और बँगलादेश से हर दिन, हर पल अनगिनत यात्री इस कलकत्ता शहर में आते हैं। वे लोग अंग्रेजों के कीर्ति-कलाप देखने के अलावा स्मरणीय स्वदेशवासियों के जन्म-स्थान और साधना-स्थलों के

भी दर्शन करना चाहते हैं। श्रीचिन्मय की छात्र-छात्राओं ने अपने गुरु के जीवनकाल में ही काफी सारा काम पूरा कर रखा है और इतिहास पर हर पल नजरें टिकाए अनेक दुष्प्राप्य फोटोग्राफ्स इस गाइड-बुक में मुद्रित किए हैं, ताकि 1964 में न्यूयॉर्क में श्रीचिन्मय के पदार्पण से लेकर परवर्ती चार दशकों का विवरण स्पष्ट हो जाए।

यह पुस्तक अग्नि प्रेस में छापी गई है। ठिकाना—84-47 पार्संस बुलेवार्ड। यह एक डिवाइन इंटरप्राइजेज है। श्रीचिन्मय के इस अभिनव उद्योग का प्रसंग इस लेखन में बार-बार आ पड़ता है। यथा समय और भी चर्चाएँ की जाएँगी।

कॉन्सुलेट ऑफिस के अस्थायी टाइपिस्ट क्लर्क सी.के. घोष से श्रीचिन्मय में रूपांतर एक बंगीय युवक के असाधारण दु:साहस और असफलता की कथा है। प्रवास की माटी पर किसी बंगाली की ऐसी उत्थान कथा स्वदेश में हम सब आज भी क्यों नहीं इस ढंग से जान पाए, यह एक रहस्य है। वैसे प्रवास के विदेशी भक्तगण ने बड़े धीरज के साथ अंग्रेजी में वह इतिहास संग्रह कर रखा है। जिन लोगों ने यह सुकार्य किया है, उन लोगों ने प्रथम पर्व में कहीं उनका व्याख्यान सुना था या वे किसी परिचित के संग कौतूहलवश उनकी योग-कक्षा में आए थे और मुग्ध होकर फिर-फिर आते रहे; अंत में उन्हें शिक्षक या गुरु के तौर पर वरण कर लिया।

अमेरिकी देश में स्वामी विवेकानंद के विभिन्न व्याख्यान और वेदांत क्लासों के चर्चे पढ़कर हम लोग आज भी विस्मित होते हैं। इन्हीं सब सभाओं से शुरू हैं तरह-तरह के हृदयस्पर्शी संपर्क/स्वामीजी को उपलब्ध हुए अपने अविस्मरणीय भक्त और भक्तिनें, जो अगर न होते तो वे विश्व-विजेता नहीं हो पाते। विवेकानंद-भक्त चिन्मय के संदर्भ में भी इसी राह की पुनरावृत्ति हुई। उनके पहले शिष्य का नाम था—क्लाइव वाइनमैन। इस यहूदी नौजवान से पहली मुलाकात उनके स्पॉन्सर सैम स्पैनियर के घर पर हुई थी। उसका पेशा था—ड्राइवरी। इस नवागत भारतीय में उसे ऐसा नया कुछ मिल गया कि वह उनका अनुयायी बन गया।

उन्हीं दिनों कॉन्सुलेट दफ्तर में एक वीक-ऐंड में किसी यहूदी सिनेगॉग की तरफ से भारत के हिंदू धर्म के बारे में कुछ बोलने के लिए कोई वक्ता भेजने का अनुरोध आया। और कोई नहीं मिला तो कॉन्सुल को याद आया कि नवागत सी.के.जी. पॉण्डिचेरी में काफी दिनों रहा था, उसे ही भेज दिया जाए। सी.के.जी. के लिए यह एक अकल्पनीय मौका था। उन्होंने कहा, ''हिंदू धर्म—भारत आत्मा की अभिनव यात्रा है।''

उस व्याख्यान में उनकी काफी ख्याति हुई। सिनेगॉग की तरफ से उन्हें प्रशंसा-पत्र मिला और साथ में 100 डॉलर सम्मान राशि। इससे भी बड़ा फायदा यह हुआ कि क्लाइव उनका भक्त बन गया। यह ड्राइवर ही उन्हें विभिन्न जगहों पर ले जाता था। श्रीचिन्मय ने उसे नाम दिया था—भोलानाथ। भोलानाथ भी कहा करता था, ''मैं उनका शिष्य हूँ।''

लेकिन सिनेगॉग का मामला बिलकुल और था। रैबी ने उससे पूछा, ''तुम उनके शिष्य हो?'' भोलानाथ ने जवाब दिया, ''बिलकुल भी नहीं, मैं उनका सिर्फ ड्राइवर हूँ।'' बाद में किसी समय चिन्मय ने पूछा, ''तुमने यह कहा है कि तुम मेरे शिष्य नहीं हो?'' भोलानाथ ने बताया कि वह ऐसा कहने को निरुपाय था, क्योंकि उसके पिता उस सिनेगॉग में प्रार्थना करने आते हैं और उस रैबी से उनकी काफी दोस्ती है।

वैसे भोलानाथ में भक्ति-भाव प्रबल था। सी.के.जी. को साथ लेकर ड्राइव करने में उसे बहुत आनंद आता था। उसके मन में जब कोई आध्यात्मिक शंका जागती थी तो वह फोन पर लंबी बातचीत करता था। उसके पिता वकील थे। वैसे परवर्तीकाल में उनकी विरक्ति काफी कम हो गई थी।

अमेरिका में शुरू-शुरू में श्रीचिन्मय छोटी-मोटी फजीहत में पड़ गए थे। मसलन, भारत में उन्होंने कभी एस्केलेटर या चलमान सीढ़ी नहीं देखी थी। न्यूयॉर्क आने के दो हफ्ते के अंदर-अंदर सैम की माँ रोज उन्हें संयुक्त राष्ट्र भवन ले गईं और एस्केलेटर में कैसे चढ़ा जाता है, उन्होंने श्रीचिन्मय को सिखा दिया। ऊपर तक पहुँचते ही मुसीबत, क्योंकि सीढ़ी से उतरा कैसे जाता है, वे नहीं जानते थे। आखिरकार मुसीबत से बचने के लिए उन्होंने एक लंबी छलाँग लगाई और गिर पड़े। यह लिफ्ट-भय जिंदगी भर उनके साथ रह गया। केनेडी एयरपोर्ट पर भी वे गलत लिफ्ट में सवार हो गए थे और तमाशा खड़ा कर दिया था।

इसी तरह एक बार पैसा बचाने के लिए श्रीचिन्मय ग्रीनविच के 'टेन सेंट' स्टोर में घुस गए और खूब खुश हुए, क्योंकि वहाँ वे जो भी लेते, उसकी कीमत 10 सेंट थी। उनके पास कुल 2 डॉलर थे। इसलिए कई एक सामान कैश काउंटर पर चले आए। उनसे सामानों की कीमत के रूप में 3 डॉलर की माँग की गई। अब क्या करें? हर सामान ही तो 10 सेंट का था। मैनेजर ने कहा, ''आप सामानों पर लिखा हुआ 'साइन' नहीं पढ़ सकते?'' पहले ऊर्ध्वमुखी एक 'एरो'। उसके बाद 10 सेंट! यानी 10 सेंट से शुरू, लेकिन सारी सामग्री 10 सेंट की नहीं थी।

इसी तरह एक बार मिनियापोलिस में एक वैज्ञानिक महोदय ने बातचीत के दौरान आध्यात्मिकता को गालियाँ देनी शुरू कर दी। उन्होंने कहा, ''मैं भगवान् में विश्वास नहीं करता था, लेकिन लाइट में विश्वास करता हूँ। तुम जब ध्यान कर रहे थे, तब मैंने तुम्हारे अंदर एक लाइट जलते हुए देखा।'' बाद में श्रीचिन्मय ने लिखा—''इन साहब का दर्शन बौद्ध जैसा है। बौद्ध लोग भगवान् में विश्वास नहीं करते, लेकिन वे लोग प्रकाश में विश्वास करते हैं।''

अमेरिका में शुरू-शुरू में चिन्मय का एक और भी शुभचिंतक जुट गया था। नाम—जॉन केली। वे समझ गए कि कोई डिग्री अगर पास में न हो तो नवागत का कुछ नहीं

होगा। खैर, कॉलेज में पढ़ने के लिए रुपयों की कोई परेशानी नहीं थी। जॉन केली वे खर्च अपनी जेब से देने को तैयार थे। चिन्मय घोष न्यू कॉलेज में नाम लिखवाने पहुँच भी गए। लेकिन उन्होंने देखा, वहाँ लंबी लाइन लगी हुई है। कम-से-कम 40 स्त्री-पुरुष वहाँ रजिस्ट्रेशन कराने के लिए कतार में हैं। करीब 15 मिनट इंतजार करने के बाद उनका सब्र टूट गया। उन्होंने सोचा कि भगवान् की दी हुई डिग्री के अलावा उन्हें और किसी खिताब की जरूरत नहीं है। बाद में यही जॉन केली कई वर्षों के लिए पांडिचेरी आए थे।

चिन्मय एक बार दाँत-दर्द से तकलीफ पा रहे थे। एक दाँत टूट भी गया, लेकिन डेंटिस्ट के पास जाने के लिए उनके पास पैसे नहीं थे। अगति के गति—भोलानाथ। उन्होंने डेंटिस्ट बनने की कुछ दिन ट्रेनिंग ली थी, लेकिन कोर्स पूरा नहीं कर पाए थे। भोलानाथ ने कहा, "चलो, कोशिश करके देखता हूँ।" इतना कहकर इस कोशिश की बदौलत श्रीचिन्मय मोटे खर्च से बच गए।

तीन वर्षों तक विभिन्न कोशिशों के फलस्वरूप आखिरकार श्रीचिन्मय को महामूल्यवान् ग्रीनकार्ड मिल ही गया। अमेरिका में रहने की कानूनी बाधा दूर करने के बाद श्रीचिन्मय ने इंडियन कॉन्सुलेट की नौकरी से भी इस्तीफा दे दिया और पोर्टेरिका चले गए। इसी पोर्टेरिका में ही स्थापित हुआ पहला चिन्मय सेंटर (शुरू में नाम ओम् सेंटर)। तारीख 22 जुलाई, 1966। अगले महीने न्यूयॉर्क मेडिटेशन सेंटर की स्थापना—तारीख 12 अगस्त, 1966।

इन सेंटरों में जो प्रारंभिक मंत्र-पाठ किया जाता था, वह अंग्रेजी में रचित था। 'सुप्रिय' को संबोधित करते हुए अति सहज वाणी। उस आवाहन मंत्र का अनुवाद चिन्मय ने स्वयं ही कर लिया—

असीम परान अनादि महान्
बार-बार करूँ तुम्हें प्रणाम।

'सुप्रिम' शब्द चिन्मय की साधना में बार-बार आया है। ये ही क्या परमेश्वर हैं? हमें उनके द्वारा प्रयोग किए जानेवाले दो शब्द मिलते हैं—'अनादि महान्' और 'असीम महान्'। बड़े भाई हृदयरंजन ने सुदूर पांडिचेरी से इस मंत्र का संस्कृत अनुवाद करके भेजा था—

ईश्वर परमजनक पुरुषोत्तम
नमस्तुभ्यं नमो नमः।

अस्तु 'सुप्रिम' की और दो परिभाषाएँ प्राप्त होती हैं—पुरुषोत्तम और परमजनक।

जब न्यूयॉर्क सेंटर में इस 'सुप्रिम' शब्द पर भक्तों को बेसुध स्थिति में देखा और वह मंत्र सुना तो मुझे थोड़ी परेशानी हुई। देवादि देव—यह शब्द भक्तों के मन में कौन सी तसवीर रचता है? बाद में मैंने जाना कि अभया नामक जर्मन शिष्या (कुमारी लुइस शार्लट

वुल्फ) विपुल उद्यम के साथ इस मंत्र का विविध भाषाओं में अनुवाद कराने में सचेष्ट थीं।

चिन्मय की शिष्य-शिष्याएँ अपने गुरु द्वारा रचित इसी मंत्र को उनकी पहली विश्व-वाणी मानते हैं और इस मामले में स्वामी विवेकानंद ही उनके पथ प्रदर्शक रहे, यह बात चिन्मय ने शुरू में ही स्वीकार किया है। चिन्मय ने अपनी 'ओम्' पत्रिका में लिखा—'Untill recently, reason and intellect have been enough to feed the hungry west. Indian philosophy is, in its origin, the search for the highest···It in now the East and West have come to realise the need of a marriage between mind and spirit.'

उस समय तक शिष्य-शिष्याओं की संख्या बढ़ने लगी थी और संस्कृत शब्द-भंडार से चिन्मय ने प्रत्येक को एक-एक भारतीय नाम देना शुरू किया। एक महिला का नाम था—वेनभी। जब उसे 'लावण्य' नाम मिला तो उसकी खुशी का ठिकाना नहीं रहा। एक-एक समय उन्होंने समस्त परिवार को भारतीय नामों का आशीर्वाद दिया। एक महिला को नाम दिया—करुणा, उनके बेटे को असीम, बेटी को नंदिनी और बेटे की पत्नी को 'निवेदिता' नाम मिला।

उस दौरान छात्र-छात्राओं की संख्या दिनोंदिन बढ़ती गई। सन् 1969 में एक के बाद एक तीन नए सेंटर की स्थापना हुई। ये सेंटर कानेकटिकार, ब्रिटिश कोलंबिया और फिलिपाइंस में खुले। कानेकटिकार सेंटर का दायित्व सँभालने के लिए उन्होंने पोर्टेरिका सेंटर से आकृति नामक एक शिष्या को भेजा।

अगले वर्ष संयुक्त राष्ट्र संघ के महासचिव यू थांट ने चिन्मय को अकल्पनीय आमंत्रण भेजा—संयुक्त राष्ट्र भवन में निर्धारित एक दिन प्रार्थना सभा का आयोजन! इससे पहले किसी भी देश के किसी भी साधक को ऐसा आमंत्रण प्राप्त नहीं हुआ था। 14 अप्रैल, 1970 को यू एन 'पीस रूम' में पहली प्रार्थना सभा आयोजित हुई।

सन् 1969 से एक और विराट् स्वीकृति का संकेत मिलता है। अमेरिकी देशों के विख्यात विश्वविद्यालयों में व्याख्यान देने का आमंत्रण। इनमें हार्वर्ड विश्वविद्यालय भी शामिल था, जहाँ अमेरिका प्रवास-काल में स्वयं विवेकानंद भी आमंत्रित हुए थे। चिन्मय जब वहाँ व्याख्यान देने गए तो उन्हें जानकारी मिली कि 73 वर्ष पहले ठीक इसी दिन (25 मार्च) हार्वर्ड के इसी हॉल में स्वामीजी ने भी भाषण दिया था। चिन्मय के भाषण के बाद पता चला कि छात्रों का एक झुंड उनकी सभा में गड़बड़ी मचाने आया था। लेकिन उनका व्याख्यान सुनकर उन लोगों ने अपना इरादा बदल दिया।

□

हार्वर्ड विश्वविद्यालय में भाषण

आज से (25 मार्च, 1969) 73 वर्ष पहले इसी दिन अध्यात्म जगत् के स्मरणीय पुरुष स्वामी विवेकानंद ने इसी स्मरणीय विश्वविद्यालय में सशरीर उपस्थित होकर श्रोताओं को आशीर्वाद दिया था—हम सभी जानते हैं कि पूरे अमेरिका में इस किस्म का शिक्षालय कोई दूसरा नहीं है। उस दिन स्वामीजी के व्याख्यान का विषय था—दर्शन। आज मैं भी उसी विषय पर अपने कुछ विचार रखने को आमंत्रित हूँ। स्वामीजी के हिमालय-सम व्यक्तित्व के समकक्ष कुछ कहने का मौका पाकर मैं सच ही भाग्यवान् हूँ।

बेंजामिन फ्रैंकलिन के स्थलाभिषिक्त होकर टॉमस जेफरसन ने फ्रांस देश में कहा था, ''मैं उनके स्थलाभिषिक्त हुआ हूँ, लेकिन उनके रिक्त स्थान को भरना किसी के लिए भी संभव नहीं है।'' यह बात मैं अपने दिल से स्वीकार करता हूँ कि स्वामीजी के स्थलाभिषिक्त होने या उनके उत्तराधिकारी होने की योग्यता मुझमें नहीं है, फिर भी मैं गर्वित हूँ कि श्रीरामकृष्ण-शिष्य विवेकानंद की तरह मैं भी एक बंगाली हूँ।

हार्वर्ड यूनिवर्सिटी में कदम रखते ही रॉयल बंगाल टाइगर का एक गुप्त किस्सा बताने को लोभ हो आया है बचपन में इस रॉयल बंगाल से मैं बहुत डरता था। जब मैं कुछ बड़ा हुआ, तब हार्वर्ड के बारे में भी मेरे मन में ऐसा ही भय समाया रहा। लेकिन, आज इस विश्वविद्यालय के प्रांगण में आकर मुझे बेहद खुशी हो रही है।

वेदांत का अर्थ है—वेद का अंत या शेष। अगर शब्दार्थ किया जाए तो यही आशय समझ में आता है। लेकिन इसके अलावा भी इस शब्द का अनगिनत दार्शनिक, धार्मिक, जैविक, पार्थिव और स्वर्गीय तात्पर्य भी है। वास्तव में वेदांत आध्यात्मिक तीर्थयात्रा की राह खोल देता है, जो हमें चिरंतन सत्य के करीब पहुँचा देता है।

हमारी पार्थिव मानसिकता हमेशा चिरंतन सत्य का ठिकाना नहीं खोज पाती। सत्य क्या है, यह व्यक्त करते हुए शब्द बार-बार व्यर्थ होकर घूमते-भटकते फिरते हैं। वेद इस महत्तम सत्य से ही हमारी पहचान कराता है।

'सर्वं खल्विदं ब्रह्म', सभी कुछ ब्रह्म है। इसीलिए ब्रह्म को प्रकृत मानव-प्रेमी होना

होता है। सैमुअल जॉनसन की राय के साथ उनकी राय मेल नहीं खाती। सैमुअल जॉनसन ने कहा है—"मैं मानव जाति को प्यार करने का आग्रही हूँ, लेकिन किसी अमेरिकी को नहीं।" वेदांत की वाणी हमारी दृष्टि स्वच्छ कर देती है—कभी-कभी ही नहीं, हमेशा, सर्वदा।

वेदांत केवल पवित्रतम हृदय को ही प्रश्रय नहीं देता। सबसे अध:पतित शैतान का भी वह प्रत्याख्यान नहीं करता। वेदांत का आमंत्रण सबके लिए है। वेदांत सबको ग्रहण करता है, वह सबको साथ लेकर चलना चाहता है। सिर्फ उच्च मार्ग के मनुष्यों के लिए ही नहीं, समाज के निम्नतम मनुष्यों के लिए भी इसके द्वार खुले हुए हैं।

संसार के सर्वोत्तम वेदांती का नाम है—शंकराचार्य। अध्यात्म-यात्रा के उषा:काल में उनके मन में परम ब्रह्म के बारे में कुछेक प्रश्न जागे थे। इस बात पर किसी हाल में भी भरोसा नहीं हो रहा था कि सृष्टि का सभी कुछ ब्रह्म है।

एक दिन गंगा-स्नान के बाद घर लौट रहे थे। राह में एक अछूत कसाई से शंकर की टक्कर हो गई। कसाई मांस लेकर जा रहा था। अचानक शंकर के शरीर से उसका स्पर्श हो गया। शंकर गुस्से से आगबबूला हो उठे। उनकी विरक्त और झुँझलाई हुई आँखों से मानो आग बरसने लगी। उनकी विरक्ति इतनी तीखी थी कि ऐसा लगा कि वे अपने ब्रह्मतेज से कसाई को भस्म कर देंगे।

संत्रस्त कसाई ने सविनय प्रश्न किया, "प्रभु, आपकी विरक्ति की वजह क्या है? मैं आपका भक्त हूँ। आपका निर्देश मानने के लिए मैं हर पल, हमेशा प्रस्तुत हूँ।"

शंकर ने कहा, "किस दु:साहस से तुमने मेरा गंगा-स्नान शरीर स्पर्श किया? मुझे क्या तुम्हें याद दिलाना होगा कि तुम कसाई हो?"

कसाई ने विनीत उत्तर दिया, "हे प्रभु! किसने किसे स्पर्श किया? आत्मन तो देह नहीं होता। आप भी तो कोई देह नहीं हैं। मैं भी देह नहीं हूँ। आप हैं आत्मा। मैं भी आत्मा हूँ।"

अब जाकर शंकर की आँखों के सामने 'एकमेवाद्वितीयम्' सत्य उद्घाटित हुआ। भारतवर्ष में आजकल कहा जाता है कि वह कसाई स्वयं शिव के अलावा और कोई हो ही नहीं सकता, जो यह चाहते थे कि शंकर के वचन और कर्म में कहीं कोई फर्क न हो। एक अन्य दल की धारणा है कि शंकर स्वयं ही शिव थे।

किसी भी वजह से शरीर की अवहेलना नहीं करनी चाहिए। हम सब, प्रत्येक का शरीर एक मंदिर है। उस मंदिर में जो देवता विराजते हैं, उनका नाम आत्मा है। वेदांत से क्या हमने नहीं सीखा कि आध्यात्मिक नियमों का पालन दैहिक राह से भी हमें सीखना होगा?

आप लोगों ने वाल्ट व्हिटमैन को पढ़ा है। उनकी वाणी हमारे दिल के दरवाजे पर

दस्तक देती है—'परम पवित्र अगर कुछ है तो हमारी यह देह है।'

वेदांत ने तीन मार्गों से अपने को प्रकाशित किया है—अद्वैत और द्वैतवाद, विशिष्ट अद्वैत और द्वैत। प्राचीन भारत में इन तीनों मतों के असंख्य अनुयायी थे। उसके बाद बुद्ध की वाणी ने सभी लोगों के मन में हलचल मचा दी, सभी के दिल को झकझोर दिया। उनकी वाणियों ने वेद-उपनिषद् के ज्ञान-वृक्ष को प्रबल ढंग से हिला दिया। भारतवर्ष अद्वैतवाद को पुनरुज्जीवित करने के लिए बुद्ध का हमेशा ऋणी रहेगा। उसके बाद नया संदेश लेकर आए रामानुज और मध्व। हम उनके भी ऋणी हैं।

शंकर ने कहा, "सत्य केवल एक है और वह सत्य है—ब्रह्म। एकमात्र ब्रह्म ही सत्य है। ब्रह्म के अलावा कहीं किसी का भी अस्तित्व नहीं है।"

बड़े अफसोस की बात है कि इस दुनिया ने शंकर को गलत समझा। उनकी वाणी की मूल व्याख्या ही फैल गई। अगर कोई इनसान उनकी वाणियों को धीरज से सुने, उसे पोर-पोर तक महसूस करे तो वह देखेगा कि उन्होंने कभी भी विश्व को माया नहीं कहा। उन्होंने जो कहना चाहा है और जो कहा है, वह है—यह पृथ्वी परम सत्य नहीं हो सकती।

शंकर का जीवनकाल था ईसा की आठवीं सदी। उस समय भारतवर्ष में आध्यात्मिक भावनाओं का धीरे-धीरे क्षय हो रहा था। भारतीय आध्यात्मिकता या हिंदू आध्यात्मिकता, जो भी कहें, उस समय एक विराट् परिवर्तन के आमने-सामने था। साथ ही कुकरमुत्ते (मशरूम) की तरह विभिन्न विपथगामी चिंताधार फूट पड़ी थी। मंगलमय के इच्छा-स्वरूप भारत की धरती पर शंकर का स्मरणीय आविर्भाव धर्म की पुनर्स्थापना के लिए हुआ, यानी सनातन धर्म को पुनर्जीवन देना।

बुद्ध ने ईश्वर का हृदय और करुणा हरण की; शंकर ने ईश्वर का मन और बोध शक्ति ग्रहण की; चैतन्य महाप्रभु ने ईश्वर की देह और प्यार अपनाया; श्रीरामकृष्ण ने सर्वशक्तिमान की आत्मा और स्वप्न उपलब्ध किया तथा विवेकानंद ने उनकी प्राण शक्ति एवं मनोबल को ग्रहण किया।

भारत के दार्शनिक श्रेष्ठ शंकर ने स्वदेश में आधुनिक दर्शन की आधारशिला स्थापित की। स्पिनोजा ने यूरोप में आधुनिक दर्शन को प्रतिष्ठित किया। अमेरिका के दार्शनिकोत्तम एमरसन ने अपने देश में आधुनिक दर्शन की प्रतिष्ठा की।

शंकर का 'केवल अद्वैतम्' सभी द्वैतवाद के ऊर्ध्व में था। उनके अद्वैतवाद में दुविधा या परस्पर विरोधी विचारों के लिए जगह नहीं है, क्योंकि वे सब अनित्य हैं, आते और जाते हैं, चिरस्थायी नहीं होते। जो स्थायी है, वह है एकमेव, अद्वैतम् यानी उस जैसा कोई दूसरा नहीं है।

मायावाद के बारे में शंकर दर्शन में व्यापक चर्चा की गई है। उन्होंने माया-मोह से मुक्ति की राह दिखाई है।

शंकर और वेदांत मानो दो जुड़वाँ शक्तियाँ हैं। अभी और अनेक शताब्दियों तक यह शक्ति मानव के चिंता-विचार में फैला रहेगा।

अब, एक और चिंतानायक रामानुज के प्रसंग पर आएँ। उनके मत में यह विश्व निश्चित रूप से वास्तविक है, लेकिन इसका Perfection नहीं है। इसमें भ्रमशून्य होने की भी कोई चेष्टा नहीं है। इस विश्व का कोई निर्धारित लक्ष्य भी नहीं है। ईश्वर की इच्छा से ही इस पृथ्वी की सृष्टि हुई। उनकी इच्छा में ही इसकी स्थिति है और उनकी इच्छा से ही इसकी परिसमाप्ति होगी। यह सृष्टि ईश्वर का लीलाक्षेत्र है। अनंत गति ही उनकी क्रीड़ा है। बार-बार उनकी लीला की पुनरावृत्ति होती है। मनुष्य निश्चित रूप से सत्य है, लेकिन उसे ईश्वर पर ही निर्भर करना पड़ता है। ईश्वर की उपलब्धि में ही अज्ञान के तिमिर अंधकार से किसी-न-किसी दिन मनुष्य की मुक्ति अनिवार्य है। लेकिन ईश्वर और मनुष्य में पार्थक्य रहेगा-ही-रहेगा। मनुष्य चिरकाल तक ही देवता से नीचे रहेगा। फलस्वरूप उसे देवता की पूजा करनी ही होगी। इसलिए रामानुज का मार्ग भक्ति का मार्ग है। वे शंकर द्वार प्रदर्शित 'केवल अद्वैत' के विरोधी हैं। लेकिन उनका विश्वास है कि प्रकृत ईश्वर की खोज करनेवाला अपने जीवनकाल में ही इस दुनिया का सत्य उपलब्ध कर सकता है।

एक और चिंता नायक भी थे—माधवाचार्य। उनका दर्शन ब्रह्म और आत्मा के द्वैत अवस्थिति में विश्वास करता है। ईश्वर, मनुष्य और पृथ्वी का अस्तित्व चिरस्थायी है। लेकिन मनुष्य और पृथ्वी अपने अस्तित्व के लिए ईश्वर पर पूर्णतः निर्भरशील हैं। ईश्वर एक ही साथ सृष्टि के ऊर्ध्व में फिर भी सृष्टि में विराजमान है। इस संसार में ईश्वर की अनुमति या निर्देश के अलावा कुछ भी संभव नहीं है। यह विश्व सर्वशक्तिमान की इच्छा के मुताबिक संचालित होता है। उनके द्वारा प्रदर्शित पथ से ही सृष्टि अपने निर्धारित लक्ष्य तक पहुँच सकती है। एकमात्र सर्वशक्तिमान की इच्छा से ही मनुष्य को अज्ञान के अंधकार से मुक्ति मिल सकती है। सिर्फ मुक्ति ही संभव नहीं है, अवश्यंभावी है। इस अनिवार्य मुक्ति के लिए जरूरी है मनुष्य का ईश्वर के प्रति प्रेम।

अब मैं वेदांत के बारे में आप लोगों के सामने अपनी राय निवेदित करूँ। एक बार अंतर से, आंतरिक भाव से 'वेदांत' शब्द का उच्चारण करें, आप लोग तत्काल इसकी शक्ति महसूस करेंगे। आपका हृदय अनुप्राणित होगा, आपका जीवन आलोकित हो उठेगा।

मुझे अफसोस होता है, पश्चिमी चिंतन-धारा में पाप को बहुत ज्यादा महत्त्व दिया जाता है। लेकिन वेदांतवादी शब्दकोश में पाप की उपस्थिति नहीं है। उनकी दृष्टि में केवल कुछ बाधाओं की उपस्थिति जरूर है—संदेह, भय और काम। वेदांत-विश्वासी लोगों की धारणा है कि उनके अंतस में जो देवता विराजते हैं, उन पर संदेह न किया जाए। किसी पार्थिव भय का मन में लालन-पालन करना इनसान का काम नहीं है। छोटी-बड़ी

कोई भी कामना उसके मन की पवित्रता को नष्ट नहीं कर सकती। नैराश्यवादी लोग चारों तरफ अज्ञान का अँधेरा ही देखते हैं। लेकिन वेदांतवादी हमेशा अंतर्निहित सत्य की उपस्थिति महसूस करते हैं।

धार्मिक और अध्यात्मवादी लोग हमेशा इस आनंद में डूबे रहते हैं कि वे लोग ईश्वर की सृष्टि, इस दुनिया में निवास करते हैं। अस्तु, हर मनुष्य उनका भाई है। यह भ्रातृत्व-बोध समूचे संसार में बिखरा हुआ है, यह सत्य वे लोग दिल से महसूस करते हैं। वेदांतवादी लोग उन लोगों से एकमत हैं। लेकिन ये लोग जरा और आगे बढ़कर यह कहना चाहते हैं—तत्त्वमसि। हर मनुष्य में वे लोग ब्रह्म की उपस्थिति महसूस करते हैं।

वेदांत का अर्थ है—स्वाधीनता। क्षुद्रता से मुक्ति, बंधन से मुक्ति, अज्ञानता से मुक्ति! यह अमेरिका अतुलनीय स्वाधीनता का देश है। यह देश वेदांतिक अनुभूतियों के बीज-वपन के लिए उर्वर भूमि है। वेदांतिक स्वाधीनता का अर्थ है, अंतर की स्वाधीनता। यह अंतर्निहित स्वाधीन चेतना जब बाहर उभर आती है, तब बाहर की स्वाधीनता का पथ-प्रदर्शन करती है और तभी यह बाहरी स्वाधीनताबोध अपने लक्ष्यस्थल तक पहुँच जाती है। यह लक्ष्य ही अनंत शक्ति का सीमाहीन प्रकाश है—इसी पृथ्वी पर सत्य, शांति, आलोक, आशीर्वाद और शक्ति का प्रकाश है। अंतर की स्वाधीनता ही अंतर की अनुभूति है; बाहर की स्वाधीनता अंतर का प्रकाश है।

अंतर की स्वाधीनता जब बाहरी स्वाधीनता के साथ स्वर्गीय दौड़ में शामिल होती है, तभी हम कह सकते हैं कि आज के इनसान का आगामी समय में देवता में रूपांतरित होने का समय अब आ पहुँचा है।

अपना वक्तव्य समाप्त करने से पहले मैं आपके विश्वविद्यालय के भुवन-विजेता पूर्व छात्र जॉन एफ. केनेडी को स्मरण करना चाहता हूँ। आज का यह संक्षिप्त वक्तव्य और हम सबका सम्मिलित प्यार उन्हीं को निवेदित करना चाहता हूँ।

□

सागर पार की स्वीकृति

उस देश में पाँच वर्षों तक वेदांत का प्रचार करते रहने के बाद यह बात बिलकुल स्पष्ट होने लगी कि गाँव का योगी आखिरकार सागर पार अमेरिका में विशेष स्वीकृति और सम्मान पाने की दिशा में अग्रसर हो चुका है तथा अब वह सर्वतोमय स्वीकृति एवं सम्मान के सिंहासन पर आरूढ़ होने वाला है। खासकर सन् 1969 के बाद श्रीचिन्मय वहाँ के पंडित-महल की दृष्टि आकर्षित करने में सफल हुए, इसके बाद ही इसके प्रमाण मिलने लगे।

चिन्मय-भक्त हार्वर्ड विश्वविद्यालय में दिए गए व्याख्यान को बेहद अर्थपूर्ण एवं सारगर्भित मानते हैं, क्योंकि इसके कुछ दिनों बाद से ही यूरोप के समस्त विश्वविद्यालयों की स्वीकृति उन तक पहुँचने लगी। यूरोप और सुदूर प्राच्य के भ्रमण पर निकलकर काफी कम समय में ही उन्हें सोलह विख्यात विश्वविद्यालयों का आमंत्रण मिला। पाश्चात्य के भक्त इन सभी विश्वविद्यालयों में दिए गए उनके भाषणों को लिपिबद्ध करने में समर्थ हुए। पूर्ववर्ती युग के आचार्यों की तरह उनके व्याख्यान रिकॉर्डिंग के अभाव में गुम नहीं हुए।

पश्चिम जब किसी के लिए अपने द्वार खोल देता है, तभी लोकप्रियता का ज्वार उमड़ आता है। अचीन्हे इनसानों को स्वीकृति देने में यूरोप-अमेरिका कभी भी कंजूसी नहीं करते। वे लोग विश्वविद्यालय के प्रांगण में नतमस्तक होकर सत्य-संधानी लोगों के भाषण सुनते हैं तथा उसके बाद और अधिक जानने के लिए अपने नामांकित साधना केंद्रों में सुनने के लिए उनका आह्वान करते हैं। इसी तरह शाकपूरा में जनमे वे ग्रामीण बालक 16 विश्वविद्यालय प्रांगणों में भाषण देने के साथ-साथ पाँच-पाँच महादेशों के विभिन्न शहरों में कई-कई चिन्मय सेंटर खोलने को आमंत्रित हुए।

ऑक्सफोर्ड विश्वविद्यालय के सभागृह में व्याख्यान देकर श्रीचिन्मय को सबसे अधिक आनंद मिला था। यह बात उन्होंने अपने अनुयायियों के समक्ष स्वीकार की थी। उनके व्याख्यान का विषय बाकायदा कौतूहल जगाने वाला था—'संसार के नियम-कानून और

इस दुनिया में कैसे रहा जा सकता है'। उनकी भविष्यवाणी थी—विज्ञान किसी दिन सत्य का आविष्कार करेगा। धर्म और आध्यात्मिकता किसी दिन विश्व के समस्त गोपन सत्य उद्‌घाटित करेंगी। योग के माध्यम से भी विश्व-सत्य का आविष्कार होगा। वैज्ञानिकों का अनुसंधान जब पूरा होगा, तब विज्ञान-साधक समझ पाएँगे कि यह विश्व पुरुषोत्तम की वाणी का प्रकाशन मात्र है।

कैंब्रिज विश्वविद्यालय में उनके व्याख्यान का विषय था—'उन्नततर पृथ्वी'। उनका वक्तव्य था कि यह उन्नततर पृथ्वी जरूर विद्यमान है और हम सबका इस विश्व में प्रवेश करने का अधिकार है। स्कॉटलैंड के डांडी विश्वविद्यालय में उनके व्याख्यान ने श्रोताओं में काफी हलचल मचा दी थी। विषय था—'संदेह-संशय पर विजय कैसे प्राप्त की जाए'। अनुरागी लोग उत्साह से भर उठे। उन लोगों ने मिलकर ग्लैसगो चिन्मय सेंटर की स्थापना का फैसला लिया। सफलता और स्वीकृति के उमड़ते स्रोत पर मानो विश्वास नहीं होता। लेकिन शिक्षा-प्रदाता आचार्यों की वाणी कभी-कभी इसी तरह विश्व के विविध प्रांतों में फैल जाती है।

सिस्टर निवेदिता के देश आयरलैंड के बारे में चिन्मय के कौतूहल और आग्रह पांडिचेरी में बचपन से ही था। ट्रिनिटी कॉलेज में पूर्ण सभा-कक्ष में उन्होंने आकर्षण और विकर्षण विषय पर वक्तव्य दिया। उसके बाद वे स्वाधीनचेता महातीर्थ लंदन शहर पहुँचे। वहाँ सद्य: प्रतिष्ठित चिन्मय सेंटर में उन्होंने काफी विस्तार से और काफी समय तक 'हमारा मार्ग' के बारे में अपना वक्तव्य रखा।

"ग्रहण के पथ का चुनाव करने के बाद हमें यह भी याद रखना होगा कि हमारी यह पृथ्वी अभी भी संपूर्ण त्रुटिहीन नहीं है। अगर किसी को बदन-दर्द हो तो हमें उसका मर्दन करना होगा, तभी तो दर्द दूर होगा। इसी तरह दुनिया में अगर कहीं भी त्रुटि या असंगति मौजूद हो तो हमें अपनी प्रत्याशा और उद्वेग के जरिए उसे दूर करना होगा। तभी तो हम परिवर्तन ला सकेंगे। इनसान को अगर हम सच ही प्यार देना चाहते हैं तो हमें इनसानों को अनिवार्य रूप से प्यार करना होगा। इसके लिए जो अनिवार्य जरूरत है, वह है प्रेम! प्यार!" अपने व्याख्यान के अंत में उन्होंने कहा, "प्यार का मार्ग है विच्छेद-विहीन एकत्व! अपने प्यार के जोर पर ही तो हम कह सकते हैं कि ईश्वर हमारा है। अपने प्यार के ही जोर पर ही तो ईश्वर हमें नितांत अपना कहने का दावा करते हैं।"

'70 के दशक की शुरुआत से ही स्वीकृति का ज्वार देश-देश में उनके लिए सम्मान और श्रद्धा लेकर आया। आखिरकार अविश्वसनीय सम्मान आया न्यूयॉर्क स्थित संयुक्त राष्ट्र के सदर दफ्तर से। नए शिष्यों ने यह कहना शुरू कर दिया था कि चिन्मय को आज भी आशानुरूप विश्व-स्वीकृति नहीं मिली, हालाँकि पाश्चात्य के लिए वे पूरब देश से एक अभिनव वाणी लेकर आए थे। उन्हीं दिनों संयुक्त राष्ट्र से आमंत्रण आया। 12 फरवरी,

1971 को संयुक्त राष्ट्र भवन में उनका पहला व्याख्यान हुआ। श्रोता वर्ग इस कदर मुग्ध हो उठा कि उन लोगों ने एक के बाद एक पूरे छह हफ्तों तक प्रार्थना-सभा का आयोजन कर डाला। पहले दिन उनके व्याख्यान का विषय था—'आध्यात्मिक जीवन क्या वास्तव में पलायन की कोशिश है?' उनका उत्तर था—हरगिज नहीं। पलायन मनोभाव से आध्यात्मिक अनुसंधान की सूचना नहीं होती। पार्थिव वास्तविकता की स्वीकृति बिना आध्यात्मिकता की तलाश मूल्यहीन है। वैसे आध्यात्मिकता के गरम श्वास-प्रश्वास के बिना वास्तविकता भी पूर्णतः मूल्यहीन है।

'70 के दशक का यह समय श्रीचिन्मय के मानव-तीर्थ परिक्रमा की दृष्टि से बेहद अर्थपूर्ण है। उस समय साधना जगत् में उनकी एक स्मरणीय समाधि भक्तों के लिए एक पवित्र दिन बना। नए-नए शहरों में नए-नए चिन्मय साधना केंद्र स्थापित होते रहे—पेरिस, जेनेवा, मिलान, रोम, ब्राहटन, चिसेस्टर, मैंसफील्ड, एडिनबरा, ऐवार्डिन।

ख्याति इतनी तेजी से फैलती जा रही थी, इसका सबूत है—पोप जॉन पॉल ने वेटिकन में निजी बातचीत की। जब वे उनकी खूबियों से परिचित हुए तो उन्होंने बताया कि वे संतुष्ट हुए हैं। सबसे बड़ी बात यह है कि प्रख्यात संस्था से उनकी असंख्य ग्रंथमालाएँ प्रकाशित होने लगीं। पहली किताब (फरवरी 1971) का नाम 'योग और आध्यात्मिक जीवन—भारत यात्रा की नई यात्रा'। लगभग उसी समय हार्नट ऐंड रो से प्रकाशित हुआ, 'ध्यान : आत्मा का आहार'। एक और पुस्तक 'ईश्वर के कई रहस्य और उसका उन्मोचन'। किताबों का कहीं कोई अंत नहीं था। दिसंबर 1972 में प्रकाशित हुआ—'उठो! जागो! योगी के विचार'! प्रकाशक थे—फ्रेडरिक फेल। उसी वर्ष छह विख्यात प्रकाशकों के दफ्तर से छह पुस्तकें प्रकाशित होना कोई आसान बात नहीं थी और यह बात सभी लेखक जानते हैं।

सन् 1972 में श्रीचिन्मय की एक बहुपठित सीरीज 'किसी दिन, कहीं, कैसे कुछ घटा' नाम से प्रकाशित हुई।

□

आमिष-निरामिष

श्रीचिन्मय और उनके विदेशी छात्रों के खान-पान के बारे में मेरे मन में थोड़ा बहुत कौतूहल जरूर था। जिस 'अन्नं ब्रह्म' रेस्तराँ में उनका नित्य आना-जाना था, वह पूरी तरह वेजिटेरियन था। वहाँ मांस-मछली का कोई मामला नहीं था।

विदग्धा बेनेट इस बारे में काफी कुछ जानती हैं। भारत के अनेक साधक पुरुषों और शिष्य मंडलियों के खान-पान के बारे में वे काफी खोज-खबर रखती हैं, यथा—स्वामी विवेकानंद द्वारा प्रतिष्ठित मठ-मिशन में कोई विधि निषेध नहीं है। ठाकुर खुद भी निरामिष पसंद करते थे। लेकिन डॉक्टर की सलाह पर वे सिर्फ मछली ही नहीं, बकरे का मांस तक खाते थे।

विदग्धा ने कहा, ''श्रीचिन्मय के शिष्य निरामिष हैं। इस बारे में उनकी सीख स्पष्ट है। निरामिष आहार अध्यात्म-संधाबी लोगों की जीवन-यात्रा में मन पर प्रभाव छोड़ जाती है। इससे मन की पवित्रता बढ़ती है। फलस्वरूप साधना-पथ पर गति बढ़ जाती है। एक बार उन्होंने अपने छात्र-छात्राओं से साफ-साफ कहा था—जब हम मांस-मछली वगैरह खाते हैं तो पशुओं की अनुभूति हमारे शरीर में भी प्रवेश कर जाती है। हमारी नसें Agitated हो आती हैं, खिंचने लगती हैं और हम लोग भी अस्थिर और Aggressive (हिंसक) उठते हैं। साग-सब्जियों की स्निग्धता हमारे अंतर-जीवन को प्रभावित करती हैं और बहिर्जीवन में भी हम सब मिठास, नम्रता, पवित्रता एवं सरलता का स्पर्श पाते हैं।''

उनके एक निबंध का शीर्षक है—'हमारा शरीर : मानव-किला'। वहाँ उन्होंने उस निबंध में नए-नए निरामिषभोजियों को सावधान किया है—''मांस-मछली खाना बंद करते ही रातोरात परिणाम की आशा मत करो। केवल साग-पत्ते खाकर ही भगवान् को पाने की आशा मत करो। इस दुनिया में अनेक लोग निरामिषभोजी हैं, लेकिन कितने लोगों ने ईश्वर को उपलब्ध किया है? भारतवर्ष में अनेक विधवाएँ मांस-मछली नहीं खातीं। लेकिन उन सभी महिलाओं ने क्या ईश्वर को पा लिया है? इसके लिए जरूरी है—प्रार्थना, साधना, आंतरिकता और भक्ति।''

लेकिन, मांस-मछली के बारे में श्रीचिन्मय की विरक्ति अकारण नहीं थी। उन्हें शायद उदारपंथी वेजिटेरियन कहना ही बेहतर है, क्योंकि वे दूध से बने आहार और अंडे खाने को प्रोत्साहित करते थे। साथ ही वे यह भी कहते थे कि मांस-मछली-मुरगी से दूर रहना। लेकिन खान-पान का ढंग रातोरात बदल देने के बजाय धीरे-धीरे सहनशील बनकर अपना खान-पान बदलो। तब तुम्हारे शरीर को विद्रोह करने का मौका नहीं मिलेगा।

विदग्धा की खबर के अनुसार बचपन में (1944) पांडिचेरी में पदार्पण से लेकर देहावसान (2007) तक उन्होंने मांस कभी मुँह में नहीं डाला, कभी नहीं छुआ; लेकिन मांस का स्वाद वे नापसंद नहीं करते थे। इस बारे में जापान-भ्रमण के समय (1972) उन्होंने छात्र-छात्राओं से कुछेक मजेदार बातें की थीं।

‘‘जब मैं चटगाँव में था, मछली के बिना मेरा एक दिन भी नहीं चलता था। मछली-भात के बिना कोई भी बंगाली जी नहीं सकता। दो वर्ष की उम्र से मैं नित्य मांसाहारी था और प्रत्येक सप्ताह तीन-चार बार मांस भी चाहिए था। कितनी-कितनी किस्म की मछलियाँ। चिलका नामक एक नमकीन मछली भी मुझे याद है!

‘‘मांस के नाम पर बतख, कछुआ, बकरी, भेड़—यहाँ तक कि कबूतर का भी मांस! लेकिन मांस अगर चार-पाँच प्रकार का होता है तो मछली तो कम-से-कम बारह-पंद्रह प्रकार की होती है। लेकिन मुरगी? हरगिज नहीं! हिंदुओं के लिए इसकी मनाही है। गाय का मांस—नैव नैव च। हम सबकी दौड़ बकरी के मांस तक है। भेड़ का मांस हिंदू और मुसलमान सब खाते थे। यह नरम-कोमल मांस बेहद स्वादिष्ट होता है और यथेष्ट खूबियों से भरा। मुझे भेड़ का मांस पसंद था।’’

इसके बाद श्रीचिन्मय ने कछुए के मांस की तारीफ की थी, ‘‘कछुए का मांस खूब अच्छा होता है। लेकिन पोखर से पकड़ते वक्त काफी होशियार रहना पड़ता है, वरना यह जानवर उँगलियाँ काट-छील देता है। कछुए को पकड़ते ही परिस्थिति अपने काबू में रखने का आसान उपाय है—कछुए को उलट दें। तब उसकी सारी बहादुरी खत्म!’’

इसके बाद उन्होंने चटगाँव के एक दरगाह की कहानी सुनाई थी, जहाँ के पोखर में चार-पाँच सौ कछुए कुलबुलाते रहते थे। बाथजीद बोस्तामी की मजार के पोखर के कछुओं का नाम था—राजालि, मजालि, पुलालि वगैरह।

बचपन में मादल को एक बार जिंदा मछली खानी पड़ी थी। जन्म के तीन घंटे बाद ही उनकी पहली जन्मपत्री तैयार की गई। दूसरी जन्मपत्री तीन वर्ष की उम्र में। उसमें भविष्यवाणी थी कि पानी में डूबकर जातक का मृत्यु-योग है। उन दिनों चटगाँव के गाँव-गाँव में यह विश्वास प्रचलित था कि जिंदा मछली खाने से बहुत जल्दी तैरना सीख जाते हैं। दूर के रिश्ते की दीदी पुष्पिता ने एक छोटी सी जिंदा मछली खिला दी। उसके बाद उन्हें अपनी पीठ पर चढ़ाकर खुद तैरने लगीं। बहरहाल, उस वक्त की फिक्र तो कट गई,

लेकिन पाँच वर्ष की उम्र में उन लोगों की फेरी तूफान में फँसकर डूबने-डूबने को हो आई। उनके जहाज में छेद हो गया था और पानी बड़ी तेजी से अंदर भरता जा रहा था। लेकिन चिन्मय बच गए।

श्रीचिन्मय मांस-मछली को ज्यादा महत्त्व नहीं देना चाहते थे। वे जानते थे कि भगवान् बुद्ध, ईसा, श्रीअरविंद और विवेकानंद—सभी ने आमिष का आस्वादन किया था। लेकिन मांस खाया था, इसलिए इन लोगों में से किसी को भी उनके अध्यात्म जीवन में छोटा नहीं किया जा सकता। श्रीचिन्मय ने लिखा है—"चरम उपलब्धि के बाद भी अवतार लोगों में किसी-किसी ने मांस-मछली खाना जारी रखा था।"

जापान-भ्रमण के समय एक बार सबको लंच बॉक्स दिया गया। डिब्बा खोलकर श्रीचिन्मय खाने जा ही रहे थे कि उसी समय एक जापानी शिष्य बोल उठे, "गुरुजी, यह फिश केक है, मत खाइए।"

गुरु खास उत्तेजित नहीं हुए। उन्होंने शांत लहजे में कहा, "अरे छोड़ो, जो मिला है, खा लिया जाए। समझ लो, यह एक केक ही है।"

'श्रीरामकृष्ण कथामृत' में भी जिक्र है, उन्होंने किसी से कहा, "मांस खाओ, कुछ नहीं होगा।" किसी अन्य पृष्ठभूमि में उन्होंने किसी अन्य व्यक्ति से कहा, "सुनो, मांस खाने से तुम्हारे शरीर में अस्थिरता घुसेगी। तुम मांस कभी मत खाना।"

विवेकानंद को मांस खाते देखकर कोई-कोई विस्मित हो उठे—"अध:पतन में अब कुछ बाकी नहीं रहा।"

स्वामीजी का जवाब काफी कुछ इस प्रकार था—"जब मैं दरिद्र था, तब तो मेरे हाथ में एक धेला भी नहीं रखा। तुम लोगों की दया का कोई अंत नहीं था। अब मांस खाने की मेरी औकात हुई है तो तुम लोगों की निंदा का कोई अंत नहीं है। अरे, मांस क्या मेरी आध्यात्मिकता छीन रहा है? मेरा अध:पतन कहाँ से हो रहा है? तुम लोग अपने को मेरा शुभाकांक्षी कहते हो। तुम्हारी यह हमदर्दी तब कहाँ थी, जब मैं हफ्तों-हफ्तों बिना फूटी कौड़ी जिंदगी गुजार रहा था?"

श्रीअरविंद का जीवन भी इसी प्रकार का था। पांडिचेरी के साधना-जीवन के बावजूद लगातार साल भर तक प्रतिदिन वे एक समूची मुरगी खाते थे। जब वे 'लाइफ डिवाइन' रचना में डूबे हुए थे, तब उनका सेवक बड़े साइज का बर्मा सिगार उनकी तरफ बढ़ा देता था और वे प्रेरणा से भर उठते थे।

आहार-गुणों के बारे में श्रीचिन्मय ने अपने परवर्ती जीवन में विविध मंतव्य व्यक्त किया है—मसलन—रोटी ही जीवन है। जल का अर्थ है—सचेतनता। खीरे का अर्थ है—कोमलता। प्याज का मतलब है—सक्रियता। लहसुन माने मनोबल, दृढ़-संकल्पता।

निर्धारित मात्रा में खाया जाए तो प्याज और लहसुन में अनेक खाद्य गुण हैं। प्याज

रक्तवर्धक है। आँखों का रोग दूर करता है। लहसुन गठिया का रोग मिटाता है। लेकिन सारा कुछ संतुलित मात्रा में ग्रहण करना चाहिए।

सिर्फ आमिष-निरामिष ही नहीं, जिन सब विश्वासों में मादल बारह वर्ष व्यतीत करके भवितव्य के जिस खयाल से विश्व के सबसे महत्त्वपूर्ण आध्यात्मिक परीक्षागार में उपस्थित हुए, उनकी कुछ-कुछ स्मृतियाँ श्रीचिन्मय अपनी विभिन्न रचनाओं में छोड़ गए हैं; यथा—माँ योगमाया, दुर्गा और कृष्ण की भक्त थीं। पिता, शशिकुमार काली-भक्त थे। वैसे माँ काली से भीषण डरती थीं। दुर्गा मइया नाराज हो जाएँगी, इस आशंका से योगमाया ने घर में काली-पूजा का प्रबंध किया। दुर्गा और लक्ष्मी-पूजा का भी आयोजन होता था और शशिकुमार अपनी पत्नी की इच्छा को सिर झुकाकर स्वीकार करते थे। बड़े भाई चित्तरंजन काली-भक्त थे। बहन आहना हर दिन साढ़े तीन घंटे तक चंडी-पाठ करके देवी मइया के चरणों में प्रार्थना निवेदन करती थीं।

पिता ने काली, माँ ने दुर्गा को अपने-अपने दिल में स्थान दिया था। और विद्या की देवी सरस्वती की क्या स्थिति थी? मादल शरारती जरूर थे, मगर स्कूल में हर बार फर्स्ट आते थे। देवी सरस्वती कहीं नाराज न हो जाएँ, इसलिए वे लाख-लाख बार सरस्वती-स्तोत्र रटते रहते थे।

एक और जन श्रीचिन्मय के मन में देवता की तरह विराज करते थे। पाँच वर्ष की उम्र से वे रामकृष्ण व विवेकानंद की कहानियाँ सुनते रहे थे। उनकी विनम्र स्वीकृति थी कि ठाकुर और नरेन के नाम के बिना हम सब साँस भी नहीं ले सकते।

जीवन के आखिरी दौर में श्रीचिन्मय ने लिखा है—''मेरी यात्रा श्रीकृष्ण से शुरू हुई; लेकिन ठाकुर श्रीरामकृष्ण मेरे दोनों भाई हृदय और चित्त के हृदय-सर्वस्व थे। उनका शांत सिद्धांत है—ईश्वर-संधानी लोग एक ही परिवार के सदस्य हैं। उनकी अनुभूति में श्रीकृष्ण, बुद्ध, ईसा, श्रीचैतन्य, श्रीरामकृष्ण, श्रीअरविंद—सभी एक परिवार के थे।''

□

डिवाइन इंटरप्राइजेज के उत्स संधान में

'डिवाइन इंटरप्राइजेज', यह नाम पहली बार मैंने न्यूयॉर्क के क्वींस नामक शहर के जमाइका अंचल के एक वेजिटेरियन रेस्तराँ में सुना। मैं पहले ही बता चुका हूँ, उसका नाम 'अन्नं ब्रह्म' था। चमकता-दमकता ऐसा एक भोजनालय, जिसे देखते ही मन खुशी से भर उठता था। 'चौरंगी' उपन्यास के रचनाकाल से ही स्वदेश-विदेशों के होटलों-रेस्तराँओं के बहिरंग और रसोई के बारे में मुझे कौतूहल रहा है। वर्षों के अनुसंधान से मैंने सीखा है कि किसी भी रेस्तराँ का नाम चाहे जो भी हो, उसके चार प्रधान अंग होते हैं—किचेन, मेनू या आहार-सूची, परिवेश और सेवक-सेविकाएँ। मैनेजमेंट विशेषज्ञ इसमें एक और अंग जोड़ देते हैं—'लोकेशन' या प्रतिष्ठान की अवस्थिति। सबकुछ ठीक-ठाक और उत्कृष्ट हो, सिर्फ लोकेशन यानी अवस्थान ठीक न हो तो भी बहुत सारे होटल-रेस्तराँ सफल नहीं हो पाते।

अमेरिकी साहबों के उच्चारण में 'ऐनाम बृह्म' ने विशिष्टता तो अर्जित की है, लेकिन यह संस्कृत शब्द, जो कभी मानव सभ्यता की गहराई में प्रवेश कर गया था, यह समझने का कोई उपाय नहीं है। लेकिन मुझ जैसे क्षणिक अतिथि को जिस बात से ताज्जुब होता है, वह यह कि हमारे देश के रेस्तराँओं के अधिकांश नाम विदेशी होते हैं। नए-नए उद्योगी लोग दिल जीतनेवाले मोहक नाम की तलाश में लंदन, पेरिस और न्यूयॉर्क के गाइड बुक का पन्ना-पन्ना छान मारते हैं। यहाँ इस उलटापुराण के देश में विशुद्ध भारतीय नाम खोज निकालने में चिन्मय-भक्त कितने आग्रही हैं।

श्रीचिन्मय जब तक जीवित रहे, इस 'अन्नं ब्रह्म' में अकसर ही आते थे। रेस्तराँ की दीवार पर उनकी तसवीर टँगी हुई है और एक कोने में एक टेबल उनके लिए हमेशा रिजर्व रहती थी, क्योंकि अपना साधन-भजन निपटाकर जाने कब वे उपस्थित हो जाते, कोई ठीक-ठिकाना नहीं होता था। यहीं वे अतिथि-अभ्यागतों का स्वागत करते हैं, बातचीत करते हैं और मालिक-कर्मचारी उनकी उपस्थिति से प्रबल भाव से उत्साहित हो उठते हैं। यही उन लोगों के लिए गुरु-सेवा का ब्राह्म मुहूर्त है, उन लोगों की तत्परता

से साफ समझ में आ जाता है।

आंतरिक अभ्यर्थना जताते हुए जिन विदेशिनी ने मुझे कॉफी ऑफर किया, उन्होंने ही मुझे आश्वस्त किया कि गुरुजी अभी आते ही होंगे। और जब मैंने यह जानना चाहा कि इस प्रतिष्ठान का मालिक कौन है, तो उन्होंने बताया कि यह एक डिवाइन इंटरप्राइजेज है। यहाँ मालिक हैं, कर्मचारी हैं, ग्राहक हैं, इस देश के समस्त नियम-कानून हैं; लेकिन अतिरिक्त आकर्षण है—श्रीचिन्मय का आशीर्वाद और निर्देश।

वे क्या इस प्रतिष्ठान में हिस्सेदार हैं? नहीं नहीं, बिलकुल नहीं। लेकिन वे हमेशा मालिक से ही ऊपर हैं। हम सब यहाँ हर पल उन्हीं की इच्छा प्रतिफलित करने की कोशिश करते हैं।

ठिकाना—84-83।64 स्ट्रीट जमाइका हिल्स। इस वेजिटेरियन रेस्तराँ की लोकप्रियता देखने लायक है। सिर्फ इंडियन ही नहीं, देश-विदेशों का वेज-डिश यहाँ की मेनू में उपलब्ध है और मेनू कार्ड में अकसर परिवर्तन होता रहता है। सबसे ज्यादा जिस चीज पर नजर पड़ती है, वह है यहाँ की परिच्छन्नता, साफ-सफाई! हमारे देश के रसोईघर भी साफ-सुथरे होते हैं, लेकिन उनका 'विजुअल' पक्ष अकसर फीका और कमजोर होता है। पश्चिमी कुक लोगों का दृष्टिनंदन, साफ-सुथरी वेश-भूषा के बारे में स्वामी विवेकानंद ने काफी मजा ले-लेकर बयान किया है और साहब लोगों की कमजोरियों का भी संकेत दिया है। लेकिन 'अन्नं ब्रह्म' का पहला संदेश ही है इसकी शुचि-शुभ्रता! परिपार्श्विक परिच्छन्नता के साथ जुड़े हुए हैं वे लोग, जो ऑर्डर लेते हैं और टेबल पर निपुण ढंग से परोसते हैं अपनी स्निग्धता। कुल मिलाकर वे सब अभ्यागत लोगों के मन में पवित्रता का भाव विखेर देते हैं और यह बता देते हैं कि आप जिस सार्वजनिक रेस्तराँ में पदार्पण कर रहे हैं, वहाँ ऐसी कुछेक विशिष्टताएँ हैं, जो दुनिया के अधिकांश रेस्तराँओं में खोजने पर भी नहीं मिलतीं। अन्नं ब्रह्म में व्यंजन-तालिका वृहद नहीं है; दाम सीमित हैं। लेकिन पानी के लिए कोई कीमत नहीं। रेस्तराँ से जुड़े लोगों के बरताव की आंतरिकता सेवा-धर्म की याद दिलाती है। हालाँकि यह बात आचरण में सोच्चार नहीं होती, मगर वह हर पल स्पष्ट है कि प्राचीन भारत के 'अतिथिदेवो भव:' कथन अमेरिका में भी विस्मृत नहीं है। यहाँ निश्चित रूप से श्रीचिन्मय-भक्तों का आना-जाना है। लेकिन उन लोगों के अलावा बहुतेरे ऐसे लोग भी नियमित रूप से आते हैं, जिनका श्रीचिन्मय मेडिटेशन सेंटर से कोई संपर्क नहीं है।

जरा सोचें तो याद आ जाता है कि हमारे देश में भी, स्वदेशी युग में और उसके बाद के समय में, चाय की काफी सारी दुकानें या केबिन खुल गए थे, जहाँ स्वाधीनता सेनानियों का गोपन आना-जाना था और संदेश लिये-दिए जाते थे। इन सब भोजनालयों के आकर्षण केंद्र निश्चित रूप से मैनेजर होते थे, जो अकसर संस्था के मालिक होते थे और अकसर

ही वे आदर्शवादी व्यक्ति सी.आई.डी. पुलिस की नजरों में पड़कर निगृहित होते थे। बँगला थिएटर में किसी जमाने में इसी किस्म का एक रेस्तराँ दर्शकों के आकर्षण का प्रधान केंद्र हो उठा था। श्रीअरविंद के क्रांतिकारी भाई वीरेंद्रकुमार घोष कभी कलकत्ता से खिसककर पटना चले गए और वहाँ उन्होंने चाय की एक दुकान खोल ली थी, जहाँ गरमागरम चाय, टोस्ट, ऑमलेट के अलावा और-और तरह के भी आदान-प्रदान होते थे।

चीन के कम्युनिस्ट आंदोलन का इतिहास जो लोग जानते हैं, उन लोगों का कहना है कि उस देश में भी माओ-त्से-तुंग वगैरह बड़े-बड़े नेताओं के भी मनपसंद रेस्तराँ हुआ करते थे, जहाँ सह-योद्धाओं से भावों का आदान-प्रदान होता था। मुझे खयाल आया कि हमारे कलकत्ते में हमेशा से ही मिष्टान्न भंडारों का प्रभुत्व था। उसके बाद एक समय ऐसा आया, जब आहार-रसिक और चाय-प्रेमी विवेकानंद ने घोषणा की कि बहुत जल्दी ही मुहल्ले-मुहल्ले में टी-शॉप या केबिन की उत्पत्ति होगी और दुर्दंड-प्रताप हलवाइयों की दुकानें अपना प्रभुत्व गँवा देंगी। उन्नीसवीं सदी के आखिरी दशक से कलकत्ते में चाय की दुकानों का विस्तार हुआ, लेकिन मिष्टान्न भंडारों की समृद्धि बंद नहीं हुई। हालाँकि यह सवाल भी उठता है कि कलकत्ते में हलवाइयों की मिठाई की दुकानों के केंद्र में कोई क्रांतिकारी मिलन-केंद्र क्यों नहीं निर्मित हुआ? एक वजह यह हो सकती है कि हमारे यहाँ हलवाई की दुकानें अकसर 'टेक अवे' शॉप होती थीं। दुकानों के काउंटर से डोंगे या सकोरे में खाद्य-सामग्री घर ले जाकर खाने का रिवाज था। दुकान के सामने खड़े-खड़े समोसे, जलेबी, कचौड़ी, दही, संदेश मिठाई खाना मानो हमारे कल्चर के खिलाफ था। आजकल भंडारों में कई एक मेज-कुरसियों का इंतजाम किया जाने लगा है; लेकिन किसी अज्ञात सामाजिक कारण से दुकानें खास जमती नहीं हैं।

उस दिन न्यूयॉर्क में मुझे लंच कराने के लिए श्रीचिन्मय स्वयं आए। उन्हें पाकर अन्नं ब्रह्म के अधिकारीगण और कर्मचारियों में काफी गहमागहमी मच गई। किचेन की दो पाक-दक्ष महिलाएँ भी किचेन से बाहर निकल आईं और उन दोनों ने श्रीचिन्मय से मेनू के बारे में सलाह-मशविरा किया। यह बात समझ में आ गई कि आध्यात्मिक पाठशाला के बाहर शाकाहार के बारे में भी श्रीचिन्मय यथेष्ट खबरें लेते-देते रहते हैं और उनके शिष्य-शिष्याओं द्वारा संचालित रेस्तराँओं के मेनू तैयार करने में उनका यथेष्ट अवदान है। काफी अरसे तक देश से बाहर रहने के बाद भी अपनी जन्मभूमि के कई एक खास-खास व्यंजन का 'अमेरिकनाइज्ड' होकर अन्नं-ब्रह्म की खाद्य-तालिका में प्राय: स्थायी अधिकार कर चुका है। पता चला, शाकाहार श्रीचिन्मय का एक प्रिय व्यंजन स्वदेश की प्रिय खिचड़ी के अलावा और कुछ नहीं था, हालाँकि अटलांटिक महासागर पार करके अमेरिका जय करते समय खिचड़ी ने अपना घनत्व थोड़ा-बहुत खो दिया था और उसमें छोटे-छोटे आकार में कटी हुई फूलगोभी मिला दी गई थी तथा साथ में हरा व ताजा मटर। वर्षों पहले

उनकी बहन लिली पांडिचेरी से न्यूयॉर्क आकर भाई के शिष्यों के अनुरोध पर 'अन्नं ब्रह्म' की रसोईघर में आईं और सबको चटगाँव का व्यंजन सिखा गई थीं।

□

श्रीचिन्मय के निधन के तीन वर्षों बाद (2011) उनके 80वें जन्मदिन पर जब मैं न्यूयॉर्क में हाजिर हुआ तो पता चला कि चिटागॉन्ग की खिचड़ी अभी भी भक्तजन की रसना को आकृष्ट करती है। बंगाली शिष्या, अंग्रेजी की अध्यापिका, महातपा पालित ने विस्तारित व्याख्या के लिए वह स्पेशल खिचड़ी मेरे जमाइका वासस्थान में 'होम डिलिवरी' का इंतजाम किया था। महातपा आमतौर पर खुद नहीं खातीं, बल्कि पुराने जमाने की बंग नारी की तरह सिर्फ दूसरों को खिलाती हैं और पूछती रहती हैं कि थोड़ी सी खिचड़ी और परोस दें? लेकिन अपने दिवंगत गुरु को याद करते हुए और इंडो-अमेरिकन खिचड़ी के प्रति मेरा आग्रह देखकर उस दिन उन्होंने भी थोड़ी सी खिचड़ी खाई। कहा नहीं जा सकता, किसी दिन इसी किस्म की खिचड़ी ही प्रवास के घर-घर में सर्वाधिक लोभनीय और मनपसंद डिश बन जाए। मेनू कार्ड में सैकड़ों व्यंजनों के नाम—साढ़े तीन डॉलर में करी, राइस और दाल खासा लोभनीय होता है।

हमारी खोज का लक्ष्य 'अन्नं ब्रह्म' की खाद्य-तालिका या लोकप्रियता नहीं है। इस किस्म की प्रचेष्टा के पीछे जो गहरा चिंतन और दूरदर्शिता मौजूद है, हम उसका विवरण संग्रह करने में आग्रही हैं। फायदे के लिए तो दुनिया में लाखों-लाख रेस्तराँ चल रहे हैं, लेकिन डिवाइन इंटरप्राइजेज के साथ उन सबका सुनिर्दिष्ट फर्क है।

कभी-कभी इन डिवाइन इंटरप्राइजेज को देखकर किसी दूरदर्शी बंगाली के अर्थनैतिक विचार का भी खयाल आता है, जिसकी अहमियत बँगलादेश के नोबेल पुरस्कार विजेता मुहम्मद यूनुस के ग्रामीण बैंक के समतुल्य लगती है। ग्रामीण बैंकों के बारे में दुनिया भर में अनेक चर्चा-परिचर्चाएँ हुई हैं, होती रहती हैं। दरिद्र महिलाओं को जीवन-संग्राम में मूल धन उधार देने के पीछे आदर्श और अर्थशास्त्र दोनों ही काम करते हैं। यह प्रमाणित हुआ है कि गाँव की महिलाएँ दरिद्र होने के बावजूद भरोसेमंद हैं और सारी आशंकाओं को निर्मूल प्रमाणित करते हुए यह सच्चाई स्वीकृत हो चुकी है कि उधार लिये हुए रुपयों का वे महिलाएँ दुरुपयोग नहीं करतीं और महिला-उद्योगी पूरी ईमानदारी से यथासमय कर्जदाता को कर्ज लौटा देने की नीयत रखती हैं।

'डिवाइन इंटरप्राइजेज' शब्द का क्या अनुवाद किया जा सकता है? 'देवोद्योग' शब्द बुरा नहीं लगेगा। यह सोच-सोचकर भला लगता है कि एक आध्यात्मिक खोजकर्ता बंगाली ने अति जरूरी राह का नक्शा विश्व को उपहार दिया है। 'देव' शब्द से अगर परेशानी हो तो कहा जा सकता है—'दिव्य उद्योग'।

जहाँ तक मेरी समझ है, मामला कुछ यूँ है। युग-युगों से महापुरुष लोग आध्यात्मिक

और सामाजिक क्रांति का संकेत देते हुए किसी नई राह का यात्री बनने के लिए अपने भक्त–अनुरागियों को इकट्ठा करते रहे हैं। बुद्ध ने अपने अनुयायियों को आश्रय देने के लिए संघ की स्थापना की, ईसा के भक्तों ने चर्च और ऐबे का निर्माण किया, जगद्गुरु शंकराचार्य ने अपना नामांकित मठ तैयार किया, श्रीचैतन्य–भक्तों ने गौड़ीय मठ की स्थापना की, स्वामी विवेकानंद ने श्रीरामकृष्ण नामांकित मठ और मिशन का निर्माण किया। प्रभुपाद भक्तिवेदांत तीर्थ भी गृही और त्यागी भक्तों के लिए उसी पथ से आगे बढ़े। श्रीअरविंद आश्रम का पथ किंचित् अलग है। उन्होंने साफ–साफ बता दिया कि वे और उनके सहयात्री संन्यासी नहीं हैं।

□

बंगाली गुरु के स्विस भक्त

किसी समय, कुछेक महीनों के अंदर, चिन्मय ने सोलह विश्वविद्यालयों में अध्यात्म वाणी का प्रचार किया। प्रवास में जिसके पहले व्याख्यान में एक भी व्यक्ति नहीं आया था और मिसेज पैटरसन के अनुरोध पर जिन्होंने दर्शक-शून्य सभागार में व्याख्यान दिया था, अब उन्हीं की सभा में तिल रखने की भी जगह नहीं होती। लोकमुख के जरिए प्रसिद्धि दूर-दूर तक फैलती रही और आमंत्रित होकर उन्होंने जापान समेत बहुत सारे देशों का भ्रमण किया। इस सब भ्रमण का इंतजाम आमतौर पर संयुक्त राष्ट्र में कर्मरत शिष्या सुमेधा करती थीं। उनका जन्म दक्षिण अफ्रीका में हुआ था। नाम—मिसेज एलिजाबेथ एडिशन। गुरु ने उन्हें नाम दिया—सुमेधा। कर्मस्थल—संयुक्त राष्ट्र सचिवालय। इंग्लैंड के एक दंपती ने चिन्मय का शिष्यत्व ग्रहण किया—ईव और जॉन मैकलफलिन। गुरु-प्रदत्त नाम—महालक्ष्मी और महाविष्णु। महाविष्णु उन दिनों विश्व-विख्यात गिटारिस्ट थे।

उन दिनों गुरु के शिष्यगण पर निर्भर न रहें और भक्तों को परमुखापेक्षी न रखकर उन्होंने छोटे-छोटे उद्योगों का आयोजन किया। यथा, पोर्टेरिका के भक्तों के हाथ में पूँजी नहीं थी। उन लोगों ने बुद्ध के जीवन पर आधारित एक फिल्म जुटा ली। वह फिल्म दिखाकर उन लोगों ने थोड़ी रकम इकट्ठा की और सन् 1968 में एक ऑफसेट प्रिंटिंग मशीन खरीद डाली। उसी प्रेस में 'ओम्' पत्रिका छापी जाती थी। एक और भक्त डेनियल वाइज (सम्राट्) ने न्यूयॉर्क में चिन्मय पब्लिशिंग खोल लिया।

उनके शिष्यों ने एक-एक करके कई रेस्तराँ भी खोल डाले। पहला रेस्तराँ किंग्स्टन, जमाइका में। नाम—'ब्यूटी ऐंड लाइट'। इसके संस्थापक मिस्टर ऐंड मिसेज एंटॉनी ह्यू (आत्मज्योति और सुंदरी)। दो भक्त पुजारिनी और प्रेमानंद के कनेकटिकाट रेस्तराँ का नाम—'लव ऐंड सर्व'। मिस्टर ऐंड मिसेज ह्यू का गुरु-प्रदत्त नाम नंदन और नंदा। किंग्स्टन में उनके रेस्तराँ का नाम—'पूर्णानंद'।

न्यूयॉर्क में जमाइका हिल्स सेंटर में महालक्ष्मी और महाविष्णु ने जो रेस्तराँ खोला,

उसका नाम हुआ—अन्नं ब्रह्म। इसकी लोकप्रियता धीरे-धीरे बढ़ती गई। मेनू कार्ड पर श्रीचिन्मय की एक उक्ति—

खाना-पीना हो, देह की जरूरत जैसा
प्यार का लेन-देन हो, आत्मा की जरूरत जैसा
हमारा प्रकाश और पूर्णता हो, ईश्वर की जरूरत जैसा।

श्रीचिन्मय के जन्मदिन के उपलक्ष्य में न्यूयॉर्क में दुनिया के कोने-कोने से भक्तों का जो विपुल समुदाय आता है, उनमें प्रसाद-वितरण का जिम्मा इसी अन्नं ब्रह्म में शेफाली के संचालन में होता है।

इस बार शेफाली ने कहा, ''गुरुजी चाहते थे कि अधिकांश इंडियन आहार हो। वैसे इटालियन, चाइनीज और अमेरिकन व्यंजनों में भी उन्हें कोई आपत्ति नहीं थी। वे कहा करते थे कि ये सभी मेरी संतान हैं। मेरी इच्छा है कि ये लोग इंडियन आहार खाएँ।'' गुरु का जन्मदिन विराट् आयोजन का अवसर। यथा—वर्ष 2011 में जन्मदिन के लंच के समय ही 500 पाउंड आलू की जरूरत पड़ी। इन कुछ दिनों में वे लोग कोई लाभ नहीं कमाते। लेकिन इतने सारे मेहमान देखकर उन लोगों को बेहद खुशी होती है। मेहनत तो पड़ती है, दबाव भी पड़ता है, फिर भी अतिथि-सेवा अन्नं ब्रह्म की साधना है।

अमेरिका के कई-कई प्रांतों में काफी सारे निरामिष रेस्तराँ भी इस डिवाइन इंटरप्राइजेज के हिस्सा हैं। कॉन्सुलेट दफ्तर में श्रीचिन्मय के सहकर्मी थे—शिवराम त्रिचुर। सहकर्मी से शिष्य बन गए। सन् 1964 में न्यूयॉर्क की नौकरी छोड़कर वे कनाडा चले गए। लेकिन कई हफ्तों के अंतराल में वे गुरु के दर्शनों के लिए न्यूयॉर्क आते रहते थे। टोरंटो में अपनी पत्नी देवधारा के साथ उन्होंने जो रेस्तराँ खोला है, उसका नाम है—अन्नपूर्णा। खाना पकाने के बारे में, उनकी दक्षता के बारे में भक्तगण पंचमुख रहते हैं।

न्यूयॉर्क में चिन्मय शिष्यों द्वारा संचालित और भी कई-कई लोकप्रिय वेजिटेरियन रेस्तराँ मौजूद हैं। साफ-सफाई, परिवेश, पाक-कुशलता, सेवा, वाजिब दाम के लिए हर दुकान का यथेष्ट सुनाम है। न्यूयॉर्क जाकर इनके नाम भी परिव्राजकों की नजरें आकर्षित करते हैं, यथा—फ्लशिंग में 'द वननेस फाउंटेन हार्ट', पर्संस बुलेवार्ड में 'द पैनोरामा ऑफ माइ साइलेंस हार्ट', उसी सड़क पर 'स्माइल ऑफ द बियोंड'। खुद न्यूयॉर्क में इन सब रेस्तराँओं में नित्य यात्रियों की संख्या अनेक है।

शिकागो में स्थित रेस्तराँओं के नाम हैं—'विक्टरी बैनर', सैनफ्रांसिस्को के मार्केट स्ट्रीट में 'आनंद फव्वार' और सैमडियागो में 'ज्योति-बिहंग'। ये नाम श्रीचिन्मय के दिए हुए हैं। सिएटल शहर में भी दो रेस्तराँ स्थित हैं—'साइलेंस-हार्ट-नेस्ट' टैंपो शहर में, 'साइलेंस नेस्ट' सिएटल में। नाम सुनते ही यह समझ में आ जाता है कि इसके पीछे व्यावसायिक विचार के अलावा आध्यात्मिक चिंता भी शामिल है। एक रेस्तराँ का नाम

'क्रिंग' है, जो बुल्गेरिया के सोफिया शहर में स्थित है। फ्रांस के मेंयेलियर में यह नाम सभी लोगों की नजरें आकर्षित करता है—'तृप्ति कुलाय'। प्रवास में यह शब्द यह याद दिलाता है कि 25 करोड़ लोगों की एक ही मातृभाषा है, जिसका नाम है—बँगला। नॉर्वे के ऑस्लो शहर में श्रीचिन्मय को विशेष स्वीकृति मिली है। यहाँ उनकी मूर्ति का अनावरण किया गया है और यहीं दो लोकप्रिय कैफे भी हैं—'द फ्रेगरेंस ऑफ द हार्ट' तथा 'वन ऐंड टू'।

बैंकॉक के थाइलैंड में 'श्रीगणेश' रेस्तराँ का नाम सिद्धिदाता, भक्त जन को अच्छा लगेगा।

श्रीचिन्मय द्वारा अनुप्राणित कई एक रेस्तराँ देखकर मेरे विस्मय का अंत नहीं है। ये सब रेस्तराँ गुरु के हाथों में नहीं हैं, चिन्मय सेंटर के हाथों में भी नहीं हैं। इन सब प्रतिष्ठानों की मिल्कियत अलग है। नफा-नुकसान का दायित्व मालिक का है। लेकिन ये सभी रेस्तराँ मालिक श्रीचिन्मय के शिष्य हैं और यहाँ के सभी कर्मचारी उनके भक्त हैं। वैसे मालिक अपने मन-मरजी से किसी को भी बहाल नहीं कर सकते और न ही छुड़ा सकते हैं। लेकिन, न्यूयॉर्क के ये सभी प्रतिष्ठान गुरु के सेंटर के करीब ही स्थित होकर स्वनिर्भर भक्तों के लिए साधन-भजन की सुविधा प्रदान करते हैं।

किसी ने खबर दी है कि इस किस्म के 27 डिवाइन उद्योग न्यूयॉर्क में ही स्थित हैं। इन उद्योगों में शामिल हैं—छापाखाना, सिल्क स्क्रीन प्रिंटिंग कारखाना, तसवीरें फ्रेम करने की दुकान, पियानो विक्रेता की दुकान, चॉकलेट की दुकान, पोशकों की दुकान। पोशाकों की दुकान का नाम है—'डिवाइन रोब सुप्रिम', टी-शर्ट तैयार करनेवाले प्रतिष्ठान का नाम—'ऐंथूजिआज्म।' लॉन्ड्री का नाम अभिनव है—'न्यूनेस ब्राइटनेस-हैपीनेस-फुलनेस'। इन सबके अलावा बाल छाँटने के लिए एक सैलून भी है, जिसके बारे में विशद विवरण का लोभ फिलहाल रोकना होगा।

इससे पहले श्रीचिन्मय के प्रिय शिष्य कैलास से थोड़ी बातचीत की जाए। कैलाश का देश स्विट्जरलैंड। लेकिन गुरु का सान्निध्य-लाभ करने के लोभ में वे अकसर ही वीक-ऐंड में ज्यूरिख से न्यूयॉर्क चले आते थे। कैलास ने मुझे ताज्जुब में डाल दिया। दुनिया के 35 देशों ने गुरु की इच्छा के मुताबिक डिवाइन इंटरप्राइजेज खोला है।

कैलास का चिन्मय-सान्निध्य करीब-करीब किस्से-कहानी जैसा है।

कैलाश ने मुझे बताया—''जब मैं बीस वर्ष का था, मैं उनसे पहली बार मिला था। मेरे डैडी और भाई पढ़ी-लिखी दुनिया के लोग थे। अध्यात्म जगत् के बारे में उन लोगों को खास ज्ञान नहीं था। उन्नीस वर्ष की उम्र में मनोविज्ञान की पढ़ाई करते-करते मैं ऐसे किसी पथ-प्रदर्शक की खोज में था, जो मुझे 'ध्यान' के बारे में थोड़ी-बहुत खोज-खबर दे सके। मेरे जीवन का आध्यात्मिक पक्ष पूरी-पूरी तरह श्रीचिन्मय का दान है। कह सकते

हैं, उन्होंने ही मेरी सृष्टि की। मेरा यह कैलास नाम भी उन्हीं का दिया है। इस नाम के ढेरों अर्थ हैं। आध्यात्मिक अनुभव या नियमितता मुझमें बिलकुल नहीं थी। यह खूबी मुझे अपने गुरु से मिली और कहना चाहिए कि उसके बाद मेरे जीवन की धारा ही पलट गई। इस साधना की बदौलत मैंने अपने ऊपर भरोसा करना सीखा।''

डिवाइन इंटरप्राइजेज का जिक्र छिड़ते ही कैलाश ने बताया, ''गुरु की सलाह पर मैंने स्वनिर्भर होने के लिए ज्यूरिख में हेल्थ-फूड का एक स्टोर खोल लिया। दुकान का मैं ही एकमात्र मालिक था और एकमात्र कर्मचारी भी। गुरु ने ही नाम दिया 'मादल-बल'। अब तो बारह देशों में 'मादल-बल' की दुकानें खुल गई हैं। कर्मचारियों की संख्या है—400 से भी ज्यादा। 50 दुकानों को आप गिफ्ट-शॉप कह सकते हैं। स्थानीय लोग और टूरिस्ट ये दुकानें बेहद पसंद करते हैं। खरीद-फरोख्त के अलावा भी खरीदारों को शायद अतिरिक्त कुछ मिलता है। इसलिए वे लोग घूम-फिरकर मादल-बल में बार-बार आते हैं और अपनी जान-पहचान के लोगों को भी हमारे इस छोटे से, लेकिन परिपूर्ण उद्योग का पता देते हैं। इन सब दुकानों में हम बेहद खामोशी से आध्यात्मिक परिवेश गढ़ लेने की कोशिश करते हैं। हमारा कामकाज धीरे-धीरे हमारी आध्यात्मिक शृंखला का अंग हो उठा है। साथ ही मादल-बल का हर कर्मचारी जानता है कि प्रतियोगिता में टिके रहने के लिए हमें अपनी दुकानों का कामकाज बेहतर और श्रेष्ठ बनाना होगा। तभी हम अच्छी तनख्वाह अर्जित कर सकेंगे। 50 फुटकर दुकानों के अलावा हम कुछेक दुकानों के साथ थोक कारोबार भी करते हैं। भारत से सामान खरीदने के लिए मैंने ग्पेबर में भी एक दुकान खोल ली है। हेल्थ फूड की लोकप्रियता भी बढ़ गई है। अब हमने स्वस्थ आहार के थोक कारोबार में भी कदम रखा है। आजकल हम खरीद-फरोख्त में भी दिलचस्पी लेने लगे हैं।''

कैलाश सीधी-सीधी बातें करनेवाले इनसान हैं। उन्होंने कबूल किया कि तमाम अन्य व्यवसायों की तरह ही उनके व्यवसाय में भी चढ़ाव-उतार है। बहुत बार ढेरों कमाई हुई है और मैं वह रकम विभिन्न चिन्मय सेंटरों में दे पाया। बिजनेस ने मुझे जोखिम मोल लेना और साहसी होना सिखाया। ये दोनों गुण मेरे आध्यात्मिक जीवन में भी काफी उपयोगी साबित हुए हैं। इसके अलावा ध्यान या मेडिटेशन से जो उपलब्ध किया है, वह मेरे कारोबारी जीवन में भी काम का रहा है।

कैलाश को सबसे बड़ी खुशी इस बात की है कि गुरु द्वारा निर्देशित पथ पर अपना कारोबार शुरू करके अपने आध्यात्मिक जीवन के अलावा भी वे श्रीचिन्मय के बहुतेरे शिष्यों को आर्थिक मदद देते रहे हैं, जिसके फलस्वरूप वे लोग किसी पर बोझ बनने के बजाय अपने साधना-जीवन को कायम रख सके हैं। अपने साधना-पथ को सहज-सरल रखते हुए उन लोगों को भी मनोरम परिवेश में काम करने का मौका मिला है। गुरु से लंबी

बातचीत और चर्चाएँ करके कैलाश अपना यात्रा-पथ निर्धारित करने में सक्षम हुए—"असल में, हमारे सामने चुनौती यह है कि अपने व्यवसाय को अध्यात्ममुखी रखते हुए कुछ अर्थ-उपार्जन करना।"

कैलाश ने अपना अगला मंतव्य भी जाहिर किया—"करोबार से जुड़े रहकर मानसिक या आध्यात्मिक विकास को कोई नुकसान नहीं पहुँचता; बल्कि निपुणता बढ़ती है, जड़ता मिट जाती है और आत्मविश्वास में वृद्धि होती है। आज की दुनिया में आर्थिक आजादी भी कम मूल्यवान् नहीं है। ये सभी कुछ अपने को बदलने में काफी मददगार होते हैं।"

पूरे पैंतीस देशों में ये छोटे-छोटे कारोबार दिनोंदिन बढ़ते जा रहे हैं। कैलाश इस कारोबार को अपने गुरु के शिष्य-शिष्याओं के सक्रिय सहयोग व उत्साह से और-और बड़ा करना चाहते हैं। भविष्य में वे बैंकिंग व्यवसाय में भी उतरने की सोच रहे हैं। वे चाहते हैं कि आर्थिक पक्ष से दृढ़ और सबल रहकर चिन्मय शिष्यों के लिए और-और ज्यादा काम का इंतजाम करें।

अगर सिर्फ चिन्मय-अनुरागी ही उनके काम में हाथ बँटाते रहे तो कहीं ऐसा न हो कि मादल-बल प्रतियोगिता में पिछड़ जाए!

"जी नहीं, इसका उलटा होगा। श्रीचिन्मय शिष्यों में अनेक शिष्य इतने प्रतिभावान् हैं कि हम उन लोगों के योग्य कार्य अभी तक ढूँढ़ नहीं पाए। दूसरी तरफ जो लोग दिमाग से जरा शिथिल हैं या जिनकी बुद्धि जरा कमजोर है, उनके लिए ट्रेनिंग का इंतजाम करना पड़ता है और बहुत कम समय में ही वे लोग आवश्यक कुशलता अर्जित कर लेते हैं।"

कैलाश का आखिरी मंतव्य था—"पिछले 40 वर्षों के चिन्मय-सान्निध्य में उन्हें बाहर की उन्नति और अंतर की उन्नति में कभी कोई विरोध नजर नहीं आया।"

□

सागर पार की भक्ति

गाँव का योगी जब देश छोड़कर सागर पार के भक्तों की भक्ति आकर्षित करते हैं, तब स्वदेशवासियों की खुशी का ठिकाना नहीं रहता। जिन लोगों की यह धारणा है कि प्राच्य की भक्ति मानसिकता पाश्चात्य में अनुपस्थित है, वे लोग देशी गुरु के विदेशी शिष्यों को देखकर विस्मय से अभिभूत हो उठते हैं। स्वामी विवेकानंद के अमेरिकी अनुरागी व अनुरागिनियों का त्याग और धैर्य देखकर तथा गुरु-निर्देश के प्रति उन लोगों के तिल-तिल आत्मनिवेदन की कहानी मुझे बेहद भली लगती है। विदेशों की इस स्वीकृति के आगे हम नतशिर हो जाते हैं। स्वामी विवेकानंद से लेकर काफी सारे भारतीय साधकों की प्रवास-सफलता हमें समझा देती है कि इस देश के अध्यात्म-अनुसंधान का विश्व-सभा में पूरा-पूरा मूल्यांकन नहीं हुआ है। विवेकानंद, अभेदानंद, तुरीयानंद, त्रिगुणातीतानंद से लेकर निखिलानंद, अशोकानंद, तथागतानंद, चेतनानंद तक रामकृष्ण-संतानों ने अपनी-अपनी प्रचेष्टा से प्रवास के इस भक्ति-स्रोत को प्राणवंत रखा है। साथ ही भारत के और-और साधक अभूतपूर्व हलचल मचाते हुए नए आंदोलन को नेतृत्व दे रहे हैं, जिनमें विशेष उल्लेखनीय हैं—स्वामी योगानंद और इस्कॉन प्रतिष्ठाता ए.सी. भक्ति वेदांततीर्थ। भक्तों की संख्या के संदर्भ में श्रीचिन्मय के भक्त-शिष्य कुछ कम जरूर हैं, हालाँकि पाँच महादेशों में ही चिन्मय सेंटरों की संख्या दिनोंदिन बढ़ती जा रही है। लेकिन श्रीचिन्मय के अनुरागियों के निःशब्द आत्मनिवेदन की बातें अगर ठीक तरह संगृीत की जाएँ तो वह भी विस्मित करेगा।

संगीत, स्पोर्ट्स, व्यायाम, दार्शनिक चिंतन, शिक्षा-विस्तार आदि में इन सभी अनुरागियों में से अनेक ही विश्वविद्यालय हैं—कोई नोबेल विजेता, कोई ओलंपिक रिकॉर्डधारी, कोई संगीत-सम्राज्ञी। इन लोगों में भूतपूर्व राष्ट्र-प्रधान भी हैं, जो एकाधिक बार शाकपूरा के उस ग्रामीण योगी को नोबेल पुरस्कार के लिए नामांकन भेजकर खुश हुए थे। शिष्यों में एक खूबी सबसे अधिक नजर में पड़ती है, वह यह कि ये लोग विशिष्ट होते हुए भी विनय से अवनत रहते हैं। श्री चिन्मय घोष ने अपनी इस व्यक्तिगत विशिष्टता को विश्वव्यापी

शिष्य-शिष्यों में बिखेर दिया था।

एक अमेरिकी शिष्य का नाम उल्लेख किए बिना बात अधूरी रह जाएगी। उनसे जब मेरी पहली बार भेंट हुई थी, तब मुझे अंदाज नहीं था कि ये साहब सैकड़ों वर्ल्ड रिकॉर्ड करके गिनीज बुक ऑफ वर्ल्ड रिकॉर्ड्स में ऐसा इतिहास रच चुके हैं, जो कभी टूटनेवाला नहीं है। इतना बड़ा स्पोटर्समैन होने के बावजूद बेहद शांत-शिष्ट इनसान। श्रीचिन्मय के दैनंदिन जीवन में उनका दाय-दायित्व देखकर ऐसा लगता था कि वे ही श्रीचिन्मय के एकांत सचिव हैं। वर्ष 2011 के अगस्त महीने में न्यूयॉर्क में जब आखिरी बार भेंट हुई थी, तब आश्रित फरमन की उम्र 56 वर्ष थी। कामकाज के तौर पर वे गुरु के आशीर्वाद-धन्य हेल्थ फूड स्टोर से जुड़े हुए हैं। लेकिन इस डिवाइन इंटरप्राइजेज के काम के अलावा भी गुरु के प्रयाण के बाद विश्वव्यापी चिन्मय सेंटरों को प्राणवंत रखने के काम से भी वे विशेष रूप से जुड़े हुए हैं।

एयरपोर्ट पर मैंने एक अन्य अनुरागी से दरयाफ्त की कि हम सबके प्रिय ये आश्रित साहब दो-दो विराट् दायित्व-पालन करते हुए अपना रिकॉर्ड-तोड़ व्यायाम वगैरह के लिए समय निकाल पाते हैं या नहीं। मेरे गुरुभाई ने तो मुझे अवाक् कर दिया। ये व्यक्ति गिनीज बुक ऑफ वर्ल्ड रिकॉर्ड में 135 कीर्तियों के लिए स्वीकृत हुए हैं। दुनिया में कहीं भी इतनी सारी खूबियों के लिए गिनीज रिकॉर्डधारी कोई भी नहीं है। यह जानकर मैं अवाक् रह गया। मैंने सुना, 27 अगस्त, 2011 को श्रीचिन्मय के अस्सीवें जन्मदिन पर गुरु की स्मृति में आश्रित कोई नए ढंग का रिकॉर्ड तोड़ने की तैयारी कर रहे हैं। उस दिन 200 गुरुभाइयों के सक्रिय सहयोग में न्यूयॉर्क के फ्लशिंग मेडोज पार्क में 80,000 रंगीन फूलों से ढाई मील लंबी माला गुरु की स्मृति में अर्पित की जाएगी और उसकी जाँच के लिए गिनीज बुक के कर्ता-धर्ता पार्क में उपस्थित रहेंगे। ये तमाम फूल दुनिया के विभिन्न प्रांतों से उनके भक्तगण ला रहे हैं और दुनिया की उस विशालतम माला को देखने के लिए देश-विदेशों से कई हजार शिष्य-शिष्याएँ मौजूद रहेंगे।

आश्रित फरमन का पारिवारिक नाम—कीथ फरमन। जन्म 1955। पिता एक धनी कानूनविद्। स्कूल में पढ़ने-लिखने में बेहद तेज बच्चा, लेकिन नितांत बचपन में ही वैराग्य समा गया। ढेर-ढेर अर्थोपार्जन और विवाह करके घर-बारी होने से बाहर भी कोई जीवन है, इसका उस पंद्रह वर्षीय बालक को इशारा कर रहा था। हैरत की बात है, पंद्रह वर्षीय उस अमेरिकी बालक ने मांस-मछली त्यागकर हठयोग की चर्चा शुरू कर दी और अपने परिवार के लिए परेशानी का कारण बन गया। उन्हीं दिनों उसने महसूस किया, उसे एक सुयोग्य पथ-प्रदर्शक की जरूरत है। जब उसकी यह मनोदशा थी, जमाइका हिल्स के इलेक्ट्रिक पोस्ट पर उसकी नजर एक पोस्टर पर पड़ी। हिलसाइड स्ट्रीट के उस पोस्टर में ध्यानमग्न श्रीचिन्मय की एक तसवीर और टेलीफोन नंबर। उस वक्त उसके पास कोई

कागज-पेंसिल नहीं थी। उस वक्त उसके पास वन-जंगलों में कैसे जिंदा रहा जा सकता है, इस बारे में एक किताब भर थी। उसने एक चाबाकाठी से किताब की जिल्द पर टेलीफोन नंबर लिख लिया। यथासमय उसने संपर्क किया और जमाइका के क्वींस में श्रीचिन्मय के पते पर उपस्थित हुआ। साधन-भजन की क्लास उन दिनों उसी घर में लगती थी।

"उन दिनों मेरी उम्र 16 वर्ष थी। सफेद शर्ट और पैंट पहने मैं पहली बार चिन्मय आवास में ध्यान करने बैठा। उस समय कमरे में लगभग 30 छात्र-छात्राएँ मौजूद थे। अति पवित्र परिवेश। कुछ ही मिनटों में मैं गहरे ध्यान में निमग्न होने में सक्षम हो गया। गुरु की तरफ देखते हुए विस्मय का ठिकाना नहीं रहा। उनके इर्द-गिर्द एक सुनहरी रिंग घिरी हुई थी। मुझे एहसास हुआ, जिन्हें मैं इतने दिनों से खोजता फिर रहा था, उन्हें मैंने पा लिया।"

किसी भी बात पर कान दिए बिना श्रीचिन्मय का शिष्यत्व ग्रहण करना मेरे जीवन की विराट् घटना थी।

आश्रित फरमन ने ही मुझे बताया था—"मेरे जीवन की गति एकदम से पलट गई। उन्होंने ही मुझे सलाह दी कि मन से नहीं, हृदय से संचालित होना होगा। ध्यान ने मुझे अभूतपूर्व आनंद का पता दिया। जिंदगी में पहली बार मैंने ईश्वर का सान्निध्य महसूस किया।

"मेरे डैडी को यह सारा मामला बेहद अजीब और विचित्र लगा। वे मेरे इस नए जीवन का समर्थन नहीं कर पाए और एतराज उठाया। उन्होंने मुझे अन्यान्य लालच भी दिया। अगर मैं यह आध्यात्मिकता का पागलपन छोड़ दूँ तो वे मुझे ढेर सारे पैसे देंगे, विश्व-भ्रमण की आर्थिक सुविधा देंगे। लेकिन, अब मैंने अपनी राह पा ली थी। मैं समझ चुका था कि ईश्वर की तलाश जैसा आनंद और किसी चीज में नहीं है।

"वर्षों बाद मेरे डैडी से श्रीचिन्मय की मुलाकात हुई थी। उस बार वे गुरु की चित्र-प्रदर्शनी में एक धनी चित्र-संग्राहक को लेकर आए थे। गुरु को देखकर डैडी की मानसिकता एकदम से पलट गई। उन्होंने खुद ही न्यूयॉर्क बार एसोसिएशन में योगाभ्यास का इंतजाम कर दिया। उस दिन से हर महीने डैडी एक पेटी फल गुरु को उपहार-स्वरूप भेजा करते थे।

शुरू-शुरू में मुझे ध्यान के अलावा और कुछ भी अच्छा नहीं लगता था। मेरा जी चाहता था कि किसी निर्जन गुफा में जाकर हर पल ध्यानमग्न रहूँ। लेकिन चिन्मय की चिंतनधारा ने मुझे जरा झकझोर दिया। श्रीचिन्मय नहीं चाहते थे कि उनके शिष्य दुनिया से दूर हट जाएँ। वे चाहते थे कि आध्यात्मिक अनुशीलन से जितना सुफल आता है, वह आत्मीय स्वजन एवं बंधु-बांधवों के साथ बाँट लें और साथ ही डिवाइन इंटरप्राइजेज को निष्ठा के साथ ग्रहण करके आत्मनिर्भरता का आनंद उपभोग करें।

यह डिवाइन इंटरप्राइजेज या दिव्य उद्योग का विषय श्रीचिन्मय बड़े धीरज के साथ, काफी देर-देर तक अपने नए शिष्यों के सामने व्याख्यायित करते थे। श्रीचिन्मय सोचते थे कि प्रति डिवाइन इंटरप्राइजेज खरीदार और कर्मचारी दोनों का ही आश्रय-स्थल बने। मूल उद्देश्य धन उपार्जन नहीं, बल्कि प्रत्येक अतिथि या खरीदार में जो देवता सोया हुआ है, उसकी सेवा करना।

फरमन की बातें खत्म ही नहीं होना चाहती थीं। चिन्मय सेंटर में योगाभ्यास के पहले पर्व में ही श्रीचिन्मय का परिचय सव्यसाची ब्राउन नामक एक प्रिय भक्त से हुआ। गुरु स्टेशनरी नाम से ब्राउन का एक डिवाइन इंटरप्राइजेज था। ब्राउन ने कहा कि स्कूल के समय से बाहर आश्रित कुछ देर गुरु स्टेशनरी में काम कर सकता है। जमाइका स्कूल से गुरु स्टेशनरी की दूरी ज्यादा नहीं थी।

स्कूल के छात्र फरमन ने दुकान में काम शुरू कर दिया। उसे अपना यह नया कर्म-जीवन बेहद भला लगता था। साथ ही उसे अच्छा लगता है वृहस्पति और इतवार को गुरु की आध्यात्मिक क्लास।

''लेकिन हर दिन दोपहर को मैं स्टेशनरी जाने के लिए बेचैन रहता था। स्कूल की घंटी बजते ही मैं दौड़ना शुरू कर देता था।''

जमाइका स्कूल बुरा नहीं था, लेकिन उसी पल मुझे यह खयाल भी आता था कि मैं गुरु की क्लास में जो कुछ सीख रहा हूँ, उसका मूल्य अधिक है। उस समय भी मेरा नाम था—हीथ फरमन। गुरु ने ही मुझे नया नाम दिया—आश्रित। मुझे जो इसका मतलब समझ में आया, वह था—ईश्वर ने जिसे आश्रय दिया है। आखिरकार स्कूल में एक दिन मैं पकड़ा गया। ध्यानमग्न गुरु की एक तसवीर सामने रखकर क्लास-रूम में ही मैं आँखें बंद करके ध्यान कर रहा था। अंग्रेजी के मास्टर साहब ने मुझे पकड़ लिया था; मगर वे कठोर नहीं हुए, बल्कि उन्होंने क्लास के छात्रों से कहा, ''सुख का गुप्त रहस्य हमारे इस हीथ ने खोज लिया है।''

फरमन ने जमाइका स्कूल पास कर लिया और दो वर्षों तक कोलंबिया विश्वविद्यालय में पढ़ाई की। लेकिन वहाँ के विषय उसे अच्छे नहीं लगे, इसलिए पाठ्यक्रम पूरा किए बिना ही उसने पढ़ाई छोड़ दी। उसका मन तो चिन्मय सेंटर और गुरु स्टेशनरी में ही पड़ा रहता था। पार्ट-टाइम नौकरी छोड़कर वहीं पूर्णकालिक नौकरी। मित्र सव्यसाची ने उसी समय और एक दुकान खरीद ली। नाम दिया गया—गुरु हेल्थ फूड्स।

बहरहाल, जीवन-संग्राम और आध्यात्मिक अनुसंधान एक साथ ही विपुल उद्योग से चलते रहे। कार्यक्षेत्र में परिश्रम की स्वीकृति भी मिली। अब उसकी पदोन्नति हुई और वह हेल्थ फूड स्टोर का मैनेजर बन गया। लगभग उसी समय गुरु चिन्मय की जुबानी उन्हें एक नई बात सुनने को मिली—आत्म-अनन्यता। आत्मविश्वास हो तो इनसान निश्चय

ही उत्कर्ष के शिखर पर पहुँच सकता है। असंभव जैसी कोई बात नहीं होनी चाहिए। इस प्रसंग में गिनीज बुक ऑफ वर्ल्ड रिकॉड्र्स का जिक्र छिड़ गया और एक अपरिचित अमेरिकी नौजवान कीथ फरमन एक के बाद एक विश्व-रिकॉर्ड तोड़ने के नशे में निमग्न हो गया। गुरु ने जिसे नाम दिया था—आश्रित फरमन।

रिकॉर्ड तोड़ने की शुरुआत सन् 1979 में हुई। गिनीज बुक की तरफ से पहली स्वीकृति उसी साल '27,000 जंपिंग जैक्स' के बाद। इसके बाद दुनिया के विभिन्न हिस्सों में सात महादेशों में विभिन्न स्पोर्टिंग उत्कर्षों का रिकॉर्ड। कभी मंगोलिया में याक के साथ दौड़ प्रतियोगिता, कभी पेरु की अपाजान नदी की गहराई में तीन घंटों तक 'ऐकोवा पोगो', कभी ग्रेट वाल ऑफ चाइना में। नहीं, यह कोई जादू नहीं था, ध्यान के माध्यम से उसने असंभव को संभव करने की शक्ति संग्रह की है, यह बात आश्रित फरमन ने नतशिर होकर स्वीकार किया है। ध्यान के माध्यम से शिशु सुलभ सरलता और साथ ही मानसिक व शारीरिक शक्ति भी ग्रहण की है विश्व के सर्वाधिक गिनीज रिकॉर्ड के सुष्टा आश्रित फरमन ने।

आश्रित फरमन की अनन्य जीवन-कथा इन दिनों विभिन्न स्कूलों के बच्चों को पढ़ाई जाती है।

छात्रों की पाठ्य पुस्तकों में अनगिनत रिकॉर्ड के स्रष्टा आश्रित से विशेषज्ञों ने कई-कई सवाल किए हैं—आप एक के बाद एक रिकॉर्ड तोड़ने के इच्छुक क्यों हुए? आश्रित ने विनीत उत्तर दिया है, "मैं दिखाना चाहता हूँ कि हम लोग अगर स्वयं पर भरोसा न खोएँ तो हमारा सामर्थ्य सीमाहीन हो सकता है।"

उन्होंने एक घंटे में 4,495 बार उठक-बैठक लगाई, सिर पर दूध की एक बोतल बैलेंस करके लगातार कई मील तक दौड़ते चले गए।

आश्रित ने अपने प्रियजन से कहा है, " रचनाशीलता या सृष्टि-प्रेरणा की कोई सीमा नहीं थी। विज्ञान, तकनीक, कृषि-कर्म, स्थापत्य, शिक्षा, चिकित्सा-विज्ञान वगैरह सभी क्षेत्रों में आखिरी चिनगारी तक हृदय से फूटती है।"

□

अजब देश का अजब नाई

सन् 1967 में पहली बार जब इंग्लैंड से होते हुए अमेरिका पहुँचा था, उस बार मैंने प्रतिज्ञा की थी कि चाहे जितने दिन भी प्रवास में रहूँगा, जीते-जी किसी नाई की दुकान में कदम नहीं रखूँगा; क्योंकि हमारे परम श्रद्धेय स्वामी विवेकानंद को एक अमेरिकी बार्बर शॉप में काफी अपमान सहना पड़ा था। अरे, अपनी गाँठ के पैसे देकर संन्यासी मानस बाल कटवाना और हजामत बनवाना चाहते थे, उसमें भी तथाकथित साहबी सैलूनों के मालिकों को एतराज था, क्योंकि उन लोगों का कहना था कि ऐरे-गैरे आदमी के बाल काटने या हजामत बनाने से उन लोगों के नियमित श्वेतांग ग्राहक उनकी दुकानों में आना बंद कर देंगे। वर्ण भेद का यह प्रेसिडेंशियल संस्करण स्कूली जीवन से ही मुझमें बौखलाहट भर देता था।

बहरहाल, बार्बर शॉप में प्रवेश आशंकाजनक होने के कई-कई परिणाम हुए। विवेकानंद पहली बार जब कलकत्ता लौटे, तब उनके गुरु-भाई लोग अवाक् रह गए। वे बड़ी तेजी से अपनी हजामत वगैरह बना लेते थे और इसके लिए उन्हें आईने की जरूरत नहीं पड़ती थी। विदेश में साहब नाइयों की वर्ण-भेद की नीति की वजह से उन्होंने क्षौर-कर्म में दक्षता हासिल कर ली थी। हमें यह याद रखना होगा कि उस समय तक अमेरिकी जिलेट साहब ने सेफ्टी रेजर का आविष्कार करके इस धरती के दाढ़ीवाली पुरुष जाति को उपहार ही दिया था। किंग कैंप जिलेट के दिमाग में यह मिलियन डॉलर बुद्धि सन् 1895 में आई थी। उस समय स्वामीजी अमेरिका में ही थे और सन् 1903 में जब बोस्टन जिलेट कंपनी खोली गई, तब हमारे स्वामीजी जीवित नहीं थे।

इंग्लैंड की हालत भी खास सुविधाजनक नहीं थी। पश्चिमी जीवन-यात्रा से अनभिज्ञ मँझले भाई महेंद्रनाथ से लंदन में अभी अचानक भेंट हो गई। भाई की घुँघराली दाढ़ी देखकर वे चिंतित हो उठे। उन्होंने अपने सहयोगी गुडविन को निर्देश दिया कि वे उन्हें नाई की दुकान पर ले जाएँ। उन दिनों अंग्रेजों के उस देश में जर्मन नाइयों की धूम थी। विशुद्ध अंग्रेज गुडविन महेंद्रनाथ को 'बंगाट्ज' नामक जर्मन नाई की दुकान पर ले गए।

नाई ने उनकी दाढ़ी फ्रेंच फैशन के अनुसार नुकीले आकार में छाँट दी। भाई की बकरे जैसी नुकीली दाढ़ी देखकर विवेकानंद हँस पड़े—"अरे, धत्त! धत्त! यह तो चूना-गली के फिरंगी जैसी दिख रही है।" परिस्थिति काबू से बाहर जाते देखकर मँझले भाई कई दिनों बाद ही दुबारा 'बंगाट्ज' पहुँचे और अपनी पूरी दाढ़ी साफ करवा आए।

महेंद्रनाथ ने लिखा है—"स्वामीजी को जब बाल कटवाने की जरूरत पड़ती थी, तब वे किसी विशिष्ट व्यक्ति के साथ जाकर बाल छँटवा आते थे। आमतौर पर इन सभी दुकानों में प्रवेश निषेध था। लेकिन चूँकि कोई-न-कोई विशिष्ट व्यक्ति साथ होता था, स्वामीजी की अभ्यर्थना होती और उनके बाल छाँट दिए जाते थे।"

एक दिन लंदन में बैठे-बैठे स्वामीजी कहने लगे, "अरे भाई, अमेरिका में नाई की दुकान में जाना अजब फजीहत का काम है। साथ में कोई विशिष्ट व्यक्ति साथ लेकर नहीं गए तो नाई की दुकान में घुसने भी नहीं दिया जाता। कहते हैं, काला आदमी आखिर तो काला है, अजब झमेला है। नाई की दुकान पर बाल कटवाने जाओ तो भी साथ में सर्टिफिकेट लेकर जाओ। क्या दुर्गति है!"

बाल-दाढ़ी-नाखून के बारे में स्वामीजी से जुड़ी और कई ढेरों बातें हैं। सन् 1896 में लंदन में विवेकानंद अपने भाई के कमरे में दाखिल हुए और उन्होंने आगाह किया, "देखो, नाखून गंदे न हों। नाखून बढ़ जाए तो फौरन काट लेना। देखो, मेरे कुरते की जेब में या ट्रंक में, लोहे के एक छल्ले में, नाखून काटने के कई-कई यंत्र मौजूद हैं। अमेरिका के ही किसी व्यक्ति ने मुझे नाखून काटने के यंत्र थमा दिए थे। उन सबकी मदद से तुम अपने नाखून साफ रखा करो। उन्होंने यह सलाह भी दे डाली, सिर के बालों में ब्रश फेरकर सुव्यवस्थित रखना। बाल अस्त-व्यस्त न दिखें, वरना इस देश के लोग ऐसी हुलिया को बड़ी कारत की नजर से देखते हैं।"

अपने छात्र जीवन में ये सब विवरण पढ़कर भी मेरे मन में पूरी अमेरिकी जात पर गुस्सा नहीं आ सका, क्योंकि स्वामीजी की बहन तुल्य हेल कन्याओं ने अपने अपूर्व प्यार से उस संन्यासी को भर दिया था। हाथ-पाँव के नाखून काटने के लिए स्वामीजी ने एक छुरी की माँग की। बहनों में होड़ लग गई। एक महिला कालीन पर घुटने मोड़कर बैठ गई। उसने स्वामीजी के जूते उतारे। उसके बाद उनके पाँव अपने घुटनों पर रखकर वह नाखून काटने लगी, कभी हड़बड़ाकर नाखून खरोंचती रही। इसके बाद उसने स्वामीजी के पाँवों में मोजे पहनाए, बूट कस दिए और बूट के फीते भी बाँध दिए। अपने यंत्र-पाती समेटते हुए उसने कहा, "लाइए, दाम दीजिए। हम अमेरिकी हैं, दाम बिना हम कुछ नहीं करतीं।"

स्वामीजी ने भी परिहास करते हुए कहा, "यह जो तुमने मेरे चरण-स्पर्श किए, नाखून काटने का हक पा गई। इसके लिए तुम मुझे क्या दोगी, यह बताओ? पोप लोगों

के पाँव छूने के लिए कितने रुपए देने पड़ते हैं?''

यह किस्सा मैंने अमेरिका से वापस लौट आने के बाद पढ़ा था, फलस्वरूप उस बार मैंने धनुष-भंग प्रण किया कि मैं किसी बार्बर शॉप में कदम रखकर अपना मान-सम्मान गँवाने का जोखिम नहीं उठाऊँगा। तीन महीने तक मैं अमेरिका में रहा, लेकिन नो हेयर-कट। जब मैं स्वदेश वापस लौटा, तब प्रायः जटा-जूटधारी योगी जैसा हुलिया।

तथ्य-भिज्ञ महल ने यह मंतव्य जरूर किया—तुम बहुत बच गए। कुट्-कुट् करके 3 मिनट बाल छाँटने का नाम करते और साहब नाई, तुम्हारी मेहनत और तकलीफ से कमाए हुए डॉलर अपहरण कर लेते और उसके बाद ही उदार हाथों से बख्शीश की माँग करते, जिसका साहबी नाम है 'टिप्स', जिसकी व्याख्या की जाए तो यह अर्थ बनता है—'टिप्स टु इंश्योर प्रॉम्प्ट सर्विस'। बात यह है जनाब, कि बाल कटवाते हुए भला कौन बंगाली हड़बड़ी चाहता है! सभी लोग इत्मीनान से सेवा-प्रार्थी होते हैं। हावड़ा के चौधरी बागान में मैं अरसे से जिस सैलून में बाल कटवाने जाता था, उसके मालिक साहित्य-प्रेमी थे। किसी मशहूर बंगाली लेखक का सैलून में जाकर 'सबसे अधिक दुःख-तकलीफ से आधा घंटे' नामक लेख पढ़कर समग्र बंगाली लेखक समाज के बारे में उन नर-सुंदर का भरोसा नष्ट हो गया। जब उसने सुना कि अमेरिकी नाई हेयर कटिंग के लिए जो चार्ज करता है, उस रकम से हावड़ा में कम-से-कम सौ बार बाल कटवाए जा सकते हैं। उसने तत्काल अमेरिका में उगे हुए मेरे बालों पर हावड़ा सरचार्ज बिठाकर रेट डबल कर दिया।

□

कई वर्षों बाद आखिरी बार जब मैं अमेरिकामुखी हुआ, तब मेरे बाल झौवा जैसे नहीं रहे थे। समय की साजिश से मेरे बाल काफी उपेक्षा बरदाश्त करते हुए हावड़ा मैदान की तरह घास-विहीन और चिकने हो आए थे। इसके बावजूद उस बार पराए देश के बार्बर शॉप में मैं गया। उस बार मुझे जो तजुरबा हुआ, उसी के संदर्भ में अमेरिका नाई कुल के सामने हाथ जोड़कर क्षमायाचना के लिए यह लेख लिखने बैठा हूँ।

सभी लोगों के सामने खुलेआम नतमस्तक होकर मैं कबूल करता हूँ कि न्यूयॉर्क के एक निभृत मुहल्ले में मैं एक ऐसे नाई के सान्निध्य में आया, जिसकी तुलना भारत ही क्यों, पूरी दुनिया में किसी से भी नहीं की जा सकती। बहरहाल, इस नाई प्रसंग पर मैं थोड़ी देर बाद में आऊँगा, लेकिन यह जान लें कि विश्वविख्यात ट्रिनिटी कॉलेज के इस ग्रेजुएट नौजवान ने अपने शिक्षक एक बंगाली की सान्निध्य कामना करते हुए स्वेच्छा से नाई का पेशा अपना लिया और सुदूर न्यूयॉर्क में बैठकर बंकिमचंद्र पढ़ने की कोशिश कर रहा है। यह कोई मेरी रची-गढ़ी गप नहीं है। आज भी इस अजीब दुनिया में कितनी ही अजब-गजब घटनाएँ घटती रहती हैं, जिसकी खबरें हम तक नहीं पहुँचतीं।

आखिरी बार अमेरिका जाने से पहले अपने खयालवश गंजे होने के फायदों के बारे

में काफी सोचता रहा था। जैसे पोपले को डेंटिस्ट का खौफ नहीं रहता, गंजे मानस के लिए बाल पकने का खतरा नहीं रहता। इस क्रिटिकल आत्मविश्लेषण के पलों में एक साहबी अखबार में एक विशुद्ध पुस्तक समीक्षा पढ़ी—गंजे लोग क्या आधे दाम पर बाल छँटवा सकते हैं? ऑन सर्च ऑफ अमेरिकन ग्रेट बार्बर शॉप।

उस लेख का मैंने अक्षर-अक्षर पढ़ डाला। लेखक मिंस स्ट्याटेन इस बारे में विस्तृत गवेषणा के लिए 300 अमेरिकी नाइयों की दुकानों की खोज-खबर ली। उस पुस्तक में किसी अमेरिकी नाई ने लेखक से कहा था, ''हम सिर्फ बाल ही नहीं छाँटते। हम सोशल वर्कर हैं, समाज-सेवी। हम इनसान-दोस्त हैं, सलाहकार हैं। हमारा काम काफी कुछ पादरियों जैसा है।''

एक मिस्टर रोजर्स का भी जिक्र किया गया है। उम्र पचास वर्ष। पूरे एक दशक से वह हर सप्ताह दुकान में बाल कटवाने आते थे।

''किसी दिन अगर मूड बिगड़ जाए तो बाल कटवाने की दुकान पर आकर मूड चंगा कर लेना ही बुद्धिमानी का काम है।''

और भी एक खबर—''अमेरिका के अधिकांश लोग यह नहीं बता सकते कि उनके पैदा होने के समय उनकी माँ के पास कौन डॉक्टर था, लेकिन हर कोई बड़ी आसानी से बता देगा किस नाई की दुकान में उसने पहली बार बाल कटवाए थे।'' बहुतेरी अमेरिकी माताएँ अपनी संतान के बाल जब पहली बार कटवाती हैं तो उसके बाल का एक गुच्छा स्मृति-स्वरूप सहेजकर रख लेती हैं और जिंदगी भर उस गुच्छे को अपने एलबम में सजाए रखती हैं।

बहरहाल, स्मृति-चिह्न के रूप में बालों की भूमिका का मैं अंदाजा लगा सकता हूँ, क्योंकि विवेकानंद-भक्त अमेरिकी मिस मैक्लाउड ने एक बार अचानक कैंची से स्वामीजी के बालों का एक गुच्छा काट लिया था। इस बात से स्वामीजी को खास खुशी नहीं हुई थी। लेकिन वह बाल एक कीमती लॉकेट में भरकर वह अमेरिकी महिला जिंदगी भर अपने गले में धारण किए रही।

मैंने जिस पुस्तक का जिक्र किया है, उसमें एक नाई की एक दार्शनिक उक्ति भी दर्ज है—''ऐसे एक पेशे में लगे रहना भला है, जहाँ दिन के अंत में मन भला-भला रहे।''

जैसे दूध की साध मट्ठे से नहीं मिटती, उसी तरह विस्तृत पुस्तक समीक्षा पढ़कर वह आनंद नहीं आता, जो मूल पुस्तक पढ़कर आता है। मैं न्यूयॉर्क में मूल पुस्तक संग्रह नहीं कर पाया। वैसे दुनिया-जहान में कितनी मजेदार किताबें विभिन्न भाषाओं में प्रकाशित होती रहती हैं, वह सब इकट्ठा करने निकलो तो करोड़पति भी फकीर हो जाएँगे। हमारा यह दुर्भाग्य है कि कलकत्ता शहर का तो जिक्र करना ही फिजूल है। लाइब्रेरी-हीन इस

मरुभूमि में बाल छाँटने के बारे में लगातार खोज करने लगें तो लोग समझेंगे कि मेरा दिमाग खराब हो गया है और पुलिस को खबर भेज दी जाएगी।

न्यूयॉर्क में पुरानी किताबों की दुकान में मिक हंटर नामक एक मनोविद्-लेखक-फोटोग्राफर द्वारा क्षौर कर्म पर एक किताब संयोग से हाथ लग गई। पिछले 15 वर्षों से (1982-1996) अपनी गाँठ से पैसे खर्च करके इन वैज्ञानिक सज्जन ने समस्त अमेरिका की बाल-छाँट दुकानें छान मारीं और तसवीरें उतारते रहे।

किताब के शुरू में ही अंग्रेजी की छोटी सी कविता छपी है, जिसके अनुवाद का दुःसाहस मुझमें नहीं है—

Babies hav't any hair;
old men's heads are just as hare;
Between the cradle and the grave
Lies a haircut and a shave

—Samuel Hoffenstein

मुखबंध में ही लेखक ने एक खास नाई की जुबानी किसी एक खाम-ख्याली ग्राहक का किस्सा सुनाया है। यह ग्राहक जनाब हर हफ्ते बाल कटवाने आते थे और दुकान से निकलकर बगल के स्टूडियो में जाकर हर बार अपनी एक फोटो उतरवाते थे। उनका विश्वास था कि किसी समय किसी के लिए ये तसवीरें काफी अर्थपूर्ण और अहम हो उठेंगी, तब दुनिया को एक बार फिर समझ में आएगा कि आम लोगों में ही हर किस्म की असाधारणा छिपी रहती है।

हंटर ने अपने अनुसंधान के दौरान बहुत सारे नाइयों की दुकानों का विजिटिंग कार्ड संग्रह किया था। कितने ही तरह के नाम हैं—मिराकल बार्बर शॉप, पैट्स ब्राड्स, सैम्स, विलेज बार्बर शॉप, ब्लैकीज फॉर कॉनेट्स बार्बर शॉप।

□

अमेरिकी बाल-छँटाई की दुकानों में दो किस्म के नाई होते हैं। एक दल की धारणा है—जितने दिनों इनसानों के सिर पर बाल हैं, उतने दिनों नाई सलामत रहेंगे। दूसरे दल की धारणा है—निकट भविष्य में इन दुकानों के किवाड़ बंद हो जाएँगे। हिसाब हाथ में ही मौजूद है। सन् 1929 में पूरे अमेरिका में 2,60,000 नाई, 1,30,000 डॉक्टर और 60,000 डेंटिस्ट थे। दस वर्षों बाद द्वितीय महायुद्ध की शुरुआत में नाइयों की संख्या 80,000 हो आई। लेकिन, डॉक्टरों की संख्या बढ़कर 1,50,000 हो गई। इस प्रकार संख्या में चढ़ाव-उतार क्यों? इस बात को लेकर आजकल के नाई माथापच्ची में लगे हैं। करीब के समय में मुद्दे की बात इतनी है कि वर्ष 1972-1990 के दौरान 1,10,000 नाई मर-मरा गए या बाल-छँटाई लाइन छोड़कर चले गए। दुकानों की

संख्या कम होते-होते 60,000 पर उतर आई।

नाइयों ने चिंता जाहिर की है कि आजकल पुरुषों का आधा हिस्सा ही क्लासिक बार्बर शॉप में आता है। बाकी आधा हिस्सा या तो अपने घर पर ही बाल कटवा लेता है या वे लोग अपने बाल-बच्चों दोनों के लिए ही तैयार किए गए यूनिसेक्स हेयर स्टाइलिस्ट शॉप में जाने लगे हैं। झटपट बाल-छँटाई करने के लिए आपको टेक्सास जाना होगा। वहाँ प्राय: 10,000 दुकानों में अभी भी 20,000 नाई हैं। प्रति 800 पुरुषों के बाल-दाढ़ी की सेवा के लिए तैनात है—एक नाई!

जिस राज्य में मेरा पदार्पण हुआ है, उस न्यूयॉर्क में 5,000 बार्बर शॉप में, 13,000 नाई जनगण की केश-चर्या कर रहे हैं। अफसोस की बात यह है कि दुकानों में हजामत बनाना किंग जिलेट की खुराफात और अन्याय विविध कारणों से प्राय: उठ गया है। आत्मनिर्भर जाति अब सेल्फ-शेविंग में विश्वासी हो उठे हैं। वह तो इनसानों के बाल ही ऐसी जगह पर स्थित हैं कि अपने बाल खुद छाँटना श्रेष्ठ नाइयों के लिए भी किसी दिन संभव नहीं होगा।

अमेरिकी क्षौर-कर्म विद्यालयों में दाढ़ी बनाने को लेकर जाने कितनी ही किताबें लिखी गई हैं और जाने कितने ही रिसर्च किए गए हैं। जो लोग यह समझते हैं कि उस्तरा चलाना बच्चों का खेल है, वे लोग यह बात भी जान लें कि एक दाढ़ी को आकार में लाने के लिए 14 तरह की रफ्तार से रेजर चलाना सीखना पड़ता है। हाथ का खिंचाव भी चार तरह का होता है—फ्री हैंड, बैक हैंड, रिवर्स हैंड और रिवर्स बैकहैंड। आदिकाल के स्ट्रेट रेजर की अब बार्बर शॉप में जरूरत नहीं पड़ती, लेकिन जो लोग हॉबी के तौर पर उस्तरे संग्रह करते हैं, उन लोगों को ढेर-ढेर डॉलर खर्च करना पड़ता है। इस देश में जिन लोगों के घरों में अभी भी बाप-दादों के विलायती उस्तरे पड़े हैं, उन लोगों की सलाह है कि वे लोग झट से वे बहुमूल्य उस्तरे कहीं गँवा न दें, अमेरिकी संग्रहकर्ता इस देश में बस पहुँचने ही वाले हैं। वैसे एक बात और जान लें, इस स्ट्रेट रेजर के मामले में बार्बर शॉप के अनेक सेंटिमेंट भी हैं। दुकानों के संग्रहालय में डेढ़-दो सौ सालों से ये तमाम रेजर सजाकर रखे होते हैं। इस प्रवीण नाई ने हाल ही में यह समझ लिया कि अब दुकान और ज्यादा दिनों नहीं चलेगी, तब उन्होंने अपने ड्रॉअर की चाबी खोलकर एक विशिष्ट लेखक को एक पुराना रेजर उपहार में दे डाला, जिस रेजर से उनके पिता ने अपने पहले ग्राहक की दाढ़ी बनाई थी।

दाढ़ी के मामले में भी साहब लोगों का जितना सेंटीमेंट है उतनी ही गणना भी है। तीन व्यक्तियों की दाढ़ी बनाने का मतलब है—एक स्क्वायर फुट! हर व्यक्ति के चेहरे पर प्राय: 15,500 बाल होते हैं। प्रतिदिन उनमें औसत वृद्धि 1/1000 इंच होती है। वैसे इस वृद्धि की रफ्तार इस बात पर निर्भर करती है कि आप चीनी हैं या जापानी या कॉकेशीय,

यानी आप किस जाति के हैं। हमारे देश में भी किसी समय दाढ़ी-मूँछ संबंधी रिसर्च जरूर हुआ था, वरना 'माकुंद' वगैरह विशेष शब्दों की सृष्टि आखिर कैसे हुई?

हजामत बनाना किसी जमाने में साहब लोगों के देश में दुरूह आर्ट के स्तर तक पहुँच गया था इसका सबूत यह है कि अनेक नाइयों ने बिजली की रफ्तार से दाढ़ी बनाकर राष्ट्रीय सम्मान अर्जित किए हैं। अभी उसी दिन (1984) मिस्टर हार्ले नामक एक नाई ने एक के बाद एक 235 लोगों की दाढ़ी बना डाली। हर चेहरे के लिए समय लिया कुल 15.3 सेकंड। अब, आप समझ लें। 8 वर्ष बाद एक अन्य नाई ने हजामत बनाने का विश्व-रिकॉर्ड कायम किया। हर चेहरे के लिए उनकी गति 1.8 सेकंड! लेकिन उनका यंत्र आज के जमाने का सेफ्टी रेजर या उस्तरा नहीं था। पुराने जमाने का रेजर कितनी तेज धारवाला यंत्र होता था, यह जानने के लिए अपने दादा साहब के हजामत बनानेवाली बकसिया से जर्मन या शेफिल्ड स्ट्रेट रेजर खोज निकालें और उसे जरा घिसकर धार दे लें। आप समझ जाएँगे कि वेद-उपनिषद् में भी हमारे पुरखों ने क्यों 'धूरस्यधारा' को लेकर इतना सिर खपाया है और उसी उक्ति को लेकर बड़े-बड़े साहब उपन्यासकार किताब लिखने को क्यों लाचार हो गए।

बहरहाल, अमेरिकी दुकानों में शेविंग जब उठ ही गया है, तब हेयर कटिंग सैलून पर जरा अतिरिक्त नजर डाल ली जाए। उच्चतम स्तर पर क्षौर-कर्मियों की धौंस किस हद तक होती है, संवाद-माध्यम इसका सबूत समय-समय पर देते रहते हैं। किसी प्रतापी हस्ती की मृत्यु होती है तो टी.वी. और समाचार-पत्रों के धुरंधर संवाद संग्रहकर्ता उसके नाई के पास दौड़ आते हैं। प्रेसिडेंट निक्सन का जब देहावसान हुआ, उन लोगों ने उनके नाई मिस्टर मिल्टन पिट्स को जा पकड़ा। उन्होंने जानकारी दी कि स्वर्गीय प्रेसिडेंट निक्सन हर सप्ताह बाल कटवाते थे। बाल कटवाने के समय क्या-क्या बातें होती थीं? उन सबका भी टेप है या नहीं—ये तमाम वितर्कित सवाल निपुणता के टालते हुए दिवंगत राष्ट्रपति के नाई ने जानकारी दी कि निक्सन काफी उदार हाथों से टिप्स देते थे।

इन्हीं मिल्टन को लेकर किन्हीं दिनों उच्च स्तर पर जबरदस्त हंगामा मचा था। वे व्हाइट हाउस के अरसे पुराने नाई थे। लेकिन जब जिमी कार्टर आए तो उन्होंने मिस्टर मिल्टन पिट्स को 'सैक' कर दिया। उन्होंने कहा, "मैं निरुपाय हूँ। पुरातनपंथी मिल्टन अक्खड़, सिर्फ मर्दों के बाल छाँटते हैं, औरतों के बालों को हाथ भी नहीं लगाते।" अगले प्रेसिडेंट मिल्टन को व्हाइट हाउस में लौटा लाए, लेकिन पार्ट-टाइम के तौर पर। ये साहब लोग किसी को बिठाकर डॉलर खर्च करनेवाले जीव नहीं होते।

टिप्स, टिप्स और टिप्स का देश है यह अमेरिका। यह भी अफवाह थी कि मन-माफिक टिप्स न मिले, टैक्सीवाले पैसेंजर को पुलिस के हाथों में सौंप सकते हैं। लेकिन अनुसंधानी लेखक को एक गौरवमान नाई का पता चला। वे टिप्स नहीं लेते थे। उनका

वक्तव्य था, ''आप क्या अपने बेटे के टीचर को टिप्स ऑफर करते हैं? हम लाइसेंस-प्राप्त प्रोफेशनल हैं। हम फेयर-प्राइस चार्ज करते हैं। न कम लेते हैं, न ज्यादा।''

अन्यान्य नाई मुँह दबाकर हँसते थे—''ये सब मीटिंग-वीटिंग की बात छोड़िए। बाल-छँटाई का छपा हुआ रेट रखिए 8 डॉलर। तभी ग्राहक 10 डॉलर का नोट थमाकर चिल्लर लेने के झमेले में नहीं पड़ेंगे। आँखों की शर्म के मारे कहेंगे—चेंज आप रख लीजिए।''

जो लोग यह कहते फिरते हैं कि साहब लोगों के देश में बड़ों का सम्मान नहीं करते, वे लोग सत्य का अपचय करते हैं। साहित्यकार मित्र तारापद राय एक बार प्रवासकाल में किसी अमेरिकी लॉण्ड्री में जाते-आते थे। एक बार उनके मुँह से निकल गया कि वे काफी बुजुर्ग हैं। नौकरी से रिटायर होने के बाद बेटे के पास आए हैं। यह सुनकर लॉण्ड्री के छोकरे ने उन्हें बुलाकर कुछ पैसे वापस कर दिए और कहा, ''आप लोग सीनियर सिटिजन हैं। कितनी तकलीफ उठाकर, कितने धीरज के साथ आप लोगों ने यह देश गढ़ा है। आप लोगों को श्रद्धा अर्पित करना हमारा फर्ज है।'' अमेरिका के बार्बर शॉप में प्रायः सर्वत्र ही सीनियर सिटिजन के लिए स्पेशल रेट हैं। वैसे इसका व्यतिक्रम भी है। यहाँ एक नाई है। वह बूढ़ों से ज्यादा चार्ज करता है। उसका वक्तव्य है, ''ये बूढ़े लोग बड़े खिटखिटिया होते हैं, बड़ा पिटपिट करते हैं। इन लोगों को संतुष्ट करना बेहद मुश्किल है। इसलिए इन लोगों से ज्यादा-ज्यादा चार्ज करो। मुमकिन है, ये लोग किसी और नाई के पास चले जाएँ।''

ऐसे ही एक बजट-सचेतन सज्जन हैं। उन्होंने आकर दरयाफ्त किया, ''पूरे बाल न काटकर सिर्फ साइड-साइड से जरा फिनिश करा लूँ तो कितना रेट पड़ेगा?''

नाई ने झुँझलाकर जवाब दिया, ''सुनिए जनाब, यह कुरसी से पीठ टिकाते ही बिलकुल यही रेट है। कुरसी छोड़कर उठते हुए कितने बाल काटे गए, कितने सिर पर बच रहे, यह हिसाब करने की विद्या हमें नहीं आती।''

बार्बर शॉप में ग्राहकों के लिए 6 अदृश्य नियम हैं—

1. फर्श पर थूकना मना है।
2. दुकान का फर्नीचर तोड़ना नहीं चलेगा।
3. पदवी से संबोधन करना नहीं चलेगा।
4. आप चाहे जितने भी लखपति-करोड़पति हों, दुकान में अगर भीड़ हो तो धीरज के साथ आपको अपनी बारी की प्रतीक्षा करनी होगी।
5. आप चाहे जितने भी गण्यमान्य व्यक्ति हों, अपनी बारी आने तक आपको बैठना ही होगा। किसी को लाँघकर आप पहले अपना काम कराने की जिद नहीं करेंगे।

6. इन नियमों के अलावा सब चलेगा।

दुकान के ग्राहक कभी-कभी लगातार तीन घंटों तक अन्य कुरसी पर बैठे-बैठे अपने मन-पसंद नाई से केश कतरन के लिए इंतजार करते हैं। अगर एक ही दुकान में तीन-चार नाई हों तो यहाँ एक अलिखित कानून भी है। हाथ खाली होने पर कोई भी नाई प्रतीक्षारत किसी अतिथि को अपनी कुरसी पर नहीं बुलाएगा। वह सिर्फ इतना ही कहेगा—'नेक्स्ट'। इसका मतलब है—जो अपने प्रिय नाई का इंतजार करना चाहे, वह कर सकता है।

नाई की ढेरों जिम्मेदारियाँ होती हैं। ग्राहक के गले में वह कपड़े का टुकड़ा लपेटकर पूछेगा, "द यूजुअल? पहले जैसा ही न? साइड के बाल छोटे, बीच के बड़े?"

ग्राहक—"हाँ, वैसा ही काटिए। मगर बहुत ज्यादा मत काटिएगा। बस, जितना काटे बिना न चले, उतना ही। ज्यादा काटने से बाल खड़े-खड़े रहते हैं।

नाई साहब सुनते रहते हैं।

कभी-कभी ग्राहक कहता है, "ठंड का सीजन है, बाल जरा बड़े रहें तो बेहतर।" कभी वह हिदायत देता है, "गरमी पड़ रही है। इन दिनों जरा छोटे-छोटे रहें तो ही बेहतर।"

तजुरबेकार नाई की शिक्षा है—ग्राहक जो कहे, ध्यान से सुनना होगा। लेकिन ग्राहक के बालों के साथ जो करना है, वह इस ढंग से किया जाए कि ग्राहक को लगे कि वह जो चाहता था, वही हो रहा है। वैसे जो चाहते हैं और जो पाते हैं, इसका समन्वय करना दुनिया में आसान नहीं है।

ग्राहक की तरह साहब नाई की भी 16 दफा आचरण-विधि सुनिश्चित है। उसके कई एक उदाहरण—

- दुकान में जोर-जोर से चीखना-चिल्लाना नहीं चलेगा।
- ग्राहक जो कहे या पूछे, उसका जवाब देना होगा।
- लेकिन स्वयं सिर चढ़कर बातचीत हरगिज शुरू न की जाए।
- ग्राहक से बहसबाजी बिलकुल नहीं चलेगी।

नाइयों की दुकान में यह वाक्-संयम की धारा सागर पार इंग्लैंड से आई है।

एक बार एक विशिष्ट व्यक्ति दुकान में आए।

तौलिया लगाकर अंग्रेज नाई ने विनम्र सवाल किया, "माइ लॉर्ड, आपकी दाढ़ी किस ढंग से बनाऊँ?"

"बिलकुल चुपचाप, बिना आवाज किए।" लॉर्ड का सुचिंतित जवाब आया।

इसके बावजूद बहुत से लोग दो बातें करके अपना दिल हलका करने के लिए अपनी गाँठ से पैसे खर्च करके जान-पहचान के नाई की दुकान में जाते हैं। अपने घर, अपने कर्मस्थल से बाहर एक 'थर्ड प्लेस की विशेष जरूरत है इस युग के इनसान को—' इसीलिए चाय की दुकान, पब और बार्बर शॉप।

यहाँ कुछ ही देर में अन्यान्य ग्राहकों से भी दोस्ती हो जाती है। नाई साहब तो खैर हैं ही। इसीलिए बार्बर शॉप के नाई साहब की कई-कई भूमिकाएँ होती हैं। वे राजनीतिक भविष्यकार होते हैं, खेल पत्रकार, निजी संवाददाता, व्यक्तिगत परामर्शदाता होते हैं। पादरी के सामने कबूलनामे जैसे उन्हें ढेरों पाप-कर्म की स्वीकारोक्ति भी सुननी पड़ती है।

इस बारे में भी नाई-महल में सैकड़ों हँसी-मजाक चला करते हैं। जिनसे इनसान हमेशा ही झूठ बोलता रहता है, उनमें नाई का स्थान तीसरा है। झूठ-झूठ बातें सुननेवालों की पहली पंक्ति में बीवियाँ होती हैं। दूसरा स्थान है चर्च के पादरियों का और इन दोनों के ठीक बाद बार्बर शॉप के नाई तीसरे नंबर पर आते हैं।

बड़ा अमीर है, लेकिन बड़ा दुःखी देश है अमेरिका। यहाँ तीन दवाएँ ऐसी हैं, जो सबसे ज्यादा बिकती हैं—ट्यागमेट (अल्सर शांत करती है), इंडेरल (हाई ब्लड प्रेशर) और वैलियम (तनाव, चिंता कम करे)। आखिर आम इनसानों को भी तो पल-दो पल की मुक्ति चाहिए। हँसी का हिसाब भी हाथ की मुट्ठी में है—आम अमेरिकी औसतन दिन भर में 15 बार हँसते हैं। लेकिन यह भी जान लें, बाल काटने की दुकानों पर हँसी का आँकड़ा है—हर घंटे में 15 बार।

अमेरिकी बार्बर शॉप की शान-शौकत धीरे-धीरे बढ़ी है, गौरव धीरे-धीरे गढ़ा गया है। वहाँ ऐसी भी दुकानें हैं, जिनकी प्रतिष्ठा सन् 1700 में हुई थी। परंपरा की समृद्धि से भरी-पूरी नाइयों की खानदानी दुकानें भी हैं, जो सबसे अलग दिखती हैं। ऐसी भी दुकानें हैं, जिनके मालिक की उम्र 80 वर्ष है। वे कॉपी-कलम में रिटायर हो चुके हैं, लेकिन वे हर दिन दुकान आते हैं। मन हुआ तो दो-एक लोगों के बाल भी छाँटते हैं। वे अपने मन के सुख में डूबे-डूबे कहते हैं, "अब यह मेरा ऑफिस नहीं रहा। यह मेरे घर का लिविंग-रूम है।"

उनकी बगल में रखी कुरसी पर बैठे-बैठे दुकान के वर्तमान मालिक अपने कामकाज में डूबे रहते हैं। उम्र 60 वर्ष। 40 वर्ष वे यहाँ शिक्षक बनकर आए थे। उस समय उनसे कहा गया था—अगर मन लगाकर काम करो, अगर काम पर आने में देर न करो, ग्राहकों के साथ कड़वी बातें न करो, मुँह से अगर शराब की गंध न छोड़ो तो एक दिन तुम्हें ही यह दुकान खरीदने का पहला मौका दिया जाएगा। इसके अलावा और भी दो निषेधाज्ञा है—'रेलरोडिंग' और 'सोल्जरिंग'।

ये दोनों जटिल तकनीकी शब्द हैं। नाई महल में इनका विशेष अर्थ है। पहला है—एक व्यक्ति के बाल काटे जा रहे हैं। उसी समय कोई विशिष्ट ग्राहक आ पहुँचे, जो मोटी बख्शीश देते हैं। उन्हें कुरसी पर बिठाने के लिए हड़बड़-तड़बड़ हाथों से ग्राहक का काम निपटा दिया। इसे कहते हैं—रेलरोडिंग। इसके ठीक उलटा है—सोल्जरिंग। कोई ऐसा ग्राहक आ पड़ा, जो नाई को सख्त नापसंद है। उन्हें टालने के लिए हाथ के ग्राहक

के बाल धीमी गति से काटना, जिसकी वजह से अनभिप्रेत ग्राहक किसी और कुरसी की तरफ बढ़ जाए।

इस दुकान के नए युवक की उम्र 40 होगी। उन्होंने भी 20 वर्ष पहले यह दुकान जॉइन की थी। आजकल किसी 20 वर्षीय सद्य: पास किए हुए नाई की तलाश जारी है।

मिक् हंटर को 85 वर्ष की उम्र के एक नाई का पता मिला है। किसी एक ही दुकान में ये सज्जन लगातार 65 वर्षों से बाल काटने का काम कर रहे हैं। इंटरव्यू के समय जिसके बाल काटे जा रहे थे, उनकी उम्र 60 वर्ष। उन सज्जन ने सगर्व बताया कि शैशव में पहली बार इन्हीं नाई ने उनके बाल काटे थे। उसके बाद उनका प्रत्येक हेयर-कट इसी दुकान में।

हंटर की किताब में सीनियर मोस्ट नाई के तौर पर टेक्सास के बार्ड हैरिस रेनो महाशय का उल्लेख है। सन् 1926 से वह इस लाइन में हैं। नाई का लाइसेंस उन्हें वर्ष 1930 में मिला। सन् 1995 में रेनो ने कहा कि वे अपना लाइसेंस दुबारा नवीकरण कराएँगे। उनकी सफलता की चाबी—जल्दीबाजी न करके एक समय में एक ही काम करना। उनकी दुकान के ग्राहक जानते हैं कि उन्हें यहाँ क्या मिलेगा। खयाली मिस्टर हैरिस एक ही डिजाइन के बाल काटते हैं।

''ग्राहक अगर और कुछ चाहे तो उसे किसी और नाई के पास जाना पड़ेगा।'' यही है मिस्टर हैरिस का साफ वक्तव्य।

स्थानीय समाज में बुजुर्ग मिस्टर हैरिस की बेभाव कद्र है। बाल काटते समय मिस्टर हैरिस जो सब राय-सलाह देंगे, ग्राहक को निश्चित रूप से सुनना होगा। किसी एक पुराने ग्राहक ने लेखक को बताया, ''बाल छँटाई के लिए मिस्टर हैरिस का पारिश्रमिक बेहद कम है। बाकी रुपए विभिन्न विषयों पर उनकी मूल्यवान् राय के लिए फीस के तौर पर होते हैं।''

सचमुच, अमेरिकी नाई की दुकान में अगर समय गुजारा जाए तो सीखने को बहुत कुछ है। हावड़ा में पला-बढ़ा, इनसान बना; लेकिन मैं 'आफ्टर शेव', 'कोलन' और 'परफ्यूम' का फर्क नहीं जानता था।

आफ्टर शेव एक तरह की खुशबू होती है, लेकिन 'संकुचक' (एस्ट्रिजेंट) लिक्विड। क्षौर कर्म के बाद जो चेहरे पर लगाने से रोम कूपों से रंध्र संकुचित हो जाते हैं। 'कोलन' कई-कई खुशबुओं का समन्वय होता है, जिससे खुशबू फैली रहती है।

आदर्श अमेरिकी नाई कभी भी ग्राहक के बारे में अकारण कौतूहल नहीं दिखाता। फलस्वरूप काफी अचरज भरे कांड घटते रहते हैं। मिनीसोटा में एक सज्जन दो वर्ष की उम्र में अपनी माँ के साथ पहली बार बाल कटवाने दुकान पर आए। उसके बाद 62 वर्ष की उम्र तक हर महीने उसी एक ही बार्बर शॉप में जाते रहे। इसके लिए नाई के गर्व का

कोई अंत नहीं था। लेकिन पूछने पर वे उस ग्राहक का नाम नहीं बता पाए। उनका सीधा सा जवाब था, ''उन्होंने कभी अपना नाम नहीं बताया, मैंने भी कभी नहीं पूछा।''

बाल छाँटने के बारे में इतनी सब खबरें पाने के बाद आखिरी बार जब मैं न्यूयॉर्क आया, मैंने फिर कोई भूल नहीं की। मेरे दो गाइड चिन्मय-शिष्य विलियम और रिचर्ड सोयनसन मेरे साथ थे। इन दोनों का ही भारतवर्ष और बँगला के बारे में प्रबल आग्रह है। सन् 1964 से ये लोग श्रीचिन्मय के अनुरागी छात्र थे।

न्यूयॉर्क, जमाइका अंचल में श्रीचिन्मय स्ट्रीट के आस-पास चलते-चलते हम एक वेजिटेरियन रेस्तराँ में चाय पीने जा घुसे। श्रीचिन्मय-शिष्यों के इस उद्योग को इस अंचल में सर्वोत्कृष्ट निरामिष रेस्तराँ का सम्मान मिला है।

अमेरिकी बार्बर शॉप के प्रति मेरी दिलचस्पी देखकर भारत-प्रेमी मेरे ये दो गाइड जरा भी खिन्न नहीं हुए। इस दौरान साहब नाइयों के बारे में मैंने जो सब तथ्य जुटाए थे, उनका कुछेक नमूना पाकर उन दोनों को काफी मजा आया। बातचीत के दौरान उन्होंने निवेदन किया कि मेरी एक धारणा गलत है कि बार्बर स्कूल में प्रशिक्षण के लिए विशेष शिक्षा की जरूरत नहीं होती। किसी तरह स्कूल में चार-पाँच वर्ष गुजारने के बाद नाई-स्कूल में प्रशिक्षण लें, उसके बाद किसी नाई के अधीन रहकर कम-से-कम 3,000 घंटे के प्रशिक्षण के बाद ही लाइसेंस मिलता है।

मेरे गाइड ने ही बताया कि इस शहर में ही ऐसे नाई भी हैं, जो मशहूर ट्रिनिटी विश्वविद्यालय के ग्रेजुएट हैं, सुपंडित हैं और अपने शौक से बाल काटते हैं। 84-83, 164 स्ट्रीट के अन्नं ब्रह्म से महाज्ञानी नाई की तलाश में हम 86-10 पासेंस बुलेवार्ड में चले आए। उस दुकान का नाम भी अद्‌भुत था—परफेक्शन इन द हेड वर्ल्ड, यानी 'मस्तिष्क जगत् का उत्कर्ष' । एकमेवाद्बितीयम बार्बर चेयर के कलाकार सुदर्शन व्यक्ति थे। बेहद समादर के साथ किसी ग्रीक ग्राहक के केश कतर रहे थे। हम इंतजार करते रहे। उनका काम खत्म होने में ज्यादा देर नहीं लगी। उसके बाद नाई साहब ने मेरा स्वागत करते हुए कहा, ''संस्कृत भाषा बेहद ऐश्वर्यमयी है।'' 'बार्बर' शब्द में जो बर्बरता है, वह 'नर सुंदर' शब्द में नहीं है। काफी सोच-विचार के बाद मेरे गुरु श्रीचिन्मय ने नाम दिया है—'सुंदर'। संस्कृत में लॉण्ड्र मालिक हैं 'सभा सुंदर' और बाल-कटर हैं 'नर सुंदर'। परम हैरत की बात थी, न्यूयॉर्क शहर में महापंडित नाई हैं, जिनका बंगाली नाम है। इससे भी ज्यादा हैरत की बात यह थी कि न्यूयॉर्क में बाल-छँटाई की दुकान में वे बंकिमचंद्र के उपन्यास और महेंद्रनाथ गुप्त की 'श्रीश्रीरामकृष्ण कथामृत' पढ़ते हैं।

यह बात किस्सा-कहानी जैसी लग सकती है, फिर भी सुंदर की जीवन-कथा मनगढ़ंत नहीं है। ऐसा पंडित व्यक्ति मैंने कम ही देखा है। भारत महादेश का इतिहास वे घोलकर पी गए हैं। सुंदर ने पहली पहेली बुझाई—'मुखोपाध्याय मुखर्जी कैसे हो गया?' दूसरा

कठिन प्रश्न—'कायस्थ लोग शूद्र हैं या क्षत्रिय?' उन्होंने खुद ही बताया कि स्वामी विवेकानंद के छोटे भाई, किसी समय न्यूयॉर्क वासी, डॉ. भूपेंद्रनाथ दत्त की कृतियाँ उन्होंने मन लगाकर पढ़ी थीं। कोई नाई बँगला इतिहास का इस प्रकार विश्लेषण कर सकता है, यह बात मैं सपने में भी नहीं सोच सकता था। और एक सवाल, उस जमाने में नील-करवाले क्या सच ही किसानों पर अत्याचार करते थे? या स्थानीय जमींदारों के साथ उन लोगों के स्वार्थ का टकराव हुआ था? इस विषय में सोमेंद्रनाथ ठाकुर का लेख मिस्टर सुंदर ने मन लगाकर पढ़ा था। इसके बाद ही और दो ग्राहक आ गए। मैंने अगले दिन कुछ समय वहाँ गुजारने का कार्यक्रम तय कर डाला।

ऐसा हेयर कटिंग सैलून पश्चिम में ही संभव है। सुंदर का आदि नाम था—ग्राहम डाल्टन। इस देश में डाल्टनगंज नामक कोई जगह है, यह सुनकर उन्हें मजा आया। पैतृक पक्ष से वे स्कॉटिश थे, लेकिन जन्म आयरलैंड में। माँ बेलफास्ट की थी। ग्राहम डाल्टन का जन्म सन् 1949 में। दर्शन और मनोविज्ञान पढ़ने के लिए यूनिवर्सिटी ऑफ ट्रिनिटी गए। उन्हें वह तारीख भी याद है। तारीख थी 1 दिसंबर, 1970। उन दिनों उनकी उम्र इक्कीस वर्ष होने में दो हफ्ते कम थी। ग्राहम ने सुना कि कोई इंडियन दार्शनिक स्टूडेंट हॉल में लेक्चर देंगे। श्रीचिन्मय का व्याख्यान सुनकर ग्राहम अभिभूत रह गए। भारतवर्ष के आदि धर्म या दर्शन के बारे में कभी उनकी खास दिलचस्पी नहीं थी; लेकिन वह इंडियन उन्हें बेहद ईमानदार व सच्चा लगा। अगले ही दिन श्रीचिन्मय का और एक व्याख्यान, साथ में 'ध्यान' पर चर्चा। ग्राहम को लगा कि योग में कुछ संभावनाएँ हो भी सकती हैं।

श्रीचिन्मय चले गए। ग्राहम डाल्टन ने अब ईशर वुड के रामकृष्ण और आध्यात्मिक भारत के बारे में काफी सारी किताबें पढ़ डालीं। सन् 1992 में खबर आई कि श्रीचिन्मय लंदन आ रहे हैं। वहाँ उन दोनों की दुबारा भेंट हुई। इस बीच ग्राहम ने मांस-मछली व शराब आदि सब छोड़ दी और मानसिक आनंद महसूस करने लगे। लंदन में ही उनकी मुलाकात मशहूर गिटारवादक जॉन मैकलफलिन और उनकी पत्नी ईव के साथ हुई। वे दोनों ही अंग्रेज थे। लेकिन उनकी संगीत-मंडली का नाम था—'महाविष्णु ऑर्केस्ट्रा'। ईव का एक बँगला नाम भी था—महालक्ष्मी। "न्यूयॉर्क जाने की मेरी बड़ी इच्छा है।" यह सुनकर ईव ने कहा, "तुम आ जाओ। हमारे अन्नं ब्रह्म में कोई एक काम मिल जाएगा।"

ग्राहम डाल्टन जब न्यूयॉर्क आए, तब उनके शिक्षक श्री चिन्मय कुमार घोष देश से बाहर गए हुए थे।

फिर वही डब्लिन वापसी। शिक्षक की सलाह पर परीक्षा में बैठना। उसके बाद फिर वही खयाली जीवन। पिता हमेशा से ही मार्क्सिस्ट भावधारा के व्यक्ति। उनकी धारणा थी कि अंग्रेजों ने भारतवर्ष का अन्यायपूर्ण ढंग से शोषण किया है। ग्राहम डाल्टन की पहली नौकरी मशहूर विज्ञापन एजेंसी में। उन्हें वहाँ अच्छा नहीं लगा। उसके बाद डाक की

नौकरी। वहाँ भी मन नहीं लगा। उसके बाद कुछ फ्रांसीसियों को अंग्रेजी सिखाना।

डाल्टन ने अपने बंगाली पथ-प्रदर्शक श्रीचिन्मय को डब्लिन से फोन किया। उन्होंने सलाह दी, ''पेरिस चले जाओ। यहाँ अंग्रेजी सिखाओ।''

मैं पेरिस चला गया। लेकिन वहाँ खास सुविधा नहीं हुई। मैं न्यूयॉर्क चला आया। श्रीचिन्मय समझ गए कि इसी शहर में मेरे लिए कोई नौकरी जरूरी है। उनके छात्रों में बहुतेरे छात्र पूरे देश के कोने-कोने में छोटी-छोटी दुकानें, रेस्तराँ, लॉण्ड्री, छापाखाने, कारखाने, हेल्थ फूड शॉप चला रहे थे। उन लोगों की खासियत यह थी कि नौकरी के मामले में छात्रों को थोड़ी-बहुत सुविधा मिलती थी। इन सब प्रतिष्ठानों की मिल्कियत पूर्णत: व्यक्तिगत है, लेकिन सभी लोग अपने शिक्षक की इच्छानुसार कुछेक नियम मानकर चलते हैं। नफे-नुकसान की जिम्मेदारी उसकी, जो दुकान चलाता है।

ऐसा ही एक रेस्तराँ है—'स्माइल ऑफ द बियॉण्ड'! निरामिष आहार। वही पार्ट टाइम नौकरी। 86-14 पार्सस बुलेवार्ड में स्थित इस प्रकार की दुकान का तकनीकी नाम—'लचेनेट'। उन्हीं दिनों मेलजर नामक एक अमेरिकी से परिचय हुआ। श्रीचिन्मय ने उसको नाम दिया—'पहाड़'। पहाड़ यहीं एक बार्बर शॉप चलाते थे। उसने मुझसे कहा, ''मुझे एक सहकारी की जरूरत है। लेकिन किसी पढ़े-लिखे इनसान को यह काम क्या अच्छा लगेगा।'' मैं उछल पड़ा। नाई के काम के साथ शिक्षा का तो कोई टकराव नहीं है, बल्कि काफी सुविधा है। लोगों के साथ नित्य संपर्क! जितनी देर काम हो रहा हो उतनी ही देर कामकाज की व्यस्तता। पहाड़ की सलाह पर मैंने भी छह महीने मेहनत की और नाई का लाइसेंस हासिल कर लिया।

बाद में पहाड़ किसी के इश्क में पड़ गया, शादी कर ली और वह बार्बर शॉप मुझे लगभग दान करके चला गया। भारत की आध्यात्मिकता की तलाश वह जारी नहीं रख पाया। तभी से मैं यहाँ मन से सुख के साथ अपना काम किए जा रहा हूँ। भोर-भोर उठकर मैं ध्यान करता हूँ। उसके बाद थोड़ा टहलने निकलता हूँ और सुबह-सुबह ही दुकान खोल देता हूँ। मैं पाकिस्तान, भारतवर्ष, बँगलादेश कभी नहीं गया; लेकिन मेरी इस दुकान में इन तमाम देशों के लोग रोज आते रहते हैं। बंगाली देखते ही मैं झट पहचान जाता हूँ। उनसे बँगला में ही कहता हूँ, ''आइए! कैसे हैं?'' कभी कहता हूँ, ''आज काफी ठंड है।'' कभी-कभी यह भी कहता हूँ, ''आज बेतहाशा गरमी है।'' कभी उन्हें सूचना देता हूँ, ''आज कलकत्ता में खूब बारिश हो रही है।'' ग्राहक अब अवाक् नहीं होते, हाँ, खुश जरूर होते हैं।

पहाड़ ने इस बार्बर शॉप को जो नाम दिया था, वही कायम है। हाँ, चार्ज जरा नीचे की तरफ रखा है—रेगुलर हेयर-कट 7 डॉलर, दाढ़ी ट्रिमिंग 4 डॉलर, सीनियर सिटिजन लोगों के बाल छाँटने के लिए मैं कुल 5 डॉलर लेता हूँ। ढेरों डॉलर बटोरकर क्या करना

है? दिन भर में कुल मिलाकर अगर 15 ग्राहक भी आ जाएँ तो खाना-खर्च के बाद मेरा जीवन बड़े मजे में चल जाता है।

"सुंदर की दुकान में पाकिस्तानी, भारतीय, बँगलादेशी के अलावा फिलिपिनो, ग्रीक, इटालियन और निश्चित रूप से अमेरिकी भी आते हैं।"

सुंदर हमारे बंगाल तो कभी नहीं आया, मगर बंगाल का विशेष भक्त है। उसकी धारणा है कि बंगालियों में कोमलता होती है, जो ग्रीक लोगों में बिलकुल नहीं होती। वे लोग काफी रफ और कर्कश होते हैं। लेकिन इन दोनों जातियों में जमीन-आसमान का फर्क है। जिंदगी भर इसी देश में रचे-बसे होने के बावजूद ग्रीक लोगों का मन हमेशा पीछे छोड़ आए अपनी जन्मभूमि में ही लगा रहता है। अगर उनके लिए संभव हो तो वहाँ भी एकाध घर-मकान खरीद डालें और स्वदेश लौटकर बाकी जीवन गुजारने का प्लान बना लें। ये लोग अपने बाल-बच्चों को ग्रीक स्कूलों में ही भेजते हैं। चूँकि वे लोग विदेश में हैं, इसलिए ग्रीक भाषा न सीखें, ऐसा हरगिज नहीं हो सकता।

सुंदर ने बताया, "बंगाल देश तो नरम पीली मिट्टी जैसा है। जैसा देश, वैसे ही वहाँ के लोग। बंगाली लोग बेहद नरम होते हैं। ऐसी सुसभ्य जाति आपको कहीं देखने को नहीं मिलेगी। सिर्फ इतिहास ने ही बंगालियों से मजाक किया है। अब देखिए, अंग्रेज सभ्यता के साथ बंगालियों का अरसा पुराना संपर्क रहा है। इसका नतीजा क्या निकला, आप लोगों को गौर से इसकी जाँच-परख करनी चाहिए।" बंगाली लोग बेहद भावुक होते हैं। अपमानित होते ही दप् से सुलग उठते हैं। तब सोच-विचारकर काम नहीं करते।"

इसके बाद का मंतव्य और ज्यादा परेशानी की वजह जान पड़ी, "मैं इस दुकान पर बैठा-बैठा अपना काम करते-करते भी समझ सकता हूँ कि ग्रीक लोग इस देश में अपनी इच्छा के विरुद्ध रह रहे हैं। लेकिन बंगाली यहाँ रसने-बसने ही आता है। लेकिन एक बंगाली की दो पीढ़ियों में काफी दूरी बनी रहती है। बुजुर्ग लोगों के मन में यही अफसोस रहता है कि उनके बाल-बच्चे बंगाली नहीं रहे। अपने माँ-बाप के अनजाने में ही उनके बच्चों के आचरण, साज-पोशाक, खान-पान, सोच-विचार में अमेरिका घुस आया है। यहाँ के बंगाली लिविंग रूम और बेडरूम में अमेरिकी हवा बहने लगी है। सिलहटी टैक्सी ड्राइवर मेरी दुकान की इस कुरसी पर बैठकर अफसोस जताता है, "घर में मैं गुस्सा होकर गरजता-तरजता हूँ, लेकिन फिर भी मेरे बाल-बच्चे मेरी बात नहीं सुनते। क्यों, बताएँ तो?"

अगले ही दिन बेटा बाल छँटवाने आ पहुँचता है और कहता है, "सोचता हूँ, घर छोड़कर चला जाऊँ। बप्पा की डाँट-डपट असहनीय हो उठी है।"

मजेदार बात यह है कि वर्षों-वर्षों यहाँ रहने-बसने के बावजूद यहाँ माँ-बाप तो विशुद्ध बंगाली ही रह गए, मगर बेटा पक्का अमेरिकन बन गया है। उसे हॉट-डॉग प्रिय

है, बेस-बॉल प्रिय है; लेकिन सौभाग्य की बात यही है कि चाहे कितना भी अमेरिकन हो, इन लोगों में अमेरिकी रुक्षता नहीं आती।

□

सुंदर के साथ और भी ढेर सारी बातें हुईं।

सुंदर ने कहा, ''सुबह 10 बजे दुकान खोलता हूँ। टिकट कटाए बिना ही ग्राहकों के माध्यम से कभी ग्रीस, कभी इटली, कभी कलकत्ता, कभी ढाका घूमता-फिरता रहता हूँ। सुबह 10.30 बजे मौका मिलते ही कॉफी या हॉट चॉकलेट तैयार करके आस-पास के डिवाइन इंटरप्राइजेज की दुकान से तीन-चार दोस्तों को बुला भेजता हूँ। कामकाज कम हो तो यहीं बैठे-बैठे विवेकानंद, यीट्स पढ़ता हूँ, बंकिम पढ़ता हूँ। शाम 6.30 बजे दुकान बंद करके श्रीचिन्मय केंद्र चला जाता हूँ। वहाँ उनकी ढेरों किताबें हैं। उन सबकी देख-रेख करने में काफी धीरज लगता है, वक्त लगता है।''

महापंडित इस शख्स ने अभी तक इंडिया नहीं देखा। मुझे याद आया, जिंदगी भर वेद-वेदांत करने के बावजूद मैक्समूलर ने कभी इंडिया नहीं देखा था।

सुंदर के बार्बर शॉप से निकलकर मुझे लगा, कैसी हैरतअंगेज बात है। एक शताब्दी पहले स्वामी विवेकानंद जिस देश के बार्बर शॉप में अपमानित और दुकान से निकाल दिए गए थे, उसी देश में एक व्यक्ति ने बँगला सीखी, बँगला नाम धारण किया और बाल छाँटने की दुकान पर बैठकर उनकी लिखी हुई किताबें पढ़ रहा है।

होटल लौटकर मुझे सुंदर का फोन मिला।

उन्होंने कहा, ''मैंने भारत नहीं देखा, मैंने शायद सही नहीं कहा। विमान से मलेशिया जाने की राह में काफी ऊँचाई से मैंने कुछेक क्षणों के लिए भारत के दर्शन किए थे। मैं जरा आर्थिक तौर पर सक्षम हो जाऊँ तो एक बार इंडिया देखने जरूर आऊँगा।''

□

विश्व पथिक श्रीचिन्मय

ध्यान, आध्यात्मिक प्रशिक्षण, वेदांत वाणी प्रचार, असंख्य भाषण, ग्रंथ रचना, देश-देश परिक्रमा और साधना-केंद्रों की स्थापना करके भी शाकपूरा के मादल नामक बालक का काम खत्म नहीं हुआ। उनकी अविश्वसनीय प्राण शक्ति का अविश्वसनीय विकास उनकी संगीत-साधना, काव्य-रचना, छवि-अंकन, व्यायाम-चर्या और खेलों में भी झलक उठा। इन सभी विषयों में उनकी सृष्टिधारा मानो बाढ़ की तरह उमड़ पड़ी। वह गति इतनी इर्वार थी कि विशेषज्ञों के भी विस्मय का अंत नहीं रहा। किसी ने इसे पागलपन कहा, किसी ने इसे सृष्टि-सुख का सीमाहीन उल्लास कहा। किसी की राय में यह जेठ महीने का आँधी-तूफान था, जब आता है तो उसे नापने की क्षमता रसिकजन में भी नहीं होती। यथा—छवि अंकन। अमेरिका आने के दस वर्षों बाद (नवंबर 1974) चित्र आँकने का खयाल आया और उसके बाद साल भर के अंदर-अंदर उन्होंने एक लाख चित्र आँक डाले। भक्तगण विस्मय से गूँगे हो आए। अविश्वासी लोगों को यह पागलपन लगा। वैसे निंदकों के लिए मौके की कोई कमी नहीं होती। सच तो यह है कि दुनिया के किसी भी देश के किसी भी शख्स को नवंबर (1975) महीने के एक दिन में कुल चौबीस घंटों के व्यवधान में 16,031 चित्रांकन का फैलाव बहाते हुए देखा गया है?

बार-बार ध्यान की गहराई में प्रवेश करके भी जो लोग आम इनसानों को शिक्षा देने के लिए बार-बार पार्थिव परिवेश में लौट आते हैं और लोगों को प्रेरित करने के लिए उनके अंदर अविस्मरणीय आकर्षण शक्ति जाग उठती है तथा जो भी लोग उनके काफी करीब आते हैं, वे लोग अकसर चुंबक जैसा खिंचाव महसूस करते हैं। गाँव के योगी ने अगर विश्व-विजय न की होती तो यह कभी संभव नहीं होता। इस शक्ति को दूर से ही सिर्फ कानों से सुनकर या विवरण पढ़कर इस पर भरोसा नहीं होता। लेकिन इसके अस्तित्व को अस्वीकार करने का उपाय नहीं है। जिज्ञासु लोग अपने करीब उपलब्ध ध्यान-गुरु को नतमस्त होकर क्षणिक परिचय में ही अपना गुरु मान लेते हैं। स्वामी विवेकानंद का

व्याख्यान सुनकर अमेरिका और यूरोप में ऐसी घटनाएँ अकसर होती रहती थीं। उनका भाषण सुनते ही अविश्वासी लोग विश्वासी हो उठते थे और गुरु के आश्रय व दीक्षा की याचना करते थे।

श्रीचिन्मय के एक शिष्य ने अपने गुरु की जीवन-कथा से ऐसी ही एक घटना का उल्लेख किया। जैसे, सन् 1971 में (22 अप्रैल) गुरु का इंटरव्यू लेने किसी विख्यात एफ एम रेडियो के रिपोर्टर पॉल गोरमैन और उनके सहयोगी एलेक्जेंडर हिक्सन तशरीफ लाए। हैरत है। भाव विनिमय के बाद हिक्सन, उनके भाई एंटोनी और पत्नी शीला ने उनके शिष्य होने की इच्छा प्रकट की। बाद में इन लोगों का आध्यात्मिक नाम है—पुरुषोत्तम, प्रणवानंद और परमेश्वरी।

उन दिनों न्यूयॉर्क में उनकी ख्याति दूर-दूर तक फैल चुकी थी। कोलंबिया विश्वविद्यालय में सिर्फ भाषण ही नहीं, ध्यान-सभा भी आयोजित हुई। वहाँ एक हजार लोगों की उपस्थिति। लगातार तीन घंटों के ध्यान-अभ्यास के बाद बहुतेरे लोग अभिभूत हो उठे। ऐसा तजरबा उन लोगों को पहले कभी नहीं हुआ था। ध्यान के आलोक में भारतीय गुरु से योग का पहला पाठ ग्रहण करके लोग धन्य हो गए। उन्हें विदा देते हुए बहुतेरे लोगों ने नतमस्तक होकर उनसे आशीर्वाद-याचना की, उनके चरण-स्पर्श की अनुमति माँगी। अमेरिका देश की माटी पर इस किस्म का दृश्य विरल था।

विदा लेते हुए गुरु के पास सभी लोग दौड़े चले आए, ऐसा भी नहीं था। बहुतेरे लोग अप्रत्याशित अंतः संबंध से धनी होकर सभागृह में ही काफी देर तक स्वच्छ बैठे रहे। उन्हीं लोगों में एक शख्स थे—डेविड बार्क। परवर्ती काल में श्रीचिन्मय के प्रिय शिष्य, जिनका नया नाम हुआ—चिदानंद। इन्हीं चिदानंद ने बाद में मसूरी में चिन्मय सेंटर की प्रतिष्ठा की।

कई महीनों बाद (जुलाई 1971) न्यूयॉर्क में और एक आम ध्यान-सभा आयोजित की गई। इस बार भी हॉल में तिल भर जगह नहीं थी। वह एक अभूतपूर्व अनुभव था। चिन्मय के एक शिष्य ने कहा। गुरु उन लोगों को प्राचीन भारत के बारे में सैकड़ों बातें बताते थे, साथ ही स्तोत्र भी सुनाते थे। ऐसे ही एक स्तोत्र में आवाज मिलाकर आखिरकार विदेशी छात्र-छात्राएँ भक्ति-भाव से अभिभूत होकर गा उठे—

वेदाहमेतं पुरुषं महान्तन
आदित्य वरणं तमस परस्तात्।

—हमने उस महान् पुरुष को जाना है। वे निविड़ अंधकार के पीछे देदीप्यमान सूर्य हैं।

गाँव के योगी गाँव छोड़कर निकल आए, सागर-पर्वत पार होकर अमेरिका के विश्व-पथिक बन गए। समस्त दुनिया की मिलन भूमि है यह अमेरिका! इसे देखकर ही मुँह से निकल पड़ता है—

कोई नहीं जाने किस आह्वान पर, बहे मनुज की धारा
दुर्वार स्तोत्र उमड़ा कहाँ से, आ मिला समुद्र में आत्महारा

अमेरिका-प्रवास की शुरुआत से ही जो लोग न्यूयॉर्क चिन्मय सेंटर में आए हैं, वे सभी लोग अमेरिकी नहीं हैं। संयुक्त राष्ट्र के दफ्तर के कारण दुनिया के संख्याहीन देशों से लोग इस महानगर में आते हैं और उनमें से अनेक लोग श्रीचिन्मय की प्रार्थना-सभा में शामिल हुए हैं। उन्होंने वेद-मंत्र पाठ किया, प्राचीन पूर्वजों की रहस्यमय उपलब्धियों का विवरण बताते हुए जैसे सोच्चार हुए वैसे ही बहुत समय संपूर्ण नि:शब्दता की राह भी अपनाई है, जिसने नवागत लोगों को मुग्ध किया। स्वदेश लौटकर उन लोगों में से अनेक ने जिज्ञासुओं से शाकपूरा के इस ग्रामीण योगी की चर्चा की। इससे जानने का आग्रह और बढ़ता गया और विविध चिन्मय केंद्र क्रमश: दुनिया के विभिन्न प्रांतों में फैलते गए।

सन् 1964 में पांडिचेरी से न्यूयॉर्क तक सफर करने के बाद श्रीचिन्मय अमेरिका में ही प्राय: आबद्ध रह गए। लेकिन काफी लंबे अरसे से उनकी आकांक्षा थी कि वे सबको साथ लेकर देश-देश का भ्रमण करें। यह भी संभवत: एक किस्म की धर्म-विजय की आकांक्षा थी। बड़े दिन के समय वर्ष 1974 ने नई-नई संभावनाओं के द्वार खोल दिए। अमेरिका में पहली बार दल-बल समेत पोर्टोरिका की यात्रा। पोर्टोरिका में ही पहले चिन्मय सेंटर की स्थापना हुई। सभी भक्त आर्थिक रूप से संगति-संपन्न नहीं थे। दो-एक भक्तों की निष्ठा और कठिन कष्ट स्वीकार करने का विवरण मानो कहानी जैसा हो। इन लोगों में ही एक जन, किसी जमाने में मशहूर बॉक्सिंग लड़ाकू थे। पारिवारिक नाम फ्रैंक डेल रियो। गुरु का दिया हुआ नाम—नादेश्वर। उनके पास पोर्टोरिका जाने के लिए रुपए नहीं थे, लेकिन नादेश्वर में अमेरिकी जाति की अंतर्निहित शक्ति भरी हुई थी। उन्हें किसी भी काम में न झुँझलाहट होती थी, न कोई आपत्ति होती थी। वे पोर्टोरिका में गुरु के साधन-भजन के बाहर डाव बेचने लगे।

एक दिन इन्हीं नादेश्वर ने गुरु को पोर्टोरिका सेंटर की रसोई में ले जाकर कहा, ''मेरे पास 1,250 डॉलर हैं, डाव बेचकर जमा किया है। इसमें 1,000 डॉलर आपको देकर मैं धन्य होना चाहता हूँ। इसके अलावा आपकी अनुमति भी चाहता हूँ। अपने डाव कारोबार के लिए 250 डॉलर अपने पास रखना चाहता हूँ।''

गुरु विस्मित और निर्वाक। शिष्य और अधिक मुग्ध! उन्होंने कहा, ''मेरे इस जीवन में गुरु से बढ़कर किसी ने भी मेरे बारे में इतनी चिंता नहीं की। जीवन के आखिरी छोर पर खड़े होकर मैं निर्भय कह सकता हूँ, मेरे प्रभु ने मुझे असीम प्यार दिया है और वे आखिरी दिन तक मुझ पर कृपा और प्रीति देते रहे।''

□

ध्यान व योग के साथ-साथ और भी कई एक विषयों में आग्रह और दिलचस्पी के

चिन्मय को उनके समय के अन्यान्य लोगों से अलग कर रखा है। संगीत के बारे में उनकी विचित्र व्युत्पत्ति के बारे में मैं पहले ही उल्लेख कर चुका हूँ। कविता और गीतों का आशीर्वाद उन पर अजस्र धारों में बरसता रहा। यह वैचित्र्य और परिमाण दोनों ही विस्मय जगाता है। चित्रकला और एक पक्ष है। इसकी संख्या भी लोगों को विस्मित करती है। हालाँकि इनकी व्युत्पत्ति को लेकर मैं उतना सिर नहीं खपाता, क्योंकि आध्यात्मिक आचार्यों से आज की वर्तमान दुनिया इतने सब अतिरिक्त सृष्टि की प्रत्याशा नहीं करती।

एक और विषय में प्रवेश करने से मैं बचता रहा हूँ। शायद मुझे थोड़ी गलतफहमी भी हो गई थी—देहचर्या और विभिन्न क्रीड़ा-क्षेत्रों में विस्मयकारी सफलता। सन् 1986 में 25 जून को गुणग्राही लोग जमाइका टेनिस कोर्ट में चिन्मय को एक नए विषय में अभिनंदन देने के लिए जमा हुए। उस दिन के विशिष्ट अतिथियों में शामिल थे—ओलंपिक विजेता लोग, शरीरचर्या में विश्व-वंदित लोग, और क्रीड़ा जगत् के दिग्गज लोग! इस दुनिया के कामयाब लोगों के बारे में मुझे खास जानकारी नहीं है। लेकिन पता लगाया तो जानकारी मिली—लॉन्ग जंप में कैथी ओर्टार, बॉडी बिल्डिंग में बिल पोर्टर और उनकी पत्नी, जूडी पार्कर तथा ओलंपिक दौड़-वीर कार्ल लुइस, जमाइका टेनिस कोर्ट में उपस्थित अध्यात्म-जगत् के गुरु को वेट-लिफ्टिंग या भारोत्तोलन में नई स्वीकृति देने को जमा हुए थे। उस दल में संगीत जगत् के ग्रैमी अवॉर्ड विजेता माइकेल वाल्डेन भी मौजूद थे। ठीक एक वर्ष पहले 40 पाउंड का वजन उठाने से इस यात्रा की शुरुआत हुई थी। उसके बाद आध्यात्मिक और मानसिक शक्ति का प्रयोग करते हुए अगले साल भर के अंदर-अंदर वह वजन 1,300 पाउंड तक ले आए। जो लोग इस बारे में खोज-खबर रखते हैं, उन लोगों के लिए यह परम आश्चर्यजनक खबर थी। लेकिन आध्यात्मिक शक्ति-संधानी लोगों के लिए यह उत्तरण कोई खास बात नहीं होती। प्राचीन भारत में इस शरीर को ही 'देह मंदिर' कहा गया है और साध्य की सीमा को धीरे-धीरे विस्तृत करके धीरे-धीरे सफल न हुआ जा सके, ऐसी कोई चुनौती नहीं है।

बहरहाल, रिकॉर्ड का कोई अंत नहीं है। 21 सितंबर, 1986 को उन्होंने 'वन-आर्म' लिफ्ट में 400 पाउंड वजन उठाया। 'काफ लिफ्ट' में 3,000 पाउंड उठा लिया। वैसे क्रीड़ा और देह-उत्कर्ष जगत् के बारे में मैं कोई भी खोज-खबर नहीं रखता। लेकिन विशेषज्ञों ने बताया कि उसी वर्ष नवंबर की 27 तारीख को श्रीचिन्मय ने जो किया, वह अतुलनीय था। उन्होंने 2,039 पाउंड का वजन उठाया, जो अब तक सभी लोग असाध्य मानते थे।

श्रीचिन्मय ने अपने शिष्यों से कहा, ''जो असाध्य है, उसका अतिक्रम करके और आगे बढ़ा जा सकता है।''

अगले साल जनवरी के महीने में उन्होंने एक ही हाथ से 3,081 पाउंड उठा लिया।

इसके बाद भी भारोत्तोलन के विविध असंभव को उन्होंने संभव कर दिखाया। कई वर्षों बाद उन्होंने यात्रियों समेत एक पूरा-का-पूरा जेट विमान उठा लिया। उनकी सफलता का रहस्य बिलकुल सीधा-सादा था—दुनिया में ऐसे असंख्य लोग हैं, जो लोग अंतस की शक्ति पर विश्वास नहीं करते। उन लोगों की धारणा है कि बहिर्जीवन ही सबकुछ है। लेकिन मैं इन लोगों के साथ एकमत नहीं हूँ। अंतर्जीवन भी तो एक उपलब्धि होती है। अंतस की यही उद्दीपना मुझे इस उम्र में भी भारोत्तोलन के लिए प्रेरित करती है। मैं देह के अंग-प्रत्यंग का पूरा दम लगाकर लिफ्टिंग करता हूँ, लेकिन विजेता बनने की ताकत अंदर से आती है। मेरी प्रार्थना, मेरे ध्यान से शक्ति उमड़ती है।''

इस असंभव को संभव करते समय जो लोग वहाँ मौजूद थे, वे लोग अपना विस्मय दबा नहीं पाए।

विख्यात बॉडी बिल्डर बिल पर्ल ने एक बार कह ही डाला, ''चिन्मय एक आश्चर्यजनक राह पकड़कर आगे बढ़ रहे हैं। देह-मन-आत्मा के संयोग से क्या कुछ किया जा सकता है, यह हम उनके माध्यम से देख सकते हैं। रही इतनी ज्यादा उम्र में ये सब शारीरिक जोखिम उठाना? चिन्मय को व्हीलर विलॉक्स से उद्धरण देना पसंद था।''

वे कहते थे, ''उम्र या बुढ़ापा पूरी तरह कल्पना का मामला था। अरे, उम्र की अवज्ञा करो, उम्र भी तुम्हारी अवज्ञा करने लगेगी।''

अमेरिकी देशों में कई दशकों से वेदांत प्रचार धीरे-धीरे और भी कितने ही देशों तक फैल गया है, इसकी खबर किसी अज्ञात कारणवश हमारे भारत और बंगाल तक नहीं आ पहुँचा है। लेकिन अमेरिका से फैलकर जिन सब देशों के लोगों को इसने आकर्षित किया है और जिज्ञासु बनाया है, उनमें शामिल हैं—दक्षिण अफ्रीका, जिंबाब्वे, फिनलैंड, न्यूजीलैंड, चेकोस्लोवाकिया, हंगरी, नॉर्वे और स्कॉटलैंड, ऑस्ट्रेलिया, स्वीडन, पोलैंड, ब्राजील तथा अन्यान्य देश।

देश-देश में सिर्फ चिन्मय सेंटर या केंद्र ही नहीं, यूनाइटेड नेशंस के माध्यम से विख्यात देशों के विख्यात राष्ट्र-प्रधान, राजदूत और पदस्थ राजकर्मियों के साथ जो गहरा संपर्क गढ़ उठा है, वह प्रायः अविश्वसनीय है। इसी सूत्र से कई बार विभिन्न महलों से उनका नाम नोबेल शांति पुरस्कार के लिए प्रस्तावित हुआ। जिन लोगों ने उनका नाम भेजा, उनमें रूस के गोर्वाचेव से लेकर बँगलादेश के प्रतिनिधि अनवर-उल करीम चौधरी तक बहुतेरी हस्तियाँ शामिल थीं।

इसके बावजूद मानो कहीं अनुच्चारित दर्द रह ही गया। अपनी जन्मभूमि बँगलादेश और मातृभूमि भारत में इस दीर्घ चार दशकों में उन्होंने कई-कई बार निःशब्द पदार्पण किया, मगर शिष्यों को लेकर भरपूर गर्व के साथ कभी आना नहीं हुआ। जीवन की साँझ में बचपन और जवानी की लीलाभूमि पांडिचेरी के साथ भी उनका कोई रिश्ता बाकी नहीं

रहा; क्योंकि एक-एक करके सभी बड़े भाई और दीदी ने आश्रम में ही अंतिम साँस ली।

भारत-बँगलादेश के प्रति किसी अजीब से आकर्षण ने जो उन्हें अदृश्य बंधन में जकड़ रखा था, इस हकीकत की उनके करीबी शिष्यों को जानकारी थी। जाने कहाँ तो गहरी दर्द भरी उदासी का सुर! पुकार आई है। कोई पुकार सुनाई दे रही है। विश्व प्रभु की पुकार। कहीं शिशु जैसी सरलता और आकर्षण। मैं बोल रहा हूँ। "परमेश्वर क्षमा करो।" वे कह रहे हैं—"मुझे ग्रहण करो।"

प्रवास में विपुल स्वीकृति और सम्मान-लाभ के बावजूद विवेकानंद ने घर लौटने का फैसला किया था। वे कह सके थे—"माँ मेरी, इसी देश में जन्म हुआ, इसी देश में मरूँ।" सुदूर प्रवास के कर्मयज्ञ में फँसे रहने के बावजूद शाकपूरा के उस बारह वर्षीय बालक का मन गुपचुप रूप में अपनी मातृभूमि की ओर ही लगा हुआ है, उनसे भेंट के दौरान यह बात समझने में मुझे जरा भी मुश्किल नहीं हुई। लेकिन परिस्थितियों के जटिल बंधन और भाग्य के निठुर खयाल के कारण ऐसा संभव नहीं हुआ।

श्रीचिन्मय के महाप्रयाण के बाद सिर्फ इतना ही कहा जा सकता है—लौटकर नहीं आया सिर्फ एक जन।

□

कठिन प्रश्नों का सहज चिन्मय भाष्य

अमेरिका में और विभिन्न देशों में अपने सुदीर्घ प्रवास जीवन में श्रीचिन्मय ने अपने जिज्ञासु शिष्यों के असंख्य प्रश्नों का उत्तर अतिशय दिव्य भंगिमा में दिया है। वहाँ उन्होंने वेद, उपनिषद्, रामायण, महाभारत, बुद्ध, शंकर, रामकृष्ण, विवेकानंद, अरविंद के अलावा विगत दो शताब्दियों के ख्यात-अख्यात बहुत से साधकों की वाणियों के उद्धरण भी दिए हैं। कथामृत में कौतूहली पाठक-पाठिकाओं के कुछेक बेबाक प्रश्नों के उद्धरण दिए जा रहे हैं। उत्तरों में एक अतुलनीय अध्यात्म-अन्वेषक आचार्य की छवि उभरती है।

संस्कृत 'ओइम्' शब्द के बारे में जानने को मैं विशेष आग्रही हूँ।

समस्त पृथ्वी ही तो इस ओइम् के अंतराल में उपस्थित है। भारतवर्ष में हम ब्रह्मा, विष्णु और महेश का उल्लेख करते हैं, जो सृष्टि, स्थिति और प्रलय या परिवर्तन का दायित्व निभाते हैं। अ हैं ब्रह्म, उ हैं विष्णु और म हैं महेश्वर। परम पुरुष के श्वास-प्रश्वास है यह—ओइम्। प्राचीनकाल के ऋषि-मुनि और साधक इस ओइम् उच्चारण के माध्यम से ही घने अंधकार में आत्मा का आलोक और मुक्ति का संधान पाते थे। आज भी मेरे देश में सत्य के अन्वेषी इसी मंत्र के माध्यम से असीम की उपलब्धि करते हैं।

ओइम् का अर्थ क्या है?

सभी मंत्रों का जनक है—ओइम्। असीम शक्ति का आधार भी यही ओइम् है। केवल यह मंत्रोच्चार करके ही हमें ईश्वर की उपलब्धि हो सकती है। जब यह मंत्र उच्चारण करें तो यह अनुभव करने की कोशिश करें—ईश्वर मेरे ही संग ऊपर उठ रहे हैं या उतर रहे हैं। ईश्वर का प्रतीक है यह ओइम् मंत्र।

जब आपने हमें ध्यान की शिक्षा दी थी, तब परमेश्वर की जगह 'ओइम्' शब्द का व्यवहार क्यों नहीं किया?

तुम लोग चर्च में जाकर पहले देवता को याद करते हो, इसलिए मैंने तुम लोगों को पहले ईश्वर के बारे में बताया। अब यह तुम्हें तय करना होगा कि किस पर तुम्हें ज्यादा विश्वास है।

ओइम् का उच्चारण किस ढंग से किया जाए?

इसका शब्द-झंकार अद्वितीय है। दो साधारण पदार्थों के संघात से एक शब्द की उत्पत्ति होती है। ओइम् शब्द में संघर्ष या संघात की कोई बात नहीं है। इसे 'अनहद', शब्दहीन शब्द कह सकते हो। योगी और साधक अपने हृदय की गहराइयों में स्वत:प्रेरित ओइम् सुन पाते हैं।

ओइम् उच्चारण के कई ढंग हैं। जब उच्च स्वर में ओइम् उच्चारित किया जाता है, तब सर्वभूत में परमेश्वर की उपस्थिति अनुभव की जा सकती है। जब ओइम् को नितांत नरम सुर में उच्चारित किया जाता है, तब परमानंद की अनुभूति होती है और जब कोई नि:शब्द ओइम् कहता है, वो अनंत सागर में शांत परमेश्वर का पता मिलता है। परमेश्वर का यह ओइम् सीमाहीन महासमुद्र जैसा है। किसी व्यक्ति द्वारा उच्चारित ओइम् मंत्र मानो महासमुद्र में पानी की एक बूँद की तरह है।

वैसे उच्च स्वर में ओइम् का उच्चारण ही शायद अच्छा है, क्योंकि तुम्हारे कानों में प्रतिध्वनित होता हुआ यह शब्द समस्त शरीर को आच्छन्न कर सकता है।

इस मंत्रोच्चार से किए हुए समस्त अन्याय के लिए क्षमा मिल जाती है। इस एक शब्द से पलक झपकते ही अंधकार प्रकाश में रूपांतरित हो सकता है, हम अज्ञान से ज्ञान तक पहुँच सकते हैं और मृत्यु से अमृत पथ की ओर अग्रसर हो सकते हैं।

आपने कहा है कि दिन भर में कम-से-कम 500 बार ओइम् उच्चारण करो। इतना वक्त कहाँ मिलता है?

अगर एक बार में न कर सकें तो कई बार में करें। दस-दस बार करके दिन भर में पचास बार में पूरा कर लें। भोर के समय पचास बार उच्चारण करें। घंटे भर बाद फिर पचास बार। इसी तरह कोशिश करते रहें। हर बार दो-एक मिनट से अधिक समय नहीं लगेगा। इस तरह यह प्रक्रिया आसान हो जाएगी।

योगी और अवतार में क्या फर्क है?

योगी की आत्मा को ईश्वर की अनुभूति होती है। अवतार एक स्तर ऊँचा होता है; उसे अंश अवतार कहा जा सकता है। अंश अवतार के ऊपर हैं पूर्ण अवतार। योगी किसी भी इनसान के पथ प्रदर्शक हो सकते हैं, लेकिन ईश्वर समस्त विश्व का मुकाबला कर सकते हैं। योगी खामोशी से अपना कार्य करते हैं, अवतार का अनंत उद्यम होता है। वे असीम आत्मविश्वास के साथ अपना संदेश, अपनी वाणी प्रस्तुत करते हैं। योगी नन्हा सा पौधा होता है और अवतार एक वटवृक्ष जैसा।

अवतार ईश्वर के वंशोद्भव होते हैं, उन्हीं के उत्तराधिकारी हैं। वे ऊँचे और नीचे, सभी स्तरों पर कार्य कर सकते हैं। वे यदि विशाल सागर हैं तो योगी एक छोटा सा पोखर। इनसान में संपूर्ण परिवर्तन लाने के लिए एक अवतार निश्चित रूप से किसी योगी की तुलना

में बहुत ज्यादा सक्षम होते हैं।

विविध कारणवश कोई अवतार हमेशा सर्वोत्तम अनुभूति के स्तर से कार्य नहीं कर सकते। इसकी वजह है—पृथ्वी की अज्ञानता और मनुष्य की असंपूर्णता। इनसान अकसर ही अवतार से प्रकाश नहीं माँगते। आप भगवान् ईशू को ही देखें, उनके लिए किसने अनुभव किया? कृष्ण को देखें, कितने लागों ने उन्हें ग्रहण किया? अति मामूली से कुछ लोगों ने।

भारतीय दर्शन के मुताबिक, अवतार ईश्वर की संतान होते हैं। वे जब चाहें, परमेश्वर से संपर्क कर सकते हैं, साक्षात्कार कर सकते हैं। अनेक योगी ऐसा नहीं कर पाते। अनुभव की गहराई में प्रवेश करने में उन्हें दो-तीन घंटे लग जाते हैं।

लेकिन अवतार इनसान की तरह होते हैं। उनकी बातचीत, खान-पान, साँस लेना—सबकुछ आम इनसान जैसा होता है। लेकिन जब वे सर्वोत्तम स्तर तक जा पहुँचते हैं, उस वक्त अगर उन्हें अनुभव किया जा सके तो समस्त जीवन उनके चरण-कमलों में निवेदित होने को मन आकुल-व्याकुल हो उठता है। जब वे पराघात करते हैं और परे हटा दें, फिर भी इनसान कुत्ते की तरह उनका विश्वस्त रहेगा, क्योंकि तुमने उनसे जो अतुल ऐश्वर्य-लाभ किया है, वह दुनिया का और कोई व्यक्ति तुम्हें नहीं दे सकता। अवतार का प्रकृत माहात्म्य समझ लें तो इनसान को आध्यात्मिक अनुभूति के काफी उच्च-उच्च स्तर पर बने रहना होगा।

ठाकुर रामकृष्ण कह गए हैं कि ईश्वर अगर गाय है तो जहाँ से दूध उपलब्ध हो, वही थन है—अवतार।

अवतार रूप में वे परमेश्वर से भी अधिक दयामय है, क्योंकि मैंने अगर कोई गलती की हो तो ईश्वर के दरबार में उस पर विचार किया जाएगा। कर्म का विधान तो खैर है ही। लेकिन गुरु के मामले में बात अलग है। शिष्य के प्रति उनका गहरा प्यार होता है, इसलिए सजा वे अपने ऊपर ले लेते हैं। सत्य के अन्वेषी अगर ईश्वर से प्रार्थना करें और उनके आगे आँसू बहाएँ तो सजा देने के बजाय ईश्वर उसे माफ कर देंगे। अगर किसी अवतार की गुरु रूप में प्राप्ति हो जाए तो गुरु ही शिष्य की सारी सजा अपने शरीर पर ग्रहण कर लेंगे।

जब इस धरती पर कुल एक अवतार मौजूद हो तो पूर्वकाल के अवतारों को वे भूल नहीं जाते। श्रीरामकृष्ण भी कह गए हैं—"जो राम है, जो कृष्ण है, वही एक शरीर में रामकृष्ण है।" अफसोस यह है कि पश्चिम में एकमात्र ईशु को ही अवतार रूप में स्वीकार किया गया है। लोग एकमात्र उन्हें ही ग्रहण करते हैं। लेकिन यह शायद गलत है। ईसा, बुद्ध, कृष्ण तथा अन्यान्य अवतार एक ही घर से आए हैं। ईसा को हम कृष्ण या बुद्ध या रामकृष्ण से अलग करके नहीं देख सकते। ईसा की तरह ही कृष्ण और श्रीरामकृष्ण में भी परमेश्वर का आनंदमय प्रकाश है।

विवेकानंद के बारे में कुछ कहें।

ठाकुर श्रीरामकृष्ण की अद्‍भुत लीला के कुछ अंश विवेकानंद ने प्रत्यक्ष किए थे। उनकी विराट् विभूति थी। ईश्वर की दी हुई महान् शक्ति समेत वे इस मर्त्यलोक में आए थे।

ये विभूतियाँ मानव जाति का नेतृत्व करती हैं। इनसान को नींद से जगाना ही उनका संकल्प होता है। कोई-कोई नेपोलियन को भी विभूति से विभूषित करना चाहते हैं; लेकिन नेपोलियन के क्रिया-कलाप पार्थिव जगत् के लिए था, जबकि विवेकानंद की दृष्टि आध्यात्मिक जगत् पर टिकी हुई थी। उनका प्रधान कार्य था गुरु श्रीरामकृष्ण की वाणी का विश्वव्यापी प्रचार।

श्रीरामकृष्ण स्वयं भी इसी कार्य में काफी सिद्ध और सफल हुए थे, लेकिन वे इसका प्रचार नहीं चाहते थे। आज की दुनिया में निश्चित रूप से मन की ही जरूरत है। इस मन को प्रज्ञावान् होने की भी जरूरत नहीं है। एक साधारण सा मन ही यथेष्ट है। लेकिन श्रीरामकृष्ण ने सीधे-सादे मन की भी परवाह नहीं की। इसलिए विवेकानंद ने बड़े जतन से रामकृष्ण रूपी वृक्ष के सारे फल इकट्ठे किए और वह संग्रह समस्त विश्व को उपहार-स्वरूप दिया। 30 वर्ष की उम्र में पश्चिमी देश में आकर उन्होंने मनुष्य को और अधिक आलोकित करने का दुःसाहस दिखाया।

श्रीरामकृष्ण के देहावसान के समय, प्रभु की आध्यात्मिक अनुभूति के बारे में उन्हें संदेह था। उन्होंने मन-ही-मन कहा, "तुम अगर कहो कि तुम महान् अवतार हो तो मैं विश्वास कर लूँगा।" शिष्य के मन की बात श्रीरामकृष्ण समझ गए। उन्होंने कहा, "नरेन, तू अभी भी मुझ पर शक करता है? जो राम हैं, वही कृष्ण हैं, वही एकाधार कृष्ण हैं।"

अफसोस की बात यह है कि पश्चिम में अनेक आध्यात्मिक खोजकर्ता विवेकानंद की कीर्ति को छोटा करके देखते हैं। उनका कहना है कि उन्हें ईश्वर की अनुभूति नहीं हुई। मेरा कहना है, जो लोग ऐसी बातें करके उन्हें छोटा करने की कोशिश करते हैं, वे लोग स्वामीजी के पाँव पखारने के भी योग्य नहीं हैं। बेशक, विवेकानंद को ईश्वर-दर्शन हुआ था। वे साधना-पथ पर बहुत दूर तक अग्रसर हुए थे।

कृपया अवतार और आदर्श प्रभु के बारे में कुछ बताएँ।

परमेश्वर के साक्षात् प्रतिनिधि हैं—अवतार। आदर्श गुरु भी ईश्वर के प्रतिनिधि हैं। इसलिए जो अवतार हैं, वे एक सर्वगुण-संपन्न गुरु भी हैं। आप यह भी कह सकते हैं, जो सर्वगुण-संपन्न प्रभु हैं, वे अवतार भी हैं।

आध्यात्मिक जीवन में जब अंतर में आलोक, प्रज्ञा और सुविवेचना की तलाश जारी है, तब यह चिंतन जरूरी है कि गुरु समस्त त्रुटियों से ऊर्ध्व हैं। यह अनुभूति न हो तो ज्यादा दूर तक अग्रसर नहीं हुआ जा सकता।

अवतार के क्षेत्र में मामला बिलकुल अलग है। वे तो ईश्वर के साक्षात् संतान होते हैं। वैसे अन्यान्य गुरु भी ईश्वर की संतान हैं। लेकिन हमें यह याद रखना होगा कि एक व्यक्ति पी-एच.डी. प्रोफेसर और एक व्यक्ति किंडरगार्टेन टीचर। दोनों ही शिक्षक हैं, लेकिन दोनों में काफी फर्क है।

शरीर नश्वर है, लेकिन आत्मा अनश्वर है। शरीर की जरूरत क्या है?

यह सच है कि आत्मा अनंतकाल के लिए है और देह सीमित समय के लिए। लेकिन तीन विषयों के बारे में हमें सजग रहना होगा—पहला, सत्य का मूर्त प्रकाश; दूसरा, सत्य का विकास; और तीसरा, सत्य की अभिव्यक्ति। आत्मा जब शरीर त्यागकर चली जाती है तो देह की मृत्यु हो जाती है। अगर हम देह को अस्वीकार करना चाहें या देह का विनाश चाहें तो आत्मा भला क्या कर सकती है! उसे देह छोड़कर जाना ही पड़ता है। लेकिन इस पृथ्वी पर ऐसा कुछ करने के लिए देह की जरूरत पड़ती है। देह की मदद के बिना कुछ संभव नहीं है।

'कठोपनिषद्' में कहा गया है—आत्मा प्रभु है और यह शरीर उसका रथ। बुद्धि इस रथ की चालक होती है और मन लगाम होता है। आत्मा को शरीर की यथेष्ट जरूरत होती है और शरीर को भी आत्मा की जरूरत होती है। उच्चतम और गहनतम सत्य को जानने के लिए आत्मा के लिए शरीर जरूरी है। साथ ही गहनतम सत्य के विकास के लिए देह को भी आत्मा चाहिए।

देह-निर्भर योग्यता और आत्मा-निर्भर योग्यता में फर्क क्या है? कृपया व्याख्या करके बताएँ।

तैलंग स्वामी एक दिन सड़क पर अकेले-अकेले घूम रहे थे। खबर पाकर भक्त राजा खुद जाकर उन्हें अपने महल में ले आए। संन्यासी को नंग-धड़ंग देखकर राजा के कर्मचारी दौड़कर मूल्यवान् वस्त्र ले आए। उसे पहनकर संन्यासी का रूप बेहद सुंदर हो आया। उसके बाद उन्हें बड़े आदर से भोजन करवाया गया।

राजप्रासाद से निकलकर तैलंग स्वामी अपने घर की ओर चले। राजप्रहरी दूर-दूर से ही उन पर नजर रख रहे थे। ऐसे में दुर्वृत्त लोग संन्यासी पर टूट पड़े और उन लोगों ने राजा के दिए हुए मूल्यवान् वस्त्र छीन लिये। राजप्रहरी सारा मामला समझ गए और वे भागकर आए तथा उन दुर्वृत्त लोगों को पकड़कर राजदरबार में हाजिर किया।

न्यायप्रिय राजा ने सारा बयान सुना और उन्हें सजा सुनाकर कारागार में बंद करने का हुक्म दिया।

उस समय तैलंग स्वामी ने राजा से कहा, "यह सब आप न करें। मेरे बदन पर कपड़े हैं या नहीं, मुझे इससे कोई फर्क नहीं पड़ता। वस्त्र न हों तो आत्मा को भी कोई फर्क नहीं पड़ता। आपने जो कपड़े-लत्ते दिए, उससे काफी पहले से ही मेरी आत्मा मेरे शरीर में विद्यमान

है, यही असली तथ्य है। जिस वस्तु से मेरी आत्मा का कोई कार्य नहीं होता, वह लेकर मैं क्या करूँगा? तब उन दुर्वृत्तों को रिहा कर दिया और तैलंग स्वामी अपनी राह चले गए।''

देह निर्भर योग्यता की साज-सज्जा और अलंकरण देह के संतोष के लिए आवश्यक है। आत्मा की एकमात्र जरूरत है—असीम का अमरत्व। उसी में स्वर्गीय संतोष है।

'मन:संयोग' शब्द से आप क्या समझाना चाहते हैं?

यह मामला कहीं से गुप्त या अनजाना नहीं है। मन:संयोग के माध्यम से हम अपने निर्धारित लक्ष्य से एकात्म हो सकते हैं। दैनंदिन जीवन में मन:संयोग के माध्यम से हम सब अविश्वसनीय शक्ति उपलब्ध कर सकते हैं। हृदय-स्वर्ग से मानसिक-नरक को अलग करके और जीवन को उद्वेग तथा दुश्चिंता-मुक्त करके इसी दुनिया में हम सब स्वर्ग का आनंद प्राप्त कर सकते हैं।

किस बिंदु पर मन:संयोग की कोशिश करें तो भरपूर परिणाम मिल सकता है?

यह विभिन्न लोगों के साथ विभिन्न प्रकार से होता है। कोई-कोई मोमबत्ती की लौ की ओर नजर टिकाकर ही आसानी से मन ध्यानस्थ कर सकते हैं। कोई किसी खूबसूरत फूल पर अपनी दृष्टि केंद्रित करना चाहता है। कोई उगते हुए सूरज पर नजर टिकाकर मन एकाग्र करना पसंद करता है। जो भी देखकर मन में आनंद की अनुभूति हो, उसी पर नजर टिकाकर हम मन को एकाग्र करें तो बेहतर है।

बात करते हुए आप अकसर आँखें मूँद लेते हैं। यह क्या मन केंद्रित करने की कोशिश है?

नहीं, यह ध्यान केंद्रित करने का तरीका नहीं है। आँखें मूँदकर मैं विभिन्न जगत् में भ्रमण करता हूँ। आप लोग तो जानते ही हैं, हमारे यहाँ सप्त स्वर्गलोक हैं और सप्त नरक मौजूद हैं।

खड़े-खड़े क्या आपको ध्यान केंद्रित करने में सहूलियत होती है?

अध्यात्म-पथ के यात्री जिस किसी भी समय, जिस किसी भी जगह, जिस किसी भी स्थिति में ध्यान एकाग्र कर सकते हैं। मैं तो दौड़ते हुए ध्यान केंद्रित कर सकता हूँ। अपने देश में 100 मीटर दौड़ के समय भी मैं ध्यानस्थ हो जाता था। यहाँ तक कि पोलवाल्ट के समय भी मैंने ध्यान एकाग्र किया है। खड़े-खड़े या बैठे-बैठे ध्यान एकाग्र करना होगा, ऐसी कोई शर्त नहीं है।

कामना-वासना के बारे में कुछ कहें।

कामना है—लोभ। जब इस पर ज्यादा दृष्टि टिकाते हैं तो असली आनंद कुछ सूख जाता है। Ashiration का अर्थ होता है—आत्मा का जाग उठना। जाग्रत् आत्मा ही स्वर्गीय आनंद की राह में पहला कदम है। जिस व्यक्ति में आकांक्षा या ऊपर उठने की व्याकुलता न हो, उसके लिए लोभ पर काबू पाना मुश्किल ही नहीं, असंभव है। लेकिन जो असली

खोजकर्ता होते हैं, वे जानते हैं कि कामना को रोका जा सकता है। जो रोका नहीं जा सकता, वह है दैहिक स्वभाव में परिवर्तन। इस परिवर्तन को इनसान संयत नहीं करना चाहता, बल्कि इस परिवर्तन के लिए ही वह इस दुनिया में जीता है।

दैहिक वासना से हम अपने को कैसे विच्छिन्न कर सकते हैं?

अगर आपने आध्यात्मिक पथ की यात्रा शुरू की है तो आप अपने से ही पूछें कि कामना-वासना क्या आपको परिपूर्णता देती है? आपका अंतर ही आपको समझा देगा कि यह वासना आपको परितृप्त नहीं करती। अफसोस यह है कि अंत में हताशा के अलावा और कुछ नहीं मिलता। जब संपूर्ण दृष्टि वासना पर आबद्ध हो जाती है, तब आपका अंतस स्वयं ही समझ लेगा कि शुभ के पलों में ही कहीं आलोक नहीं है और बीच राह भी आलोकहीन है। शुरू से लेकर अंत तक सिर्फ अँधेरा-ही-अँधेरा है। अंधकार का मतलब है दैव संतुष्टि की अनुपस्थिति। कामना-वासना में फँसने से पहले ही अगर ऐसी अनुभूति हो तो इससे सहज ही मुँह फेरा जा सकता है।

हमें यह महसूस करना होगा कि मैं जो चाहता हूँ, वह ऊर्ध्वलोक की आकांक्षा है, वासना नहीं। इस अनुभूति के शुरू में ही प्रकृति संतोष का पता मिल सकता है। जब इस अनुभव की आकांक्षा मन में प्रबल हो उठती है, तब दैहिक और मानसिक कामना मन के दरवाजे पर दस्तक नहीं देगी।

प्रति पल अपने लक्ष्य के बारे में सजग रहना होगा। अगर आप भोर की बेला के सूरज को याद करना चाहते हैं तो आपको पूर्व दिशा की ओर दृष्टिपात करना ही होगा, किसी अन्य ओर नहीं। पश्चिममुखी खड़े होकर कोई अगर पूर्व की ओर दौड़ने की कोशिश करे तो वह मुँह के बल गिरेगा-ही-गिरेगा।

शरीर की कामनाओं को जीतने की एकमात्र राह है—प्रकाश की ओर निरंतर दौड़ते रहना। अगर दृढ़ संकल्प होकर उस राह की ओर अपनी यात्रा जारी रखी जाए तो कामना-वासना का अँधेरा धीरे-धीरे कट जाएगा। ऊर्ध्वलोक की आकांक्षा ही तो हमारा एकमात्र उत्तर है। बहिर्जगत् के काफी कुछ के लिए ही हम रोते रहते हैं हम अपने अंतस की उच्चाकांक्षाओं के लिए भी तो रो सकते हैं। अगर कोई जी भरकर रो सके तो वह अध्यात्म पथ पर भी उड़ जाने में सक्षम होगा।

जब मैं ज्यादा-ज्यादा सोचता हूँ, तब मानो डूबता जाता हूँ। जब मैं खुद ही पसंद करने के लिए व्याकुल हो उठता हूँ, तब जरूर मेरा नुकसान होता है। लेकिन व्हेन आई क्राइ, आ फ्लाई।

जब हमारी कामना-वासना की परितृप्ति नहीं होती, तब क्या होता है?

इनसान की वासनाओं का कहीं कोई अंत नहीं है। जब इनकी तृप्ति नहीं होती, तब इनसान अपने को ही अभिशाप देने लगता है; तब लगता है, जीवन व्यर्थ है; अब कहीं कोई

उम्मीद नहीं, कहीं कोई सहाय नहीं। तब वासनाओं के परिणाम दिखाकर मानव जीवन की व्यर्थता को ढँकने की प्रबल चेष्टा होती है। तब मन होता है, कामनाओं की पूर्ण परितृप्ति करके दुनियावालों को दिखा दूँ कि मैं और लोगों से उन्नत हूँ। लेकिन निर्मम सत्य यह है कि इस राह पर इनसान व्यर्थ होता रहा, हो रहा है और व्यर्थ होता रहेगा।

सिर्फ निकम्मे बनकर हाथ पर हाथ धरे बैठे रहने के बजाय कामनाओं का होना क्या बेहतर नहीं है?

दुनिया में दो किस्म के लोगों में खास कामना-वासना नहीं होती—जिनकी आत्मा मुक्त हो चुकी हो और जो अनुभूतिहीन, गतिहीन, निष्प्राण आत्मा हैं। मुक्त आत्माओं ने निश्चित रूप से बंधन, असंपूर्णता और सीमाबद्धता से अपने को मुक्त कर लिया है। वे लोग अज्ञान के अंधकार से बाहर निकल आए हैं।

इसके अलावा कुछ लोग हैं, जो जीवन से कोई भी प्रत्याशा नहीं रखते। जो लोग आलस्य-निकम्मेपन और दीर्घसूत्रता में अपने को डुबोए रखते हैं, उन लोगों के मन में कोई उच्च आकांक्षा नहीं होती। ये लोग किसी दिन भी उजाले का पता नहीं पा सकेंगे।

स्वामी विवेकानंद से एक नौजवान ने सवाल किया, "ईश्वर का पता कैसे पा सकता हूँ?"

विवेकानंद ने छूटते ही जवाब दिया, "अब से झूठ बोलना शुरू कर दो।" युवक अचकचा गया, "आप चाहते हैं, मैं झूठ बोलूँ? तब भगवान् मुझे कैसे मिलेंगे? यह तो मेरी नीति के विरुद्ध है।"

विवेकानंद ने उत्तर दिया, "यह मामला मैं तुमसे बेहतर जानता हूँ। तुम्हारा क्या स्टैंडर्ड है, इसकी भी मुझे जानकारी है। तुम अपनी नीति से इंच भर भी इधर-उधर नहीं हट सकते। तुम तो दैनंदिन जीवन में ही मृतप्राय हो, आध्यात्मिक जीवन का तो सवाल ही नहीं उठता। अगर तुम झूठ बोलना शुरू कर दोगे तो लोग तुम्हारी निंदा करेंगे; तुम पर आघात भी कर सकते हैं। तब तुम अपने व्यक्तित्व को जाहिर करने की कोशिश करोगे। पहली बात यह कि तुम्हें अपनी विशिष्टता और व्यक्तित्व का विकास करना होगा। उसके बाद ऐसा कोई दिन आएगा, जब तुम्हें स्वर्गीय प्रज्ञा के समक्ष अपने व्यक्तित्व का विसर्जन करना होगा। लेकिन, तुम्हें अपनी यात्रा स्वयं शुरू करनी होगी।"

इसी तरह एक बार किसी ने स्वामीजी से पूछा कि ईश्वर को उपलब्ध कैसे किया जाए? विवेकानंद ने कहा, "फुटबॉल खेलो। इस राह से 'गीता' से पहले ही तुम ईश्वर को पा लोगे।" बात यह है कि ईश्वर को पाने के लिए शक्ति की जरूरत होती है। किसी कुश्तीबाज या बॉक्सर में यह शक्ति नहीं भी हो सकती है। लेकिन दैनंदिन जीवन यात्रा में हमें जितनी शक्ति चाहिए उतनी सी की जरूरत तो होती ही है।

कई-कई लापरवाह लोग यह सोचते हैं कि घुमंतू इनसान की तरह राह-राह घूमते

हुए ईश्वर को प्राप्त किया जा सकता है या फिर शरीर को अकारण कष्ट देकर या अपने को दुर्बल बनाकर ईश्वर को पाया जा सकता है। भगवान् बुद्ध ने आत्म-पीड़ित की बात की थी। लेकिन बाद में उन्होंने देखा कि मध्यम मार्ग ही श्रेष्ठ मार्ग है। हमें स्वाभाविक बने रहना होगा, दैनंदिन जीवन में स्वस्थ रहना होगा। हमें अपने हृदय की आकांक्षा और शरीर को एक ही स्तर पर रखना होगा। हमारी दैहिक आकांक्षा और उच्चाकांक्षा को एक साथ, एक ही लक्ष्य की ओर दौड़ना होगा।

शिष्य की जरूरत मिटाना और इच्छा-पूरण करना क्या गुरु के कर्तव्यों में नहीं आता?

आध्यात्मिक गुरु सभी स्तर पर शिष्य को संतुष्ट रखने में सचेष्ट रहते हैं। कभी वे सफल होते हैं, कभी नहीं होते। कभी उन्हें 100 में 100 नंबर मिलते हैं, कभी गुल्ला यानी शून्य मिलता है।

शिष्य को खुश रखना गुरु के लिए हमेशा संभव नहीं हो पाता। शिष्य जो चाहता है, जब वह नहीं मिलता तो बहुत बार उसे लगता है कि गुरु उसकी परवाह नहीं करते, उस पर ध्यान नहीं देते वे निर्दय हैं। लेकिन शिष्य जो चाहता है, अगर सच ही उसे दिया जाए तो मुमकिन है कि शिष्य गुरु को शाप देना शुरू कर देगा और तब परमेश्वर गुरु को ही जिम्मेदार मानेंगे। परमेश्वर कहेंगे—गुरु ने जान-बूझकर किसी शिष्य की अग्र गति रोक दी है। अगर कोई बच्चा जहर खाने पर आमादा है तो उसे खुश करने के लिए क्या माँ उसे जहर दे देगी?

शिष्यों की कौन-कौन सी साध गुरु नहीं मिटा सकते?

बहोत-बहोत सारी चीजें मैं तुम लोगों को नहीं दे सकूँगा। हालाँकि अन्यान्य गुरु वह दे सकते हैं या तुम लोग बाहर से इकट्ठी कर सकते हो। ऐसी सब इच्छाएँ पूर्ण करना मेरे वश की बात नहीं है।

भक्ति का बहि:प्रकाश कैसा होता है?

सरलता, आंतरिकता, सौंदर्य, पवित्रता और स्वत: प्रणोदित भाव।

मुझे लगता है, मुझमें यथेष्ट भक्तिभाव नहीं है। यह कैसे बढ़ाया जाए?

चार राहें हैं—अभी गुरु की जितनी भक्ति करते हो, उसे बढ़ाना चाहिए। गुरु जितना प्यार करते हैं, तुम्हें लगता है, अब यह सोचने की कोशिश करो कि तुम्हें उससे भी ज्यादा प्यार करते हैं। बाहरी जीवन में पवित्रता बढ़ाने की कोशिश करो और शिष्य को यह भी सोचने की कोशिश करनी चाहिए कि सर्वोत्तम सत्य गुरु से ही और एकमात्र उन्हीं के माध्यम से ही शिष्य को प्राप्त होगा।

केवल उच्चाशा, लेकिन भक्ति की अनुपस्थिति क्या अध्यात्म की अग्रगति में बाधा है?

शिष्य में अगर आधारहीन उच्चाशा है तो आध्यात्मिक प्रगति में बाधा आना

अवश्यंभावी है। अध्यात्म जीवन में ऐसा समय आता है, जब यह समझ में आता है कि भक्ति और ईश्वरेच्छा को अलग-अलग देखना संभव नहीं है। भक्ति मोमबत्ती है और ईश्वर-कामना उसकी शिखा है।

जो लोग गुरु का अपमान करते हैं, उनके साथ क्या होता है?

योगी श्यामाचरण लाहिड़ी के एक शिष्य थे। नाम—काली कुमार। किसी दफ्तर में नौकरी करते थे और अपने गुरु के पास भी अकसर आते रहते थे। काली कुमार के ऊपरवाले कर्ता को यह पसंद नहीं था, इसलिए काली कुमार को भी वे पसंद नहीं करते थे। एक बार वे श्यामाचरण का अपमान करने के इरादे से काली कुमार के पीछे-पीछे चले आए। वे बताना चाहते थे कि काली कुमार अपने गुरु को जितना मानते हैं, उतना ऑफिस-कर्ता को नहीं मानते। लेकिन उनके जुबान खोलने से पहले ही श्यामाचरण ने कहा, "आज मैं तुम लोगों को ऐसी चीज दिखाऊँगा, जो तुम लोगों को अच्छी लगेगी।"

काली कुमार बत्ती बंद करके ध्यान में बैठ गए।

"कुछ दिखाई दे रहा है?" श्यामाचरण ने पूछा।

दो अभ्यागत को एक असाधारण सुंदर युवती दिखाई दी। अब श्यामाचरण ने ऑफिस-कर्ता से सवाल किया, "आप इस सुंदरी को पहचानते हैं?"

कर्ता बेतरह झेंप गए।

"ये क्या आपकी प्रेमिका हैं?" श्यामाचरण ने पूछा, "आपकी पत्नी और संतानें आपको इतना प्यार करती हैं, आपकी इतनी भक्त हैं, फिर भी आप कैसे इस महिला के पीछे इस कदर दीवाने हो उठे हैं?"

ऑफिस-कर्ता एकदम से रो पड़े। वे कहने लगे, "मुझे क्षमा करें। मैं आपसे दीक्षा चाहता हूँ। मुझे अपना शिष्य होने का मौका दें।"

श्यामाचरण का संक्षिप्त उत्तर था, "अभी ही दीक्षा देने में मैं अक्षम हूँ। आपको छह महीने प्रतीक्षा करनी होगी। इन छह महीने अगर आप पवित्र और परिच्छन्न जीवनयापन करेंगे, अगर अपनी पत्नी के प्रति अनुगत रहेंगे, तभी मैं आपको दीक्षा दूँगा।"

वे ऑफिसकर्ता कुल तीन महीने अपनी पत्नी के अनुगत रहे। उसके बाद दुबारा अपनी बांधवी के पास लौट गए। चार महीने बाद ही उस व्यक्ति की मृत्यु हो गई।

कौन आगे है? गुरु या शिष्य?

रामदास काठिया बाबा और उनके गुरु देवदास महाराज दोनों ही धूम्रपान करते थे। शरीर गरम रखने के लिए वे दोनों बीच-बीच में आर्सेनिक भी लेते थे। एक दिन गुरु देवदास ने अपने शिष्य से कहा, "दो रुपयों का आर्सेनिक लाना है, लेकिन रुपए नहीं हैं।"

काफी रात हो चुकी थी। पास में रुपए भी नहीं थे। इसलिए वे शहर जाने में हिचकिचा रहे थे। गुरु ने कहा, "सुनो, सारी चिंता-फिक्र छोड़ो और शहर चले जाओ।

कोई-न-कोई तुम्हें रुपए दे देगा।''

गुरु पर परम विश्वास करनेवाले रामदास रुपए बिना ही निकल पड़े और चलते-चलते शहर जा पहुँचे। अँधेरी गली में एक जगह बत्ती जलते देखकर रामदास ने उस घर का दरवाजा खटखटाया। दरवाजा खोलते ही दरवाजे पर एक साधु को देखकर गृह स्वामी बेहद खुश हुए। उन्होंने कहा, ''मैं दिन भर सोचता रहा कि किसी साधु को देखूँ तो उन्हें दो रुपए अर्पित करूँ। आपको देखकर मुझे बहुत अच्छा लग रहा है। लीजिए, दो रुपए आपकी सेवा में।''

रुपए लेकर, आर्सेनिक खरीदकर गुरु के पास लौटते-लौटते रामदास के मन में विचार आया कि उनके पास पर्याप्त आर्सेनिक मौजूद है। थोड़ा सा अगर वे अपने लिए निकाल लें तो गुरु को पता नहीं चलेगा।

रामदास खुशी मन से अपने गुरु के आश्रम में लौट आए। उन्होंने सोचा कि गुरु भी बेहद प्रसन्न होंगे। लेकिन उनका चेहरा काफी गंभीर था। रामदास ने पूछा, ''इतनी दूर जाकर आपके लिए मैं आर्सेनिक लाया, फिर भी आपके चेहरे पर विषाद की छाया है। क्यों?''

गुरु ने उत्तर दिया, ''मुझे दुःख इस बात का है कि तुम्हारे लिए अपना जीवन ही पहले है, गुरु नहीं। तुम्हें चाहिए था कि पूरी दवा मुझे पकड़ा देते। उसके बाद मैं ही तुम्हें थोड़ी सी दे देता। सुनो, हमेशा मेरे बारे में ही पहले सोचना। तभी तो मैं तुमसे प्रसन्न रहूँगा। तभी तुम्हें जितनी जरूरत है, उससे कहीं ज्यादा मैं तुम्हें दूँगा। तुम्हारा जितना प्राप्य है, उससे भी ज्यादा तुम्हें दूँगा।''

शिष्य के प्रति गुरु का विश्वास और गुरु के प्रति शिष्य का विश्वास—दोनों ही काफी महत्त्वपूर्ण है।

तुम्हारे पास जो कुछ भी है, बेहिचक अपने गुरु को अर्पित करो। गुरु निश्चय ही तुम्हारी जरूरत पूरी करेंगे और साथ ही ईश्वर की जरूरत की बात भी याद रखेंगे।

निर्बोध शिष्य को गुरु कैसे सँभालते हैं?

शिष्य चाहे जितना भी निष्ठाहीन, बुद्धू और अनालोकित क्यों न हो, गुरु उसके बारे में हमेशा ऊँची धारणा रखते हैं। हर शिष्य में वे प्राणमय परमेश्वर के दर्शन पाते हैं। उनका विश्वास है कि किसी-न-किसी दिन उनका हर शिष्य निश्चित रूप से परमेश्वर की विशुद्ध मूर्ति हो उठेगा।

आध्यात्मिक जीवन में नियमानुवर्तिता का कितना महत्त्व है?

आध्यात्मिक जीवन का मतलब ही है—शृंखलाबद्ध जीवन। शृंखला का अर्थ ही है—सचेतन अग्रगति। इसका मतलब ही है—स्वभाव का उत्तरण। मानव स्वभाव के उत्तरण का अर्थ ही है—उसकी अविनाशी आत्मा को परमेश्वर के चरणों में निवेदित कर देना।

अध्यात्म यात्रा की शुरुआत में अनुशासन का विशेष प्रयोजन होता है। आज जो

नियमितता होती है, बाद के स्तर में वही स्वभाव का अंग बन जाता है। आज, आगे बढ़ना ही तो हमें भविष्य के द्वार तक पहुँचा देता है। उस दरवाजे तक पहुँचकर कुंडी खटखटाने की भी जरूरत नहीं पड़ती। स्वयं परमेश्वर ही अंदर से दरवाजा खोल देते हैं और हमें अंदर लिवा ले जाते हैं तथा तीन मित्रों से परिचय करवा देते हैं—अनंतकाल का सौंदर्य, सीमाहीन आनंद और अविनाशी आलोक।

आत्मसंयम के लिए किन-किन गुणों की जरूरत होती है?

आत्मसंयम के लिए हमारे लिए जरूरी है—सरलता, आंतरिकता और विनम्रता भी। कहा जा सकता है कि आत्मसंयम का ब्रेकफास्ट है—सरलता। आत्मसंयम का लंच है—आंतरिकता और डिनर है—विनीत नम्रता।

हमें याद रखना चाहिए कि अगर चाहे तो हर कोई राजा बन सकता है। अब सवाल यह उठता है कि राजा कौन है? जो देश पर शासन करता है, एकमात्र वही राजा नहीं होता; जो अपने पर शासन करने में सक्षम होता है, वह भी राजा होता है।

दैनंदिन जीवन के कर्तव्य-भार के बारे में कुछ बताएँ—

रोजमर्रा के जीवन में कर्तव्य प्राय: बोझ-स्वरूप होता है। यह अप्रिय होता है, काफी कुछ की माँग करता है और निश्चित रूप से कड़वा होता है। जब कर्तव्य-कर्म की बात याद दिलाई जाती है, तब अंत:प्रेरित आनंद अदृश्य हो जाता है। यह बात हमें अच्छी नहीं लगती। हमें लगता है कि हमारी अपनी प्राणशक्ति और भी किसी अच्छे काम में लगाई जा सकती है।

जिसके पास सामान्य ज्ञान यानी कॉमनसेंस नहीं है, एकमात्र शायद वही कह सकता है कि मेरा कर्तव्य क्या है, मुझे नहीं पता। हर इनसान अपना कर्तव्य भलीभाँति जानता है। वह अपने कर्तव्यों का पालन करेगा या नहीं, यह उसी पर निर्भर करता है। यह कर्तव्य-पालन का मामला बेहद तकलीफदेह होता है। यह निहायत नीरस और झुँझलाहट देनेवाला होता है; क्योंकि हम लोग अहं-बोध, स्वार्थ और थोड़ा-बहुत धृष्टता मिलाकर अपना कर्तव्य-पालन करते हैं।

शिष्यों के कर्तव्य-बोध के बारे में और कुछ बताएँगे?

जितना हो सके, अपने परिवार को प्यार करें। यही हमारा महान् कर्तव्य है। इनसान को और ज्यादा-ज्यादा प्यार करें। यह हमारा मानवीय कर्तव्य है। भगवान् को सर्वाधिक प्यार करें—यही हमारा सबसे बड़ा कर्तव्य है या कह सकते हैं—महत्तम कर्तव्य है।

कर्तव्यों को मधुर कैसे बनाया जा सकता है?

जब हम परमेश्वर के प्रति कर्तव्य-पालन करते हैं, तब कर्तव्य मधुर हो उठता है, उत्साहजनक और प्रेरणादायक होता है। कर्तव्य के प्रति हमारे मनोभावों में परिवर्तन जरूरी है। जब हम भगवान् के लिए कुछ करते हैं तो वह कर्तव्य नहीं रह जाता। तब सबकुछ

आनंदमय हो उठता है, सबकुछ परम सौंदर्य से भर जाता है।

ईश्वर की तलाश में क्या घर-गृहस्थी, दुनिया-जहान छोड़ना ही पड़ेगा?

ईश्वर की तलाश में हमेशा-हमेशा के लिए समाज-संसार त्याग की जरूरत नहीं पड़ती। अगर हम समाज छोड़कर चले जाएँ तो इस पार्थिव जगत् में देवत्व की प्रतिष्ठा और विकास कैसे कर पाएँगे? लेकिन आध्यात्मिक अनुसंधान के समय प्रज्ञा की जरूरत पड़ेगी। हमारे मन में पहले परमेश्वर और उसके बाद मनुष्य। इसलिए मानव-सेवा के लिए पहले देवताओं के पास जाना होगा और वहाँ से मनुष्य के पास लौट आना होगा।

मनुष्य के अहं-बोध के बारे में कुछ कहें।

अहं जीवन के सभी क्षेत्र में हमारी गति अवरुद्ध कर देता है। हम सब ईश्वर की संतान हैं; हम सब ईश्वर के साथ एकात्म हैं। लेकिन अहं हमारे मन में ऐसा एक भाव रचता है, मानो ईश्वर हमारे लिए अपरिचित है। हद-से-हद हमें यह लग सकता है कि हम ईश्वर के पास जा रहे हैं, लेकिन हम ईश्वर के अंदर नहीं हैं।

इस दुनिया में कई तरह के चोर हैं, लेकिन हमारा अहं ही एक नंबर का चोर है। यह चोर हमारा अध्यात्म-बोध छीन सकता है। अहं-चोर के बारे में हमें हर वक्त सावधान रहने की जरूरत है।

अहं को जीता कैसे जाए?

याद रखें, यह अहं आपके अंदर रहकर ही चोरी करने की कोशिश करता है। जब हम किसी चोर को देखते हैं तो क्या करते हैं? उसके पीछे दौड़ लगाते हैं। अब जरा सोचें, कोई चोर आपके अंदर घुस पड़ा है। अहं को खदेड़कर भगाइए। अगर सचमुच अहं को चोर मान सकें तो किसी दिन इस अहं-चोर को पकड़ सकते हैं। एक बार में पूरी-पूरी तरह संभव न हो सके। आपके मन को कम-से-कम यह जरूर लगेगा कि आपकी कुछेक चीजें चोरी चली गई हैं और आपने उस चोर को देखा भी है। तब आप और शिद्दत से खोज सकेंगे तथा इस खोज-खबर का पुरस्कार आपको किसी-न-किसी दिन जरूर मिलेगा। अहं जब पकड़ा जाएगा, तब क्या होगा? आपके ज्ञान की तलवार आपको रूपांतरित कर देगी।

अहं विच्छिन्नतावादी और स्वातंत्र्यवादी होता है। लेकिन हम अगर व्यक्ति सत्ता को पूरी-पूरी तरह विच्छिन्न रखना चाहते हैं तो जीवन निश्चित रूप से ध्वंस स्पूत में परिणत हो जाएगा।

सिंधु में जल मिल जाने से पहले जल-बूँद कहती है—सामने ही महासागर है। इसमें मैं अगर घुल-मिल गई तो हमेशा-हमेशा के लिए खो जाऊँगी; मैं ध्वंस हो जाऊँगी; मेरा कोई अस्तित्व नहीं रहेगा। लेकिन, यह सही विचार नहीं है। बूँद को सोचना चाहिए कि इस सीमाहीन समुद्र में जब मैं प्रवेश करूँगी, तब मेरा अस्तित्व भी उसके संग एकत्रित होगा—इस महासागर को मैं अपने अस्तित्व का एक अंश रूप में सोच सकूँगी।

अहं को जीतने का सबसे आसान तरीका है कि हर दिन कम-से-कम पाँच मिनट के लिए परमेश्वर को अपनी कृतज्ञता ज्ञापित करें। तब आप महसूस करेंगे कि आपके हृदय में एक सुगंधित पुष्प धीरे-धीरे विकसित हो उठा है। यही है विनम्रता-पुष्प। ईश्वर के समक्ष नतमस्तक होकर कृतज्ञता-निवेदन करने से वे मनुष्य को सबसे खूबसूरत जो उपहार देते हैं, वह है विनम्रता।

मुझे हर वक्त यही लगता है कि दूसरों के साथ मैं प्रतियोगिता में उतरा हूँ। इससे मुक्ति पाने का क्या उपाय है?

सबके संग एकात्मता महसूस करने की कोशिश करें। अगर किसी ने कुछ अच्छा किया हो तो आप भी यही सोचें कि यह आपने ही किया है। जब आप कुछ अच्छा करें, तब भी यही सोचें। जब टीम के तौर पर, दल के रूप में काम करने की मानसिकता तैयार कर लें तो अहं की पराजय निश्चित है।

परम पवित्र आनंद के लिए अहं का त्याग करना होगा। यह अहं आखिर है क्या?

अहं हर पल हमें याद दिलाता रहता है कि हम देवत्व के अंश नहीं हैं। लेकिन, हम सभी ईश्वर-संतान हैं, हम देवत्व के अंश हैं। लेकिन अहं हमें समझाता है कि हम भगवान् के कोई नहीं हैं। हम सब उनके नितांत अपरिचित हैं। हद--से-हद यह कहा जा सकता है कि हम ईश्वर के पास जा रहे हैं, लेकिन हम निश्चय ही ईश्वर के अंश नहीं हैं।

अहं निश्चित रूप से हमें सीमित कर देता है, अज्ञानता के बेड़ाजाल में बंदी बनाकर रखता है और यह अज्ञानता ही है—मृत्यु। इसलिए अहं आखिरकार मृत्यु पर आकर ही खत्म हो जाता है।

अध्यात्म-जिज्ञासु लोग अकसर ही जप-तप के माध्यम से ईश्वर को पाने की कोशिश करते हैं। लेकिन कभी-कभी वे असफल हो जाते हैं। आखिरकार उनका क्या परिणाम होता है ?

जो लोग ज्ञान-वृक्ष आरोहण में एक बार असफल हो जाते हैं, वे हमेशा ही तो असफल होंगे नहीं। एक-न-एक दिन वे निश्चय ही सफल होंगे, क्योंकि कोई भी आत्मा चिर दिन ही कमजोरियों से भरी नहीं रहेगी।

व्यर्थ होनेवाले भय को मैं कैसे जीत सकता हूँ?

तुम्हें यह जानना होगा कि व्यर्थता आखिर है क्या? व्यर्थता के क्या-क्या नतीजे हो सकते हैं? भय उसी पल गायब हो जाएगा। जब तुम जान लोगे कि व्यर्थता लज्जाजनक नहीं होती, नुकसानदेह भी नहीं होती, यहाँ तक कि वेदनादायक भी नहीं होती। हमें यह सोचना होगा कि व्यर्थता बेहद मामूली सा एक अनुभव है। शिशु जब चलने की कोशिश करता है, उसके पाँव डगमग होते रहते हैं और वह गिर भी पड़ता है। इस पतन को कोई व्यर्थता नहीं कहता। गिर पड़ने पर शिशु सोचता है, यही तो स्वाभाविक घटना है। तब वह

माटी से उठ खड़ा होता है और दुबारा चरैवेति होने की कोशिश करता है। व्यर्थता को हमेशा एक किस्म का अनुभव मानकर चलें। इसे 'फिनिश्ड प्रोडक्ट' न मानें।

धार्मिक ईश्वर-विश्वास के बारे में हमें कुछ बताएँ।

इसका अर्थ अंधविश्वास नहीं है। इसका मतलब यह भी नहीं कि हमेशा, हर पल हमें असंभव का विश्वास करते रहना होगा। नहीं, इसका नाम धार्मिक विश्वास नहीं है। यह स्वत-स्फूर्त अनुभूति है। यह इनसानों की स्वीकृति की परवाह नहीं करता। इसकी नजर भविष्य पर टिकी होती है और चिर सत्य के संग उसका सुर बँधा रहता है। विश्वास के माध्यम से ही हम सब उन्नत लोक तक पहुँच सकेंगे।

हम मृत्यु-भय पर विजय कैसे प्राप्त कर सकते हैं?

मृत्यु-भय को जीतना इस बात पर निर्भर करता है कि आंतरिक भाव से ईश्वर की कितनी जरूरत है और उन्हें हम कितना प्यार करते हैं। ईश्वर जब हमारे मन से बाहर होता है, जब हमारे दिल में उसकी जगह नहीं होती, जब यह लगे कि ईश्वर हमारे आस-पास नहीं है, तभी तो मृत्यु की उपस्थिति अवश्यंभावी होती है, वरना मृत्यु कहाँ है? यह नर-देह दुनिया छोड़कर जा सकती है, लेकिन आत्मा तो अनश्वर है। अपने को हम देह के रूप में सोचें या आत्मा के रूप में, यह पूरा-पूरा हम पर निर्भर करता है। अगर कोई देह-सर्वस्व होने का फैसला करता है तो उसकी आध्यात्मिक मृत्यु हो ही चुकी है। लेकिन सचेतन लोग आत्मा के बारे में अपना रिश्ता ईश्वर से ही तय करेंगे। और तब मृत्यु-भय होने का सवाल ही नहीं उठता।

मन से भय कैसे दूर हो सकता है?

चित्त को भय-शून्य करने के लिए प्रतिदिन मन को खाली कर देना होता है। मन के अंदर हर पल दुविधा, अज्ञानता, दुर्बोध अस्पष्टता और संदेह का बोझ भरा होता है। हर सुबह दस मिनट तक मन को बिलकुल शून्य कर लेने की कोशिश करें। उन पलों में अच्छा-बुरा, स्वर्गीय-नारकीय कोई भी विचार मन में रखना नहीं चलेगा। उस वक्त अगर कोई विचार, कोई खयाल मन पर हावी हो जाए तो तत्काल उसे दमित कर देना जरूरी है। यह सोचने की कोशिश करें कि मन एक बरतन जैसा है। उस बरतन को पहले खाली कर डालें, उसके बाद शांति की प्रतीक्षा करें। प्रकाश और आशीर्वाद एक ही साथ उपस्थित होंगे। लेकिन मन का पात्र पहले अगर खाली न किया जाए तो शांति, प्रकाश और आशीर्वाद को वहाँ जगह नहीं मिलेगी।

मुझे शक है कि मेरे जीवन में सैकड़ों दुश्मन हैं।

अगर मैं पूछूँ कि कितने दुश्मन हैं, तो तुम जरूर यही कहोगे कि बहुत सारे। लेकिन गलती यहीं होती है। दुश्मन तो बस एक ही होता है। उस दुश्मन का नाम है—भय।

अगर किसी गुफा में जाकर साधना की जाए तो क्या ईश्वर-अनुभूति संभव है?

दुनिया के सभी आध्यात्मिक अवतार, विभूतियाँ ईश्वर की तलाश में हिमालय नहीं गईं। हिमालय की गुफाओं में मैं भी नहीं गया। हमारे अनेक आध्यात्मिक प्रभुओं ने हिमालय की गुफाओं में आश्रय नहीं लिया; यथा—श्रीरामकृष्ण, बुद्ध, श्रीअरविंद और अनेक।

मैंने पढ़ा है कि ईश्वर उपलब्धि कोई कमाल नहीं है। यह महज एक आविष्कार है।

सच ही तो! यह कोई सफलता नहीं है, बल्कि यह खोज पाना है। लेकिन, जब हमारी खोज कुछ पा लेती है तो वही सफलता बन जाती है। जब भी हम कुछ आविष्कार करने में समर्थ हो जाते हैं, तभी वे हमारे अस्तित्व का हिस्सा बन जाते हैं। आविष्कार के अंतस्तल में सफलता की उपस्थिति झाँकती रहती है। कोई वैज्ञानिक जब किसी सत्य को खोज लेता है, तब वह समूची दुनिया का संपद बन जाता है फिर भी, आविष्कार तो उन्हीं की सफलता है।

ज्ञानालोक यानी एन्लाइटमेंट और ईश्वर-अनुभूति में क्या कोई फर्क है?

पूर्ण आलोक-प्राप्त स्थिति ही तो ईश्वर-उपलब्धि है। ईश्वर-संधानी अपनी साधना के सर्वोच्च स्तर पर अपने ही अंतस में आलोक का दर्शन पा लेते हैं। यह आलोकित स्थिति घंटे भर या आधा घंटे होती है। उसके बाद वे दुबारा स्वाभाविक स्थिति में लौट आते हैं। इसके अलावा, बुद्ध की तरह सत्य-संधानी के जीवन में इनसान का ज्ञान और बुद्धि से परे एक तपस्या होती है, जिसे कहते हैं—Transcendental meditation या ध्यानलभ्य, मानसप्रत्यक्ष एवं अगम्य।

तकनीक क्या ईश्वर-अनुभूति का विरोधी है?

हाँ भी और नहीं भी। आधुनिक तकनीक जब अंतरात्मा के निजी प्रकाश के तौर पर विकसित हो, तब वह ईश्वर की तलाश में मददगार है। लेकिन अकसर तकनीक और अंतरात्मा एक ही पथ के पथिक नहीं होतीं। बहिर्जगत् की सफलता से बावली होकर वह शक्ति अकसर किसी और लक्ष्य की ओर दौड़ रही है। इस बारे में हमें सजग रहना चाहिए, क्योंकि आत्मा के समर्थन के बिना असीम की उपलब्धि संभव नहीं है। लेकिन यह भी सच है कि अगर हमारा बहिर्जगत् विज्ञान और तकनीक की अग्रगति के साथ ताल रखने में नाकाम हो जाए तो हमारी आत्मा पंगु हो जाती है।

ईश्वर की इच्छा-पूर्ति के लिए पृथ्वी, विज्ञान और आध्यात्मिकता को एक ही छंद में एक ही संग आगे बढ़ना होगा। तकनीक और विज्ञान से हम त्रुटिहीन पार्थिव उत्कर्ष की उम्मीद कर सकते हैं तथा आध्यात्मिकता से हम मुक्ति का स्वाद एवं उपलब्धि प्राप्त कर सकते हैं।

Revealation और manifestation में फर्क क्या है?

एक उदाहरण दिया जा सकता है। फर्ज करो, तुम्हारी जेब में एक मीठा आम है। जेब से आम निकालकर तुमने मुझे दिखाया, यह रिवीलेशन या प्रकाश है। पहले यह आम

गुप्त था, अब प्रकट हुआ।

अब मैनिफेस्टेशन या प्रत्यक्ष गोचर कैसे होगा? उस आम के कई-कई टुकड़े किए गए और हम सब में बाँट दिया गया। मैनिफेस्टेशन का गंभीर अर्थ है—जो तुम्हारे पास है या तुम जो हो, बहिर्जगत् को उसकी निश्छल भाव से जानकारी देना और दुनिया द्वारा वह देखना, अनुभव करना या ग्रहण करना।

आप क्या निरामिष हैं?

हाँ, मैं वेजिटेरियन हूँ। 12 वर्ष की उम्र में मैंने मांस-मछली खाना छोड़ दिया। उसी समय से पूरे जी-जान से मेरा अध्यात्म जीवन में प्रवेश हुआ।

आपके शिष्यों की शिक्षा में वेजिटेरियन खाने की कोई विशेष भूमिका है?

अतिशय महत्त्वपूर्ण भूमिका है। अध्यात्म-पथ के यात्रियों के पवित्र होने की प्रचेष्टा में निरामिष आहार विशेष भूमिका ले सकता है। जब हम मांस-मछली खाते हैं तो पशुओं की कुछेक प्रवृत्तियाँ हमारे अंदर भी प्रवेश कर जाती हैं। हमारी नसें उत्तेजित हो उठती हैं। हम अपने अनजाने में ही अस्थिर और आक्रामक हो उठते हैं। साग-सब्जियों के स्निग्ध गुण हमारे अंतर्जीवन को थोड़ी-बहुत स्थिरता देते हैं और बहिर्जीवन को मिठास, नम्रता, सरलता पवित्रता देते हैं।

लेकिन मुझसे अगर यह पूछा जाए कि निरामिष आहार क्या हमें ईश्वर-अनुरागी बना सकता है? तो मैं कहूँगा कि नहीं, बिलकुल नहीं। इस दुनिया में करोड़ों वेजिटेरियन हैं; लेकिन जिन्हें ईश्वर की अनुभूति हुई हो, ऐसे इनसानों की संख्या तो करोड़ों में नहीं है। ईश्वर को पाने के लिए ऊर्ध्वमुखी मन की जरूरत होती है। वैसे आपके प्रश्न के उत्तर में मैं कहूँगा, अंतर की समृद्धि में वेजिटेरियन आहार निश्चित रूप से मददगार होता है।

कुल मिलाकर, मेरा यह कहना है कि अगर हम वेजिटेरियन हों तो प्राणी जगत् की प्रवणताएँ अपने स्वभाव से दूर हटाकर रख सकते हैं।

लेकिन अगर कोई कहे कि ईश्वर को प्राप्त करने के लिए वेजिटेरियन बनना ही पड़ेगा तो मैं उससे एकमत नहीं हूँ। दुनिया में मांस-मछली का आस्वादन करते हुए भी बहुतेरे लोग ईश्वरानुरागी हुए हैं; यथा—ईसा और विवेकानंद।

अभी कुछ दिनों पहले एक सज्जन से मेरी भेंट हुई। उन्होंने बताया कि सिर्फ मन की पवित्रता के लिए उन्होंने मांस-मछली त्याग दिया। अब उन्हें ध्यान में बैठने की जरूरत नहीं रही। उन्हें ध्यान-केंद्रित भी नहीं करना होगा। सिर्फ शाकाहारी होने की वजह से ही परमेश्वर से उनका मिलन हो जाएगा। मैंने उन्हें बताया कि हमारे देश में पति की मृत्यु के बाद हजारों विधवाएँ मांस-मछली से कोई वास्ता नहीं रखतीं; लेकिन वे लोग सभी क्या ईश्वर से साक्षात्कार कर पाईं? निरामिष जीवन के प्रति इस किस्म का अनुराग अर्थहीन है और कुछ-कुछ हास्यास्पद भी।

जब मैं मांस खाता हूँ तो ठीक तरह ध्यान नहीं लगा पाता। मैं जरा चंचल हो उठता हूँ। लेकिन मांस न खाऊँ तो मैं काफी कमजोर हो जाता हूँ।

मांस न खाया जाए तो ताकत कम हो जाएगी, एनर्जी कम हो जाएगी, यह शायद सच नहीं है। दुनिया में लाखों इनसान मांस न खाकर भी शक्तिमान और स्वस्थ रहते हैं। जब ठीक ढंग से ध्यान लगाओगे, तब अंतर के खाद्य भंडार को शरीर के लिए इस्तेमाल करना मुश्किल नहीं होगा।

दुश्चिंताओं को कैसे जीता जाए?

इसकी पूर्ण अवज्ञा करें। हमें यह याद रखना होगा कि दुश्चिंता का भी अपना गर्व-बोध होता है। तुम दुश्चिंता के जाल में फँसे ही क्यों? भोर-भोर प्रार्थना करो, दोपहर ध्यान करो, शाम को ध्यान करो, राम का अपनी मानस आँखों से दर्शन करो। तुम देखोगे, सारी समस्याओं का समाधान होता जा रहा है।

आप क्या ब्रह्मचर्य या कौमार्य पालन करते हैं?

निश्चित रूप से। ब्रह्मचर्य के बिना कोई अध्यात्म-जीवन संभव नहीं है, ईश्वर-प्राप्ति का तो खैर, सवाल ही नहीं उठता।

कामिनी-प्रलोभन के बारे में हमें कुछ बताएँ।

निष्ठावान् ईश्वर-खोजकर्ता को हमेशा सजग और सावधान रहना होगा, क्योंकि अगर इस जाल में कदम रखा तो उसकी ईश्वर-आकांक्षा एकबारगी नष्ट हो सकती है। यौन-प्रलोभन बेहद मुश्किल समस्या है। बहिर्जगत् का धर्म ही है—प्रलोभन। इस प्रलोभन को दमित करने के लिए हर पल सजग रहने के अलावा अन्य कोई उपाय नहीं है।

'काम' के उत्तरण के बारे में कुछ कहें।

देखिए, सेक्स को दबाने की कोशिश न करें। अंतस का अभिज्ञान, अभिज्ञता और आलोकवर्तिता से भी सेक्स का उत्तरण संभव है। लेकिन इससे लड़कर इसे दबाए रखने की कोशिश करते हुए सेक्स को जीतना संभव नहीं है। यौन उत्तरण की सबसे सीधी राह है—'काम' को महत्त्व न दिया जाए। मन को समझाना गैर-जरूरी है। जिस पल आप सोचेंगे कि सेक्स जरूरी है, प्रलोभन शुरू हो जाएगा। उसके बाद किसी समय आपको एहसास होगा कि आप पकड़े गए हैं। हर पल अपनी कामना और यौन जीवन के बारे में सोचते रहने से सेक्स को कभी भी जीता नहीं जा सकता। अगर आप यह सोचें कि 'काम' को जीतने के लिए ही आप इस बारे में सोच रहे हैं तो आप गलती कर रहे हैं। आप प्रकाश व आनंद आदि विषयों के बारे में सोचें। मन एकाग्र करके ध्यान के माध्यम से हम अंतर के आनंद का और अंतर के आलोक का संधान कर सकते हैं।

जाने कहाँ तो पढ़ा था, यौन शक्ति का प्रयोग करने से आध्यात्मिक शक्ति का भी क्षय हो जाता है। क्या यह सच है?

जो पढ़ा, वह सही पढ़ा है। मानव देह में पशु–पर्व एक साथ नहीं चल सकता। सर्वोत्तम शक्ति प्राप्त करने के लिए पवित्रता चाहिए और यौन प्रयोजन का उत्तरण होता है! हमें याद रखना होगा कि ईश्वर को रातोरात प्राप्त नहीं किया जा सकता, जैसे एक दिन या एक वर्ष में एम.ए. पास करना संभव नहीं है।

यौन जीवन का उत्तरण काफी कुछ बुरे अभ्यास का त्याग करने जैसा होता है। कुछ लोगों के लिए यह त्याग बहुत मुश्किल है। इसमें काफी वक्त लग जाता है।

हमें अपने अंतर की आकांक्षा को सक्षम रखकर आलोक की तरफ दौड़ना होगा। तभी हम देह–सुख और आनंद के बीच का फर्क समझ पाएँगे। देह–सुख के बाद ही अवसाद घेरता है और अवसाद के पीछे–पीछे ध्वंस चला आता है। लेकिन, प्रकृत आनंद के पीछे और अधिक आनंद तथा पूर्णता बोध आता है।

खूबसूरत औरत देखते ही मेरे मन में सेक्स का खयाल जागता है। मैं इसे मिटाने की कोशिश करता हूँ, लेकिन सेक्स का खयाल बना रहता है।

इस समस्या के समाधान की दो राहें हैं। कोई खूबसूरत महिला दिख जाए तो आप मनःसंयोग करें और मन की पूरी शक्ति लगाकर उसे पतंग की तरह ऊपर उठा दें। इसके अलावा और एक आसान राह है कि महिला देखते ही उसके पाँवों पर नजर टिकाएँ। भारतीय साधुओं का कहना है, औरतों की आँखों में नहीं, उनके चेहरे पर नहीं, उनके पाँवों की तरफ देखें। प्रलोभन से मुक्ति पाने के लिए सिर्फ उनके पाँवों की तरफ देखें। यह करने में सिर्फ एक सेकंड लगता है। नजरें या तो आसमान में उड़ती पतंग की तरह या पाँवों पर टिकाएँ। बहुत से लोगों ने यह अभ्यास किया और सफल भी हुए हैं। चैतन्य महाप्रभु अपने शिष्यों से कहते थे—"अगर तुम्हारी माँ भी सामने आ जाए तो उसकी सूरत की तरफ मत देखो, पाँवों पर नजरें टिकाओ।"

लेकिन यह सब नए लोगों के लिए है। साधन–पथ पर आगे बढ़ते–बढ़ते ऐसा भी एक दिन आएगा, जब खुले मन से आपके लिए महिलाओं की तरफ देखना संभव होगा। अंतर की अभिज्ञता और उपलब्धि से स्त्री–पुरुष का संबंध सहज एवं स्वाभाविक हो उठेगा।

आकर्षण को निर्लिप्तता में कैसे बदला जाए?

उम्र बढ़ने के साथ–साथ सारे बंधन शिथिल नहीं होते। एकमात्र ऊँचे स्तर की विचार–शक्ति से ही बंधन–मुक्त हुआ जा सकता है। आकर्षण शिथिल करने के लिए इनसान को कई–कई स्तरों से होकर गुजरना पड़ता है। आध्यात्मिक विचारों की जरूरत होती है, साधु–संग की भी जरूरत पड़ती है। हमें यह याद रखना होगा कि इस दुनिया में हम किसी भी पल प्रलोभन में कैद हो सकते हैं।

जो लोग हमें प्यार करते हैं, उन लोगों के लिए प्यार करना ही सही कर्म है। जो लोग हमें प्यार नहीं करते, उनका प्यार भी भला कर्म है। जो ईश्वर हमें हर पल प्यार करते हैं,

उन्हें भी प्यार करना बुद्धिमानी का काम है। जब हम ठीक-ठाक काम करते हैं, तभी तो हम मुक्त मानव हैं। जब हम सही काम करते हैं, तब सुरक्षित होते हैं। जब हम ज्ञान-संपन्न, विवेचनापूर्ण कार्य करते हैं, तभी हमारा जीवन और जन्म सार्थक होता है।

धैर्य क्या है?

यह ईश्वरीय गुण है। दुर्भाग्यवश हममें से बहुतों के पास यह गुण नहीं होता। अगर होता भी है तो हम बेवकूफों की तरह इसकी अवहेलना करते हैं।

धैर्य क्या है? ईश्वर के प्यार की असीम प्रतिश्रुति। जीवन के आँधी-तूफान से लड़ने और उसे अतिक्रमित करने की यह शक्ति ईश्वर ने हमारे अंदर छिपा रखी है।

व्यर्थता में अगर यह शक्ति है कि हमारे जीवन को तीखा और कड़वा बना दे, तो धैर्य में यह शक्ति है कि वह हमारे जीवन में मिठास की आनंद-सुधा बहा दे। एक बार व्यर्थ हो भी गए तो भी भाग्य के समक्ष आत्मसमर्पण मत करो। व्यर्थता हद-से-हद कभी-कभार सफलता की राह रोककर खड़ी हो जाती है। लेकिन, एक बार सफलता जब आ जाती है, तब आत्मविश्वास हमारे नाम हो जाता है।

शरीर में ही धैर्य धारण करें, समूचे विश्व को आप ग्रहण कर पाएँगे। अपनी समूची प्राण-शक्ति लगातार धैर्य को थामे रहें, आप समूची दुनिया का मुकाबला करने में सक्षम होंगे। मन में धैर्य धारण करें, आप न दुनिया को भूलेंगे, न उसे खोएँगे। हृदय में धैर्य रखें, आप निश्चित रूप से अनुभव करेंगे कि समूची दुनिया सिर्फ आपके साथ है और उसकी उपस्थिति आपके लिए ही है।

धैर्य है—ईश्वर की इच्छा के प्रति हमारा विनम्र आत्मसमर्पण।

'पाप' शब्द से आप क्या समझते हैं?

पाप मेरे लिए एक किस्म की अज्ञानता या अपरिपूर्णता है। इसे हमेशा भीषण, बुरा, कुत्सित या अस्पृश्य समझने की कोई वजह नहीं है। विवर्तन से होकर गुजरते हुए हम उत्कर्ष की तरफ और परिपूर्णता की तरफ नजर रखते हैं; लेकिन कोई-कोई आज भी अज्ञानता एवं आत्मसुख-परायणता की ही तलाश में है। जितनी देर हम अज्ञानता में होते हैं, उतनी देर हम भूलें करते रहेंगे और पाप-कर्मों में लिप्त रहेंगे। लेकिन हम पूर्ण रूप से गुम हो गए हैं या अँधेरे में आवृत्त होकर रह गए हैं, यह सोचने की कोई वजह नहीं है। हम सब अस्पष्ट आलोक से उज्ज्वलतर आलोक की तरफ़ बढ़ रहे हैं और अंत में अज्ञानता, अपरिपूर्णता व पाप से हमारी मुक्ति होगी।

पाप-मुक्ति कैसे होती है? यह मुक्ति क्या अचानक आती है?

ईश्वर से आशीर्वाद की याचना करते ही पाप-मुक्ति हो सकती है। यह पाप-मुक्ति अकातर ढंग से ही उतर आती है, लेकिन मनुष्य उसे पाने की कोशिश ही नहीं करता। पाप-मुक्ति का आवेदन करके ईश्वर की करुणा-याचना करते ही मुक्ति निश्चित है। लेकिन

अकस्मात् और रातोरात परिवर्तन की उम्मीद नहीं करनी चाहिए; हालाँकि बीच-बीच में ऐसा नहीं होता, ऐसा भी नहीं है।

आपने कहा है कि नीरवता जब मुखर होती है, तब नीरव ही उसका उत्तर आता है। इसका क्या तात्पर्य है?

तैलंग स्वामी के बारे में मैं पहले ही बता चुका हूँ। उन महासाधक में अविश्वसनीय, अतिलौकिक आध्यात्मिक शक्ति मौजूद थी। श्रीरामकृष्ण उनसे कई बार भेंट करने पहुँचे थे। श्रीरामकृष्ण कहा करते थे कि वे चलमान शिव हैं। एक बार श्रीरामकृष्ण के आकार-प्रकार में तैलंग स्वामी ने उत्तर दिया—बहुत-बहुत ऊपर स्वर्ग में ईश्वर एक है। लेकिन जब हम देह धारण करते हैं, तब देह ही एकमात्र सत्य हो उठता है और ईश्वर तब बहु हो जाता है।

नीरवता जब किसी प्रश्न का उत्तर देती है, तब वह उत्तर काफी फलदायी हो उठता है। इस मामले में एक साधक नि:शब्द प्रश्न करते हैं और कोई अन्य साधक नि:शब्द उसका उत्तर देते हैं। प्रश्नकर्ता और उत्तरदाता दोनों ही परस्पर के प्रति प्रसन्न होते हैं।

यह बात और एक तरीके से कही जा सकती है। हमारी देह बहुरूप में उपस्थित ईश्वर का जयगान करती है और आत्मा जिसकी जय-जयकार करती है कि वे एक एवं अद्वितीयम् हैं।

नीरवता और नि:शब्दता के जगत् के प्रश्न और उत्तर कैसे होते हैं?

साधक विजयकृष्ण गोस्वामी एक बार गुरु रामदास काठिया बाबा के दर्शनों के लिए आए तो उन्होंने देखा कि वे भक्तगण के साथ सभा कर रहे हैं। शिष्य उनसे सवाल पूछ रहे थे और वे उत्तर दे रहे थे। विजयकृष्ण ने अपनी जुबान बंद रखी। जब वे विदा ले रहे थे, तब शिष्यों ने पूछा—आप तो काफी दूर से चलकर गुरुदेव से मिलने आए हैं न? लेकिन, आपने तो एक भी प्रश्न नहीं किया। आपको क्या कुछ भी जानने को नहीं है?

विजयकृष्ण ने कहा, मैंने तो इसी बीच उनसे अनेक प्रश्न किए और इसी बीच उन्होंने अंदर से उत्तर भी दे दिया।

रामदास ने मंद-मंद मुसकराते बताया—विजय जो कह रहा है, वह सच है।

मौन की स्थिति में जब कोई सवाल किया जाता है और नीरवता जब उसका उत्तर देती है, तब प्रश्न और उत्तर दोनों ही बेहद महत्त्वपूर्ण हो उठते हैं। नीरव हृदय से यात्रा शुरू करके ये सारे प्रश्न अन्य एक नीरव हृदय में यात्रा शेष करते हैं। प्रश्न जब नीरव नहीं रहते, तब मन में उसी प्रश्न और उत्तर में अतिरिक्त बातें जुड़ जाती हैं। मन के तमाम संयोजन संदेह भरे होते हैं, दुविधा भरे होते हैं और हमारी अस्तित्व-वास्तवता को हमेशा हर पल निरुत्साहित करते हैं।

आप कहते हैं कि साधु-संत लोग लोभ के ऊर्ध्व होते हैं। इसका क्या अर्थ है?

तैलंग स्वामी बेहद मोटे थे। 300 पाउंड से अधिक वजन था। बनारस में रहते थे और अपना ज्यादा समय गंगा-स्नान में खर्च किया करते थे। एक दिन पूरी तरह नंग-धड़ंग स्थिति में वे सड़क पर चले जा रहे थे। उस समय नवागत एक मजिस्ट्रेट से भेंट हो गई। नंग-धड़ंग इनसान को देखकर मजिस्ट्रेट साहब बेतरह भड़क गए और उन्होंने पुलिस को हुक्म दिया कि इसे गिरफ्तार करो और किसी कोठरी में ठूँस दो। हैरत है, अगले दिन सुबह मजिस्ट्रेट साहब ने देखा कि तैलंग स्वामी कमरे से बाहर टहल रहे थे।

"आप बाहर कैसे निकल आए?" झुँझलाए हुए मजिस्ट्रेट ने जानना चाहा।

तैलंग स्वामी ने उत्तर दिया, "बहुत आसान है! मेरी इच्छा हुई, इसलिए मैं निकल आया। रात को मैंने कमरे में मल-त्याग किया था, अब बहुत दुर्गंध आ रही है, इसलिए मुझे लगा कि कमरे से बाहर निकल आना ही बेहतर है।"

अब, मजिस्ट्रेट साहब ने उन्हें दुबारा कमरे में धकेलकर डबल ताला जड़ दिया।

अगले दिन मजिस्ट्रेट साहब अपने दफ्तर में काम कर रहे थे। अचानक उनकी नजर पड़ी। उनके दफ्तर के एक कोने में चहलकदमी करते हुए तैलंग स्वामी उनकी तरफ देखते हुए मंद-मंद मुसकरा रहे थे।

"आप यहाँ कैसे चले आए?" मजिस्ट्रेट ने जवाब-तलब किया।

तैलंग स्वामी ने जवाब दिया, "आप निरपराध हिंदू योगियों को सताया न करें। उन लोगों की जो इच्छा होती है, वे कर सकते हैं। मैं नंग-धड़ंग हालत में सड़कों पर घूमता हूँ, लेकिन कामिनी नारियों के प्रति मेरा कोई आग्रह नहीं है। साधारण लोग काम-भाव से परिपूर्ण होते हैं। उन लोगों को अनेक तरह की मानसिक और काम समस्याएँ होती हैं। मैं वैसा नहीं हूँ। इसके अलावा, लोग तो देखते ही हैं कि मेरी देह भीषण थुलथुल है, मोटा हूँ और मेरा चेहरा भी बड़ा कुरूप है। मुझमें भला कौन दिलचस्पी लेगा! मेरे प्रति भला कौन आग्रही होगा! मैंने दुनिया त्याग दी है। कोई भी गंदे मन से मेरे बारे में आग्रही नहीं है। फिर आप मुझे क्यों सता रहे हैं? मैं किसी लोभ की सृष्टि नहीं करता, न मुझे कोई लुब्ध करता है। अगर आप हिंदू योगियों पर इसी तरह अत्याचार करते रहेंगे तो आप कदम-कदम पर व्यर्थ होंगे, क्योंकि हम लोग सभी तरह के निर्यातन के ऊर्ध्व हैं।"

जिन लोगों को ईश्वर की उपलब्धि हो जाती है, उन्हें और कोई भी परेशान नहीं कर सकता। वे लोग खुद भी दूसरों को परेशान नहीं करते। बाकी दुनिया से वे लोग अपनी रक्षा करते हैं और दुनिया को भी वे लोग अपने से दूर रखते हैं।

हमारा यह शरीर जरूर आत्मा की स्वाधीनता, पूरा-पूरा उपभोग करता है और आत्मा भी देह की यह प्रसन्न स्वीकृति उपभोग करती है।

समाधि के विभिन्न स्तरों के बारे में कुछ बताएँगे?

अनेक तरह की समाधि होती है। सबसे ऊँचे स्तर की समाधि है—सविकल्प समाधि।

उसके बाद निर्विकल्प समाधि! लेकिन इन दोनों में काफी हद तक अंतर है। निर्विकल्प समाधि के मुकाबले सविकल्प जरा तल में होती है। लेकिन, हम लोग 'नीची' शब्द का इस्तेमाल नहीं करते। असल में सविकल्प और निर्विकल्प दो अलग-अलग समाधि हैं। वैसे निर्विकल्प के ऊर्ध्व में भी एक समाधि है। उसका नाम है सहज समाधि। लेकिन सविकल्प और निर्विकल्प ही अधिक परिचित समाधि हैं।

सविकल्प समाधि में कुछ समय के लिए आपकी संज्ञा खो जाती है। उस समय स्थान-काल का बोध बिलकुल अलग तरह का हो जाता है। इस समाधि में दो-एक घंटे के लिए साधक किसी और ही जगत् में चला जाता है। उस नए लोक में कुछ भी अपूर्ण नहीं रह जाता और हमारी इस दुनिया में हमारी तथा दूसरों की बहुत सारी कामनाएँ अपरिपूर्ण हैं। करोड़ों काम अपूर्ण स्थिति में प्रतीक्षा कर रहे हैं। जब सविकल्प समाधि की स्थिति आती है, तब अनुभव होता है कि प्रायः सबकुछ का ही समाधान हो गया। अब मेरे लिए करने को कुछ भी नहीं है। मैं एक यंत्र मात्र हूँ। अगर यह यंत्र व्यवहार किया जाए तो अच्छा ही है, लेकिन सारा कार्य ही तो पूरा हो चुका है। किंतु सविकल्प समाधि से हर किसी को ही अब प्रतिदिन के अनुभव में लौट आना होता है।

श्रेष्ठ साधक लोग निर्विकल्प समाधि में डूबकर भगवद्-ज्ञान लाभ करते हैं। कई घंटे या कई दिन यही स्थिति बनी रहती है। उसके बाद उतर आना पड़ता है। अकसर अपना नाम तक याद नहीं रहता। ठीक तरह बात करने में भी असुविधा होती है। निरंतर अभ्यास करके बहुतेरे साधक निर्विकल्प समाधि से उतरकर दैनंदिन कर्म जीवन में लौट आते हैं।

पहले के युग में अनेक महासाधक निर्विकल्प समाधि लाभ करने के बाद वापस लौटकर नहीं आए। निर्विकल्प समाधि लाभ करने के बाद कोई भी लौटकर नहीं आना चाहता। यह अवस्था अगर इक्कीस-बाईस दिन रह जाए तो देह-त्याग की संभावना प्रबल हो उठती है। लेकिन परमेश्वर अगर यह चाहते हैं कि इस समाधि के बाद भी दुनिया के लिए काम करना है तो उन्हें लौट आना पड़ता है।

सर्वोच्च स्तर की समाधि का नाम है—सहज समाधि। अनुभूति के उच्चतम लोक में रहकर भी कोई-कोई संसार के लिए दायित्व का पालन करते हैं। सहज समाधि में साधक एक साधारण मनुष्य की तरह घूमते-फिरते हैं, दूसरों की तरह ही खाते-पीते हैं। अंतस में निरंतर स्वर्गलोग का आलोक जगमगाता रहता है। सहज समाधि में वास्तविक राजाधिराज की तरह साधक का आचरण होता है। अभी वे उपलब्धि के ऊर्ध्वतम लोक में होते हैं, अगले ही पल वे विश्वालोक के अधीन हो जाते हैं।

तुरीय अनुभूति क्या समाधि का एक अंग है? इसके साथ सहज समाधि का कोई संबंध है?

तुरीय भाव उच्च लोक का मामला है। 'समाधि' का जो अर्थ है, यह वह भाव नहीं

है। किसी व्यक्ति का जब पक्के तौर पर परमेश्वर से स्थायी मिलन होने लगता है, तब हम कहते हैं कि तुरीय भाव चल रहा है। अनुसंधानी आत्मा इस राह में विवर्तन के उच्चतम सोपान पर पहुँच जाती है। इस चरम आनंददायक अनुभूति के साथ सहज समाधि का कोई संबंध नहीं है।

लेकिन, सहज समाधि तुरीय भाव को धारण किए रहती है।

निर्विकल्प समाधि की अभिज्ञता के बारे में और कुछ बताएँ।

कोई भी जीव, चाहे वे कितने भी बड़े क्यों न हों, निर्विकल्प समाधि की व्याख्या नहीं कर सकते। जिन्हें यह अनुभव हुआ है, एकमात्र वही इसके तात्पर्य की उपलब्धि को प्राप्त कर सकते हैं। जो लोग और अधिक जानने के आग्रही होते हैं, उन लोगों को इस अभिज्ञता के सागर में डुबकी लगानी होगी। मौखिक प्रश्न करके खास फायदा नहीं। निर्विकल्प समाधि में अभिज्ञता ही सबकुछ है। लेकिन, जब किसी और को विवरण देना पड़े तो शब्द प्रयोग में असुविधा होगी। कुल मिलाकर बात इतनी सी है कि निर्विकल्प समाधि का कभी भी खास विवरण नहीं दिया जा सकता, न इसकी व्याख्या की जा सकती है। मूल अनुभव और उसका विवरण कभी एक नहीं हो सकता।

निर्विकल्प समाधि में हमारे मन की कोई भूमिका नहीं होती, स्रष्टा के दर्शन होते हैं। उस समय स्रष्टा और द्रष्टा एक ही होते हैं। प्रेमी और प्रिया का उस समय एक अंग में मिलन होता है। सारी सीमाओं से आगे बढ़कर ऊर्ध्व लोक में उन्नीस होने के बावजूद यह समझ में आता है कि सबकुछ सत्य है। इस साधारण जगत् में मैं कहूँगा—तुम अवास्तविक हो और तुम कहोगे—आप अवास्तविक हैं, क्योंकि हमारी राय भिन्न है। निर्विकल्प समाधि में हम सभी तरह के मतांतरों के ऊर्ध्व चले जाते हैं। उस समय विशाल हृदय-समुद्र में विश्वलोक क्षुद्र बूँद लगता है।

निर्विकल्प समाधि में प्रवेश करने पर पहले ऐसा लगता है—मेरा हृदय इस विश्वलोक से बृहत्तर है।

निर्विकल्प समाधि में सीमाहीन परमानंद का अनुभव होता है, स्वर्ग-सुख भी कह सकते हैं। परमानंद या 'तुरीयानंद' शब्द जरा अस्पष्ट है। सबने सुना है, 'ब्लिस' नामक एक शब्द है, किसी-किसी का कहना है कि उसने वही अनुभव भी किया है; लेकिन कोई अपनी अभिज्ञता की व्याख्या नहीं कर सका है। निर्विकल्प समाधि में हम सिर्फ परमानंद ही उपभोग नहीं करते, हम उस आनंद समुद्र में और-और बड़े होते रहते हैं। निर्विकल्प समाधि का और एक पक्ष है—अनुभव-शक्ति। तांत्रिक बड़े यत्न से जितनी सब शक्तियाँ संग्रह करते हैं, निर्विकल्प समाधि की शक्ति की तुलना में वह कुछ भी नहीं हैं।

समाधि और ईश्वर-उपलब्धि में क्या फर्क है?

समाधि होती है आत्मसचेतना या अनुभूति के क्षेत्र में। बहुत से लोगों ने समाधि में

प्रवेश किया है; लेकिन ईश्वर-अनुभूति तभी होती है, जब हम परमेश्वर से एकात्म हो जाते हैं। परमात्मा की उपलब्धि न होने पर भी हम समाधि में प्रवेश कर सकते हैं।

समाधि के उच्चतम सोपान से अन्य जीवों पर दृष्टि डालें तो क्या लगता है?

उच्चतम सोपान की समाधि में अन्य जीवों की देह-विशिष्टता या विभिन्नता अदृश्य हो जाती है। तब किसी का मनुष्य होना याद नहीं रहता। लगता है, आत्म-सचेतना का एक स्रोत नदी की तरह सागर की तरफ प्रवाहित हो रहा है।

सविकल्प समाधि कितने समय तक रह सकती है?

महासाधक दीर्घ तपस्या के बाद सविकल्प समाधि में सहज ही प्रवेश कर सकते हैं। यह उन लोगों के लिए कोई मुश्किल बात नहीं है। श्रीरामकृष्ण किसी-किसी को स्पर्श करके समाधि की अनुभूति देते थे, लेकिन वह अनुभूति कुछ पलों के लिए ही होती थी। सविकल्प समाधि में दो-एक दिन से अधिक रहना नहीं हो पाता, क्योंकि इसकी जरूरत नहीं होती और इस स्थिति में रहना उचित भी नहीं होता। लेकिन निर्विकल्प समाधि सात-आठ-नौ-दस दिनों तक चल सकती है। हमारे अंतर्जीवन के लिए इसकी जरूरत भी होती है।

प्रकृत योगी या अवतार के लिए सविकल्प समाधि खेल-घर के खिलौने जैसा है। उन लोगों के लिए यह अत्यंत सहज है। लेकिन, साधना-पथ के नवागतों के लिए यह खासा मुश्किल है।

महासाधकों को क्या पहले ही आभास हो जाता है कि समाधि के किस पर्व में उन्हें देह-त्याग करना होगा?

हाँ, उन्हें आभास हो जाता है। वैसे आम इनसान को भी कभी-कभी आभास हो जाता है कि उसे कब देह-त्याग करना है। स्वर्गीय आत्मीय और अपने लोगों से वहाँ भेंट होगी। वे लोग हाल-समाचार पूछेंगे—आओ, तुम्हारा तो पुरखों से मिलने का समय हो आया। कितने ही दिनों से हम तुम्हारी राह देख रहे हैं। तुम्हारा भी अब स्वर्गीय सुख उपभोग करने का समय आया। नए लोक में उनके आविर्भाव पर वे लोग उत्सव मनाना चाहते हैं। इस पृथ्वी पर मृत्यु हमें ग्रस लेती है, लेकिन स्वर्ग लोक में परलोकवासी परिजन से पुनर्मिलन होता है।

समाधि से उच्चतर और कुछ भी है?

हाँ, है, जिसे स्वर्गीय रूपांतर या मौलिक परिवर्तन कहा जा सकता है। कोई समाधि में रह सकता है, लेकिन इसका मतलब यह नहीं है कि उसका रूपांतर हो गया। जब तुम भाव-समाधि में होते हो, तब महिमान्वित होते हो, क्योंकि तुम ईश्वर के साथ एकांत में होते हो; लेकिन जैसे ही वास्तविकता में लौट आते हो, तब तुम साधारण पृथ्वी के साधारण इनसान बन जाते हो।

आप क्या अपने शिष्यों को समाधि-लाभ की कोई विशेष तकनीक सिखाते हैं?

नहीं! समाधि बेहद उच्च सोपान का विषय है। किंडरगार्टेन स्कूल का शिशु अगर आकर कहे कि मुझे एम.ए. डिग्री का शिक्षण दें तो शिक्षक को हँसी आएगी। समाधि की साधना तक पहुँचने से पहले हमें अनेक-अनेक आध्यात्मिक अनुभवों का आहरण करना होगा। तब जाकर गुरु यह समझेंगे कि निर्विकल्प समाधि में प्रवेश करने का समय आ पहुँचा है। जिन लोगों ने अभी शुरुआत ही की है, उनके लिए निर्विकल्प समाधि का सवाल ही नहीं उठता। निर्विकल्प से पहले सविकल्प समाधि की साधना ही यथेष्ट है।

मृत्यु में ही क्या सबकुछ शेष है?

मृत्यु में शेष कहाँ है? मृत्यु में कभी भी सबकुछ शेष नहीं हो सकता। मृत्यु तो राह मात्र है। जीवन एक यात्री है, आत्मा हमारी पथ-प्रदर्शक। यात्री जब श्रांत और क्लांत हो जाता है, तब गाइड उसे कुछेक क्षणों के लिए या लंबे समय के लिए विश्राम लेने को कहता है। उसके बाद तो दुबारा राह की यात्रा की शुरुआत होती है।

अपने अंतर्जीवन से हम क्या सीख सकते हैं? जीवन तो मृत्यु को मिटा देना चाहता है। हमारे अंतर्यामी ने कहा है—जीवन महामूल्यवान् है, समय का भी अनेक मूल्य है। समय में उच्चाकांक्षाओं का मेल न हो तो जीवन अर्थहीन हो उठता है। प्राणों की उच्चाकांक्षा के बिना जीवन भी निरर्थक और असार है।

हमारा मन मृत्यु के बारे में सोचता है। हमारा हृदय जीवन के बारे में सोचता है। आत्मा अमृत की सोच में डूबी रहती है।

मन और मृत्यु का उत्तरण होता है, तब मनुष्य को नया आवास मिलता है। वहाँ निकट के प्रकाश के साथ सुदूर के प्रकाश का भी पता मिलता है। जब आत्मा और अमरत्व सार्थक होता है, तब मनुष्य को नए लक्ष्य का संदेश मिलता है—आनंद और उत्तरण का महानंद।

अभी मनुष्य को लगता है—मृत्यु की जरूरत अनिवार्य है। भविष्य में मनुष्य की समझ में आएगा कि अमरत्व ही निश्चित वास्तविकता है।

अफसोस की बात यह है कि हम मृत्यु के बारे में मूल धारणा का पोषण करते हैं। हम सोचते हैं कि मृत्यु का विषय अस्वाभाविक है। मृत्यु केवल ध्वंस करती है। लेकिन उस पल हमें याद रखना चाहिए कि मृत्यु एक स्वाभाविक स्थिति है, जो कुछ-कुछ अवश्यंभावी है। भगवान् श्रीकृष्ण ने 'महाभारत' में अर्जुन से कहा है, ''हे अर्जुन जिन लोगों ने जन्म लिया है, उनके लिए मृत्यु अवश्यंभावी है। उसी तरह मृतकों का जन्म भी निश्चित है। इसलिए जिसे टालना संभव नहीं है, उसके लिए दु:ख करने से कोई लाभ नहीं है।''

'छांदोग्य उपनिषद्' में कुछेक तथ्य चिंतन का विषय है—''जब मृत्यु उपस्थित हो तो हम क्या करेंगे? उस समय तीन उच्च धारणाओं की आड़ में आश्रय लिया जा सकता है—हम अविनाशी हैं, हमें कँपाया नहीं जा सकता और हम ही जीवन के सार के सार हैं। मृत्यु जब सिरहाने आ खड़ी हो, तब अगर हम यह सोचें कि हमारा विनाश संभव नहीं है,

हमें कुछ भी डिगा नहीं सकता और हम हर जीवन के सार के सार हैं, तब शोक कहाँ रह जाता है? भय कहाँ रहता है? मृत्यु कहाँ है? मृत्यु नहीं है।

मृत्यु के बाद भी क्या जीवन होता है?

हाँ, मृत्यु के बाद भी जीवन होता है। मृत्यु में ही मेरा अवसान नहीं हो सकता। मेरे लिए जीवन और मृत्यु दो कमरों की तरह हैं। दिन के समय मैं एक कमरे में काम करता हूँ। मृत्यु मेरा विश्राम-कक्ष है। ईश्वर को प्यार करने के लिए, सेवा करने के लिए और उन्हें संतुष्ट करने के लिए मुझे दोनों कमरों की जरूरत होती है।

इन पलों में मृत्यु हमारे लिए अजानी होती है और अधिकांश मनुष्य अचीन्हे-अजाने से डरते हैं। लेकिन हमें यह समझना होगा कि मृत्यु ईश्वर की लीला का एक अंश है। हमारे विवर्तन में मृत्यु एक स्वाभाविक कदम है। इसलिए स्वर्गीय वीरों के लिए जिन लोगों ने संसार में परमेश्वर के पक्ष में संग्राम किया है, मृत्यु उन लोगों के लिए विश्राम-स्थल है।

अनंत जीवन से क्या तात्पर्य है?

हमारे दो जीवन हैं—एक जीवन वह, जो हमारी आँखें देखती हैं, साठ-सत्तर-अस्सी वर्ष का जीवन। इसके बाहर अनंत जीवन है, जिसकी उपस्थिति सृष्टि की शुरुआत से भी पहले से है। अभी भी वह जीवन विद्यमान है और मृत्यु के माध्यम से अग्रसर होते हुए जो दुबारा जीवन में प्रवेश करेगा। इस पृथ्वी पर जब जीवन का उल्लेख होता है, तब हम अल्प परिसर जीवन के बारे में सोचते हैं। लेकिन अनंत जीवन ऐसा नहीं है और वह हमेशा-हमेशा मौजूद रहता है। जब साधना के माध्यम से हमें ईश्वर-उपलब्धि होती है, तब हम ईश्वर पर अपनी आस्था टिका देते हैं, तब हम इस अनंत जीवन के अधीश्वर बन जाते हैं।

मृत्यु के बाद हम जिस जीवन का जिक्र करते हैं, वह क्या नितांत ही सांत्वना वाक्य है?

बिलकुल भी नहीं। मैंने तो कहा ही है कि मृत्यु के पश्चात् जीवन ही सत्य की सर्वोत्तम स्वीकृति है। इस जीवन में हमारी सभी साध, सभी कामनाएँ पूरी नहीं हुईं। कुल एक जीवन में भला यह कैसे संभव है! जो साध या कामना आज पूरी हुई, उसके पीछे-पीछे ही हताशा आ धमकेगी। इसके बाद मनुष्य अपनी कामना-वासना को जीर्ण-मलिन वस्त्र की तरह फेंक देता है; उच्चतर, महत्तर आकांक्षाओं के जगत् में प्रवेश करना चाहता है, वह बढ़ना चाहता है, असीम आनंद में भागीदार बनना चाहता है, प्रकाश चाहता है, सीमाहीन तुरीयानंद चाहता है और इन सबके लिए ही तो हमें इस पृथ्वी पर दुबारा लौटना पड़ता है।

मृत्यु की आवश्यकता क्यों है? एक ही शरीर में आत्मा अपने निर्धारित पथ पर आगे क्यों नहीं बढ़ती जाती?

इस पल मृत्यु की हमें जरूरत है। हमारे लिए मृत्यु जरूरी है। लंबे अरसे तक लगातार हम कुछ नहीं कर सकते। 45 मिनट या घंटे भर खाते रहने के बाद हम थककर आराम करते हैं। हमारी अनंततर आकांक्षाएँ भी बिलकुल ऐसी ही होती हैं।

ऐसे में मृत्यु हमारी मदद करती है, हमें विश्राम लेने का मौका देती है। हम फिर लौट आते हैं और नई आशा के साथ अपना कार्य आरंभ करते हैं।

मरते समय हमें क्या करना चाहिए?

धर्मप्राण लोगों को चाहिए कि वे गुरु का स्मरण करें। अपने लोगों से कहें कि आध्यात्मिक गुरु की एक तसवीर आपकी नजरों के सामने रख दें।

मृत्यु क्या यंत्रणादायी होती है?

मनुष्य के मुताबिक फर्क होता है। अगर प्रार्थना और साधना पर्याप्त न हुई हो तो मृत्यु सच ही यंत्रणादायक होती है, क्योंकि मृत्यु-पथ का यात्री ईश्वर की इच्छा के प्रति आत्मसमर्पण नहीं करना चाहेगा। ईश्वर की क्या इच्छा है, वह यह समझने को राजी ही नहीं होगा। ईश्वर की सुरक्षा के बारे में भी उसकी कोई धारणा नहीं होती। इसलिए अपने को पूरी तरह दिक्‌भ्रष्ट समझने की संभावना तो बनी ही रहती है।

उस पर से प्रबल दैहिक यंत्रणा भी होती है। आदमी अगर बीमार हो और उसके रोग का निदान न किया जाए तो आखिरी दिनों की यंत्रणा असहनीय हो सकती है; क्योंकि मृत्यु अपना विध्वंसक रूप लेकर आ रही होती है। प्रलयंकर मृत्यु नाना रूप में, नाना ढंग से, नाना लोगों के समक्ष उपस्थित होती है।

जब कोई मृत्युमुखी हो तो उसके अपने लोगों की मानसिकता कैसी होनी चाहिए?

हम सब एक ही ट्रेन के यात्री होते हैं। किसी एक यात्री के उतरने का समय हो गया है, उसे यहाँ उतरना ही होगा। लेकिन, अन्य लोगों को अभी और दूरी तय करनी होगी। हमें याद रखना होगा कि यह मृत्यु-समय स्वयं परमात्मा ने ही तय कर रखा है। उनकी इच्छा और अनुमति के बिना किसी की भी मृत्यु नहीं होती। मृत्यु-पथ का यात्री अगर हमारी संतान, माँ या पिता हो, तब भी हमें याद रखना होगा कि वे परमेश्वर को और अधिक प्रिय हैं।

मृत्यु जैसी कोई चीज नहीं होती, इस बारे में हमें निश्चित होना होगा। 'गीता' में कहा गया है कि आत्मा बीच-बीच में देह को जीर्ण वस्त्र की तरह त्याग कर देती है और नई देह धारण करती है।

परम पुरुष लोग क्या कभी मृत्यु के बाद सूक्ष्म देह में लौट आते हैं?

महासाधक अपने प्रियजन के पास सूक्ष्म देह में कई बार लौटे हैं। श्रीरामकृष्ण का उद्धरण दिया जा सकता है। उनके देहावसान के बाद उनकी पत्नी ने विधवा रूप में अपने जेवर उतार दिए। जब वे अपने जेवर उतार रही थीं, तब श्रीरामकृष्ण ने कहा, ''यह क्या कर रही हो? तुम कंगन और अन्य गहने मत उतारो, बल्कि अब से तुम सोने के ब्रेसलेट और सोने के गहने पहनोगी। अब से मैं तो मृत्युहीन हूँ। इसलिए जो और भी सुंदर है, तुम वही पहनोगी।'' ऐसी अनेक घटनाएँ घटी हैं, सिर्फ उनके विवरण की हिफाजत नहीं की गई।

मृत्यु के बाद विज्ञान के लिए देह-दान के बारे में आप क्या कहते हैं?

यह कोई बड़ा विषय नहीं है, हीन विषय भी नहीं है। जिसकी जो इच्छा हो। यह देह कभी समाहित की जाती है, कभी दाह की जाती है। आत्मा जब देह छोड़कर चली जाती है, तब देह का क्या हुआ, इस बारे में उसका कोई आग्रह नहीं बचा रहता। पाखी उड़ गया है, सिर्फ पिंजरा भर रह गया है। परित्यक्त पिंजरे का हम जो चाहें, करें।

अहंकार के बारे में कुछ कहें।

सन् 1893 में शिकागो विश्व धर्म सम्मेलन में स्वामी विवेकानंद ने एक मजेदार कहानी सुनाई थी। इसे कहते हैं—कुएँ का मेढक।

एक मेढक का जन्म कुएँ में हुआ, वहीं उसका जीवन बना। बाहर के किसी खेत से एक और मेढक उछलकर कुएँ में आ गिरा। पहले मेढक ने पूछा, "कहाँ से आना हुआ?"

दूसरे मेढक ने जवाब दिया, "मैं खेत से आया हूँ।"

"खेत? वह खेत कितना बड़ा है?"

"वह बहुत बड़ा है।" दूसरे मेढक ने फिर जवाब दिया।

कुएँ के मेढक ने अपने पाँव फैलाकर फिर पूछा, "इतना बड़ा?"

"नहीं, और भी बड़ा! ब-हो-त बड़ा।" खेत के मेढक ने बताया।

कुएँ के मेढक ने कुएँ के इस छोर से उस छोर तक छलाँग लगाकर पूछा, "तुम्हारा खेत क्या इतना बड़ा है?"

बाहर के मेढक ने कहा, "नहीं, और भी बड़ा।"

"तुम झूठे हो! मैं तुम्हें यहाँ से खदेड़ दूँगा।"

इस उद्धरण से समझा जा सकता है कि अहं की गति-प्रकृति कैसी है। महासाधक, महामानवों ने असीम और अमरत्व के बारे में ढेरों बातें कहीं हैं। उन लोगों ने कहा है—जो लोग नए साधक हैं, वे लोग तत्काल सवाल करेंगे—यह असीम क्या आकाश से जरा बड़ा है?

ऋषियों का जवाब होगा—"यह असीम तुम्हारी कल्पना है। तुम्हारे सोच-विचार-चिंतन से भी अधिक बड़ा।"

□

आखिरी बात

भारतवर्ष के साधक संप्रदाय और संन्यासी संघ की बहुतेरी विभूतियों ने मृत्यु को कोई प्रधानता नहीं दी है। आप रामकृष्ण मठ और मिशन की ही मिसाल लें। वे लोग किसी का भी तिरोधान-दिवस पालन नहीं करते। उन लोगों का वक्तव्य है कि जीवित समय में ही आत्म-श्राद्ध करके जो लोग संन्यास ग्रहण करते हैं, उन लोगों की दुबारा मृत्यु कैसी? सच बात तो यह है कि अमृत के खोजकर्ता तो मृत्यु के दिन ही प्रकृत जन्म ग्रहण करते हैं। इसलिए इन लोगों का उत्सव और स्वीकृति सिर्फ जन्मदिन को लेकर ही है।

मृत्यु के बारे में श्रीचिन्मय से मेरी कोई बातचीत नहीं हुई। मुझे सिर्फ इतनी ही जानकारी मिली कि अन्यान्य साधकों की तरह वे भी काली-निर्भर थे। भारत त्यागकर, विश्व-संधान में निकलकर जो अमूल्य संपदा वे अपने साथ ले गए थे, वह भी देवी काली मैया की एक छवि। अमेरिकी देश में एक बार लगी आग में वह छवि नष्ट हो गई। किसी तरह उसका उद्धार करके, बड़े जतन से उसे दुबारा फ्रेम करके वह महा मूल्यवान् संपत्ति क्वींस के जमाइका में, उनके घर में रखी हुई है। बेहद करीबी भक्ति और भक्तिनों ने गौर किया कि प्रतिदिन बाहर निकलते समय वे इस छवि को प्रणाम करते थे। कोई बड़ा कार्यक्रम हो तो बात ही क्या?

शुरू में ही यह बता दिया जाए कि 11 अक्तूबर, 2007 सुदूर अमेरिका प्रवास में महासाधक का महानिर्वाण दिवस है। उस दिन भोर 4.30 बजे उन्होंने अपने प्रिय छात्र गोविंद से कहा, ''रंजना को बुला लाओ। मैं शरीर छोड़कर जा रहा हूँ।'' उसके बाद वे कुरसी से उठकर एक बार शौचालय गए। शौचालय से निकलकर उन्होंने कमरे में तेज-तेज चहलकदमी की, माँ काली की छवि के सामने हाथ जोड़कर खड़े हो गए और उन्होंने अपने इस जीवन की अंतिम बात कही—''माँ ओ!'' और उन्होंने सिर झुकाया। उसके बाद वे जमीन पर लेट गए।

बस, इस युग के एक महाजीवन का परिसमापन हो गया।

बहुत दिनों की स्नेहधन्या रंजना तब तक आ पहुँची थीं। उन्होंने नर्स और शिष्या

कृतज्ञता को आवाज दी। उन्होंने आपातकालीन सुश्रूषा की कोशिश की, लेकिन कोई नतीजा नहीं निकला। 911 को टेलीफोन करके पैरा-मेडिकल लोगों को बुलाया गया। पुलिस भी आ गई। पैरा-मेडिकल लोगों ने घोषणा की—सब शेष। मृत्यु का कारण जानने के लिए अमेरिका के कानून मुताबिक उनका पुण्य शरीर मॉर्ग में भेजा गया। अब, यह खबर प्रचारित हुई कि 76 वर्ष की आयु में दिल का दौरा पड़ने से श्रीचिन्मय का देहावसान हुआ। लेकिन सरकारी रिपोर्ट में मृत्यु का कोई कारण नहीं मिला।

शिष्य-शिष्यों ने अपने प्रिय गुरु को हलके आसमानी रंग का साटन का कुरता और धोती पहनाई और साथ में सफेद मोजे। जमाइका एमिन्यू के शवदाह गृह की तरफ जब उनकी पार्थिव देह रवाना हुई, तब उनके दोनों हाथ प्रार्थना की मुद्रा में छाती पर स्थित थे।

ड्यूटी पर आई हुई पुलिस ने ही बहिर्जगत् को पहले खबर पहुँचाई। बृहस्पतिवार को भोर की किरणें फूटते ही तत्काल स्थानीय अधिवासी और भक्तों को खबर मिल गई कि उन लोगों के प्रिय श्रीचिन्मय अब इहलोक में नहीं रहे।

आसन्न इस देहावसान के बारे में श्रीचिन्मय को क्या पहले से ही आभास हो गया था? उनके अरसे के मित्र और किसी समय बँगलादेश के राजदूत एवं बाद में संयुक्त राष्ट्र के पदस्थ कर्मियों में एक अनवर-उल करीम चौधरी को श्रीचिन्मय ने कुछ ही दिनों पहले इस सफर पर जाने को मना किया था और कहा था—अभी नहीं। जो कुछ भी करना हो, 11 अक्तूबर के बाद करें।

इन्हीं अनवर ने ही बहुत दिनों पहले मुझसे श्रीचिन्मय का जिक्र किया था और यथा समय मेरा उनसे परिचय कराया था—यह बात पाठकों को याद होगी।

मैं भी बहुत दिनों से सोच रहा था कि एक पुस्तक के माध्यम से इस अद्‌भुत इनसान के बारे में करोड़ बंगालियों को बताना चाहिए और मैं इस ढंग से तैयारी कर रहा था कि उनका जीवन, उनकी वाणी और रचनाओं को स्वदेश के पाठक-पाठिकाओं तक पहुँचाया जाए। इस विषय में श्रीचिन्मय भी बेहद उत्साहित थे। लेकिन सन् 2007 के सितंबर महीने में एक दिन उन्होंने न्यूयॉर्क से फोन किया और अपने प्रिय शिष्य आश्रित फरमैन के जरिए भी खबर दी कि उस किताब के बारे में आगे बढ़ने की कोई जरूरत नहीं है। पहले तो मैं जरा अचरज में पड़ गया। किसी की अनिच्छा हो तो उसके बारे में लिखने की पत्रकार मानसिकता मुझमें नहीं है। लेकिन मैं सचमुच चकरा गया। जब 12 अक्तूबर, 2007 को न्यूयॉर्क से अनवर ने मुझे फोन पर खबर दी कि जो होना था, वह हो गया। साधक श्रीचिन्मय सुबह-सुबह इस संसार की माया से मुक्त होकर वहाँ चले गए हैं, जहाँ से वापस नहीं लौटा जाता।

श्रीचिन्मय की ऑस्ट्रेलियाई छात्रा विदग्धा बेनेट मेरी खास परिचित हैं। शेष पर्व की कुछेक खबरें उनके माध्यम से ही जुटाई गईं। मेलबॉर्न विश्वविद्यालय में अंग्रेजी की छात्रा

विदग्धा के शोध का विषय था—श्रीचिन्मय की कविताएँ। बाद में उन्होंने श्रीचिन्मय की अनेक किताबों का भी संपादन किया। उन्होंने ही श्रीचिन्मय के बारे में कुछेक अविश्वसनीय खबरें दीं। श्रीचिन्मय के काव्य, नाटक, निबंध, छोटी कहानियों के संकलन की संख्या है—1,569। उनके द्वारा रचित भक्ति-गीतों की संख्या है—22,000। इनमें बँगला गीत हैं—15,000। पेंटिंग की संख्या कम-से-कम 2,00,000। पंछियों का स्केच दर्ज है—1,40,00,000। देश-विदेश के 7,000 महिला-पुरुष उन्हें अपना शिक्षक और पथ-प्रदर्शक मानते हैं।

सन् 2006 के क्रिसमस को हर बार की तरह तीन महीनों के लिए वे दल-बल समेत विश्व-भ्रमण पर निकले थे। इस बार उनका गंतव्य था—टर्की, बुल्गेरिया और थाईलैंड। इस बार उनकी सेहत बेहद कमजोर थी, फिर भी थाईलैंड में उनका बेबी एलीफैंट बाँहों में उठाने का मन हो आया। गुरु का राशि नाम गणपति था, इसलिए हाथियों के प्रति उनके मन में जरा अतिरिक्त कमजोरी थी। पहले बेबी हाथी का वजन था—901 पाउंड। कुछ ही दिनों बाद उन्होंने आठ पूर्ण वयस्क हाथी भी उठा लिया, उन हाथियों का वजन 2,000 पाउंड से लेकर 6,000 पाउंड था। इस बार भ्रमण लिखे, लगभग 338 कविताएँ लिखीं और 15,000 पंछी आँके थे।

श्रीचिन्मय अप्रैल के महीने में विशेष अतिथि के तौर पर नॉर्वे गए। वहाँ ऑस्लो नोबेल शांति केंद्र में उन्होंने संगीत का कार्यक्रम प्रस्तुत किया। उसी वर्ष छह मशहूर लोगों की कमेटी ने उन्हें नोबेल पुरस्कार देने का आवेदन भेजा था।

मई के महीने में वे मंगोलिया गए। वहाँ उन्होंने अपनी मांसपेशियों के बल पर 50 सफेद घोड़ों का वजन उठाया। स्थानीय यायावर मंगोलियन लोगों ने उन्हें उपहार में एक जोड़ा सफेद घोड़ा भेंट किया।

न्यूयॉर्क वापस लौटकर भी घोड़ों के प्रति उनका आकर्षण कम नहीं हुआ। मई महीने में न्यूयॉर्क में उन्होंने दुनिया का सबसे छोटा घोड़ा अपनी बाँहों में उठाया। उस छोटे घोड़े का नाम था—थंबोलिना। वजन 59 पाउंड, ऊँचाई कुल 17 इंच।

न्यूयॉर्क में और एक बड़ी घटना हुई। श्रीचिन्मय का 3,100 मील की रेस। यह एक अजब अंतरराष्ट्रीय प्रयास था। विभिन्न देशों के प्रतियोगी प्राय: दो महीनों से न्यूयॉर्क के एक मुहल्ले में दौड़ का विरामहीन अभ्यास कर रहे थे।

सितंबर के महीने के आखिर में रूसी राष्ट्रपति मिखाइल गोर्वाचेव ने उनसे सेंट पीटर्सबर्ग में शिशुओं के एक ल्यूकोमिया अस्पताल के उद्घाटन का अनुरोध किया। गोर्वाचेव की पत्नी रईसा मैक्सिमोना का इसी ल्यूकोमिया रोग के कारण निधन हुआ था। जब वे बर्लिन के अस्पताल में भरती थीं तो उनके देहावसान के समय श्रीचिन्मय उनके लिए प्रार्थना करने गए थे। सितंबर में सेंट पीटर्सबर्ग में एक संगीत कार्यक्रम में श्रीचिन्मय ने

संस्कृत स्तोत्रों को सुर में गाकर अपने गुणमुग्ध श्रोताओं को सुनाया। स्तोत्रों में गीता का 'वासांसि जीर्णानि···' भी शामिल था।

इसी पीटर्सबर्ग से न्यूयॉर्क वापस लौटकर श्रीचिन्मय को बुखार चढ़ गया। उस समय एक भारतीय वैद्य ने उनका इलाज किया था।

अंतिम दो सप्ताह में श्रीचिन्मय अपने छात्र-छात्राओं के साथ अधिक-से-अधिक समय बिताने के लिए विशेष उत्साही हो उठे। लेकिन यह अंदाजा लगाने में जरा भी देर नहीं हुई कि वे धीरे-धीरे थकते जा रहे हैं। उनकी एक डॉक्टर शिष्या गरिमा हॉफमैन उन्हीं दिनों गुरु-दर्शन के इरादे से तीन दिनों के लिए सैन फ्रांसिस्को से न्यूयॉर्क आई थीं। उन्होंने श्रीचिन्मय को सोने की दवा दी, लेकिन कोई फायदा नहीं हुआ। देहावसान के अंतिम सप्ताह में श्रीचिन्मय घर की पहली मंजिल पर ही रात भर बैठे रहते, दूसरी मंजिल पर अपने सोने के कमरे में वे जाते ही नहीं थे।

10 अक्तूबर, 2007, बुधवार के दिन उन्होंने अपने पाँच शिष्य-शिष्याओं से कहा, "तुम लोग काफी सोच-विचारकर मुझे कुछ प्रश्न भेजो, मैं जवाब दूँगा।" इधर उनके सीने की जलन कम नहीं हो रही थी। डॉ. गरिमा हॉफमैन ने उन्हें सलाह दी कि वे भीगा तौलिया सीने पर रखें। रात 9:45 बजे वे 'ऐस्पिटेशन ग्राउंड' में आए। एक शिष्य की आवाज में आवाज मिलाकर वे गा उठे—'भज गोविंद' और 'वृंदावन में···' उसके बाद उन्होंने अपने पाँच शिष्य-शिष्याओं (आग्रह, नायक, नीलिका, नेमि और विदग्धा) को पाँच प्रश्नों का उत्तर दिया।

काफी रात गए उन्होंने अपने द्वारा अंग्रेजी में रचित प्रार्थना—संगीत संग्रह में से आखिरी कविता का पाठ किया—

मेरी देह की मृत्यु
मेरे जीवन का अंत नहीं
मैं हूँ अनंत पथ का यात्री।

गुरु ने उस दिन समूची रात प्रार्थना करते रहने की इच्छा जाहिर की। उन्होंने अपने 84 शिष्य-शिष्याओं से कहा, "जाओ, घर जाकर चाय-कॉफी पी आओ। कंबल या रजाई लेकर लौट आओ। कहीं सो मत जाना।"

कई छात्र-छात्राएँ श्रीचिन्मय के साथ उनके घर लौट आए। कमलाकांत और सहिष्णु ने कुछ देर उनकी चरण-सेवा की, उसके बाद प्रसाद खाकर घर लौट गए। समय रात 11:30 बजे।

□

रात 1.30 बजे। शिष्य गाविंद ने घर लौटने की जरा परेशान मनःस्थति में अक्तूबर की उस सर्दी में सड़क पर ही खड़े थे। उनके पास मोबाइल फोन भी था।

उसी रात श्रीचिन्मय एक बार बेहोश हो गए। भोर करीब 4.30 बजे उनकी जुबान से आखिरी बार आवाज निकली—"माँऽ ओ``` !"

10 अक्तूबर के 'न्यूयॉर्क टाइम्स' में जो शोक-संवाद प्रकाशित हुआ, वह अविस्मरणीय है। किसी भी बंगाली की तकदीर में ऐसा सम्मान जुटा हो, मुझे याद नहीं पड़ता।

"सभी लोगों के प्रिय, भारतीय आध्यात्मिक नेता श्रीचिन्मय ने बृहस्पतिवार को जमाइका, क्वींस में अपने निवास-स्थान पर आखिरी साँस ली। उन्होंने कष्ट-साध्य शारीरिक व्यायाम और आर्ट को समस्त विश्व में शांति एवं विश्व-प्रेम के प्रचार में प्रयोग किया था। मृत्यु के समय उनकी उम्र थी 76 वर्ष। अपने निवास में वे एक प्रार्थना-केंद्र भी चलाते थे।"

चिन्मय सेंटर के एक प्रतिनिधि ने मृत्यु का कारण बताया है—हार्ट अटैक!

देह-चर्या, संगीत और कला-सृष्टि के माध्यम से श्रीचिन्मय ने अपने दर्शन को रूपायित किया। दैहिक शक्ति से भारोत्तोलन करके और मुहम्मद अली तथा स्टिंग आदि मशहूर लोगों को बाँहों में उठाकर उन्होंने सर्वसाधारण की दृष्टि आकर्षित की। इसके अलावा शांति के प्रतीक के तौर पर 1 करोड़ 60 लाख चिड़ियाँ भी आँकी थीं।

श्रीचिन्मय कुल 90 मिनट सोते थे। भक्तों को जानकारी है कि उनकी कृतियों की संख्या 1,500 है। उन्होंने 1,15,000 कविताएँ लिखीं, 22,000 गीत रचे। चित्रों की संख्या 2,00,000 है और देश-विदेशों के 800 अनुष्ठानों में उन्होंने गाना गया।

ओलंपिक दौड़-वीर कार्ल लुइस ने हमें बताया कि वे अपने शिष्यों को ऐसी-ऐसी चुनौतियों का मुकाबला करने को प्रोत्साहित करते थे, जो उस समय असंभव लगता था।

उनके भक्त समस्त विश्व में फैले हुए हैं; विभिन्न देशों में उनके प्रार्थना-केंद्र खुले हुए थे। उनके 7,000 से भी अधिक भक्त हैं।

सन् 1931 में बँगलादेश के एक हिंदू परिवार में उनका जन्म हुआ था। 12 वर्ष की उम्र से उनका आश्रम जीवन शुरू हुआ। सन् 1964 में वे अमेरिका आए। भारतीय कॉन्सुलेट में उन्होंने क्लर्क की नौकरी की। क्वींस में उन्होंने पहला प्रार्थना-केंद्र खोला। उनके दर्शन का केंद्र-बिंदु है—कौमार्य, शाकाहार और ध्यान। निकट सान्निध्य के लिए अनगिनत गुणमुग्ध लोग 149 स्ट्रीट, उनके निवास के इर्द-गिर्द रहने लगे।

एक शोक-वार्त्ता में सोवियत नेता मिखाइल गोर्वाचेव ने कहा है, "यह समस्त विश्व की क्षति है। हम उन्हें एक ऐसे व्यक्ति के रूप में याद रखेंगे, जिन्होंने शांति के लिए अपना संपूर्ण जीवन उत्सर्ग कर दिया।"

□

देहांत के एक सप्ताह बाद अगला बृहस्पतिवार आ पहुँचा। श्रीचिन्मय को उनके प्रिय प्रार्थना-प्रांगण में समाहित कर दिया गया। इसके लिए अमेरिकी सरकार ने विशेष अनुमति प्रदान की।

बहुत वर्षों पहले सन् 1974 में श्रीचिन्मय ने एक गीत लिखा था और उन्होंने अपने शिष्यों से अनुरोध किया था कि यह गीत उनकी मृत्यु से पहले न गाया जाए। उनकी उस इच्छा के प्रति सम्मान अर्पित करते हुए उन्हें समाधिस्थ करते हुए उनके शिष्यों ने समवेत स्वर में गाया था—

when I am gone away,
Remember me, O children sweet
No, not because I failed
No, not because I cried
No, not because I tried
No, not because I saw my Lord in you,
No, not because I served my Lord in you,
No, not because I ful filled my Lord in you,
No, not because I was your Pilot true,
No, not because I was your 'infinite' blue,
O, but because my life was all gratitude, gratitude, gratitude,
To you, to you, my children sweet to you.

न्यूयॉर्क के विख्यात कांग्रेसमैन बैरी ऐकरमैन से श्रीचिन्मय का संपर्क पिछले 25 वर्षों से था। उनके ऑफिस में भी हर सप्ताह श्रीचिन्मय की प्रार्थना-सभा आयोजित होती थी। प्रिय बंधु के देहावसान के बाद ऐकरमैन अपनी श्रद्धांजलि अर्पित करने के लिए आ पहुँचे।

एकरमैन का वह भाषण बेहद मर्मस्पर्शी था। ऐकरमैन ने अपने भाषण में कहा, "बंधुओ, मुझे अपने विचारों को भाषा में रूपांतरित करने की शक्ति दें। हमारे परिवार में एक मृत्यु हुई है। मेरे दिवंगत बंधु और भाई ने हम सबको एक बार एकत्रित किया है।"

इस पल हमारी छाती दर्द से भरी है। हमारी आँखें आँसुओं से नम हैं। हमारे विचार भी कुछ विशृंखल हो आए हैं, फिर भी हमें एकत्र होने की अनिवार्यता ने हमें आवाज दी है। मैं जानता हूँ, बखूबी जानता हूँ, समूची दुनिया में हजारों-हजार नारी-पुरुष हैं, जिनके हृदय, आत्मा और जीवन को उन्होंने स्पर्श किया था तथा वे सभी लोग यहाँ उपस्थित होना चाहते थे। कोई-कोई यहाँ मौजूद हो पाए और जो मौजूद नहीं हो पाए, उनका मन-प्राण यहीं मौजूद है। वे सभी लोग भी हमारे साथ प्रार्थना-विनत हैं। उन लोगों की और हम सबकी आत्मा मिल-जुलकर एकाकार हो गई है, जैसा कि गुरु चाहते थे।

मृत्यु सबकुछ तहस-नहस कर देती है। मृत्यु वास्तविक भले हो, मगर मृत्यु निश्चित रूप से सत्य नहीं है। जो द्रष्टा हैं, उनकी दृष्टि अगर नजरअंदाज कर दी जाए तो बचा क्या रहता है? जो द्रष्टा हैं, वे हमें छोड़कर जा सकते हैं; किंतु उनके सपने तो हमारे अंदर ही

रह जाते हैं। उन्होंने अगर ठीक तरह अपना काम किया हो तो हममें से प्रत्येक के अंदर उनका सपना बचा रहता है। छात्रों ने जिस शिक्षक से शिक्षा ग्रहण की, जिस शिक्षक ने अनगिनत सागर पार करके अपनी शिक्षा को संपूर्ण विश्व के चप्पे-चप्पे में बिखेर दिया, वे अपनी दूरदृष्टि के माध्यम से संस्कारित लोगों के मन और हृदय तक जरूर पहुँच गए। व्यक्ति की मृत्यु हो जाती है, लेकिन चिंतन व विचारों की तो मृत्यु नहीं होती। वे लोग 'एक्सपायरी डेट' का स्टांप लगाकर दुनिया में नहीं आते। वे लोग चिरकालिक होते हैं। वैसे भी, जो मंगलमय होता है, वह जरूर जिंदा रहता है। हमारे गुरु थे—मंगलमय। अगर वे कहीं पहुँचे थे, अगर कहीं उसका प्रभाव होता है तो वह मनुष्य के हृदय में होता है। इस हृदय को उन्होंने स्पर्श किया था। ऐसे सौभाग्यशाली लोगों की संख्या अनेक है। कोई दरिद्र और नतमस्तक है, कोई नितांत मोहताजी में रहता-सहता है; कोई सोचता है, सपने देखने का दुःसाहस हम तब तक नहीं कर सकते, जब तक हमारे भीतर की आग को कोई धधका न दे। धनवान्, शक्तिमान, शासक, योद्धा, हंगामाबाज और सपनों के फेरीवालों में कहीं कोई फर्क नहीं होता।

मित्रो, यह बात याद रखें कि किसी भावना की हत्या नहीं की जा सकती।

वे मेरे लिए प्रेरणा के अन्यतम उत्स थे। उन्होंने मेरा सिर्फ पेशियों के बल से ही उत्तोलन नहीं किया, मुझे सच ही उन्होंने उन्नत किया। जब वे वाशिंगटन पहुँचे थे, तभी उन्होंने हम सबकी उन्नति-प्रगति निश्चित कर दी। समूची दुनिया घूम-घूमकर परम धैर्य के साथ एक ही काम किया। कुछ लोगों ने इस विषय को मेरा ढोंग समझा है, वहीं कुछ लोग इस प्रयास को बेहद पसंद करते थे। आध्यात्मिक पथ का कोई पथिक हम सबका उत्तोलन कर रहा है, यह सोचकर बहुतेरे लोगों ने प्रेरणा महसूस की।

आइए, बहुत संक्षेप में हम उस इनसान को याद करें। वे बेहद धीमी आवाज में बोलते थे, लेकिन उनकी वाणी बिलकुल स्पष्ट थी—शांत और प्राणमय थी। वे शांति और समन्वय की बातें करते थे, जो मंगलमय हृदय से निकलती थीं। यही जन-गण की शक्ति है, यही इनसान की शक्ति का प्रतीक है; यही दुर्बल लोगों की प्रकृत शक्ति है और शक्तिमानों की दुर्बलता है।

प्रचलित सांस्कृतिक स्रोत के विरुद्ध चलने में वे बिलकुल भी दुविधा नहीं महसूस करते थे। जब सभी लोग 'युद्ध देहि' करते हुए पदयात्रा को तैयार थे, तब वे शांति के संधान में दौड़ पड़े। यही वाणी तो उन्होंने हम लोगों को दी है। जब यह वाणी वे हमें दे गए हैं, हम चारों तरफ देखते हुए महसूस कर रहे हैं कि हमारी यह दुनिया गलत राह पर आगे बढ़ रही है। इन दिनों कष्ट बढ़ रहे हैं, समस्याएँ बढ़ रही हैं, संख्या भी बढ़ रही है और इन सबका मुकाबला करना संभव नहीं हो पा रहा है।

यही उनकी सच्ची वाणी थी। उनका संदेश था—जब समाधान क्रमशः असंभव लग

रहा हो, तभी तो प्रबल उत्साह से शुरू करने का वक्त है। जब यह लगा कि यह काम शरीर के लिए असाध्य है, तभी एक छोटे से शरीरवाले इनसान ने हमें दिखा दिया कि मन और आत्मा मिलकर जो लगभग असंभव है, उसे संभव कर सकते हैं। हममें से प्रत्येक की अनुभूति को दुनिया के 6,00 करोड़ इनसानों में जिस दिन बिखेर दिया जाएगा और वे जो शिक्षा दे गए हैं, वह भी पहुँचा दिया जाएगा, उस दिन हमारी यही दुनिया निश्चय ही शांति सुनिश्चित करने में सक्षम हो जाएगी।

शिक्षक की मृत्यु नहीं होती, जितने दिनों उन्होंने जो सिखाना चाहा था, वह हम सबके दिलों में मौजूद है। हममें से प्रत्येक को अपने को छोड़कर आगे बढ़ते जाना होगा, सबके अंदर विशेष तात्पर्य खोज निकालना होगा। वह तात्पर्य विकसित होता रहे और प्रकाशित होता रहे, इसके लिए सहायता का हाथ बढ़ा देना होगा, ताकि सभी हृदयंगम कर सकें कि यह वसुंधरा किस तरह हैरतअंगेज है, अद्‌भुत है।

हममें से प्रत्येक बेहद खुशनसीब है, क्योंकि एक महान् शिक्षक और प्रेरणादायी ने हम सबके जीवन को स्पर्श किया है। वे हमें कुछेक वाणियाँ थमा गए हैं। हम सब भी किसी दिन शिक्षक बन जाएँगे।

आप लोग एक बार भी यह नहीं सोचते कि आप लोग सिर्फ बड़े ही नहीं, निश्चित रूप से महान् हैं। आप लोग कभी यह न सोचें कि आप परिवर्तन लाने में असमर्थ हैं, क्योंकि आप लोग ही तो परिवर्तन लाएँगे। आप लोग चाहे जहाँ भी रहें, हर दिन एक बार ही इस प्रार्थना-भूमि को याद करें। जिस इनसान ने हम सबको प्रेरित किया है, जिस इनसान ने अत्यंत शांत भाव से इनसानों के अंदर गहरे और गंभीर प्यार का संचार किया है, जिसने परस्पर मनुष्य को प्यार करने की प्रेरणा दी है, उसे जरूर याद करें। दुर्बल की भी मृत्यु होती है, परम शक्तिमान की भी मृत्यु होती है, धनपति की भी मृत्यु होती है; लेकिन हमारे मन में जो ऐश्वर्य, जो शक्ति विद्यमान है उसकी कभी मृत्यु नहीं होती। जो इस पुण्य वाणी को वहन करके लाए थे, वे भले वापस लौट सकते हैं; लेकिन उनकी वाणियाँ, उनके संदेश हमेशा-हमेशा के लिए हमारे मन में बस जाते हैं।

आइए, हम सबने जो अमूल्य शिक्षा-लाभ किया है, उसकी सार्थकता के लिए अपने को उत्सर्ग कर दें। हमारे गुरु ने जितने हृदय और जितनी आत्माओं को स्पर्श किया था, हम सब भी उतने इनसानों को स्पर्श करें।

महामूल्यवान् मुहूर्तों का विश्लेषण करने का मौका देकर आप लोगों ने मुझे कृतज्ञता के पाश में बाँध लिया है।

□□□